ब्लैक वॉरंट

ब्लैक वॉरंट

तिहाड़ जेल के जेलर की इनसाइड स्टोरी

सुनील गुप्ता/सुनेत्रा चौधरी

प्रभात
प्रकाशन

प्रकाशक

प्रभात प्रकाशन प्रा. लि.

4/19 आसफ अली रोड, नई दिल्ली–110002

फोन : 011–23289777 • हेल्पलाइन नं. : 7827007777

इ–मेल : prabhatbooks@gmail.com ❖ वेब ठिकाना : www.prabhatbooks.com

संस्करण

2025

अनुवाद

रमाशंकर सिंह

पेपरबैक मूल्य

चार सौ रुपए

मुद्रक

नरुला प्रिंटर्स, दिल्ली

———————— ★ ————————

BLACK WARRANT

by Shri Sunil Gupta • Smt. Sunetra Choudhury

(Hindi translation of BLACK WARRANT)

Published by **PRABHAT PRAKASHAN PVT. LTD.**

4/19 Asaf Ali Road, New Delhi-110002

by arrangement with Roli Books Private Limited

ISBN 978-93-5521-258-0

₹ 400.00 (PB)

सुनेत्रा चौधरी लिखित सलाखों के पीछे
भारत के महानतम लोगों की जेल कथा की प्रशंसा

"गहन शोध और जिन लोगों ने जेल में वक्त बिताया, उनके साथ ही जिन लोगों ने जेलों में या जेलों के विषय पर कार्य किया, उनके विस्तृत साक्षात्कारों पर आधारित पुस्तक में, चौधरी कहानियों की एक शृंखला प्रस्तुत करती हैं जो आँखें खोलने से कुछ कम नहीं और इससे भी ज्यादा कहूँ तो मानो उनके रहस्योद्घाटनों से आँखें बाहर निकल आती हैं।"

—द वायर

~✻~

"चौधरी की लेखन शैली किसी प्रवाह के समान है और उनकी पुस्तक पढ़े बिना रहा नहीं जाता। हालाँकि, आप इसे झटपट पढ़ने के बजाय इन 13 कहानियों को धीरे-धीरे पूरा आनंद लेकर पढ़ना चाहेंगे।"

—खलीज टाइम्स

~✻~

"लेखिका हमें उन लोगों की वेदना से दो चार होने पर विवश कर देती हैं, जिन्हें आतंकवाद के आरोपों में सजा दी जाती है। लेकिन कुछ और लोग भी हैं, जिन्हें रिहा कर दिया गया है और कई वर्षों तक जेल में रहने के कारण वे शरीर से भले ही टूट गए हों, मगर उनका जोश बरकरार है। अन्याय और व्यवस्था की विफलता के प्रमाण के रूप में वे इन पन्नों में जी उठते हैं।"

—बिजनेस स्टैंडर्ड

~✻~

"···सलाखों के पीछे एक दिलचस्प प्रयास है, विशेष रूप से इस कारण कि यह पुस्तक जेल के भीतर भी रईसों को मिलने वाले अनेक विशेषाधिकारों के विरुद्ध क्रोध से भरी है। इस रूप में यह समकालीन भारत के अनेक अनैतिक कुख्यात लोगों, हृदय विदारक क्रूरताओं, अनेक व्यक्तिगत बलिदानों और इसके संपन्न और शक्तिशाली लोगों के समाजशास्त्रीय मानचित्रण का पहला मसौदा है।"

—द हिंदू

~✻~

"जेल के भीतर जीवन की अकल्पनीय जानकारियों और जेलों में सड़ रहे सैकड़ों विचाराधीन कैदियों की दुर्दशा को देखते हुए, यह पुस्तक सलाखों के पीछे भेजने के मुख्य उद्देश्य पर ही प्रश्न खड़ा करती है—क्या यह सच में सुधार है, सजा है या उस सिस्टम का दुरुपयोग जिसका हम एक हिस्सा हैं?"

—लिटररी यार्ड

~✻~

"ये दिल तोड़ने वाली कहानियाँ हैं और पूरी पुस्तक भी लगभग ऐसी ही है। जेल दिल तोड़ देती है। आप चाहे कोई भी हों, तिहाड़ में आराम से नहीं आ सकते हैं। आप चाहे कितने ही अमीर और मशहूर क्यों न हों, जेल अपने आप में ही एक भयंकर अनुभव होता है।"

—बिबलियो

~✻~

"गंदगी और हिंसा के अत्यंत अप्रिय वर्णन के कारण यह पुस्तक कमजोर दिलवालों के लिए नहीं है, लेकिन यह एक अँधेरे हिस्से पर भरपूर रोशनी डालती है। यह आपकी अंतरात्मा को कचोट जाएगी और खामोशी की साजिश पर सोचने के लिए मजबूर कर देगी, जो न्यायिक हिरासत में मानवाधिकारों के अंधाधुंध उल्लंघन के बीच देखने को मिलती है।"

—द ओपन मैगजीन

~✻~

"जेल के भीतर के जीवन और जेलों में सड़ रहे सैकड़ों विचारधीन कैदियों की दु:खद स्थिति पर असाधारण जानकारियों के साथ यह पुस्तक कैद किए जाने के मुख्य उद्‌देश्य पर प्रश्न खड़ा करती है कि क्या यह सच में सुधार है, सजा है या सिर्फ उस सिस्टम का दुरुपयोग, जिसका हम एक हिस्सा हैं।"

—द संडे गार्जियन

~✻~

"स्पष्ट और रोचक भाषा में, जानकारियों से भरपूर और सुचयनित विशेषणों का प्रयोग करनेवाली यह पुस्तक जेल के भोजन, असाधारण रूप से ईमानदार और उनके साथ ही भ्रष्ट व विकृत जेलकर्मियों, रस्मों जैसे की मुलाकात और कई दूसरी बातों पर दिलचस्प तथ्य प्रस्तुत करती है।"

—हिंदुस्तान टाइम्स

~✻~

"चौधरी के सुप्रवाही वर्णन के कारण इस पुस्तक को पढ़ना सरल हो जाता है। अभियोग पत्रों, अदालत के आदेशों, शोध अध्ययनों तक उनकी पहुँच और उनका संदर्भ दिया जाना न केवल प्रशंसनीय है, बल्कि पाठक को उनकी विश्वसनीयता को लेकर आश्वस्त भी करता है और उनके लेखन पर विश्वास पैदा करता है।"

—डेक्कन क्रॉनिकल

सर्वशक्तिमान ईश्वर

एवं

मेरे माता–पिता के आशीर्वाद से

यह पुस्तक मेरी पत्नी **पूनम** को समर्पित है,

जिसने मुझे अधिकाधिक उत्तम कार्य करने हेतु प्रेरित किया

और मेरे उन साथियों को भी समर्पित है,

जिन्होंने मुझ पर सदैव अपना विश्वास बनाए रखा।

आभार

तिहाड़ में अपने 35 वर्षों के कार्यकाल में मैंने अपने सभी वरिष्ठों से समय-समय पर बहुत कुछ सीखा; परंतु उनमें से कुछ ऐसे हैं, जो विशेष उल्लेख के पात्र हैं। चार्ल्स शोभराज के जेल से भागने के बाद आनेवाले पहले जेल महानिरीक्षक पी.वी. सिन्हारी थे, जिन्होंने मुझे सिखाया कि किसी भी समस्या का बहादुरी से सामना करना चाहिए, इस बात से कोई फर्क नहीं पड़ता कि स्थिति कितनी जटिल हो सकती है। वर्ष 1993 में तिहाड़ में किरण बेदी की नियुक्ति हुई, जो सदैव मेरी प्रेरणा का स्रोत रहीं और वह लीक से हटकर किए जानेवाले अपने कार्यों तथा चिंतनशील विचारों से मुझे चकित करती रहीं। वह महात्मा गांधी के दर्शन का अनुसरण करती थीं—'पाप से घृणा करो, पापी से नहीं'—और उनका दृढ़ मत था कि जेल को सामाजिक पथभ्रष्टों का उपचार करनेवाला एक अस्पताल माना जाना चाहिए। उन्होंने मुझे किसी भी प्रकार के अन्याय के विरुद्ध असहिष्णु होना सिखाया, चाहे अन्याय करनेवाला व्यक्ति कितना भी प्रभावशाली क्यों न हो। उनके बाद आर.एस. गुप्ता आए, जिन्होंने मुझे कठोर परिश्रम का महत्त्व समझाया और कहा कि यदि इसके लिए यदि कुछ घंटे अधिक भी काम करना पड़े तो डटे रहना। आर.एस. गुप्ता के जाने के बाद उनके स्थान पर अजय अग्रवाल आए, जो मेरे लिए गुरु के समान थे और जिनके साथ मेरे घनिष्ठ संबंध थे। हम आपस में केवल सरकारी कार्यों के ही नहीं, बल्कि निजी जीवन से जुड़े मामलों के बारे में भी चर्चा किया करते थे। उन्होंने मुझे ऊहापोह (अनिर्णय) की स्थिति से बाहर निकलने में मेरी सहायता की और सदैव त्वरित निर्णय लेने हेतु मुझे प्रोत्साहित किया। मेरे नए बॉस बी.के. गुप्ता थे, जिन्होंने मुझे भ्रष्ट एवं चापलूस लोगों से निपटना सिखाया। उनके बाद नीरज कुमार आए, जिन्होंने सुनिश्चित किया कि मैं हरेक चीज को उचित गंभीरता से लूँ और हमेशा अधिकारियों जैसा आचरण करूँ। सुधीर यादव

ऐसे व्यक्ति थे, जिन्होंने मुझे सुधारों को अगली पीढ़ी तक ले जाने की आवश्यकता समझाई और उसे आत्मसात् करने की प्रेरणा दी।

मैं सचमुच अत्यंत भाग्यशाली था कि मेरे पास हिमानी जैसी पुत्री तथा अंगद जैसा पुत्र था, जो मेरे कार्यकाल के दौरान मेरे जीवन के उतार-चढ़ावों में मजबूती से मेरे साथ खड़े रहे। उनकी सहायता एवं स्नेह के बिना चुनौतीपूर्ण नौकरी के दायित्वों को सँभाल पाना मेरे लिए संभव नहीं था।

वरिष्ठ अधिवक्ता और अपने मित्र श्री अमित खेमका के प्रति मैं सदैव आभारी रहूँगा, जिन्होंने एक वकील के रूप में मेरे जीवन की दूसरी पारी शुरू करने में मेरी भरपूर सहायता की। केवल वही थे, जिन्होंने अपनी कहानी लिखने के लिए मुझ पर दबाव डाला। इसका श्रेय प्रवीण जैन को भी जाता है, जो मुझे अपने साथ मेरे अनुभवों का वर्णन करने के लिए प्रिया कपूर के कार्यालय में ले गए, जिन्होंने मेरे अनुभवों को सुनने के बाद उन्हें इस पुस्तक का स्वरूप प्रदान किया।

अंतिम परंतु न्यूनतम नहीं, मैं अपनी पत्नी पूनम को धन्यवाद देना चाहूँगा, जो मेरी सातों दिन चौबीसों घंटे की नौकरी के दौरान सर्वाधिक प्रभावित हुईं और मेरे जीवन के सभी उतार-चढ़ावों में मेरा भरपूर साथ दिया। उनके सहयोग के बिना मैं दस जेलों के एकमात्र विधि अधिकारी का दुष्कर दायित्व नहीं सँभाल सकता था।

—सुनील गुप्ता

रागिनी आहूजा एवं ऋषभ संचेती जैसे विद्वान् और उत्तम अधिवक्ताओं के मार्गदर्शन के बिना इस पुस्तक का प्रकाशन संभव नहीं था। मैं संचेती से केवल एक बार एक टेलीविजन परिचर्चा के दौरान मिली थी, जहाँ मुझे सुरिंदर कोली के प्रति उनकी रुचि के बारे में पता चला। कोली उन दिनों निठारी में हुई हत्याओं में अपनी भूमिका के सिलसिले में मृत्युदंड की सजा काट रहा था। जब मैंने सुनील गुप्ता की कहानी पर कार्य करना प्रारंभ किया तो मुझे महसूस हुआ कि मुझे मृत्युदंड प्राप्त कैदियों के बारे में भी यथासंभव जानकारी प्राप्त करने की आवश्यकता है। संचेती ने मेरा परिचय रागिनी आहूजा से कराया, जिनसे मैं पहले कभी नहीं मिली थी। फिर भी, अपनी सहृदयता एवं विषय के प्रति अपने दृढ़ विश्वास के कारण रागिनी ने मुझे उन तमाम स्रोतों की सूची थमा दी, जिनका मुझे अध्ययन करना था। इस सूची में अनेक निर्णयों की सूची भी शामिल थी, जिनका मुझे अध्ययन करना चाहिए था। इसके साथ-साथ उन्होंने मेरे पास अनेक राज्यों के कारागारों की नियमावलियाँ भी भेजनी जारी रखीं। स्वाधीनता पूर्व महाराष्ट्र की जेल नियमावली की फोटो प्रतियाँ मेरे प्रारंभिक स्रोत संकलन हेतु अत्यंत ज्ञानवर्धक सिद्ध हुईं।

वरिष्ठ वकील सुबोध मार्कंडेय मेरे लिए संसाधन के एक अन्य उदार स्रोत थे। श्री मार्कंडेय को '70 के दशक के अंत में उच्चतम न्यायालय द्वारा उन मामलों की सच्चाई जानने के लिए तिहाड़ जेल भेजा गया था, जिनमें एक कैदी द्वारा जेल के अंदर कैदियों के उत्पीड़न का आरोप लगाया गया था। जब मैंने उन्हें फोन किया तो उन्होंने सहृदयतापूर्वक आनेवाले दस्तावेजों की जाँच की और उसमें से अपनी संस्तुतियों की मूल प्रति निकालकर मेरे पास भेज दी। वह भी एक बार फिर इस पुस्तक हेतु सूचना का एक अन्य उत्कृष्ट स्रोत सिद्ध हुई, जिससे मुझे सुनील गुप्ता की कहानी में वर्णित घटनाओं का संदर्भ उपलब्ध हुआ।

यदि आप कश्मीरी अलगाववादी मकबूल बट को तिहाड़ में दी गई फाँसी के

मामले को देखने का प्रयास करें तो आपको उसके बारे में अत्यंत सीमित सूचना प्राप्त होगी। इसलिए मैं अधिवक्ता आर.एम. तुफैल के प्रति भी अत्यंत कृतज्ञ हूँ, जो बट के बचाव के समय अत्यंत युवा वकील थे। तुफैल ने मकबूल बट से जुड़ी घटनाओं को क्रमित करने में मेरी सहायता की और उसकी फाँसी के अंतिम दिनों की घटनाओं से मुझे अवगत कराया। मृत्युदंड प्राप्त कैदियों हेतु केंद्र चलानेवाले न्यायमूर्ति मुकुल मुद्गल एवं डॉ. अनूप सुरेंद्रनाथ के प्रति भी मैं अत्यंत आभारी हूँ।

वास्तव में, इसके लिए धन्यवाद के सर्वाधिक पात्र व्यक्ति सुनील गुप्ता हैं, जिन्होंने मुझे अपनी कहानी सुनाने का निर्णय लिया। मेरे विचार से, यह ऐसा साहसिक कार्य है, जो सरकारी कर्मचारियों में बहुत कम देखने को मिलता है। मैं सचमुच आशान्वित हूँ कि उनके शब्दों को उनके सहकर्मियों, सभी जेल कर्मचारियों एवं न्यायाधीशों तथा अधिवक्ताओं द्वारा पढ़ा जाएगा, ताकि वे हमारे सुधार केंद्रों की सच्चाई से अवगत हो सकें।

अनेक लोग मुझसे पूछते हैं कि सारा दिन इतना चुनौतीपूर्ण कार्य करने के पश्चात् मैं पुस्तकें कैसे लिख लेती हूँ? मेरे विचार से, इसका कारण मेरे पास अनेक सहयोगी मित्रों की उपस्थिति एवं मेरा परिवार है। अत: मैं माँ व पापा, माँ व बाबा, सयंतन, वसुधा एवं विरेन, नीलांजना एवं सुरंजन—इन सभी लोगों से प्यार करती हूँ और उन सभी को धन्यवाद देती हूँ। मेरे मित्र रशीद किदवई को धन्यवाद, जो अपने उर्वर लेखन से मुझे प्रेरित करते रहते हैं। मैं मानसी, मुस्तफा, निर्मला, नगमा एवं प्राची सहित उन अनेक लोगों को भी अपना धन्यवाद प्रेषित करती हूँ, जो मुझे हँसाते और जीवन के वास्तविक एवं महत्त्वपूर्ण तथ्यों को स्मरण कराते रहते हैं।

—सुनेत्रा चौधरी

अनुक्रम

प्रस्तावना

यदि कोई मुझसे कहता कि मैं सुनील गुप्ता के साथ उनसे अपनी पहली मुलाकात के 20 वर्षों बाद कोई पुस्तक लिखूँगी तो वह मुझे उतना ही असंभव प्रतीत होता, जैसे मैं तिहाड़ जेल में अपना समय काट रही हूँ। सुनीलजी, जैसा कि हम उन्हें पुकारते थे, एक आदर्श सरकारी जन संपर्क अधिकारी थे। सन् 1999 में जब मेरे साथी फोटोग्राफर प्रवीण जैन मुझे उनसे मिलवाने के लिए जनकपुरी स्थित जेल मुख्यालय में ले गए तो मुझे उनके आसपास का वातावरण बिल्कुल भिन्न लगा। उनका कार्यालय ऐसे क्षेत्र में स्थित था, जहाँ बंदूकधारी गार्ड निगरानी टावरों पर पहरा दे रहे थे और उसकी ऊँची दीवारें बाहरी दुनिया के विचारों को हतोत्साहित करती थीं। लेकिन सुनील गुप्ता हमारी बातचीत के दौरान ठहाका मारकर बड़ी आसानी से हँसे थे। वह पत्रकारों के अनुरोध को प्रसन्न होकर स्वीकार करते थे और उन्हें 'विशेष' कहानी देने का वादा भी करते थे। यदि आप सुनीलजी की बात पर विश्वास करें तो तिहाड़ किसी हद तक ऐसे लोगों के बुरे समय के लिए एक स्वास्थ्य केंद्र के समान था, जो समाज की नजरों से गिर चुके थे, या आप उसे यद्यपि नेकी की राह त्याग चुके पथभ्रष्ट लोगों के लिए 'सुधार शिविर' भी कह सकते थे। उत्पीड़न? कोई प्रश्न ही नहीं। अभिरक्षात्मक मृत्यु? उनकी निगरानी में असंभव।

सुनीलजी यह बात समझते थे कि संवाददाताओं (और उनके पाठकों) की पीढ़ियों ने भले ही दोस्तोएवस्की को न पढ़ा हो, परंतु वे *'अपराध और सजा'* के प्रति आसक्त थे। अत: जब वह प्रभावशाली ढंग से तिहाड़ की भयावह कहानियों से हटकर कोई जानकारी देते थे तो अन्य रोचक विवरण भी देते थे। वर्ष 2003 में एन.डी.टी.वी. में नौकरी शुरू करने के बाद एन.डी.टी.वी. के लिए मेरी पहली खबर सुनीलजी की सहायता से ही प्राप्त हुई थी। वह खबर एक ऐसे कैदी के बारे में थी,

जिसने जेल की सलाखों के पीछे रहकर पढ़ाई करते हुए प्रतियोगी परीक्षा उत्तीर्ण की थी। वह मानव प्रयास की एक विलक्षण कथा थी और कारागार प्राधिकारियों के दृष्टिकोण से उनकी अच्छी छवि प्रस्तुत करती थी। ऐसी कहानियों के लिए सुनीलजी तिहाड़ के अंदर पर्यवेक्षित यात्राओं की व्यवस्था करते थे। इन्हीं यात्राओं ने मेरे मन में कारागारी कहानियों के प्रति मेरी आसक्ति की आँच को अधिक उद्दीप्त कर दिया।

वर्ष 2005 में सुनीलजी ने मुझे तिहाड़ की महिला कैदियों के बच्चों की पीड़ा को रेखांकित करने हेतु तिहाड़ यात्रा की अनुमति प्रदान की। वह एक अतुल्य हृदय-विदारक कथा थी; परंतु जिस समय मैं उसे कैमरे में कैद कर रही थी, उस समय इस तथ्य के प्रति भी मैं अत्यंत सचेत थी कि तिहाड़ की जो परिष्कृत छवि हमें दिखाई जा रही थी, उसके विपरीत कोई अन्य विद्रूपता हमारे कैमरे की नजरों से ओझल न हो जाए। वह विद्रूपता थी तिहाड़ के वातावरण में व्याप्त बदबूदार, पसीने से तर-ब-तर हवा और शौचालयों की सड़ाँध। महिलाएँ अपने चेहरे पर शून्यता का भाव लिये इधर-उधर घूम रही थीं और मैं अपने आसपास फैली निराशा के प्रति सचेत थी। वर्षों बाद, अर्थात् वर्ष 2011 के पश्चात्, सुनील गुप्ता और भी अधिक महत्त्वपूर्ण हो गए थे; क्योंकि पत्रकार 2-जी स्पेक्ट्रम आवंटन मामले में तिहाड़ में बंद सफेदपोश अधिकारियों एवं राजनेताओं की खबरें दिखाने तथा प्रकाशित करने के प्रति अधिक लालायित थे। उस समय मैं सुनीलजी के पास संवाददाताओं की एक ऐसी टीम भेजने का प्रबंध कर रही थी, जो इस बात का पता लगाती कि जिस समय डी.एम.के. प्रमुख एम. करुणानिधि जेल में बंद अपनी पुत्री कनिमोझी से मिलने गए तो उस समय वास्तव में क्या हुआ था? वह हमें ऐसी छिटपुट जानकारियाँ देते थे कि कैसे पूर्व संचार मंत्री ए. राजा अपने केस से जुड़ी फाइलों का अध्ययन करते हुए अपना समय काट रहे थे अथवा यह कि संपत्ति कारोबारी कंपनी यूनिटेक के मालिक संजय चंद्रा किसके साथ कौन सा खेल खेलते थे? ऐसी मामूली सूचनाएँ पाकर ही पत्रकार प्रसन्न हो जाते थे और उन सूचनाओं से तिहाड़ की छवि को भी किसी प्रकार से कोई हानि नहीं पहुँचती थी।

सुनीलजी तिहाड़ की प्रतिष्ठा बनाए रखने में इतने माहिर थे कि जब सन् 2013 में निर्भया के बलात्कारियों एवं हत्यारों का मुखिया राम सिंह रहस्यमय परिस्थितियों में मृत पाया गया तो तिहाड़ के कर्मचारियों एवं अधिकारियों की भूमिका पर प्रश्नचिह्न लगानेवाली बहुत कम खबरें ही सामने आईं। पत्रकार जगत्

ने कमोबेश स्वीकार कर लिया कि जिस व्यक्ति ने 23 वर्षीया छात्रा के प्रति जघन्य अपराध का नेतृत्व किया था, उसने खुद ही अपनी जान ले ली थी। इसकी तुलना यदि न्यूयॉर्क जेल में जुलाई 2019 में हुई यौनाचारी अभियुक्त जेफ्री एप्सटीन की आत्महत्या की घटना से करें तो पाएँगे कि कैसे एफ.बी.आई. सहित अनेक जाँच टीमों ने यह प्रश्न उठाया था कि इतना उच्च स्तरीय कैदी जेल के अंदर अपनी जान कैसे ले सकता था? भारत में उतनी गहराई से कोई जाँच नहीं हुई। संभवत: यह जन संपर्क अधिकारी की कार्य-कुशलता थी या हमारी जेलों के अंदर होनेवाली घटनाओं के प्रति सामान्य जनता की उदासीनता। इसका पता तो तभी चला, जब सन् 2016 में नेशनल क्राइम रिकॉर्ड ब्यूरो के आँकड़े जारी किए गए। इस बात को लेकर कभी कोई हाय-तौबा नहीं हुई कि हिरासत में हुई मौतों की संख्या एक साल में दुगुनी कैसे हो गई। वर्ष 2015 में जहाँ हिरासत में हुई मौतों की संख्या 115 थी, वहीं भारतीय जेलों में होनेवाली अस्वाभाविक मौतों की संख्या अगले वर्ष 231 हो गई। यह वृद्धि दर यद्यपि 100.87 प्रतिशत थी, फिर भी, कोई इन आँकड़ों से कुछ खास व्यथित दिखाई नहीं पड़ा।

मैं यह स्वीकार करना चाहूँगी कि मुझे अनेक कारणों से एक बड़ी दुविधा का सामना करना पड़ा। मेरी पहली दुविधा यह थी कि मैं अपनी छवि केवल जेल डायरी लेखिका के रूप में नहीं निर्मित करना चाहती थी। मेरी पहली पुस्तक *'बिहाइंड बार्स'* (सलाखों के पीछे) को खूब सराहा गया था; परंतु मैं पुस्तक में अपने पात्रों से भावनात्मक रूप से जुड़ी थी। क्या मैं इतनी जल्दी अपने उसी मार्ग पर दुबारा चलने के लिए तैयार थी? क्या मेरे लेखन को समान विषय-वस्तु की पुनरावृत्ति के प्रयास के रूप में नहीं देखा जाता?

दूसरा और महत्त्वपूर्ण कारण यह था कि मैं इस बात के प्रति आश्वस्त नहीं थी कि मैं सुनील गुप्ता की कहानी का उचित ढंग से वर्णन करने हेतु सर्वोत्तम व्यक्ति थी। एक संवाददाता के रूप में मैंने हमेशा निरीह एवं अभागे व्यक्तियों के बारे में ही लिखा था। मैं किसी आतंकी अभियुक्त की कहानी लिख सकती थी और उसके उत्पीड़न की जीवंत कहानी उसके घुटनों में बैठकर भी ला सकती थी; परंतु क्या मैं वास्तव में दूसरे पक्ष की कहानी भी उतनी ही सच्चाई के साथ लिख सकती थी? यह बात सच थी कि अनेक वर्षों तक तिहाड़ में काम करने के बावजूद श्री सुनील गुप्ता किसी घोटाले में लिप्त नहीं पाए गए थे, लेकिन उनकी कहानी की सत्यता के बारे में मैं किस प्रकार आश्वस्त हो सकती थी? व्यक्तिगत तौर पर वह निस्संदेह

एक मिलनसार व्यक्ति थे, परंतु एक जेल अधिकारी की अपनी भूमिका में वह वास्तव में क्या थे?

अत:, मैंने अपनी ओर से जाँच की। मैंने अनौपचारिक तौर पर दिल्ली सरकार के अधिकारियों से संपर्क किया, क्योंकि तिहाड़ प्रशासन के लिए वही लोग उत्तरदायी थे और मैंने उनसे पूछा कि क्या सुनील गुप्ता के बारे में कभी कोई विपरीत टिप्पणी (रेड फ्लैग) थी? उन्होंने पुष्टि की कि ऐसी कोई टिप्पणी उनके विरुद्ध नहीं थी। उनके एक भूतपूर्व बॉस एवं पूर्व जेल महानिदेशक इस बात से कतई रोमांचित नहीं हुए कि मैं उनकी कहानी लिख रही थी (मेरे मतानुसार, वह उनके विरोधी थे)। लेकिन फिर भी, मुझे सुनीलजी के विरुद्ध कोई खास शिकायत नहीं मिली। इसके साथ-साथ प्रवीण जैन, जिन्होंने सुनीलजी को अपनी कहानी सुनाने हेतु प्रेरित किया था, एक उच्च निष्ठावान् पत्रकार हैं। उन्होंने भी शपथत: उनका पक्ष लिया।

अब केवल मेरे निजी संदेह शेष रह गए थे—मैंने कारागार प्रणाली पर एक समूची पुस्तक लिखी थी तो उनकी कहानी भी भिन्न कैसे हो सकती थी? लेकिन जैसे ही सुनीलजी से मिलकर मैंने उनकी कहानी सुनी, मेरी सारी चिंताएँ दूर हो गईं। 'ब्लैक वॉरंट' के संबंध में मेरी और प्रिया की पहली ही मुलाकात में उन्होंने हमें बता दिया। एक पत्रकार के रूप में अपने दो दशकों के दौरान मैंने पहली बार ऐसी कोई चीज सुनी थी। किसी कैदी की दया याचिका निरस्त होने के तत्काल बाद एक ब्लैक वॉरंट (फाँसीनामा) जारी कर दिया जाता है, जिसका तात्पर्य वस्तुत: मृत्यु का संदेश होता है, जिसमें फाँसी की तिथि एवं समय का उल्लेख होता है। सुनील गुप्ता ने न्यायालय से ऐसे आठ ब्लैक वॉरंट प्राप्त किए थे—प्रत्येक फाँसी के लिए एक फाँसीनामा। ब्लैक वॉरंट के चारों ओर एक मोटी काली रेखा छपी होती है, जिसके अंदर काली स्याही में कैदी का नाम लिखा जाता है। सुनीलजी ने हमें अफजल गुरु, मकबूल बट, बिल्ला व रंगा तथा इंदिरा गांधी के हत्यारों के अंतिम कुछ दिनों के विषय में बताया। अनेक वर्षों से फाँसी की प्रक्रिया के बारे में सूचनाओं का नितांत अभाव था। यदि आप मृत्युदंड प्राप्त कैदियों का केस लड़नेवाले रागिनी आहूजा और ऋषभ संचेती जैसे वकीलों से बात करें तो वे आपको बताएँगे कि कोई सूचना प्राप्त करना कितना कठिन होता है। और यहाँ सुनील गुप्ता थे, जो हमें स्वेच्छा से यह बताने का प्रस्ताव दे रहे थे कि जब राज्य किसी फाँसी की प्रक्रिया से गुजरता है तो वास्तव में होता क्या है। मैं सोचती हूँ कि इसका एक कारण यह है कि अंततोगत्वा वह अपनी कहानी इसलिए बता रहे थे,

क्योंकि उनका अनुभव उनका पीछा कर रहा था। उन्होंने हमारे साथ ऐसी अनेक मार्मिक कहानियाँ साझा कीं, जिसमें उन्होंने सन् 1966 की फिल्म *'बादल'* का एक गीत 'अपने लिए जिए तो क्या जिए' सुनने का उल्लेख किया, जिससे उन्हें अफजल गुरु के अंतिम कुछ घंटों की याद आ गई। सुनीलजी अफजल के साथ उसकी काल कोठरी में बैठे फाँसी के निर्धारित समय की प्रतीक्षा कर रहे थे। उस दौरान दोनों ने एक साथ उपर्युक्त गीत गाया था। उस घटना ने उन्हें स्पष्टतया हमेशा के लिए बदल दिया था। अफजल गुरु की फाँसी इतनी संवेदनशील थी कि अधिकारियों ने उसकी सूचना उसके परिवारवालों को भी कश्मीर में नहीं दी थी। श्री गुप्ता ने हमें फाँसी से पूर्व कुछ दिनों तथा वास्तविक फाँसीवाले दिन की पल-पल की जानकारी उपलब्ध कराई थी। पहली बार उन्होंने यह रहस्योद्घाटन किया कि किस प्रकार एक केंद्रीय मंत्री ने जेल महानिदेशक के साथ आमने-सामने बात की और सुनिश्चित किया कि अफजल गुरु को इस प्रकार फाँसी दी जाए कि किसी को भी कोई आपत्ति करने का अवसर न मिल सके। आगे चलकर पाठकों के समक्ष यह स्पष्ट हो जाएगा कि अफजल की फाँसी भी सन् 1984 में एक अन्य कश्मीरी अलगाववादी नेता मकबूल बट की फाँसी के समान ही गुप्त रखी गई थी। सुनीलजी द्वारा दिया गया विवरण एकमात्र असली विवरण माना जा सकता था कि वास्तव में दोनों लोगों के अंतिम दिनों में क्या हुआ था।

अंततोगत्वा, मैं सम्मोहित हो गई, क्योंकि वह वर्णन करने योग्य एक अच्छी कहानी थी। वर्ष 1981 से 2016 के बीच सुनील गुप्ता देश के आपराधिक एवं न्यायिक क्षेत्र के प्रमुख व्यक्तियों से मिले और उनके साथ वार्त्तालाप किया था। उनमें कुछ ऐसी घटनाएँ थीं, जिनके विषय में इससे पहले कभी कुछ नहीं लिखा गया था। उनमें से कुछ ऐसी थीं, जो सुनी-सुनाई बातों पर आधारित थीं और गोपनीय ढंग से कही गई थीं। इसलिए श्री गुप्ता के माध्यम से हमें उन्हें देखने-समझने का एक नया दृष्टिकोण एवं साक्ष्य प्राप्त हुआ, जो विगत तीन दशकों के सबसे गहरे चरित्रों से हमारा परिचय कराता है। उन्होंने हमें जो अनेक रोचक कहानियाँ सुनाईं, उनमें से एक यह थी कि उन्हें बैडमिंटन खेलना प्रिय था और उनके आसपास जो भी कैदी खेलने का इच्छुक होता, वह उसी के साथ खेलना शुरू कर देते थे। वैसे तो यह सुनने में बड़ा अटपटा लगता है, परंतु जब उन्होंने खेलना प्रारंभ किया तो उनका जोड़ीदार चार्ल्स शोभराज बना और जब वह अपने रिटायरमेंट के निकट पहुँचे तो मनु शर्मा ने उनके साथ जोड़ीदारी निभाई। हमारे पाठकों की दृष्टि में,

वे भारत के सर्वाधिक कुख्यात अपराधी हो सकते थे, परंतु श्री गुप्ता के लिए वे सामान्य लोग थे। शोभराज एक मृदुभाषी व आकर्षक विदेशी था, जिसने श्री गुप्ता को नौकरी दिलवाने में महत्त्वपूर्ण भूमिका निभाई थी। तिहाड़ जेल में कैदियों द्वारा निर्मित उत्पादों के 'TJ's' ब्रांड को व्यावसायिक सफलता दिलाने के पीछे मनु शर्मा का ही व्यावसायिक दिमाग था।

सुनील गुप्ता ने हमें बिल्ला व रंगा की याद दिलाई, जिन्होंने सन् 1978 में गीता चोपड़ा एवं संजय चोपड़ा नामक भाई-बहन का बलात्कार और हत्या की थी। वह ऐसा मामला था, जिसने राजधानी को सदा-सर्वदा के लिए बदलकर रख दिया; क्योंकि उस घटना के बाद लोगों ने यह महसूस करना प्रारंभ कर दिया था कि दिल्ली अब सुरक्षित नहीं रह गई थी। बिल्ला व रंगा को जब सन् 1982 में फाँसी दी गई थी, उस समय सुनील गुप्ता एक नौसिखिया जेलर थे और इस पुस्तक में वह हमें फाँसी से जुड़ी प्रत्येक घटना से सिलसिलेवार ढंग से जोड़ते हैं। जब उन्होंने हमें अपनी सबसे पहली फाँसी का वृत्तांत सुनाया तो मेरी रूह काँप गई। मेरी दृष्टि में, यह पुस्तक उस ज्ञान की खोज को अनावृत करती है कि किसी मनुष्य को दूसरे मनुष्य की जान लेने के लिए किन गुणों से लैस होना पड़ता है? इस प्रश्न ने मुझे अन्य जेलरों से भी संपर्क करने हेतु उद्यत किया, जिनमें से एक उत्तर प्रदेश की डासना जेल का जेलर था और दूसरा महाराष्ट्र का एक प्रमुख जेलर था। महाराष्ट्र के जेलर की कहानी विशेष रूप से रोचक थी, क्योंकि वह देश में दी गई अंतिम दो फाँसियों से जुड़ा था। उसमें पहली फाँसी 26/11 के आतंकवादी अजमल कसाब को सन् 2012 में दी गई थी और दूसरी फाँसी 1993 के मुंबई बम विस्फोटों के षड्यंत्रकारी याकूब मेमन की थी, जिसे 2015 में फाँसी पर लटकाया गया था। दुर्भाग्यवश, उसका उल्लेख करना अभी संभव नहीं है, क्योंकि वह अभी भी सेवारत है और सरकारी नियमों से बँधा हुआ है। बहरहाल, उसने भी हमारे साथ अपनी परेशानियों को साझा किया, क्योंकि सन् 1995 के बाद अजमल और याकूब को दी जानेवाली फाँसी पहली थी। उसने हमें बताया कि "हमारे स्टाफ में ऐसा कोई भी आदमी नहीं था, जिसने उससे पहले किसी को फाँसी पर लटकाया हो। इसलिए हमें फाँसी से जुड़ी पुस्तकों और जेल नियमावली का अध्ययन करना पड़ा और तदनुसार उन्हें प्रशिक्षित करना पड़ा।" इसके साथ ही उसने यह भी बताया कि "प्रत्येक चरण में हमें नितांत नई परेशानियों का सामना करना पड़ा और उसके बाद हमने तय किया कि उनसे कैसे निपटा जाए।" वह जेलर एक

प्रशिक्षित समाज-शास्त्री था और जेल की नौकरी उसके प्रशिक्षण का स्वाभाविक विस्तार थी। बहरहाल, सुनील गुप्ता एक पुराने जमाने के जेलर थे, जिन्होंने तिहाड़ में इसलिए नौकरी की, क्योंकि वह एक स्थिर सरकारी नौकरी थी। गुप्ता के भाग्य में यही लिखा था कि प्रयास एवं गलती के माध्यम से जेल में किस प्रकार सुधार लाया जाए! वहाँ प्रशिक्षण अत्यल्प था, नियमावलियाँ पुस्तकों में कैद थीं और मानक संचालन संहिताएँ मनमानी थीं। उदाहरणार्थ, श्री गुप्ता ने हमें बताया कि एक फाँसी के दौरान अपराधी की श्वास गति दो घंटे बाद भी बंद नहीं हुई थी। अत: उस स्थिति में वे क्या करते? इसलिए एक गार्ड ने फौरन फाँसीवाले गड्ढे में छलाँग लगाई और तब तक उसके पैरों को नीचे की ओर खींचता रहा, जब तक कि उसकी साँस पूरी तरह बाहर नहीं निकल गई।

सुनील गुप्ता की कहानी में अनेक रोचक राजनीतिक घटनाएँ भी शामिल हैं। एक ओर जहाँ हमें यह ज्ञात है कि दिल्ली में हुए सिख-विरोधी दंगों में हजारों लोग मारे गए थे, हमें इंदिरा गांधी की हत्या करनेवाले वास्तविक लोगों के बारे में बहुत कम जानकारी है। गुप्ता की कहानी हमें अतीत में नवंबर 1984 की ओर ले जाती है, जब देश में सिख समुदाय पर प्राणघातक हमले जारी थे और दिल्ली को उनसे निजात पानी थी। अपनी ओर से मैं केवल इतना ही कह सकती हूँ कि तिहाड़ के संपूर्ण कार्य बल से सभी सिख अधिकारियों को हटा दिया गया था, जो यह इंगित करने के लिए पर्याप्त था कि उस समय सिख समुदाय के प्रति विश्वास का कितना अभाव था! हमें यह कहने में गर्व की अनुभूति होती है कि 26/11 जैसे प्रत्यक्ष आतंकवादी हमले के दोषी अजमल कसाब को भी फाँसी देने से पहले मुकदमे की संपूर्ण वैधानिक प्रक्रिया अपनाई गई और इतना ही नहीं, उसे अपने बचाव के लिए सर्वोत्तम वकील भी उपलब्ध कराए गए थे। क्या इंदिरा गांधी हत्याकांड के मामले में भी उन्हीं प्रक्रियाओं का सही ढंग से पालन किया गया था? इससे जुड़े अध्याय का अध्ययन विचारोत्तेजक है। इस पुस्तक में उन घटनाओं का विवरण भी पाठकों को मिलेगा कि निर्भया के बलात्कारी और हत्यारे राम सिंह के साथ वास्तव में क्या हुआ था? राम सिंह की आत्महत्या की जो कहानी प्रसारित की गई थी और जिसे आज तक सत्य मानकर स्वीकार किया जाता है, उसने भी अब राम सिंह की मृत्यु को संदेह के घेरे में खड़ा कर दिया है।

'बिहाइंड बार्स' (सलाखों के पीछे) उन गलत कामों की कहानी थी, जिसे कैदियों ने जेलरों और आपराधिक न्याय-प्रणाली के हाथों अनुभव किया था। यह

पुस्तक दरशाती है कि जेलरों को भी अपनी ही प्रणाली के हाथों कैद होना पड़ता है। अपर्याप्त वेतन और अधिक काम के बोझ से दबे वहाँ के कर्मचारी इतने अप्रशिक्षित एवं संसाधन-विहीन हैं कि वे कैदियों के सुधार को लागू कर पाने में पूर्णतया अक्षम हैं। उनमें से अधिकांश उत्पीड़ित लोग आगे चलकर स्वयं उत्पीड़क बन जाते हैं। मेरे और सुनील गुप्ता के बीच इस बात का निर्णय हुआ था कि वह मुझे सच्चाई बताएँगे और सभी गुणों एवं दोषों से युक्त परिपूर्ण कहानी सुनाएँगे। इसलिए, आप पाएँगे कि सरकारी अधिकारियों के संस्मरणों, जहाँ कथाकार ही सबकुछ होता है और वह स्वयं को किसी संत या नायक के रूप में प्रस्तुत कर सकता है—के विपरीत सुनील गुप्ता इस तथ्य को पूरी ईमानदारी से स्वीकार करते हैं कि जब कुछ कैदी सिरदर्द बन गए तो अपने कार्य को सुचारु रूप से करने के लिए उन्हें कभी-कभार ऐसे समस्याजनक कैदियों की पिटाई भी करनी पड़ी। वह बताते हैं कि कारागार की दुनिया में, जहाँ स्वयं कैदियों को प्रशासनिक भूमिकाओं में भरती किया जाता है, जहाँ जंगल का कानून चलता हो, वहाँ अपनी उत्तरजीविता हेतु आपको जंगली तौर-तरीके अपनाने ही पड़ेंगे।

यह एक प्रभावशाली कहानी है; लेकिन इसमें भी एक व्यापक प्रश्न है, जिसे सुनीलजी और मैं इस पुस्तक में उठाने का प्रयास कर रहे हैं। हम आशा करते हैं कि इस पुस्तक में उद्घाटित विषयों पर नीति-निर्माताओं, सरकार और अधिवक्ताओं को काररवाई करने के लिए प्रेरित होना पड़ेगा। उदाहरण के लिए, राजन पिल्लई की मृत्यु को ले लीजिए। 25 वर्षों तथा एक न्यायिक जाँच के बाद क्या सरकार ईमानदारी से यह दावा कर सकती है कि पिल्लई की तरह किसी अन्य की चिकित्सा आपात स्थिति में मृत्यु नहीं होगी ? एस.वी.पी. नेशनल पुलिस जर्नल (दिसंबर 2018) में प्रकाशित एक पेपर के अनुसार नाहन, हिमाचल प्रदेश स्थित एक आदर्श जेल में किए गए अध्ययन में पाया गया था कि न केवल वहाँ कोई सी.एम.ओ. (मुख्य चिकित्सा अधिकारी) नहीं था—यह एक ऐसा पद है, जिसे सभी जेलों में भरा जाना अनिवार्य है, आज भी जेल में कोई नियमित डॉक्टर नहीं है। भारतीय पुलिस सेवा (आई.पी.एस.) के एक अधिकारी द्वारा लिखे गए लेख में बताया गया कि गंभीर अवस्थावाले कैदियों को भी आगंतुक डॉक्टरों के आने तक प्रतीक्षा करनी पड़ती है और परामर्श की प्रतीक्षा में कई बार कैदियों की हालत काफी बिगड़ भी जाती है। जिन सौभाग्यशाली कैदियों को चिकित्सा परामर्श एवं जाँच करवाने की सलाह मिल जाती है, उन्हें भी किसी निकटस्थ

अस्पताल में अपनी जाँच करवाने हेतु अस्पताल ले जानेवाले गार्डों की उपलब्धता की प्रतीक्षा करनी पड़ती है। कैदी कहते हैं कि सिपाहियों को हमेशा जल्दी होती है और यदि अस्पताल में रोगियों की लाइन लंबी होती है तो वे उन्हें बिना जाँच करवाए ही वापस ले आते हैं। यह एक आदर्श जेल की स्थिति है। हरियाणा में तो स्थितियाँ और भी बुरी हैं। वहाँ महिला कैदियों के लिए कोई महिला डॉक्टर नहीं है। करनाल जैसी कुछ जेलों में तो महिला कैदियों को सैनिटरी नैपकिंस तक उपलब्ध नहीं करवाए जाते हैं। वे नैपकिन उन्हें खुद खरीदने पड़ते हैं, बशर्ते कि उनके परिवारवाले समय पर उन्हें पैसे भेज दें। राष्ट्रमंडल मानव अधिकार पहल (सी. एच.आर.आई.) के अनुसार, यदि वैसा नहीं हो पाता है, अर्थात् सैनिटरी नैपकिन खरीदने के लिए पैसा नहीं मिलता तो निरीह महिला कैदियों को कचरे के ढेर में पड़े फटे-पुराने कपड़ों से अपना काम चलाना पड़ता है।

हम आशा करते हैं कि जेलों में तात्कालिक आवश्यकताएँ उपलब्ध कराने हेतु सरकारें जागेंगी, ताकि वहाँ काम करनेवाले लोगों को विवश होकर कैदियों के साथ अपमानजनक व्यवहार न करना पड़े। हरियाणा के बारे में सी.एच.आर.आई. 2019 की रिपोर्ट कहती है कि कुछ क्षेत्रों में कर्मचारियों की रिक्तियाँ 44 प्रतिशत तक हैं। सुनील गुप्ता की कहानियाँ ऐसे अनेक संदर्भों से भरी पड़ी हैं कि सजायाफ्ता कैदी अथवा *'नंबरदार'* जेलों को चलाते हैं तो इसमें कोई हैरानीवाली बात नहीं है। सुनीलजी के कथनानुसार, ये कैदी अनुशासन बनाए रखते हैं और दैनिक प्रशासन का कार्य सँभालते हैं, जो कि जेलों की कार्य-कुशलता हेतु अमूल्य हैं। यह अनादर्श स्थिति लगातार जारी रहती है, क्योंकि सभी जेलों के लिए अनिवार्य जिला एवं सत्र न्यायाधीश के मासिक दौरे नहीं होते हैं। (स्रोत : हरियाणा रिपोर्ट, सी.एच.आर.आई. 2019)। इस मामले में सुनील गुप्ता एक अपवाद थे। वह सचमुच कैदियों के सुधार में सहायक थे और अपने काम से खुश थे। यह कुछ ऐसा कार्य था, जिसे न तो उनके सहकर्मी समझते थे और न ही उनका परिवार।

सर्वाधिक प्रभावित मासूम और गरीब कैदी होते थे, जिनकी पहुँच न तो अच्छे वकीलों तक होती थी और न ही वे इतने शिक्षित थे कि उन्हें अपने अधिकारों का पर्याप्त ज्ञान हो सके। ऐसे लोग आंतरिक तंत्र की अनियमितताओं के सहारे छोड़ दिए जाते थे। ऐसे ही लोगों का वहाँ अधिक शोषण एवं उत्पीड़न होता था, जबकि संपन्न कैदी अपेक्षाकृत सुविधापूर्वक रहते थे। उत्पीड़न के मामले में उच्चतम न्यायालय द्वारा सन् 1979 में दिए गए निर्णय, जिसे 'सुनील बत्रा जजमेंट' के नाम

से भी जाना जाता था, में विद्वान् न्यायाधीशों ने कुलदीप नैयर का उल्लेख करते हुए लिखा कि अमीर कैदियों के लिए कैसे सारी सुविधाएँ उपलब्ध हो जाती थीं। श्री नैयर वर्ष 1975 से 1977 तक तिहाड़ में थे, जिन्हें आपातकाल लागू होने के बाद गिरफ्तार कर लिया गया था।

> श्री कुलदीप नैयर एक जिम्मेदार पत्रकार हैं और उनकी पुस्तक 'इन जेल' में मिथ्यावादिता का कोई प्रत्यक्ष उद्‌देश्य नहीं है और न ही उनका झुकाव व्यक्तिनिष्ठता की ओर है। लेखक के विचार से, जेल परिसर के अंदर ऐसी कोई चीज नहीं थी, जिसे पैसे से खरीदा न जा सके। श्री नैयर ने तथ्यात्मक विवरण देते हुए लिखा—कोई भी व्यक्ति जेल के अंदर जितना चाहे उतना धन बाहर से मँगवा सकता था, बशर्ते कि वह उसकी कीमत अदा करे। वहाँ सरकारी डाक विभाग से अधिक विश्वसनीय मनीऑर्डर एवं डाक सेवा थी। उदाहरणार्थ, मेरे वार्ड में यदि किसी कैदी को 200 रुपए की आवश्यकता होती थी तो वह वार्डर के माध्यम से अपने पुरानी दिल्ली स्थित लोगों के पास एक परची भेज देता था और चौबीस घंटे के अंदर उसे पैसे मिल जाते थे। इसके लिए उसे संग्रह शुल्क के रूप में 66 रुपए अदा करने पड़ते थे, अर्थात् वहाँ की 'निर्धारित मनीऑर्डर फीस' 33 प्रतिशत थी।... हमें बताया गया कि जहाजरानी कंपनी का मालिक धर्म तेजा जिस समय तिहाड़ में सजा काट रहा था, वह हजारों रुपए मँगा लेता था। कहने का तात्पर्य यह कि यदि कोई व्यक्ति जेल कर्मियों को अधिक धन की अदायगी कर सकता था तो उसे उसकी आवश्यकता की सभी चीजें बेरोक-टोक उपलब्ध हो जाती थीं। तेजा के पास सारी सुविधाएँ थीं—उसकी कोठरी में एक कूलर, एक रेडियो-सह-रिकॉर्ड प्लेयर सेट और यहाँ तक कि उसके पास फोन का प्रयोग करने की सुविधा भी थी। ऐसा ही एक अन्य अमीर कारोबारी हरिदास मूँधड़ा था, जिसे धोखाधड़ी के आरोप में जेल की सजा सुनाई गई थी और उसने भी तिहाड़ में कुछ समय बिताया था। उसे न केवल समस्त सुविधाएँ प्राप्त थीं, बल्कि वह अपनी इच्छानुसार जेल से बाहर भी जा सकता था। कई बार तो वह काफी दिनों के लिए बाहर चला जाता था और यहाँ तक कि वह कलकत्ता तक की यात्रा कर लेता था। वास्तव में, इन सब कामों के लिए अत्यधिक धन खर्च करने की जरूरत पड़ती थी। एक अन्य अमीर कैदी राम कृष्ण डालमिया थे। उन्होंने अपनी जेल की अधिकतर सजा अस्पताल में काटी। वह जेल अधिकारियों के प्रति अपनी उदारता हेतु विख्यात थे। एक डॉक्टर को तो उन्होंने उपहार के रूप में एक कार भी भेंट की थी।
>
> परंतु तिहाड़ में कारोबारियों से भी अधिक विलासितापूर्ण जीवन तस्कर बिताते थे। उनका खाना 'मोती महल' से और उनकी व्हिस्की कनॉट प्लेस से आती थी। उन्हें न केवल शराब उपलब्ध हो जाती थी, बल्कि उन्हें औरतें भी जेल में मिल जाती थीं।

एक वार्डर ने बताया था, "बाबूजी, उन्हें वेश्याएँ नहीं, बल्कि वास्तविक सम्मानित समाज की लड़कियाँ मिल जाती थीं। वे औरतें जेल में तभी आती थीं, जब 'साहब लोग' लंच के लिए अपने घर चले जाते थे और उनके खाली कार्यालय मौज मस्ती के अड्डे बन जाते थे।"

यदि आप इस पुस्तक के अंतिम दो अध्याय पढ़ेंगे तो महसूस करेंगे कि विगत 40 वर्षों में कितना कम परिवर्तन हुआ है। शायद केवल एक चीज जो बदली है, वह यह है कि अमीर कैदी खाने का ऑर्डर 'मोती महल' को देने के बजाय अपना खाना अपने ही होटल से मँगाते हैं और वह होटल विशेष रूप से जेल कर्मचारियों एवं अति विशिष्ट कैदियों को ही अपनी सेवाएँ प्रदान करता है। मैं यह बात पूर्णतया आश्वस्त होकर नहीं कह सकती कि कभी कोई जेल अधिकारी इस यथास्थिति को चुनौती देगा, परंतु मैं इस बात से आशान्वित जरूर हूँ कि किसी आंतरिक व्यक्ति के इन उद्धरणों का संज्ञान लेना उच्च न्यायालय एवं उच्चतम न्यायालय के न्यायाधीशों के लिए आसान होगा और वे प्रशासन पर सभी कैदियों से समान व्यवहार किए जाने का दबाव डाल सकते हैं।

पाठकों के लिए अपने मन में विचार करनेवाली एक बात यह है कि एक ओर जहाँ मैंने इस पुस्तक में सुनील गुप्ता की कहानी को सत्य माना है, वहीं दूसरी ओर यह कहना भी उचित है कि इसमें मैंने स्वयं कुछ परिवर्तन किया है। एक पत्रकार के रूप में मेरे लिए किसी ऐसे जेल अधिकारी की आवाज बनना अत्यंत चुनौतीपूर्ण एवं भयावह है, जिसने इसी प्रणाली के अंतर्गत अपने आप को जीवित रखा है। मुझे पूरी आशा है कि मैं अपने इस उद्देश्य में सफल रही हूँ।

—सुनेत्रा चौधरी

तिहाड़ जेल परिसर, 1981

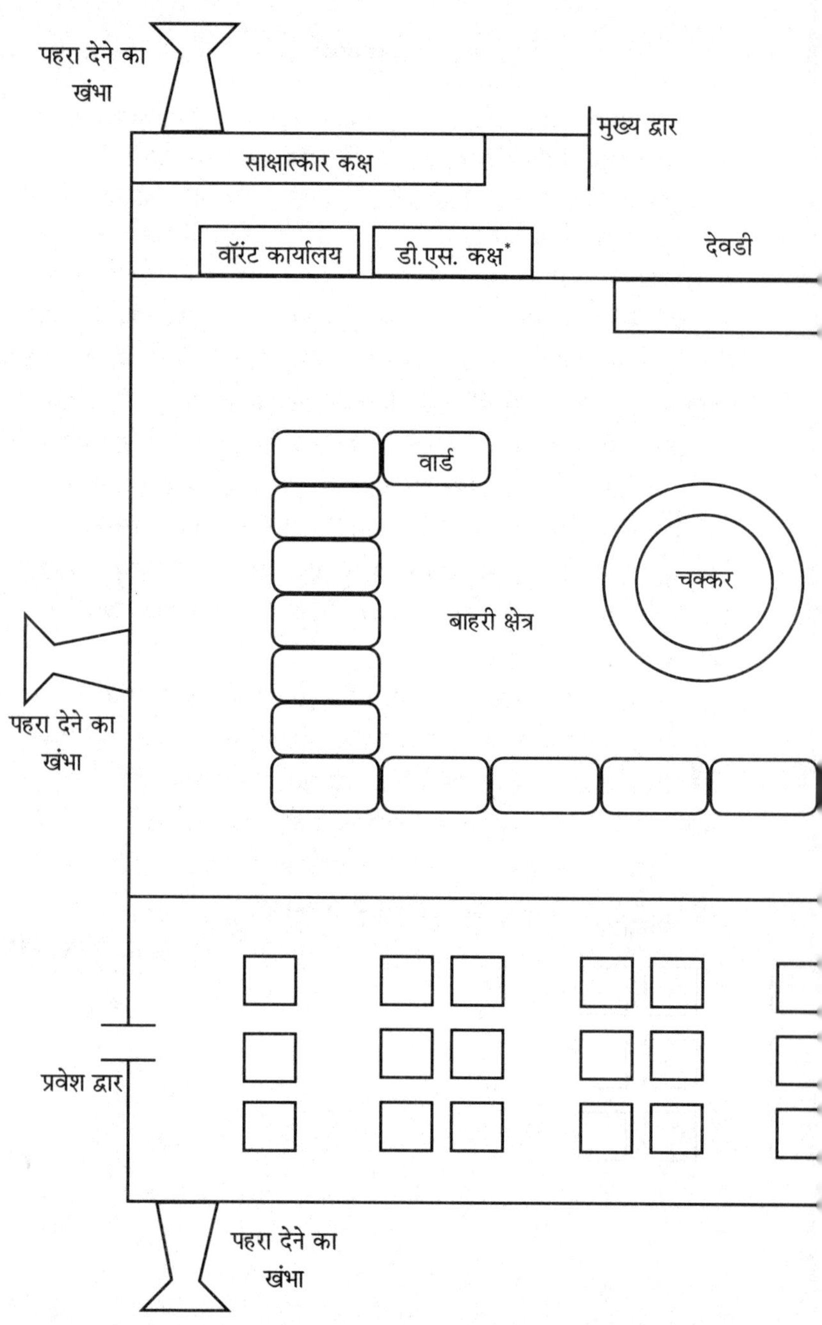

* एस.पी. कक्ष : अधीक्षक का कक्ष

* डी.एस. कक्ष : उप-अधीक्षक का कक्ष

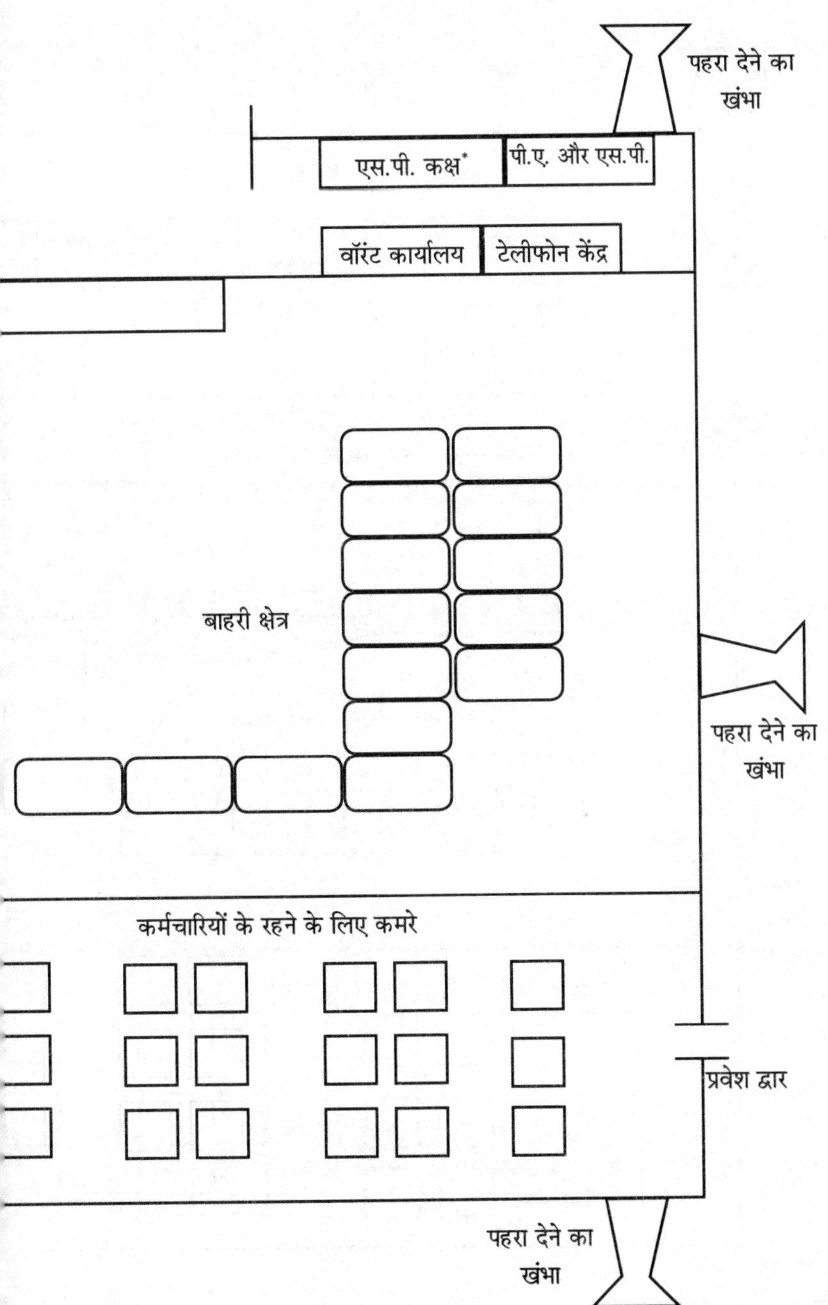
पहरा देने का खंभा
एस.पी. कक्ष*
पी.ए. और एस.पी.
वॉरंट कार्यालय
टेलीफोन केंद्र
बाहरी क्षेत्र
पहरा देने का खंभा
कर्मचारियों के रहने के लिए कमरे
प्रवेश द्वार
पहरा देने का खंभा

तिहाड़ जेल परिसर, 1981

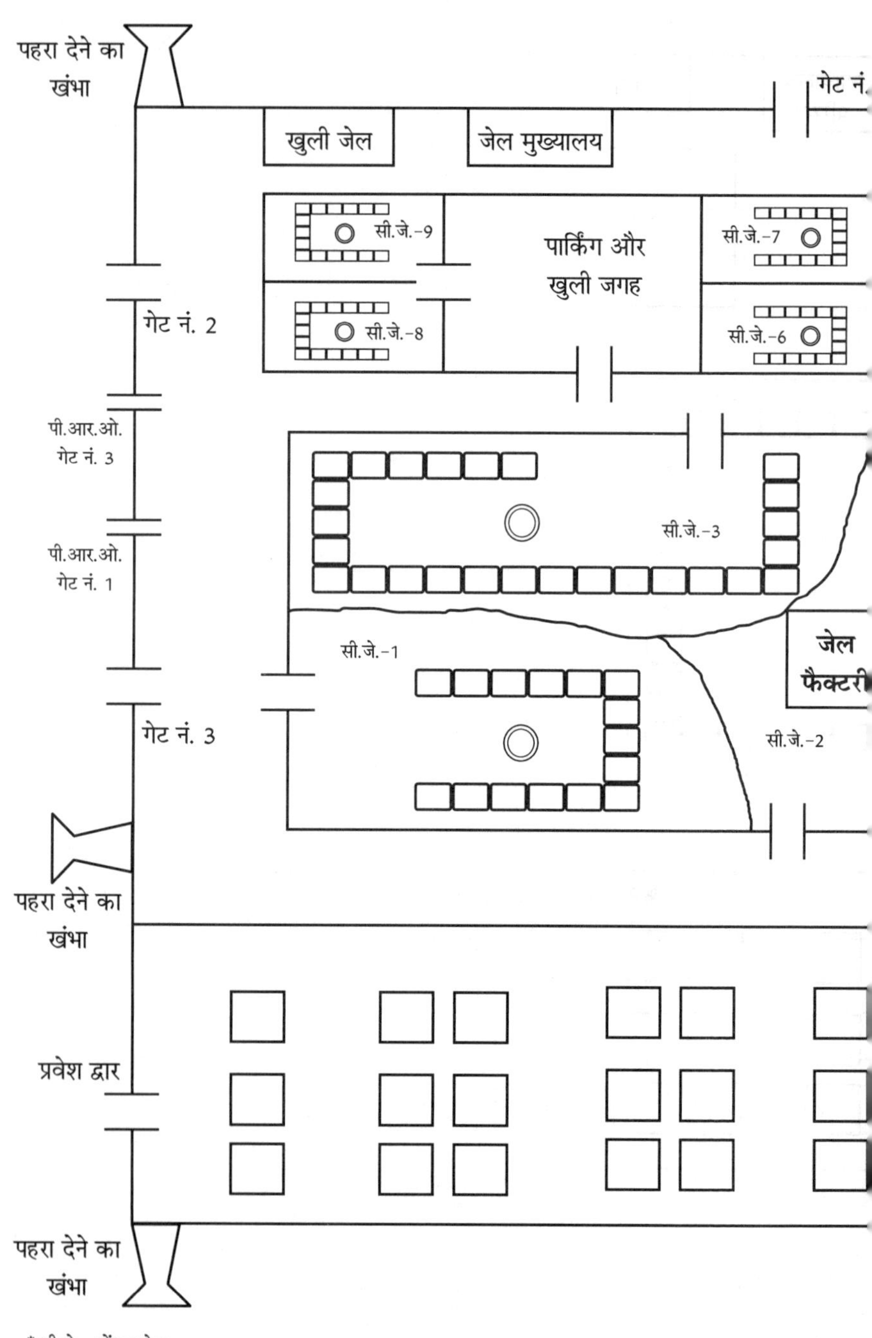

* सी.जे. : सेंट्रल जेल

* ○ चक्कर

* पी.आर.ओ. : सार्वजनिक प्रवेश के लिए

* ☐ कैदियों के लिए वार्ड

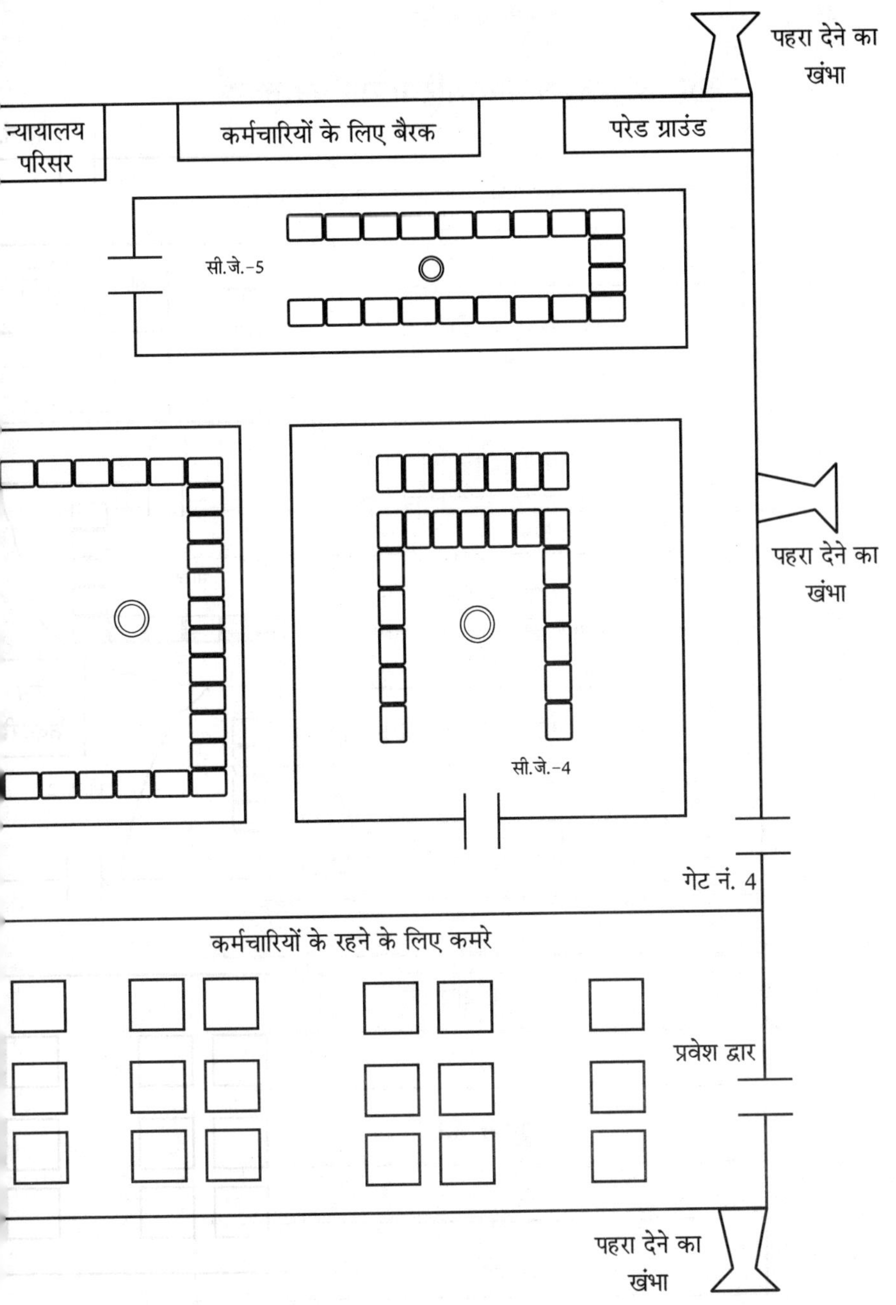
पहरा देने का खंभा
न्यायालय परिसर
कर्मचारियों के लिए बैरक
परेड ग्राउंड
सी.जे.–5
पहरा देने का खंभा
सी.जे.–4
गेट नं. 4
कर्मचारियों के रहने के लिए कमरे
प्रवेश द्वार
पहरा देने का खंभा

तिहाड़ जेल के कर्मचारियों का पदानुक्रम

महानिदेशक (कारागार)/महानिरीक्षक (कारागार)

अतिरिक्त महानिरीक्षक (1)

उप-महानिरीक्षक (2)

कारागार अधीक्षक (18)

उप-कारागार अधीक्षक (प्रथम श्रेणी)

उप-कारागार अधीक्षक (द्वितीय श्रेणी)

सहायक अधीक्षक

मुख्य प्रहरी

प्रहरी

पहला दिन चार्ल्स शोभराज ने कैसे मुझे नौकरी दिलाई

8 मई, 1981—यही वह पहला दिन था, जब मैंने अपनी ड्यूटी के लिए रिपोर्ट किया और मुझे मेरे सहकर्मियों की विक्षिप्ति का आभास हुआ। मैंने महसूस करना शुरू किया कि बंदीकरण एवं बंदियों से निपटना मेरे मन में कौतूहल जगा रहा था।

वह तारीख मुझे अच्छी तरह याद है, क्योंकि जिस प्रकार मेरा जीवन बदला, उसकी मैंने कभी कल्पना भी नहीं की थी। अपना नियुक्ति-पत्र थामे हुए मैं तिहाड़ के तत्कालीन जेल अधीक्षक बी.एल. विज के कार्यालय में पहुँचा। मैं उत्तर रेलवे की अपनी नौकरी से पहले ही इस्तीफा दे चुका था और नियमानुसार वह मंजूर भी हो चुका था। नौकरियों में यह सब एक सामान्य बात थी। लेकिन तिहाड़ में पहले ही दिन मेरे साथ जो कुछ हुआ, वह मेरे लिए गंभीर चिंता की बात थी। एक रेलवे कर्मचारी होने का अर्थ था कि मुझे अपनी जिंदगी सड़क या रेल की पटरियों पर गुजारनी होगी। कोई अप्रत्याशित स्थानांतरण मुझे कभी अच्छा नहीं लगा। अतः जब मेरे लिए तिहाड़ में नौकरी का द्वार खुला तो मैंने सोचा कि मेरे लिए राष्ट्रीय राजधानी में अपनी जिंदगी शुरू करने का वह एक उत्तम अवसर था। उस समय मेरी उम्र 24 वर्ष थी।

वास्तव में, मेरे परिवार में कोई भी मेरी भावनाओं की कद्र नहीं करता था। हम तीन भाई थे और हमारी दो बहनें थीं। मेरा नंबर चौथा था और मुझसे छोटी एक बहन थी। हम पाँच सहोदर भाई-बहनों में एक आई.आई.टी. का परमाणु वैज्ञानिक और एक कॉलेज का प्रोफेसर था। मेरे माता-पिता को हिंदू कॉलेज में शिक्षित उनके पुत्र का चोर-उचक्कों के बीच जाकर नौकरी करने का विचार कतई अच्छा

नहीं लगा। सबसे बुरी बात तो यह थी कि उन दिनों के अखबार तिहाड़ जेल की कहानियों से भरे रहते थे, जिन्होंने उन्हें भयभीत कर दिया था। उन दिनों की खबरों की एक बानगी लीजिए—'कैदी ने जेलकर्मी को धमकी दी', या इससे भी बुरी खबर यह कि 'कैदी ने जेलर की हत्या की'।

"क्या इसीलिए तुमने बी.एस-सी. और कानून की पढ़ाई की थी?" मुझसे प्रश्न किया गया।

निश्चय ही, मैंने विज्ञान एवं कानून की पढ़ाई पारिवारिक कारोबार करने के लिए तो कतई नहीं की थी। मेरे कहने का आशय यह था कि लुधियाना में परचून की दुकान चलाते हुए अपना जीवन कौन व्यतीत करना चाहता था? मुझे एक चुनौती चाहिए थी और एशिया की सबसे बड़ी जेल में मेरे लिए चुनौतियों की भरमार थी। रेलवे ने मुझे 7 मई को मेरी सेवाओं से मुक्त कर दिया और उसके अगले ही दिन मैं पश्चिमी दिल्ली स्थित तिहाड़ जेल पहुँच गया।

मैं सहायक जेल अधीक्षक (ए.एस.पी.) के रूप में नौकरी शुरू करने का इच्छुक था और अत्यंत गौरवान्वित था कि मैंने सफलतापूर्वक साक्षात्कार बोर्ड का सामना करने के बाद वह नौकरी प्राप्त की थी, जो मुझे आदर्श प्रतीत होती थी। मैं सीधे जेल अधीक्षक के कमरे में गया और नौकरी शुरू करने का अपना इरादा जाहिर किया तथा आशा की कि वे मुझे किसी ऐसे व्यक्ति के पास भेजेंगे, जो औपचारिकताएँ पूरी करने में मेरी सहायता करेगा। बी.एल. विज ने एक बार मुझे ऊपर से नीचे तक देखा और बड़े आराम से कहा, "यहाँ ए.एस.पी. के पद हेतु कोई स्थान रिक्त नहीं है।"

मैं हतप्रभ था। मैं आश्वस्त नहीं था कि मैंने उनकी बात सही तरह से सुनी थी। क्या उन्होंने मेरे दुबले-पतले शरीर और कम वजन के कारण मुझे उस नौकरी के लिए अनुपयुक्त मानकर खारिज कर दिया था? क्या उन्हें मेरा चेहरा पसंद नहीं था? मुझे कुछ समझ में नहीं आया कि वहाँ क्या चल रहा था!

मैंने अपने ऊपर हावी तात्कालिक क्रोध पर काबू पाने की कोशिश की। "लेकिन सर, मेरे पास मेरा नियुक्ति-पत्र है। ऐसा कैसे हो सकता है कि यहाँ उस पद की कोई रिक्ति नहीं हो?" मैंने उनसे थोड़ी ऊँची आवाज में इस आशा से कहा कि संभवत: अब वह मेरे ऊपर क्रोधित नहीं होंगे।

"तुम्हें रेलवे की नौकरी छोड़ने से पहले पूछ लेना चाहिए था।" उन्होंने तत्काल उत्तर दिया। मेरे द्वारा उनके अधिकारों को चुनौती दिए जाने से वह स्पष्टत:

अधीर दिखाई पड़े। मैं मई की गरमी से अधिक अपने क्रोध के कारण पसीने से तर-ब-तर हो रहा था। मैंने अपने मन में संपूर्ण प्रक्रिया का खाका खींचा और यह जानने की कोशिश करने लगा कि मुझसे गलती कहाँ हुई थी? मुझे तिहाड़ में नौकरी का प्रस्ताव एक महीने पहले मिल गया था; परंतु मैं तत्काल अपने काम पर इसलिए नहीं गया, क्योंकि मुझे रेलवे में अपनी सूचना अवधि पूरी करनी थी। क्या उसी की कीमत मुझे इस नौकरी में चुकानी पड़ रही थी? मैं दोनों नौकरियों से वंचित होकर व्यथित कैसे किया जा सकता था?

अचानक मुझे एक तरकीब सूझी।

"सर, क्या मेरे बारे में आपके पास किसी का कोई फोन आया था?"

"नहीं, मेरे पास किसी का फोन नहीं आया।"

"क्या आपको आर.पी. सिंघल, आई.ए.एस. ने फोन नहीं किया?"

जैसे ही मैंने उनसे यह बात कही, उनके रवैए में तत्काल परिवर्तन महसूस किया। उन्होंने मुझे अपने ऑफिस के बाहर प्रतीक्षा करने के लिए कहा।

मैं आर.पी. सिंघल को नहीं जानता था, परंतु मुझे उनका नाम याद था, क्योंकि मैंने अपनी सी.बी.एस.ई. की पाठ्य पुस्तकों के प्राक्कथन में शिक्षा बोर्ड के अध्यक्ष के रूप में उनका नाम छपा हुआ देखा था। मैंने अनुमान लगाया कि उनका नाम महत्त्वपूर्ण था, तभी तो प्रत्येक विद्यार्थी की स्मृति में अंकित है। शायद वह विज को भी प्रभावित कर सकेगा। वह भी उसी गोत्र (जाति) के थे, जो मेरा था। इसलिए मैंने अनुमान लगाया कि यदि वह मेरे संदर्भ की पुष्टि करना चाहेंगे तो मैं इस भ्रामक आर.पी. सिंघल के बारे में उन्हें राजी कर लूँगा।

खैर, अपने भाग्य का निर्णय होने की प्रतीक्षा में बाहर बैठे हुए मैंने टाई और जैकेट पहने एक खूबसूरत व्यक्ति को अपनी ओर आते देखा। उसकी उम्र लगभग 20 वर्ष रही होगी और वह तिहाड़ जेल के वातावरण से कुछ भिन्न दिखाई दे रहा था। बहरहाल, मुझे ऐसा प्रतीत हुआ, मानो वह वहाँ अकसर आता-जाता रहता था।

"हाँ, तुम यहाँ किस काम से आए हो?" उसने मुझसे अंग्रेजी में पूछा।

मैंने उसे अपनी विचित्र स्थिति के बारे में साफ-साफ बता दिया।

"चिंता मत करो। मैं तुम्हारी सहायता कर सकता हूँ।" उसने कहा और इस संक्षिप्त आश्वासन के बाद वह बी.एल. विज के कार्यालय में चला गया।

एक घंटा या उससे कुछ अधिक देर बाद वह सूट-बूटवाला आदमी एक पत्र के साथ कमरे से बाहर आया, जिसमें लिखा हुआ था कि मुझे ए.एस.पी. के

रूप में तिहाड़ में शामिल कर लिया गया था। मुझे पत्र थमाकर वह व्यक्ति वहाँ से चला गया।

नियुक्ति-पत्र पाकर मैं अत्यंत प्रफुल्लित था; किंतु मुझे उस शक्तिशाली व्यक्ति के बारे में जानने की जिज्ञासा हुई, इसलिए मैंने वहाँ से गुजरते एक आदमी से उसके बारे में पूछा।

"वह चार्ल्स शोभराज है। वह इस जेल का 'सुपर आई.जी.' है। यहाँ सबकुछ उसी के इशारे पर होता है।" जो व्यक्ति अनेक हत्याओं के अपराध में जेल में लंबी सजा काट रहा था और जो अनेक देशों में वांछित था, उसने मेरी नौकरी दिलाने में महत्त्वपूर्ण भूमिका निभाई थी और उसी की बदौलत मैंने उस नौकरी में अपनी सारी जिंदगी बिता दी थी। उसके बाद मैंने देखा कि अनेक लोग जब नौकरी के लिए आते थे तो उन्हें बहुत परेशान किया जाता था। संभवत: यह उनका दुर्भाग्य था कि शोभराज से उनका परिचय नहीं था। बाद में, मुझे पता चला कि जब तक आपका तिहाड़ में कोई संपर्क सूत्र न हो, तब तक आप वहाँ नियमित नौकरी पाने की आशा नहीं कर सकते थे। उस दिन मेरी तरह वहाँ नौकरी में प्रवेश करनेवाले दस लोग थे और वहाँ सभी के सशक्त संपर्क थे। उनमें एक ऐसा भी व्यक्ति शामिल था, जिसकी सिफारिश लोकसभा अध्यक्ष ने की थी और एक अन्य व्यक्ति की अनुशंसा गृह मंत्री की ओर से की गई थी। मुझे यह भी पता चला कि बी.एल. विज अपने गृह राज्य हरियाणा से बाहर के लोगों के साथ भेदभाव करने के लिए जाने जाते थे।

लेकिन वे सारी जानकारियाँ तो मुझे बहुत देर बाद मिली थीं। उस समय तो मैं इसलिए प्रसन्न था कि आखिरकार, मुझे तिहाड़ में नौकरी मिल गई थी और मैं अपना काम शुरू करने का इच्छुक था।

~*~

तिहाड़ जेल परिसर लगभग 200 एकड़ क्षेत्र में फैला हुआ है। उन दिनों उसके केवल दो भाग थे—केंद्रीय जेल एवं कैंप जेल। कैंप जेल को आजकल तिहाड़ की जेल संख्या 4 कहते हैं, जहाँ आंदोलनकारियों को भेजा जाता था। केंद्रीय जेल हमारा मुख्य कार्य-स्थल था और उसके मुख्य प्रवेश द्वार पर लगे लोहे के विशालकाय दरवाजे के बाहर एक सशस्त्र प्रहरी (गार्ड) हमेशा पहरे पर रहता था। जेलकर्मियों के क्वार्टर इस क्षेत्र से बाहर थे। सन् 1981 में उसका आधा भाग जेल भवनों के निर्माण के लिए ले लिया गया था, जबकि शेष भाग में खुले मैदान एवं

कर्मचारियों के क्वार्टर थे। कर्मचारियों के क्वार्टरों को एक ऊँची दीवार से अलग कर दिया गया था, जहाँ से जेल का कोई भी दृश्य दिखाई नहीं देता था। मुझे याद है कि जब मैं पहली बार काम पर आया था तो एक बंदूकधारी गार्ड ने मुझे सलामी दी थी। उस घटना से मैं अत्यंत रोमांचित था और उसके बारे में मैंने उस शाम अपने परिवारवालों को बताया था।

जब आप इस प्रवेश द्वार से अंदर की ओर जाएँगे तो वहाँ आपको जेल का स्वागत क्षेत्र मिलेगा। उस दायरे में आपको संपूर्ण आजादी है। बाईं ओर अधीक्षक एवं उनके सचिव के कक्ष हैं। उसी दिशा में अति महत्त्वपूर्ण वॉरंट कार्यालय है, जहाँ इस बात का अभिलेख होता है कि किसी सजा प्राप्त कैदी को कब जमानत मिलती है या उसकी रिहाई होती है। उसके सामने अर्थात् प्रवेश द्वार के दाईं ओर अन्य जेलकर्मियों के कार्यालय और विचाराधीन कैदियों का वॉरंट कार्यालय है। वहाँ से एक गलियारा साक्षात्कार कक्ष की ओर जाता है, जहाँ कैदियों के मुलाकातियों को उनसे मिलने की अनुमति दी जाती है। हम उसे *'मुलाकात जँगला'* या *'जँगला'* कहते थे। वहाँ एक जाली लगी थी, जो कैदियों और उनके मुलाकातियों अथवा वकीलों के लिए दीवार का काम करती थी। दाएँ व बाएँ क्षेत्रों के मध्य प्रवेश द्वार की ओर जेल का ड्योढ़ी क्षेत्र है। इसी स्थान से आप जेल के अंदर या बाहर जा सकते थे। इस द्वार को पार करने के बाद आपको एक संतरी मिलेगा, जिसके आगे आप जेल में पहुँच जाएँगे।

इस द्वार से आगे आपको *'चक्कर'* मिलेगा, जो जेल की समूची काररवाइयों का मुख्य केंद्र है। यह एक खुला क्षेत्र है, जिसमें कुछ कमरे बने हुए हैं, जिनमें जेल कर्मियों के कार्यालय हैं। उसके आसपास कैदियों के वार्ड और एक विशाल रसोई है, जहाँ कैदियों को खाना दिया जाता है। कैदी इस कोष्ठ-रसोई-चक्कर को जेल की दुनिया के रूप में जानते थे। जब मैं वहाँ पहली बार गया तो चक्कर के मुख्य वार्डर या प्रभारी ने गर्मजोशी से मेरा स्वागत करते हुए मुझे अंदर बुलाया और पीने के लिए जलजीरा दिया। मुझे उस प्रकार के स्वागत की अपेक्षा नहीं थी, क्योंकि उस समय मेरे मन में ऐसी गतिविधियाँ जेल में किसी खामी से कम नहीं थीं। वास्तव में, उस समय मुझे यह पता नहीं था कि आप जेल में पैसा देकर कुछ भी खरीद सकते थे।

वहाँ बैठकर जलजीरा पीते हुए मैं अनेक विचित्र चीजों का साक्षी बना। एक ओर मेरा मेजबान जहाँ मेरी आवभगत में व्यस्त था और अच्छे-अच्छे नाश्ते परोस

रहा था, वहीं दूसरी ओर हमारी आँखों के सामने कैदियों की पिटाई हो रही थी। मैं तत्काल समझ गया कि *'चक्कर'* में कोई नियम लागू नहीं होता था। यही वह स्थान था, जहाँ कोई सी.सी.टी.वी. कैमरा नहीं था, इसलिए उस जगह को गलती करनेवालों या किसी को सबक सिखाए जाने हेतु पिटाई के स्थान के रूप में देखा जाता था। एक ओर मैं जहाँ उस पिटाई को घूरते रहने के अतिरिक्त कुछ नहीं कर सकता था, वहीं दूसरी ओर उन कृत्यों को देखकर कोई भी व्यथित दिखाई नहीं देता था। खूँखार किस्म के कैदी हर तरफ उन्मुक्त होकर घूमते दिखाई दे रहे थे, जिसे देखकर मैं डर गया था। ऐसा प्रतीत होता था, मानो कोई किसी के नियंत्रण में नहीं था और सारा काम राम भरोसे चल रहा था। इन खतरनाक कैदियों को ताले में बंद करके रखने के बजाय वे लोग जेलरों के बाउंसरों की भूमिका निभाते दिखाई दे रहे थे। जेलर अपने कमरों में दुबके बैठे रहते थे और वे कैदी उनके कमरों के बाहर पहरा देते रहते थे। बाद में, मुझे पता चला कि वह कोई दिखावटी युक्ति नहीं थी। कैदियों के उग्र हो जाने पर हर समय अधिकारियों की पिटाई का खतरा बना रहता था, इसलिए उनकी पहरेदारी करना आवश्यक था।

'चक्कर' के एक अन्य कोने में कुछ कैदी भूख हड़ताल कर रहे थे। जब मैंने उनसे उनकी भूख हड़ताल का कारण पूछा तो मुझे बताया गया कि मदन लाल नाम का एक कैदी उम्रकैद की सजा काट रहा था, जिसकी हिरासत में पिटाई के दौरान मृत्यु हो गई थी। हड़ताली कैदी उसकी पिटाई के मामले की जाँच की माँग और उसके हत्यारों के विरुद्ध काररवाई की माँग कर रहे थे। एक बार फिर मेरी अनुभवहीनता उजागर हो गई थी। मैं यह नहीं समझ पाया कि उन्हें जाँच की माँग करने हेतु हड़ताल करने की आवश्यकता क्यों पड़ी—निश्चय ही इसके लिए कोई नियम होना चाहिए था। मुझे जल्द ही पता चल गया कि नियम पहले से मौजूद था। जो उप-संभागीय दंडाधिकारी (सब-डिवीजनल मजिस्ट्रेट) ऐसे मामलों की जाँच करते थे, वे हमेशा अपनी रिपोर्टों में जेलरों का पक्ष लेते थे और सच्चाई सामने नहीं आ पाती थी। मैंने उन प्रश्नों को अपने मन में रखा और अपनी नई दुनिया को हैरानी से घूरता रहा।

अतीत की ओर देखते हुए मुझे उस अव्यवस्था को देखकर चकित नहीं होना चाहिए था, जो मैंने पहले दिन देखी थी। उस समय जेल में उचित रूप से प्रशिक्षित कोई कर्मचारी काम नहीं कर रहा था। जेल स्टाफ के रूप में आयकर विभाग, भूमि एवं भवन विभाग के अधिकारी और यहाँ तक कि पटवारी (कनिष्ठ भू-राजस्व

कर्मचारी) भी काम कर रहे थे। वहाँ किसी प्रकार का कोई प्रशिक्षण नहीं दिया जाता था। आपको काम करते हुए ही वहाँ के नियम-कायदे सीखने होते थे। किसी जेल अधिकारी द्वारा मेरा अपना प्रशिक्षण भी नहीं हुआ था, बल्कि मुझे हत्या के अभियोग में उम्रकैद की सजा काट रहे दो कैदियों—चरनजीत और धूमी—द्वारा प्रशिक्षित किया गया था। चरनजीत अपनी प्रेमिका की हत्या करने के कारण जेल में था और धूमी ने अपने किसी रिश्तेदार की हत्या की थी। वे दोनों क्रमश: अधीक्षक एवं उपाधीक्षक के अर्दलियों के रूप में काम कर रहे थे। मैं फौरन समझ गया कि वे दोनों जेल के नियमों के विशेषज्ञ थे। उन्होंने मुझे सिखाया कि कोर्ट से आनेवाले वॉरंटों की जाँच कैसे की जाती है और अभिलेखों में कौन से विवरणों को दर्ज किया जाना चाहिए तथा कोर्ट के नोटिसों को अत्यधिक सावधानी से पढ़ना चाहिए। उन्होंने मुझे यह भी सिखाया कि कैदी की सीट पर मेरा प्राथमिक कार्य क्या होना चाहिए—जब किसी कैदी को रिहाई का आदेश मिल जाए तो उसे रिहा करने से पहले मुझे क्या करना चाहिए। उन्होंने मुझे किसी कैदी को छोड़ने से पहले पूरी की जानेवाली औपचारिकताओं एवं वैधानिकताओं की संपूर्ण जानकारी दी। उनके शिष्यों में मैं अकेला ही नहीं था, बल्कि मेरे समूचे समूह (बैच) को उन्हीं दोनों कैदियों द्वारा प्रशिक्षित किया गया था।

हम सब लोगों को उनके द्वारा दिए गए कुशल प्रशिक्षण के गुप्त उद्देश्य के बारे में बाद में पता चला। उन्होंने ऐसी प्रविधि तैयार की थी, जिससे उन्हें कुछ कैदियों की कोर्ट की अगली तारीख के बारे में पता चल जाता था। इसलिए वे लोग वहाँ काम करते थे। मान लीजिए कि किसी विशेष कैदी को उत्तर प्रदेश ले जाने का वॉरंट जारी हो गया। यदि वह कैदी चरनजीत और धूमी का ग्राहक बन जाता था तो वे उसके वॉरंट को गायब कर देते थे। मैं जानता हूँ कि यह सुनना कितना विचित्र लगता है कि कोई अपने वॉरंट को गायब क्यों कराना चाहेगा? यदि आप कोई हिस्ट्रीशीटर या ऐसे व्यक्ति हैं, जिसकी प्रवृत्ति आपराधिक हो और देश के विभिन्न भागों में आपकी उपस्थिति वांछित हो तो आपके पास विभिन्न न्यायालयों से अनेक वॉरंट आने अनिवार्य थे। इसका अर्थ यह हुआ कि यदि आपने किसी एक मामले में देश के तिहाड़ जैसे एक भाग में अपनी सजा पूरी कर ली है या आपको जमानत मिल गई है तो मुक्त नहीं किया जाएगा और आपको अगले मुकदमे का सामना करने के लिए दूसरी जेल में भेज दिया जाएगा और आपको एक बार फिर एक नीरस प्रक्रिया से गुजरना पड़ेगा। अत: उदाहरण के लिए, कोबाद घैंडी नामक

एक माओवादी आरोपी वर्ष 2009 से 2016 के बीच तिहाड़ में था और जब उसे आतंकवादी षड्यंत्रों के आरोपों से मुक्त किया गया, तब भी उसके विरुद्ध बीस अन्य मामले लंबित थे। इसलिए वह जेल से बाहर आने के बजाय दूसरे मुकदमे का सामना करने के लिए एक अन्य शहर हैदराबाद चला गया। घैंडी इतना खूँखार अभियुक्त था कि जेल में किसी के लिए बड़ी-से-बड़ी रिश्वत लेकर भी उसके लंबित मामलों को छिपाए रखना संभव नहीं था। लेकिन छोटे-मोटे अल्पावधिक अपराधियों के मामले में चरनजीत और धूमी अपना 'जादू' दिखा सकते थे। छोटी सी 'फीस' के लिए वे दोनों अन्य न्यायालय या शहर से आए वॉरंटों को गायब कर देते थे। अत: उन दोनों का शुक्रिया कि उनके द्वारा तलबी वॉरंट गायब कर दिए जाने के कारण दिल्ली और फरीदाबाद का एक सेंधमार जेल से रिहा होने में सफल हो गया। वह सब जेल मशीनरी का एक अंग था। परंतु जब तक हमने स्वयं को जेल के अंदर नहीं प्रविष्ट करा दिया, तब तक हम उससे अनजान बने रहे थे।

दिल्ली जेल अधिनियम 2000 के अनुसार, सभी जेलों के अंदर एक प्रशिक्षण संस्थान होना चाहिए; परंतु आज तक तिहाड़ में एक भी नहीं है। जहाँ स्वयं कैदी ही अधिकारियों को प्रशिक्षित करते हों, उससे यह बात स्वयं स्पष्ट हो जाती है कि शक्ति का केंद्र वास्तव में कहाँ है! बिना किसी विशेष प्रशिक्षण के अधिकारियों को जेल के नियमों के बारे में कोई ज्ञान नहीं होता और वे अपनी ओर से उन नियमों के बारे में प्रशिक्षण प्राप्त करने का कोई प्रयास भी नहीं करते थे। वे ऑफिस में किसी बाबू की तरह बैठकर फाइलों में गुम रहते और इतने मात्र से प्रसन्न व संतुष्ट हो जाते थे तथा वास्तविक जेल परिसर का कभी दौरा नहीं करते थे। अपरिहार्य रूप से, जेलों का संचालन दीर्घकालिक कैदियों या नंबरदारों के हाथों में था, जिनका चयन उनके अच्छे चाल-चलन के आधार पर किया जाता था। कारागार नियमों एवं जेल नियमावलियों से परिचित होने के कारण उन्हें सरकारी नौकर का अघोषित दर्जा प्राप्त था और वे सुबह-शाम कैदियों की गिनती जैसे अधिकांश कार्यों को अंजाम देते थे। शाम को होनेवाली गिनती उन दिनों कैदियों को बंद करते समय रात के 11 या 11.30 बजे खत्म होती थी। वर्तमान में कैदियों का बंदीकरण काफी पहले, अर्थात् पुरुषों का लगभग 8 बजे और महिला कैदियों का तो उससे भी पहले हो जाता है। स्त्रियों के बंदीकरण की कोई आधिकारिक पूर्व समय-सीमा नहीं है, फिर भी स्त्रियाँ स्वयं ही समय से पूर्व खुद को कैद करा लेती हैं। दिल्ली की जेलों में रात के खाने का समय सायं 5 बजे है, जिसका अर्थ यह है कि बंदीकरण उससे पहले

हो जाना चाहिए। मुलाहिजा वार्ड को छोड़कर प्रत्येक कोठरी में रात्रि प्रवेश सील कर दिया जाना चाहिए। मुलाहिजा वार्ड वह स्थान है, जहाँ नवागंतुक कैदियों को जेल में प्रवेश करने के बाद रखा जाता है। जब वे पहली बार जेल में पहुँचते हैं तो उनकी चिकित्सा जाँच की जाती है और उन्हें जेल में मौजूद खूँखार कैदियों से दूर रखा जाता है। तालाबंदी होने के बाद जेल के नियम जेलकर्मियों को किसी प्रकोष्ठ अथवा कैदी के पास जाने की अनुमति नहीं देते, बशर्ते कि कोई कैदी गंभीर रूप से बीमार न हो या वहाँ आग न लग गई हो।

'ताला-खोल' प्रात: 6 बजे कैदियों के जागने के फौरन बाद होता था। यदि कैदियों की संख्या पिछली रात हुई गणना के समान होती थी तो सबकुछ ठीक होता था, अर्थात् कोई कैदी न तो रातोरात वहाँ से गायब हुआ था या न कोई मरा था। जिन दिनों मैंने तिहाड़ में प्रवेश किया था, उन दिनों हालत इतनी खराब थी कि यदि 'तालाबंदी' और 'ताला-खोल' सफल होता था तो कर्मचारी अपने भाग्य का शुक्रिया अदा करते थे। उस समय वहाँ इतनी अधिक अव्यवस्था थी कि हिंसक झड़पें कभी भी और किसी भी समय हो जाती थीं। कोई कैदी वहाँ से भाग भी जाता था, कुछ भी हो सकता था। यही कारण था कि ताला-खोल तो निश्चित समय पर होता था, परंतु तालाबंदी अपरिहार्य रूप से विलंबित हो जाती थी। किसी कैदी पर नजर बनाए हुए समय बिताना अत्यंत सामान्य बात थी। इसलिए, जब प्रत्येक कैदी अपने निर्धारित स्थान पर पाया जाता था तो हम अपनी दैनिक रिपोर्ट में दर्ज करते—*'सब अच्छा'*।

कैदियों की रिहाई या उनकी जमानत की सूचना कोर्ट से सायं 5-6 बजे आती थी और उच्च न्यायालय से बाद में रात को लगभग 9-10 बजे आती थी। जेल में कैदियों की आबादी लगभग 2,000 थी और इस जनसंख्या में प्रतिदिन उतार-चढ़ाव होता रहता था। छोटे-मोटे अपराधों में जेल आनेवाले कैदियों की संख्या बढ़ जाती थी और कोर्ट के आदेश से रिहा होनेवाले कैदियों के कारण उनकी संख्या में कमी-बेशी रोजमर्रा का काम था। इसलिए, शाम का समय नंबरदारों एवं अधिकारियों के एजेंटों के रूप में काम करनेवाले कर्मचारियों के लिए उनका खास समय (प्राइमटाइम) होता था। प्रत्येक शाम को वे लोग उन कैदियों के रिश्तेदारों से पैसे वसूलते थे, जो रिहा हुए कैदियों को लेने आते थे। जो लोग पैसा दे देते थे, उनके रिश्तेदारों को तत्काल छोड़ दिया जाता था; परंतु जो नंबरदारों या एजेंटों को पैसा नहीं देते थे, उन्हें रोके रखा जाता था। यह एक अलिखित नियम था और सबके लिए फौरी कमाई का जरिया था।

यद्यपि जब कोई कैदी रिहा नहीं किया जा रहा होता था, तब भी वह नंबरदार द्वारा परेशान किया जा सकता था और वे पैसे ऐंठने के लिए आसपास मँडराते रहते थे। उनके द्वारा फैलाए गए आतंक को इस तथ्य से बल मिलता था कि वे किसी के प्रति जवाबदेह नहीं थे। चूँकि वे लोग पहले ही उम्रकैद की सजा काट रहे थे, इसलिए ज्यादा-से-ज्यादा कोई अधिकारी दंड के रूप में केवल इतना ही कर सकता था कि उन्हें नंबरदारी से हटाकर सामान्य कैदी बना सकता था। जेल में की जानेवाली अधिकतर पिटाइयाँ उन्हीं लोगों द्वारा की जाती थीं। यदि कभी कोई आदमी उसे गलत महसूस करता था तो उसका साथ देनेवाले अधिक लोग नहीं होते थे। किसी नंबरदार द्वारा किए गए अत्याचार की शिकायत दर्ज करने के लिए रात में कोई वरिष्ठ जेल अधिकारी नहीं होता था। जो लोग वहाँ होते भी थे, उनकी नंबरदारों के साथ पहले ही साँठ-गाँठ होती थी। इसलिए वे किसी शिकायत पर ध्यान नहीं देते थे। रोजाना शाम को अलार्म अवश्य बजता था, क्योंकि पुराने और अधिक खूँखार कैदी अन्य कैदियों पर हमला कर देते थे। अलार्म किसी आपात स्थिति का संकेत होता था, जो कर्मचारियों को फौरन दौड़कर स्थिति से निपटने का संदेश देता था। अकसर उसका दुरुपयोग भी किया जाता था, क्योंकि अलार्म जेल अधिकारियों को स्थिति को नियंत्रण में लाने के बहाने बल-प्रयोग करने का अधिकार भी देता था। सन् 1988 में दिल्ली प्रशासन ने जेल नियमों को दोबारा लिखा और नंबरदारों को उनके जनसेवक के स्तर से विलग कर दिया। जेल नियमों में किए गए उस परिवर्तन से काफी हो-हल्ला हुआ, क्योंकि नंबरदारों ने दावा किया कि यह अधिकार उन्होंने अपने अच्छे चाल-चलन के आधार पर अर्जित किया था और उस प्रणाली को समाप्त करना सुधार-विरोधी कदम था।

वास्तव में, हिंसा केवल नंबरदारों द्वारा ही नहीं की जाती थी। मैंड्रेक्स के रूप में नशाखोरी वहाँ आम बात थी और कई बार ऐसे नशाखोर ब्लेड युद्ध कर बैठते थे, या जब उनका नशा अधिक बढ़ जाता था तो वे लोग कहीं जाकर छिप जाते थे और कई घंटों तक पकड़ में नहीं आते थे। यदि आपने हिट फिल्म *'शोले'* देखी होगी तो आप समझ जाएँगे कि मैं किस विषय में बात कर रहा हूँ। उस फिल्म में एक ऐसा दृश्य था, जिसमें फिल्म का नायक धर्मेंद्र नशे की हालत में पानी की टंकी के ऊपर चढ़ जाता था और माँग करता था कि नायिका हेमा मालिनी उसके साथ शादी करने के लिए राजी हो जाए, वरना वह टंकी से नीचे कूद जाएगा। कई बार कुछ कैदी भी मैंड्रेक्स का नशा अधिक हो जाने के कारण पानी की टंकी या पेड़ों पर चढ़कर छिप

जाते थे। एक बार एक कैदी ने माँग की कि उसके बाहर आने से पहले किसी जज को बुलाया जाए। कुल मिलाकर, तिहाड़ एक गंदी जगह थी। तिहाड़ की दुरवस्था पर *'इंडियन एक्सप्रेस'* रोजाना कोई खबर प्रकाशित करता था। हम लोग *'इंडियन एक्सप्रेस'* को 'तिहाड़ एक्सप्रेस' कहते थे, क्योंकि उसमें प्रकाशित खबरों में हमारा उल्लेख बड़ी प्रमुखता से किया जाता था।

~*~

अपने प्रशिक्षण के दौरान मैं चार्ल्स गुरमुख शोभराज को अधिक अच्छी तरह समझ सका। उसे कभी किसी कोठरी में बंद नहीं किया जाता था और वह अकसर प्रशासनिक कार्यालय में बैठा पाया जाता था। मेरे सहयोगी मुझे अकसर बताया करते थे कि वह कितना प्रभावशाली था। संभवत: उन्हें इस बात की जानकारी नहीं थी कि उससे लाभान्वित होनेवालों में मैं भी शामिल था। यह कहना कि शोभराज तिहाड़ में जिंदगी के मजे लूट रहा था, उसके प्रभाव को कम करके आँकना होगा। अन्य कैदियों के विपरीत, उसके लिए कोई तालाबंदी या ताला-खोल का समय निर्धारित नहीं था। वह जब चाहे, जहाँ चाहे, आ-जा सकता था और वह जेल अधीक्षक अथवा उनके डिप्टी के साथ अपने समकक्ष जैसा व्यवहार करता था। कोई भी काम करने से उसे कोई नहीं रोक सकता था। दरअसल, *'इंडियन एक्सप्रेस'* ने सितंबर 1981 में एक खबर प्रकाशित की थी, जिसमें कहा गया था कि तिहाड़ जेल पर चार्ल्स शोभराज का राज है। पीपुल्स यूनियन ऑफ सिविल लिबर्टीज (पी.यू.सी.एल.) की उस वर्ष प्रकाशित रिपोर्ट में अन्य विवरण भी दिए गए—

> जेल के अंदर शोभराज और उसके साथियों ने अपने निजी अड्डे बना रखे हैं, जहाँ से वे अपना कारोबार चलाते हैं—नशीले पदार्थ और नशीली दवाओं के साथ वे शराब का कारोबार भी करते हैं। यदि कोई उनके काम में बाधा उत्पन्न करता है तो शोभराज और उसके साथी उसकी पिटाई कर देते हैं। जेल की दशा दिन-ब-दिन इतनी दयनीय होती जा रही है कि नए और मासूम कैदी खूँखार अपराधियों के अत्याचार का शिकार हो रहे हैं। जिस समय ऐसे अपराधी जेल के अंदर कोहराम मचा रहे होते हैं, उस समय विज़ और उसके गुर्गे प्रशासन के उच्चाधिकारियों की जी-हुजूरी में लगे होते हैं और अंदरूनी हालात से मुँह फेर लेते हैं।

शोभराज के जिन दोस्तों का उल्लेख रिपोर्ट में किया गया था, वे सुनील बत्रा, विपिन जग्गी और रवि कपूर थे। वे तीनों बैंक डकैती षड्यंत्र के मामले में जेल में

बंद थे। वे संपन्न परिवारों के शिक्षित घोटालेबाज थे। वे तीनों जेल में स्वतंत्र होकर घूमते थे और किसी सवारी के लिए किसी शिकार को पकड़ने का मौका ढूँढ़ते रहते थे। उन्हें जब भी अवसर मिलता, वे अधिकारियों पर धौंस जमाकर फौरन उनसे अपना काम निकलवा लेते थे। यदि किसी कैदी के पास वकील नहीं होता था तो वे लोग उससे पैसा लेकर उसकी अर्जी लिख देते थे। जो कर्मचारी या अधिकारी उनके साथ सहयोग नहीं करते थे, उनके खिलाफ वे मानवाधिकार के मामले दायर कर देते थे। यही कारण था कि जेल सुधारों पर उच्चतम न्यायालय द्वारा 1980 के दशक में दिए गए सभी निर्णयों में आपको उनका नाम मिल जाएगा। कुछ निर्णयों में उनका नाम जेल की स्थितियों को सुधारने के संदर्भ में, जबकि अन्य मामले उनकी दुष्प्रवृत्तियों से जुड़े होते थे।

दिल्ली उच्च न्यायालय द्वारा दिए गए राकेश कौशिक निर्णय में न्यायाधीशों ने सीधे-सीधे चार्ल्स शोभराज के नाम का उल्लेख तो नहीं किया, परंतु यह जरूर कहा कि उसके साथ 'इंटरपोल द्वारा वांछित एक विदेशी अभियुक्त' भी लिप्त था।

> उस विदेशी अपराधी को जेल के अधीक्षक एवं उपाधीक्षक का अभिरक्षण और समर्थन प्राप्त है। उसे इन अधिकारियों से बार-बार मिलते और उनके कार्यालयों के पीछे बने आराम कक्षों में उनके साथ गुप्त बैठकें करते लगभग प्रतिदिन देखा जा सकता था। यहाँ तक कि जेल का डिप्टी सुपरिंटेंडेंट उसे अपने विश्राम कक्ष में समय-समय पर सहवास की अनुमति भी देता था। ऐसा लगता है, मानो वह उपाधीक्षक उस अपराधी के दलाल के रूप में काम कर रहा था। स्वाभाविक था कि इतनी अधिक सुविधाएँ उपलब्ध कराने के बदले सुपरिंटेंडेंट एवं डिप्टी सुपरिंटेंडेंट अपने विदेशी अभियुक्त से मोटी रकम ऐंठते थे, जो अपनी दो पुस्तकों के प्रकाशित होने के बाद काफी अमीर हो गया था।

बताया जाता है कि शोभराज की तत्कालीन प्रेमिका का नाम शीरीं वाकर था, जिसे उसने भारत बुला लिया था। वह जब भी दिल्ली आती थी, हमेशा किसी पाँच-सितारा होटल में ठहरती थी। पी.यू.सी.एल. ने अपनी रिपोर्ट में इस बात का उल्लेख किया था कि शीरीं वाकर उपर्युक्त अधिकारियों के कार्यालयों में शोभराज से सप्ताह में छह दिन कई घंटे के लिए मिलती थी।

शोभराज ने मेरे ऑफिस में भी आना शुरू किया। लेकिन पहले मैं आपको यह बता दूँ कि विधि अधिकारी का वह विशेष कार्यालय मुझे मिला कैसे? मेरे अधिकारियों ने महसूस किया कि मेरे पास कानून की डिग्री थी और चूँकि उन दिनों अखबारों में तिहाड़ के बारे में अप्रिय समाचार छपते थे, जिसके कारण न्यायपालिका

अनेक प्रश्न खड़े करती थी। इसलिए कानूनी नोटिसों का जवाब देने की जिम्मेदारी मुझे सौंप दी गई। मैं उस निर्णय से प्रसन्न था, क्योंकि उसका अर्थ था कि मैं जेल की दमनकारी स्थितियों से दूर रहूँगा और उसके बजाय अदालती सुनवाइयों में भाग लूँगा। चूँकि मेरे टाइप करने के लिए कोई स्टाफ नहीं था, इसलिए जेल अधिकारियों ने कुछ लोगों को अपने यहाँ से मेरे पास भेज दिया। उन्होंने कैप्टन आर.एस. राठौर को मेरे साथ काम करने के लिए भेज दिया। भूतपूर्व सैन्य अधिकारी के अनुसार, उसे पाकिस्तान के लिए जासूसी करने के झूठे मामले में फँसाया गया था, जिसे उन दिनों 'सांबा जासूसी कांड' कहा जाता था। सेना ने उसका कोर्ट मार्शल कर दिया था, इसलिए उसने 16 वर्ष तिहाड़ में बिताए थे। उसने जेल में अपनी सजा के दौरान एक पुस्तक लिखी, जिसका शीर्षक था—'*द प्राइस ऑफ लॉयल्टी*' (निष्ठा का मूल्य) और वह मेरे लिए अत्यंत उत्कृष्ट टाइपिस्ट सिद्ध हुआ। तिहाड़ खासतौर से टाइपिस्टों को ठेके पर नहीं बुलाती थी और यदि कभी बुलाती भी थी तो उनका काम अत्यंत असंतोषजनक होता था। लेकिन कैदी रात को 10 या 11 बजे तक काम करते थे और उनके काम की गुणवत्ता भी अच्छी होती थी।

मेरी ओर से राठौर जब भी कभी पत्र लिखता था, वे इतनी अच्छी अंग्रेजी में होते थे कि कई बार मेरे सुपरिंटेंडेंट भी कुछ शब्दों का अर्थ नहीं समझ पाते थे। वह मानता था कि मेरे पास श्रेष्ठ भाषा-कौशल था, क्योंकि मैंने कानून की पढ़ाई की थी। इसलिए पत्रों पर फौरन हस्ताक्षर कर देता था। वास्तव में, उस सारे अच्छे काम का श्रेय कैप्टन राठौर और उसके बाद चार्ल्स शोभराज को जाता था। कैदियों के लिए वह कार्य इतना आकर्षक क्यों था, उसके अनेक कारण थे। पहला, वे लोग जेल के खराब खाने की क्रूरता से बच जाते थे। हम उनके लिए विशेष खाने का आदेश देते थे, जिससे उनकी दुनिया भिन्न हो जाती थी। दूसरा, उनका परिवार उनके साथ अच्छी तरह मिल सकता था। उनसे मिलने आए लोगों को किसी धक्का-मुक्की या प्रतीक्षा या छोटे कर्मचारियों अथवा नंबरदारों को रिश्वत देने जैसी परिस्थितियों का सामना नहीं करना पड़ता था। कैप्टन राठौर का परिवार उनसे उनके कार्यस्थल, अर्थात् मेरे कमरे में आराम से मिल सकता था। बहरहाल, मेरी दृष्टि में उनके लिए सबसे बड़ा लाभ यही था। सेना के कैप्टन से टाइपिस्ट बनना उसके जीवन का अवमूल्यन हो सकता था; परंतु किसी कोठरी में बंद रहने से तो यह काम हर हाल में अच्छा था। मेरे कार्यालय में वह अखबार पढ़ सकता था, पुस्तकालय जा सकता था और कुछ पल के लिए वह खुद को एक स्वतंत्र व्यक्ति महसूस कर

सकता था। इसमें कोई आश्चर्य नहीं कि शिक्षित और योग्य कैदियों के लिए टाइपिंग सर्वाधिक पसंदीदा काम था।

थोड़ी देर के लिए मैंने विषयांतर कर दिया था। मेरे कार्यालय में कानून की अनेक पुस्तकें थीं और शोभराज मेरे पास आकर उन्हें पढ़ने बैठ जाता था। प्रारंभ में, मैं शंकालु था और उसे वहाँ से भगाने का प्रयास करता था। "मेरे ऑफिस में बार-बार मत आया करो।" मैंने कहा और इसके साथ यह भी जोड़ दिया कि यहाँ कभी बिना परची लिये मत आना। स्मरणीय है कि जेल में किसी कैदी को अपने निर्धारित स्थान से किसी दूसरी जगह जाने के लिए अनुमति (परची) आवश्यक थी। मैं इस बात से भी चिंतित था कि एक बार उसने मेरी नियुक्ति के समय बी.एल. विज से बात करके मेरा नियुक्ति-पत्र मुझे दिलाने में सहायता की थी, इसलिए वह उसकी कीमत अवश्य वसूल करेगा। परंतु वह विभिन्न कार्यालयों एवं स्थानों पर भटकने का इतना आदी हो चुका था कि शायद ही उसने कभी मेरी आपत्तियों को गंभीरता से लिया हो। उसने हमेशा मेरे ऑफिस में बिना कोई परची लिये आना जारी रखा। कई बार वह मुझसे यह भी कहता था कि यदि मुझे सुपरिंटेंडेंट से कोई काम करवाना हो तो मैं उसे निस्संकोच बता दूँ। उससे दोबारा उपकृत होने के विचार मात्र से मैं भयभीत हो जाता था। बहरहाल, मैं भी उससे बार-बार कहकर थक गया था और शीघ्र ही वह कैप्टन राठौर के साथ मेरे ऑफिस में नियमित तौर पर आने लगा।

अन्य कैदियों के विपरीत, स्टाफ के लोगों को प्रभावित करने का उसका तरीका अत्यंत सौम्य होता था। मुझे अपने प्रारंभिक दिनों की एक घटना याद है, जब एक कैदी ने मेरे पास आकर कहा था, "सर, आपकी दो बहनें हैं न? एक अभी पढ़ रही है और दूसरी अध्यापिका है न?" मैंने सहमति में सिर हिलाते हुए उससे पूछा कि यह सब तुम कैसे जानते हो? उसने कोई उत्तर दिए बिना कहा, "मैं तो यह भी जानता हूँ कि आप तीन भाइयों में से एक हैं और उनमें से एक वैज्ञानिक है तथा दूसरा प्रशासनिक अधिकारी।" उस कैदी ने जब मुझे मेरे परिवार के बारे में इतनी सटीक जानकारी दी तो मैं घबरा गया। वह अपने सोने की व्यवस्था में कुछ परिवर्तन चाहता था और मैं परोक्षत: समझ गया कि वह मुझे धमकाने की कोशिश कर रहा था, "आप मेरा काम कर दीजिए, वरना तो मैं जानता ही हूँ कि आपके प्रियजन कहाँ हैं!"

लेकिन शोभराज ऐसे ओछे हथकंडे नहीं अपनाता था और न कभी कच्ची

धमकियाँ देता था। उसने पहले ही सुनिश्चित कर लिया था कि उसके सोने के क्षेत्र में अन्य कैदी आसानी से न जा सकें। उसकी कोठरी 12 गुणा 10 फीट की थी और उसमें वह अकेला ही रहता था। यदि वह हमारे कार्यालयों में काम कर रहा होता था, तब भी उसे 'सरकारी कर्मचारियों' जैसी सुविधाएँ मिलती थीं। तीसरी श्रेणी के कैदी उसकी मालिश करते, कपड़े धोते और यहाँ तक कि कई बार वे उसका खाना भी बना देते थे। मैं शोभराज के बारे में तो निश्चित तौर पर नहीं कह सकता, लेकिन अन्य उच्च स्तरीय या खूँखार कैदी भी अपने 'नौकरों' से इस तरह का काम लेते थे और वे उनसे शारीरिक संबंध भी बनाते थे। जेल के अधिकारियों को इन सब बातों की जानकारी थी; परंतु चूँकि वह काम कैदियों की रजामंदी से होता था, इसलिए अधिकारी भी अपनी आँखें मूँद लेते थे।

अपनी कोठरी में शोभराज के पास पुस्तकों से भरी एक अलमारी थी और उसे एक कुरसी, मेज तथा एक पलंग रखने की अनुमति भी थी। वह अपने कमरे में उन चीजों को इतनी अच्छी तरह सजाकर रखता था, मानो वह कोई स्टूडियो अपार्टमेंट हो। और अन्य सभी कैदियों के विपरीत, उसे अपना खाना स्वयं पकाने की आजादी भी थी। वह ये सारे काम इसलिए कर पाता था, क्योंकि इसके लिए वह जेल अधिकारियों व कर्मचारियों को पैसे देता था या उनके लिए कोई काम कर देता था। उदाहरण के लिए, वह कैदियों और जेलकर्मियों दोनों की याचिकाएँ टाइप कर देता था। उसके द्वारा लिखी गई याचिकाएँ तो कई बार वकीलों द्वारा तैयार की गई अर्जियों से भी अधिक प्रभावशाली होती थीं। केवल इतना ही नहीं कि वह हमारी ओर से फैसले लेता था; लेकिन जब हमें अपना कोई पक्ष रखना होता था, अर्थात् कोर्ट को राजी करना होता था कि हम अपना काम प्रभावशाली ढंग से कर रहे थे, शोभराज जानता था कि अपना पक्ष किस तरह रखा जाए और उसी के अनुसार वह हमारी ओर से जवाब तैयार करता था। वे मामले कानूनी तौर पर बहुत जटिल नहीं होते थे। उदाहरण के तौर पर, यदि किसी कर्मचारी को न्यायालय में अपनी ओर से कोई उत्तर देना होता था तो शोभराज एक परिपूर्ण जवाब तैयार कर देता था और यदि कभी जेल कर्मचारियों को धन की आवश्यकता होती थी तो वह उन्हें पैसे भी दे देता था। इसमें कोई आश्चर्य नहीं कि शोभराज खुद को जेलकर्मियों और कैदियों दोनों का नेता मानता था।

तिहाड़ में उसे प्रसिद्ध होने में अधिक समय नहीं लगा। '*इंडियन एक्सप्रेस*' ने जब उसे 'तिहाड़ के राजा' की पदवी दी तो उसके फौरन बाद जेल में एक

अप्रत्याशित मुलाकाती आया। मुझे अभी तिहाड़ में प्रवेश किए हुए महज चार महीने ही हुए थे कि सितंबर 1981 में एक शाम को लगभग 7.30 बजे एक गार्ड भागता हुआ मेरे पास आया और बोला, "सर, गृह मंत्रीजी पधारे हैं। क्या मुझे उन्हें अंदर आने की अनुमति देनी चाहिए?" सुनने में यह कुछ अटपटा लगता है, परंतु प्रत्येक गार्ड को यह अभ्यास कराया गया था कि वह जेल प्रशासन की अनुमति के बिना किसी को भी अंदर आने की इजाजत नहीं देगा, चाहे वह व्यक्ति कितना ही महत्त्वपूर्ण क्यों न हो। यद्यपि उस समय मुझे भी इस बात पर विश्वास नहीं हुआ कि उसने गृह मंत्री ज्ञानी जैल सिंह को भी प्रतीक्षा करने के लिए विवश कर दिया था!

"उन्हें अंदर आने दे। उन्हें अंदर ले आ। तू हम दोनों को नौकरी से बरखास्त करवा देगा!" मैंने कहा और फौरन उन्हें लेने के लिए मुख्य द्वार की ओर दौड़ पड़ा, जहाँ गृह मंत्री ने मुझसे कहा कि वह जेल का निरीक्षण करना चाहते हैं।

उसे एक 'असामान्य अनुरोध' कहना मामले को कम करके आँकना होगा; लेकिन ज्ञानीजी के कहने का वही अर्थ था, जो उन्होंने वास्तव में कहा था। उन्होंने मुझे निर्देश दिया कि मैं उन्हें उस कोठरी में ले जाऊँ, जहाँ चार्ल्स शोभराज को रखा गया था। मैंने वही किया, जो मुझसे करने के लिए कहा गया था। लेकिन मैं इस बात से क्षुब्ध था कि मैं उस काम के लिए उपयुक्त व्यक्ति नहीं था। मेरी जगह मेरे बॉस अर्थात् जेल के डिप्टी सुपरिंटेंडेंट (डी.एस.1) को वहाँ होना चाहिए था। लेकिन उनकी नियमित दिनचर्या शाम को लगभग 8.30 बजे सैर करते हुए आने की थी, ताकि वह उस शाम उन सभी कैदियों से अपनी 'फीस' वसूल कर सकें, जो उस रात रिहा होने वाले थे। यथाशीघ्र वह कार्य संपन्न होता और सभी कैदी रिहा होकर रात 10.30 बजे तक चले जाते। वह भी उसके बाद अपने घर चले जाते थे।

वह दिनचर्या भलीभाँति चल रही थी; परंतु आज मंत्री की योजना कुछ अलग थी। शोभराज से मिलने के बाद उन्होंने उससे हिंदी में पूछा, "तुम कैसे हो? तुम्हें यहाँ कोई तकलीफ तो नहीं है?" मैंने शोभराज के लिए उसका अनुवाद किया, "वह तुम्हारी कुशलता के बारे में पूछ रहे हैं।" शोभराज ने अंग्रेजी में सपाट उत्तर दिया कि वह ठीक है और उसे वहाँ कोई शिकायत नहीं है। उसने मंत्रीजी को यह भी बताया कि वह अपना समय बिताने के लिए सारा दिन पुस्तकें पढ़ता है और अन्य कैदियों की अर्जियाँ भी लिखता है। उसके साथ दो-तीन मिनट तक बात करने के बाद ज्ञानीजी ने किसी वार्ड में जाने की इच्छा जाहिर की। मैं उन्हें लेकर

पासवाले वार्ड में जा रहा था तो वहाँ गेट पर भज्जी और दीना नामक दो कैदियों ने अचानक जोर-जोर से नारे लगाने शुरू कर दिए, *"चाचा नेहरू जिंदाबाद! यह चाचा नेहरू की जेल है। यहाँ सबकुछ मिलता है।"* मुझे उनकी बात सुनकर थोड़ी राहत महसूस हुई, क्योंकि वे कोई नकारात्मक बात नहीं कह रहे थे। वास्तव में, ज्ञानीजी इस बात से खुश दिखाई पड़े कि जेल में उनका सामना दो देशभक्तों से हुआ था! उनका सचिव उन दोनों कैदियों को एक ओर कोने में ले गया—मैं कुछ नहीं सुन सका कि वास्तव में उनके बीच क्या बात हुई थी, लेकिन मुझे बाद में बताया गया कि कैदियों ने ज्ञानीजी के सचिव से वस्तुतः क्या कहा था। कैदियों ने सचिव से कहा था कि 'यहाँ सबकुछ मिलने का अर्थ'—नशीले पदार्थ और शराब तथा हरेक वांछित वस्तु की उपलब्धता था। इसके साथ-साथ उन्होंने यह रहस्योद्घाटन भी किया कि 'यदि आप यहाँ किसी की हत्या करना चाहते हैं तो वह काम भी बड़ी आसानी से किया जा सकता था।' सचिव से वार्त्तालाप के बाद कैदियों को वहाँ से दूर ले जाया गया और मंत्रीजी की तिहाड़ यात्रा आधा घंटे में निपट गई।

इस आधे घंटे के दौरान मैं अपने बॉस डिप्टी सुपरिंटेंडेंट ओ.पी. शर्मा के पास पहुँचने का भरसक प्रयास करता रहा था, ताकि मैं उन्हें फौरन मंत्री के आगमन की सूचना दे सकूँ। डिप्टी सुपरिंटेंडेंट लौटे अवश्य, परंतु उनका व्यवहार अत्यंत उदासीनतापूर्ण था। उन्होंने अपना काम किया, कैदियों को रिहा किया और चले गए। उनके बॉस बी.एल. विज का बँगला उनके बँगले के आगे ही था। वह अधिकतर अपना काम अपने घर से ही करते थे और शेष सारी जिम्मेदारियाँ ओ.पी. शर्मा के कंधों पर डाल देते थे। लेकिन उस दिन उनके रवैए का विपरीत प्रभाव पड़ा। जैसा कि अपेक्षित था, अगले दिन अखबारों में ज्ञानीजी की तिहाड़ यात्रा की खबरें बड़ी प्रमुखता से प्रकाशित हुईं। खबरों में कहा गया कि कैदियों ने मंत्री के सचिव को शराब की खाली बोतल देते हुए यह प्रदर्शित करने का प्रयास किया था कि वहाँ प्रत्येक प्रतिबंधित नशीली चीज कितनी आसानी से मिल जाती थी। वैसे तो हम अखबारों में जेल प्रशासन के खिलाफ छपनेवाली खबरों के अभ्यस्त थे, परंतु यह खबर अत्यंत गंभीर थी। इस घटना के दो दिन बाद गृह मंत्रालय ने छह लोगों को निलंबित कर दिया—मैं भी उनमें से एक था। मेरे साथ निलंबित होनेवाले अन्य तीन अधिकारी थे—डिप्टी सुपरिंटेंडेंट ओ.पी. शर्मा, डिप्टी सुपरिंटेंडेंट एस.एन. त्रिखा और असिस्टेंट सुपरिंटेंडेंट एस.के. कुकरेजा।

मैं अचंभित था। कागजों पर निलंबन का कारण 'संतृप्त पर्यवेक्षण' बताया गया था। परंतु मैं उस आरोप को स्वीकार करने को तैयार नहीं था। उन्होंने मुझसे पूछा कि नारे लगानेवाले दो कैदी उस क्षेत्र में कैसे पहुँच गए, जो उनके लिए प्रतिबंधित था? मैंने उन्हें बताया कि मैं मंत्रीजी के साथ चल रहा था, इसलिए मेरे ऊपर कैदियों के आवागमन का आरोप कैसे लगाया जा सकता था और यह भी कि उनके कृत्य के लिए मैं किस प्रकार से उत्तरदायी ठहराया जा सकता था? मेरे लड़ने के बाद डेढ़ महीने के पश्चात् मुझे ड्यूटी पर वापस बुला लिया गया। अन्य लोगों को उनके अपने कैडरों में वापस भेज दिया गया, जहाँ उनके विरुद्ध निलंबन एवं विभागीय पूछताछ की काररवाई की गई। मेरे बॉस ओ.पी. शर्मा सहित उनका निलंबन कई वर्षों तक जारी रहा। मैं इस बात से चकित था कि मैं उनकी चौकड़ी में उलझने से कैसे बच गया और मैं इस बात से सहमत था, क्योंकि मैं ओ.पी. शर्मा और बी.एल. विज जैसा नहीं था। बुनियादी तौर पर, मैं हरियाणा मंडली का सदस्य नहीं था। उस मंडली का सदस्य होने का अर्थ था कि आपको अधिक भाग-दौड़ करने की जरूरत नहीं थी। आपको सभी लाभप्रद पद आसानी से मिल जाएँगे और आपका जीवन सरल हो जाएगा। यह घटना उस वर्ष की पी.यू. सी.एल. रिपोर्ट में प्रमुखता से प्रकाशित की गई थी—

> उसके बाद आती है गृह मंत्री ज्ञानी जैल सिंह की जेल यात्रा। नशे में धुत्त एक कैदी ने उन्हें शराब की बोतल भेंट की। इसके अतिरिक्त, उन्होंने जेल में अन्य अनियमितताएँ भी देखीं। वह अत्यंत अचंभित एवं क्षुब्ध थे। परंतु उसके बाद भी गृह मंत्री ने विज एवं उसकी मंडली के खिलाफ तत्काल किसी दंडात्मक काररवाई का आदेश नहीं दिया। पाँच वर्ष बाद '*इंडियन एक्सप्रेस*' में गृह मंत्री के जेल दौरे की खबर एक बार फिर प्रकाशित हुई; लेकिन इस बार उनके दौरे को गुप्त रखा गया था। इसके अतिरिक्त, कोई अन्य उपाय नहीं था। श्री जैल सिंह दो जेल अधिकारियों—एस.एन. त्रिखा और ओ.पी. शर्मा के निलंबन का आदेश देने वाले थे। विज के प्रधानमंत्री सचिवालय में संबंध थे। उसने अपने संपर्कों को सक्रिय कर दिया और उस विकट स्थिति से बाहर निकलने में सफल हो गया। अपनी चौंका देनेवाली दागी छवि के बावजूद विज अपने पद पर बना रहा।

मेरे निलंबन के दौरान शोभराज मेरे संपर्क में बना रहा। उसने मेरे सामने आवश्यकतानुसार धन देने का भी प्रस्ताव किया। मैंने उससे कहा, "भैया, मुझे पैसे की कोई जरूरत नहीं है।" मैंने उसे साफ इनकार कर दिया। लेकिन मुझे इस बात का अफसोस भी है कि वह बेचारा तो मात्र हमदर्दी दिखाने के लिए वैसा कर रहा

था। और जब वह लगभग समूचे जेल स्टाफ को पैसे देता था तो क्या उसमें सचमुच केवल उसी का दोष था? उन लोगों ने तो उससे पैसे लेने से कभी इनकार नहीं किया था! मुझे इस पुस्तक में यह कहने का गर्व है कि शोभराज ने लिखा था कि तिहाड़ में केवल एक अधिकारी था, जिसे पैसे से नहीं खरीदा जा सकता था। तिहाड़ में आने के बाद मैंने अपने लिए यही चुनौती निर्मित की थी।

□

'बिकिनी हत्यारे' की जेल तोड़नेवाली कहानी

तिहाड़ के अंदर चार्ल्स शोभराज की कहानियाँ ऐतिहासिक हो सकती हैं, परंतु उसके जेल से भागने की तुलना में वे नगण्य हैं। इन सभी वर्षों में मैंने बिकिनी किलर (उन दिनों थाईलैंड में शोभराज को इसी नाम से पुकारा जाता था, क्योंकि वह जिन औरतों या लड़कियों की हत्या करता था, वे बिकिनी पहने हुए होती थीं) के अनेक अपराधों के बारे में अपनी खामोशी बनाए रखी, क्योंकि वह हम सभी लोगों को मूर्ख बनाने में सफल हुआ था। लेकिन अब उसके रिकॉर्ड को दुरुस्त करने का समय आ गया था।

शोभराज के जेल से भागने की घटना तिहाड़ प्रशासन में मेरे प्रवेश के ठीक एक दशक पूर्व 6 जुलाई, 1976 को हुई थी। यद्यपि वह भारत सहित दुनिया के अनेक देशों में कई हत्याओं के सिलसिले में वांछित था, उसके ऊपर 60 फ्रांसीसी पर्यटकों को नशा देने के प्रयास में प्रत्यावर्तन का मुकदमा भी चल रहा था। वह कहानी भी अतुल्य है। जिस आदमी ने दुनिया भर के लोगों को मूर्ख बनाया था, अंततः वह दिल्ली में पकड़ा गया था; क्योंकि दिल्ली के विक्रम होटल में 60 पर्यटकों को नशा खिलाकर लूटने की उसकी कोशिश विफल हो गई थी। उसने सैलानियों को नशे की जो खुराक दी थी, वह थोड़ी कम थी और उसके शिकारों को डायरिया (दस्त) हो गया था। शोभराज के ऊपर संदेह करते हुए उन्होंने होटलवालों पर पुलिस बुलाने और उससे पूछताछ करके गिरफ्तार करने का दबाव डाला। अतः इस मामले में शोभराज की योजना शौचालय में पहुँचकर उलटी पड़ गई।

वास्तव में, वह अकेला मामला नहीं था, जिसमें वह सजा काट रहा था। उसके ऊपर 3 जनवरी, 1976 को वाराणसी में एक इस्राइली नागरिक एलन एरन

जैकब्स की हत्या का आरोप भी था। उसने उसके मामले में भी नशीली दवाओं का प्रयोग किया था। शोभराज और एक अन्य विदेशी, एक महिला, ने वाराणसी के नटराज होटल में जैकब्स और मोहन लाल नामक एक भारतीय के साथ प्रवेश किया। एक ओर जहाँ मोहन लाल और जैकब्स एक ही कमरे में साथ-साथ ठहरे, वहीं दूसरी ओर शोभराज और उस महिला ने फ्रांसीसी दंपती होने का बहाना बनाकर मिस्टर नेपियर पोनैंट और मिसेज निकोल पोनैंट के छद्म नाम से होटल में प्रवेश किया। अगले दिन वे दोनों उस होटल से यह बहाना बनाकर बाहर निकल आए कि उन्हें उसके बजाय क्लार्क होटल में ठहरना पसंद है। वे दोनों उस होटल में इस बार श्रीमती एवं श्री एलन जैकब्स के नकली नाम से क्लार्क होटल में ठहरे और उन्होंने भुगतान करने के लिए जैकब्स के फॉरेक्स ट्रैवलर्स चेक का प्रयोग किया। 5 जनवरी को वे दोनों होटल नटराज में वापस गए और वहाँ जैकब्स एवं मोहन लाल के बारे में पूछताछ की। होटल के कर्मचारियों ने बताया कि पिछली रात जब एक परिचारक उसके कमरे में पानी देने गया था तो वह जीवित था और उसने शोभराज को मोहन लाल को कोई गोली देते हुए देखा था। कुछ घंटों बाद वह दंपती और मोहन लाल तो वहाँ से चले गए थे, लेकिन जैकब्स जिंक फॉस्फेट के जहर से मरा पड़ा पाया गया था।

नशे और धोखेबाजी की इस शृंखला के बावजूद (यद्यपि कभी-कभी हत्या भी) सभी मामलों में शोभराज की मजबूत कानूनी पैरवी के कारण ऐसा प्रतीत होता था कि शोभराज रिहा हो जाएगा और उसे थाईलैंड को सौंप दिया जाएगा, जहाँ से वह भागकर आया था। अखबारों की कहानी यह थी कि वह वहाँ से भागा ही केवल इसलिए था कि वह थाईलैंड में की गई अनेक हत्याओं के मुकदमों और सजा से बचना चाहता था; परंतु उसने मुझे जो कुछ बताया, उससे वैसा प्रतीत नहीं होता था।

16 मार्च, 1986 को रविवार था और उस दिन मेरी छुट्टी थी। बाद में, जब मैंने वह कहानी कई बार सुनी तो मैंने महसूस किया कि काश, उस दिन मैं वहाँ होता! सबसे पहले चेतावनी देनेवाला व्यक्ति सिपाही आनंद प्रकाश था। वह एक मोटे कपड़े से अपना चेहरा ढके हुए जेल के क्वार्टरों तक आया। उसके चेहरा छिपाने का कारण बाद में पता चला। जब उसने जेल के डिप्टी सुपरिंटेंडेंट के कार्यालय की घंटी बजाई, उस समय वह कुछ बोल नहीं पा रहा था। बड़ी मुश्किल से वह जेल नं. 3 के प्रभारी से केवल इतना ही कह पाया, "भागो! जल्दी करो!"

बाद में जेल नं. 3 के सहायक अध्यक्षक वी.डी. पुष्करना ने कहा कि उसने

जो कुछ देखा, वह उसकी कल्पना से परे था। वह एक निकृष्ट दुःखद कथा से होकर गुजरा था। जेल के सभी दरवाजे खुले पड़े थे। जेल स्टाफ, जिसमें द्वारपाल, सुरक्षा दस्ता और यहाँ तक कि ड्यूटी ऑफिसर शिवराज यादव तक या तो सोए हुए थे या हक्का-बक्का नजर आ रहे थे।

पुष्करना ने देखा कि गेट की चाबियाँ अपने वास्तविक स्थान पर नहीं थीं। वहाँ स्थिर, भ्रष्ट न किए जा सकने योग्य तमिलनाडु पुलिस के संतरियों को तिहाड़ की पहरेदारी के लिए इसलिए चुना गया था, क्योंकि भौगोलिक रूप से भिन्न भाषा उन्हें उत्तर भारतीय अपराधियों से मेल-जोल बढ़ाने से रोकती थी। उस दिन वे भी गिरे पड़े थे। आमतौर पर, जेल के चारों ओर बने ऊँचे निगरानी टावरों से उन्हें एक संतरी काफी दूर सड़क पर अपनी थ्री नॉट थ्री राइफल के साथ लेटा दिखाई पड़ा था। सिपाही आनंद प्रकाश ने अपना चेहरा शर्म के कारण नहीं छिपाया था, बल्कि इसलिए छिपाया था कि उसे भी नशा दिया गया था। जब वह नींद से जागा तो खुद को औंधे मुँह गिरा पाया और उसके चेहरे पर जलन हो रही थी।

पुष्करना जानता था कि तिहाड़ में अवश्य ही कुछ भयानक, भयानक रूप से कोई गलत घटना हुई थी। इसलिए, बहुत लंबे अंतराल के बाद पहली बार वैधानिक कारणों से बजर (खतरे की चेतावनी) बजाया गया था। वह इस कारण से नहीं बजाया गया था कि कोई नंबरदार किसी खूँखार नए कैदी से प्रतिशोध लेना चाहता था, या कि वे जेल के अंदर कोई लड़ाई शुरू करना चाहते थे। इस बार जब उसे बजाया गया तो वास्तव में आपात स्थिति (इमरजेंसी) थी। और ऐसा महसूस हुआ, जैसे जेल संख्या 3 की समूची जनसंख्या वहाँ से पलायन कर गई थी।

नियमानुसार, खतरे की घंटी बजने के साथ ही कैदियों की गिनती शुरू हो जाती थी। जब गिनती समाप्त हुई तो 900 में से केवल 12 कैदी, जो खासतौर से उसी जेल के थे, फरार हुए थे। लेकिन भागनेवालों में तिहाड़ का अति प्रसिद्ध चार्ल्स गुरमुख शोभराज भी शामिल था। मुझे अच्छी तरह याद है कि जब मैंने अपराह्न 3 बजे खबर सुनी तो मैं कहाँ था। उस समय मैं अपने घर में बैठा टी.वी. देख रहा था। तभी दूरदर्शन ने अपने नियमित कार्यक्रमों को अचानक रोककर कारा-टूट (जेल-ब्रेक) की घोषणा की और यह भी बताया कि चार्ल्स शोभराज जेल से फरार हो गया है। मैं तत्काल अपनी ड्यूटी पर पहुँच गया। ऑफिस पहुँचने के बाद हमने घटनाओं को क्रमशः जोड़ना प्रारंभ कर दिया। एक महत्त्वपूर्ण सुराग यह था कि प्रत्येक मूर्च्छित प्रहरी अपने हाथ में 50 रुपए का नोट पकड़े हुए था। इस प्रकार, पुष्करना

ने अनुमान लगाया कि पहले उन्हें पैसे का लालच दिया गया और उसके बाद उन्हें चार्ल्स शोभराज द्वारा उसके तथाकथित जन्मदिन के बहाने नशीली मिठाइयाँ दी गईं।

यह कहना अनावश्यक है कि जेल तोड़ की घटना हर जगह सुर्खियाँ बनी। 'एसोसिएटेड प्रेस' की कहानी सारी दुनिया में प्रसारित हुई थी। दिल्ली के पुलिस उपायुक्त अजय अग्रवाल ने संवाददाताओं को बताया था कि वार्डर के पास आकर दो लोगों ने किसी कैदी के जन्मदिन के उपलक्ष्य में फल एवं मिठाइयाँ बाँटने की इजाजत माँगी थी। वार्डर शिवराज यादव ने उन्हें वैसा करने की अनुमति दे दी थी, जिसके बाद आगंतुकों ने उसे और पाँच अन्य प्रहरियों को मिठाइयाँ दी थीं। मिठाइयाँ खाने के तत्काल बाद ड्यूटी पर तैनात जेलकर्मी मूर्च्छित हो गए और उन्हें घंटों बाद होश आया था।

जाँच करने के बाद हमने पाया कि डेविड हॉल नामक एक पूर्व कैदी उस दिन चार्ल्स शोभराज से मिलने आया था और उसी ने उसके भागने में मुख्य भूमिका अदा की थी। ब्रितानी नागरिक हॉल ने नशीले पदार्थों की तस्करी के आरोप में तिहाड़ जेल में सजा काटी थी और कुछ समय पूर्व ही वहाँ से रिहा हुआ था। मैं तो उसे अच्छी तरह नहीं जानता था, परंतु शोभराज को उसके बारे में पूरी जानकारी थी। विदेशी नागरिक होने के कारण दोनों में भाईचारा उत्पन्न हो गया था और जब शोभराज ने उसकी जमानत की अर्जी लिखने में सहायता की तो उनकी मित्रता और भी अधिक प्रगाढ़ हो गई। आगे जाँच करने पर अभिलेखों से पता चला कि जिस दिन हॉल शोभराज से मिलने आया था, उस दिन उसने उसे कुछ सामान दिया था—संभवतः वह वही सामग्री थी, जिसका उपयोग शोभराज ने जेलकर्मियों को बेहोश करने हेतु किया था।

जैसा कि पहले ही उल्लेख किया जा चुका है, शोभराज को अपनी कोठरी में अपना खाना स्वयं पकाने की सुविधा प्राप्त थी, जिसका उसने अनुचित लाभ उठाया। इस घोषणा के बाद कि उस दिन उसका जन्मदिन था, उसने जेल में मिठाइयाँ बनाईं और उसमें एक विशेष सामग्री—लारपोज नामक नींद की गोली मिला दी। अखबार की एक खबर के अनुसार, उसने नींद की 820 गोलियों का इस्तेमाल किया था! उसने अपनी योजना में 12 अन्य कैदियों को भी शामिल कर लिया था। ये कैदी वे थे, जो अपने आप जेल से भागने की हिम्मत नहीं कर सकते थे। उनमें से दो कैदी वे थे, जो ड्योढ़ी पर रहकर जेल प्रशासन के काम किया करते थे। वे छोटे-मोटे अपराधी थे और उन्होंने बाद में यही दावा किया कि उन दोनों को भी शोभराज ने

नशीली मिठाइयाँ खिलाई थीं। जब अखबारों में उनका नाम प्रकाशित हो गया तो वे इस बात से डर गए कि अब उनकी तलाश की जाएगी। अधिक विलंब होने से पूर्व ही उन दोनों ने जनकपुरी थाने में आत्मसमर्पण कर दिया और तिहाड़ जेल में वापस लौट आए। लेकिन वास्तविकता यह है कि पुलिस उस घटना को उनके आत्मसमर्पण के रूप में नहीं दिखाना चाहती थी। अपनी प्रतिष्ठा को बनाए रखने की कोशिश में पुलिस ने घोषणा की कि उसने दो लोगों को गिरफ्तार कर लिया है।

परंतु वह केवल छवि बचाने की कोशिश के अलावा और कुछ भी नहीं थी। जैसे ही अंतरराष्ट्रीय समाचार जगत् ने एक अन्य चार्ल्स शोभराज गिरोह के करतब की खबर प्रकाशित की, वरिष्ठ सरकारी अधिकारियों के साथ दिल्ली पुलिस के उच्च पदस्थ अधिकारी तिहाड़ की ओर दौड़ पड़े। उपराज्यपाल एच.के.एल. कपूर एवं पुलिस आयुक्त वेद मारवाह ने तिहाड़ का दौरा किया और आदेश दिया कि वी.डी. पुष्करना और अन्य सभी कर्मियों को गिरफ्तार करके उनसे पूछताछ की जाए। अखबारों में ऐसी कहानियों की बाढ़ आ गई कि किस प्रकार शोभराज अपने हाथों से जेल अधिकारियों को खाना खिलाता था, अथवा यह कि कैसे वह जेल कर्मचारियों की अर्जियाँ लिखता था और कैसे उन्हें रिश्वत की शक्ल में मोटी रकम दिया करता था। विडंबना यह थी कि वास्तविक कहानी कभी बाहर नहीं आई। इसलिए एक ओर जहाँ पुष्करना को दंडित किया गया था, डिप्टी सुपरिंटेंडेंट आर.टी.एल. डिसूजा को कोई फटकार भी नहीं लगाई गई। उस समय उसके बारे में यह कहानी चल रही थी कि डिसूजा एक वरिष्ठ रक्षा अधिकारी का रिश्तेदार था, जिसने उपराज्यपाल से उसके बचाव के लिए संपर्क किया था, क्योंकि उपराज्यपाल स्वयं भी रक्षा सेवा से आए थे।

दूसरी कहानी, जो उस समय मीडिया सामने लाने में विफल रही थी, वह यह थी कि भागने से पहले चार्ल्स शोभराज का जेल संख्या 1 से जेल संख्या 3 में रहस्यमय तरीके से स्थानांतरण कर दिया गया था। उसे जेल संख्या 1 से क्यों हटाया गया? क्या उसका स्थानांतरण उसके भागने की योजना का एक अंग था? जेल संख्या 3 एक नई जेल थी, इसलिए उसके कर्मचारी जेल संख्या 1 के कर्मचारियों की भाँति सुप्रशिक्षित नहीं थे। एक अन्य संयोग यह था कि लगभग उसी समय नशे के कारोबारी डेविड हॉल को मात्र 12,000 रुपए की जमानत पर छोड़ दिया गया था। समाचारों में कहा गया कि अधिकांश विदेशी कैदी रिहाई के बाद अपने घरों को लौट जाते थे, पर हॉल वहीं आसपास बना रहा और चार्ल्स शोभराज की भागने में

सहायता करने के लिए तिहाड़ वापस आ गया। इससे संकेत मिलता है कि उसके भागने की योजना काफी सोच-विचार करने के बाद बहुत पहले ही बना ली गई थी।

वरिष्ठ स्तर पर कोई भी जेल अधिकारी नहीं चाहता था कि शोभराज के भागने के मामले की गंभीरतापूर्वक जाँच हो, क्योंकि उन्हें अपनी अकर्मण्यता एवं अयोग्यता उजागर होने का भय था। बहरहाल, सार्वजनिक चीख-पुकार को देखते हुए एक अवकाश प्राप्त फ्रंटियर सर्विस ऑफिसर के नेतृत्व में आंतरिक जाँच कराने का आदेश देना पड़ा। रिपोर्ट में शिवराज यादव, पुष्करना एवं पाँच अन्य लोगों का नाम शामिल किया गया और बताया गया कि इन्हीं लोगों ने चार्ल्स शोभराज को लारपोज जैसी अनेक नशीली दवाइयाँ और मिठाइयाँ लाने की अनुमति दी थी। रिपोर्ट में यह आरोप भी लगाया गया कि इन्हीं लोगों की लापरवाही से सभी जेल कर्मचारियों को शोभराज के षड्यंत्र का शिकार होना पड़ा। सभी पाँचों आरोपियों को सलाखों के पीछे डाल दिया गया, जो बाद में रिहा हो गए।

अतीत में झाँकें तो हम में से किसी के लिए भी यह कोई चौंकानेवाली बात नहीं होनी चाहिए थी। किशोरावस्था में पेरिस के निकट पोइसी जेल में अपनी पहली कैद के दौरान शोभराज ने जेल कर्मचारियों के साथ दोस्ती करके उन्हें पटा लिया था। भारत में उसे पहली बार सन् 1973 में नई दिल्ली के अशोका होटल स्थित एक जेवरात की दुकान को लूटने के असफल प्रयास के लिए जेल में डाला गया था। इस दौरान वह झूठी बीमारी के बहाने अस्पताल में भरती हुआ और वहाँ से भाग खड़ा हुआ था। दरअसल, लोगों को जहर देकर भागने का शोभराज का तरीका बहुत पुराना है। वर्ष 1971-72 के दौरान उसे काबुल में होटल कॉण्टिनेंटल का बिल चुकाए बिना वहाँ से भागने के आरोप में गिरफ्तार किया गया था। वहाँ भी वह बीमार होने के बहाने अस्पताल में दाखिल हुआ था और वहाँ पहरेदारों को नशा खिलाकर भाग निकला था। यह उसका पसंदीदा तरीका था, जिसे वह बार-बार आजमाता था। मुझे बताया गया था कि अपने शिकारों की हत्या करने से पहले वह उन्हें नशा खिला देता था।

लेकिन उस सारे तमाशे के 23 दिनों बाद चार्ल्स शोभराज तिहाड़ जेल में वापस आ गया। उसे गोवा में गिरफ्तार किया गया था। जेल से फरार होने के बाद वह अपने दोस्त डेविड हॉल के साथ गोवा चला गया था। उसी दौरान अजय सिंह तोमर नामक व्यक्ति को अपने बैग में एक जिंदा बम और कुछ कारतूस के साथ एक रेलगाड़ी पर सवार होते समय मुंबई (तत्कालीन बंबई) में गिरफ्तार किया

गया। उसके बाद पुलिस उसे लेकर उस होटल में गई, जहाँ एक अन्य भगोड़ा अपराधी देवकुमार ब्रह्मदत्त त्यागी छिपा हुआ था। पूछताछ करने पर दोनों ने पुलिस को बताया कि शोभराज और हॉल उससे अलग होकर गोवा चले गए थे। अंततः पुलिस ने उन दोनों को गोवा से गिरफ्तार कर लिया। पुलिस ने शोभराज के पास से एक रिवॉल्वर और हॉल से 12,000 अमेरिकी डॉलर नकद बरामद किए थे। स्पष्टतः हॉल ने उस नकदी का प्रबंध वहाँ से भागने के लिए किया था।

शोभराज की गिरफ्तारी तिहाड़ जेल के कुछ अधिकारियों के लिए अत्यंत तनावपूर्ण थी। पुलिस ने जब जेल-तोड़ षड्यंत्र की तह तक जाने के लिए उससे पूछताछ की तो सभी की साँसें थम गई थीं। क्या शोभराज उन्हें बरबाद कर देगा? क्या वह पुलिस को उन लोगों के नाम बता देगा, जो उसके पेरोल पर थे? उस समय शोभराज के बारे में ऐसी ही अफवाहें चल रही थीं। स्पष्टतः वह हर समय अपने घुटने में बाँधकर एक गुप्त ध्वनि रिकॉर्डर (डिक्टाफोन) छिपाए रखता था, ताकि वह सुपरिंटेंडेंट और डिप्टी सुपरिंटेंडेंट की रिश्वत माँगनेवाली आवाज को रिकॉर्ड कर सके। उसके भागने के बारे में हुई इतनी सारी पूछताछ के बाद क्या वह खुला रहस्य अंततः सामने आ पाया? लेकिन उनके लिए चिंता करने की कोई जरूरत नहीं थी, क्योंकि बड़े-से-बड़े रहस्योद्घाटन के बाद भी वहाँ कुछ बदलता नहीं था।

अप्रैल 1986 में उसके तिहाड़ लौटने के बाद जब मैं उससे मिला और पूछा कि वह भाग क्यों गया था? उस समय मेरी रात्रि पाली चल रही थी, इसलिए समय काटने के लिए मैंने उससे कुछ बातचीत कर ली थी। उसने बड़े आराम से मुसकराते हुए कहा, "मुझे सनसनी पैदा करना पसंद है।" बहरहाल, अखबारों में यह खबर छपी कि उसने जान-बूझकर यह व्यूह-रचना की थी, क्योंकि वह गिरफ्तार होना चाहता था। ऐसा उसने इसलिए किया कि भारत में उसकी सजा लगभग खत्म होने वाली थी और उसके बाद उसे थाईलैंड में प्रत्यावर्तित किया जाने वाला था और अनेक लोगों की हत्या करने के अपराध में उसे गोली मारी जाने वाली थी। जेल-तोड़ की घटना ने भारतीय प्राधिकारियों को उसे लंबी अवधि तक जेल में रखने का एक और अवसर प्रदान कर दिया था।

इतना कहने के बाद मैंने भी शोभराज की उस बात पर विश्वास कर लिया कि वह सनसनी पैदा करना चाहता था। वह ऐसा एकमात्र उच्च स्तरीय कैदी बनना चाहता था, जिसने जेल की सुरक्षा को कई बार तोड़ा हो। वास्तव में, उसका कृत्य

मेरे लिए भी उतना ही लाभप्रद था। न्यायालय में उसे अपनी हरेक बात से मुकरना ही था। उसने न्यायालय में कहा कि गुप्तचर एजेंसियों ने उसका अपहरण कर लिया था, क्योंकि वे उससे कोई जानकारी उगलवाना चाहती थीं। इसलिए, उस दशा में तो वह स्वयं एक पीड़ित था। उसने किसी बिंदु पर मुझे बताया था कि जेल-तोड़ की घटना वास्तव में एक षड्यंत्र था। उससे यह जानने की कोशिश में मैं हँस पड़ा कि उसने अपना जन्मदिन बड़े धूमधाम से मनाने की योजना कैसे बनाई थी! "गंभीर बनने की कोशिश कीजिए।" उसने मुझसे कठोरतापूर्वक कहा।

इसके विपरीत, पुलिस का मत अलग था। उन्होंने एक अन्य कुख्यात कैदी और शोभराज के सहनिवासी एवं दिल्ली के प्रमुख कारोबारी राजेंद्र सेठिया पर आरोप मढ़ दिया। उस समय अभियोजकों ने आरोप लगाया था कि सेठिया ने शोभराज को भाड़े पर लिया था, ताकि वह उस बैंक घोटाले के मुख्य गवाह से 'अपना हिसाब चुकता' कर सके, जिसमें वह स्वयं एक अभियुक्त था। वह गवाह कोई स्वामी सत्संगी नामक व्यक्ति था और उसकी हत्या करने के लिए सेठिया ने शोभराज से सहायता माँगी थी। इसके बदले में सेठिया की पत्नी ने साफतौर पर ब्रिटेन के एक खाते में 99,000 अमेरिकी डॉलर जमा करवाए थे। और पुलिस का दावा था कि शोभराज के जेल से भागने से ठीक पहले वह राशि निकाल ली गई थी। पुलिस की कहानी को पूर्णतया नकार दिया गया और सेठिया उसे निरस्त कराने के लिए न्यायालय चला गया।

अपने प्रभावशाली मित्रों और पटे-पटाए जेलकर्मियों के बावजूद शोभराज उस कठोर सच्चाई से बच नहीं पाया, जो उसे तिहाड़ में वापस लाए जाने के बाद उसकी प्रतीक्षा कर रही थी। उसने अपनी हरकतों से हमारी जो बदनामी कराई थी, उसकी कीमत तो उसे चुकानी ही थी। कहीं भी स्वतंत्रतापूर्वक घूमने के स्थान पर अब उसे जंजीरों में जकड़कर एक अलग-थलग वार्ड में बंद कर दिया गया था। उसे खूँखार आतंकवादियों के लिए बने उच्च सुरक्षा वार्ड में रखा गया और उसकी सभी गतिविधियों पर चौबीसों घंटे सतर्क निगाह रखी जाने लगी थी। किसी सुरक्षा गार्ड को साथ लिये बिना उसे कहीं भी जाने की अनुमति नहीं थी।

सभी चतुर कैदियों की तरह चार्ल्स शोभराज ने भी जेल की तपिश, ऊब और एकाकीपन से निजात पाने के लिए एक गुप्त मार्ग खोज लिया। होशियार कैदी बार-बार कोर्ट जाते हैं। कोर्ट में आप बाहरी, अपने परिवार के लोगों से मिल सकते हैं और आपको वहाँ अच्छा खाना भी मिल सकता है। सितंबर 1986 की अपनी खबर

में 'इंडिया टुडे' ने उन प्रारंभिक दिनों का उल्लेख करते हुए लिखा कि किस प्रकार चार्ल्स शोभराज को कोर्ट में पेशियों के दौरान राहत मिलती थी—

वास्तव में, वह चाहता है कि कोर्ट में अधिक-से-अधिक समय तक रहे—जेल में उसे हर समय बेड़ियाँ पहननी पड़ती हैं। वह अदालत में मुख्य दलीलें खत्म होने के बाद तीन नई प्रार्थनाएँ कर देता, ताकि अदालत की काररवाई कुछ अधिक देर तक जारी रहे। अपने अनुभवजन्य आत्मविश्वास के आधार पर वह कोर्ट से इस बात की अनुमति माँगता है कि उसे न्यायिक हिरासत में भोजन, अपने वकील स्नेह सेंगर से साक्षात्कार तथा फाइलें देखने की छूट दी जाए। अनुमतियाँ मिलने के बाद उसके पास लोगों से मिलने-जुलने का प्रचुर समय होता है।

अपनी 'बिकिनी किलर' की छवि को मूर्तिमान करने के प्रयास में वह पूरे कोर्ट रूम में घूमता है और राजेंद्र सेठिया की पत्नी तथा बहन का चुंबन लेता है, जो वहाँ सेठिया से मिलने के लिए आई होती हैं। इन मजाकिया हरकतों के बाद वह पॉलीथिन के बैग में लाई गई चिकन बिरयानी पर टूट पड़ता है, जबकि रुष्ट स्नेह सेंगर उससे गरमागरम बहस करती है। शोभराज धीरे से सेंगर को शांत करता है और लापरवाही से मुरगे की गरदन से खेलना शुरू कर देता है। जैसे ही सिपाही कड़कते हुए उसे अपने भूले हुए भोजन की याद दिलाता है, वह उसे झिड़ककर दूर भगा देता है और उसके पास मँडराते अन्य व्यक्ति को लिम्का लाने के लिए भेज देता है।

मुझे उसकी बेड़ियों में जकड़े जाने की विचित्र चाल के पीछे की कहानी याद है। हम उसे जंजीरों में जकड़कर रखना चाहते थे; परंतु भारतीय न्याय प्रणाली इस मामले में स्पष्ट इंगित करती है कि ऐसा करने के लिए केवल जेल सुपरिंटेंडेंट की इच्छा ही पर्याप्त नहीं थी। इसके लिए न्यायालय का वैधानिक निर्देश होना चाहिए। यह भी उसकी एक चाल थी, क्योंकि शारीरिक रूप से घिसटते हुए कैदी को देखना मानवाधिकारों के निकृष्टतम उल्लंघनों में से एक माना जाता था। कोई भी जिला जज अपने नाम से ऐसा आदेश पारित करने का इच्छुक नहीं था। इस तरह, कम-से-कम तीन महीने और गुजर गए। तब अंततः पी.के. बाहरी नामक एक नए जिला एवं सत्र न्यायाधीश आए।

न्यायमूर्ति बाहरी, जो अंततः उच्च न्यायालय के न्यायाधीश के रूप में रिटायर हुए, उन्होंने तो और ही हद कर दी। उन्होंने न केवल उसे जंजीरों में जकड़ने की अनुमति दी, बल्कि बहुत जल्दबाजी भी की। उनका आदेश न केवल दोषपूर्ण था, बल्कि उसका यह भी अर्थ था कि शोभराज को अनिश्चित काल तक बेड़ियों में रखा जा सकता था। एक विधि अधिकारी के रूप में मैं यह जानता था कि किसी

कैदी को अधिकतम तीन महीने ही जंजीरों में जकड़कर रखा जा सकता था। निश्चय ही, हम न्यायमूर्ति बाहरी को एक दमदार अर्थात् 'बोल्ड' न्यायाधीश कह सकते थे। हमारी न्यायिक प्रणाली में यही खूबी है कि उसके सभी प्रावधान उदार एवं दूरदर्शी हैं; परंतु यदि आपको संपर्क व्यक्ति के बारे में जानकारी हो तो आप इनमें से उत्तमोत्तम प्रणालियों को भी ताड़ सकते हैं। इस प्रकार, यदि '80 के दशक में आपके हाथ में कोई आतंकवादी हो तो आपको मानवाधिकारों के किसी भी ताम-झाम से निपटने की आवश्यकता नहीं थी और आप न्यायाधीश बाहरी के पास या उनके समान किसी अन्य 'बोल्ड' जज के पास जा सकते थे। अन्य न्यायाधीशों के विपरीत, वह परिणामों या दूरदर्शिता की परवाह नहीं करते थे।

शोभराज अब अपने पुराने स्वत्व का बंधनीकृत संस्करण था और उस पर लगातार निगरानी रखी जाती थी। इसके बावजूद, वह कभी-कभी हमें चकित कर देता था। उदाहरण के लिए, जब वह तनहाई वार्ड में था, उसकी डबल रोटी के बीच से थोड़ी मात्रा में हशीश पाई गई थी और वह हमारे अनुमान से बाहर था कि कैसे कोई व्यक्ति इतनी उच्च सुरक्षावाले क्षेत्र में नशे का सामान अंदर पहुँचाने में सफल हो गया था। दो सिपाहियों को निलंबित कर दिया गया और बाद में उन्हें शोभराज को नशे की आपूर्ति करने के आरोप में बरखास्त कर दिया गया था। शायद उनके विरुद्ध कोई मुकदमा भी दर्ज किया गया था। परंतु आप उस व्यक्ति को दंडित कैसे कर सकते थे, जो पहले ही जंजीरों एवं बेड़ियों में जकड़ा हुआ हो और तिहाड़ के सर्वाधिक अंधकारपूर्ण भाग में हो?

शोभराज कई अन्य लोगों के लिए भी अपनी नौकरियों से हाथ धोने का कारण बना था, और उनमें भी केवल निम्न स्तरवाले कर्मचारी नहीं थे। अंततोगत्वा सन् 1997 में रिहा होकर भारत से फ्रांस जाने से पूर्व वह यशस्वी पुलिस अधिकारी किरण बेदी के तबादले का कारण भी बना था। जिस समय (सन् 1993) में किरण बेदीजी को महानिरीक्षक के रूप में तिहाड़ के 8,000 से अधिक कैदियों की देखभाल के लिए नियुक्त किया गया था, उस समय जेल-तोड़ की घटना को कई वर्ष बीत चुके थे और हथकड़ी-बेड़ियाँ गुजरे जमाने की बात होकर रह गई थीं। सभी कैदियों के लिए अब कोई-न-कोई काम करना जरूरी था और इसलिए मैडम बेदी ने शोभराज को कानूनी सहायता प्रकोष्ठ में भेज दिया, जहाँ उसे एक टाइपराइटर दिया गया था। कारागार नियमों के अनुसार, यह जेल प्रभारी को निर्णय करना होता था कि किसे टाइपराइटर उपलब्ध कराया जाए। उनके निर्णय में कुछ

भी गैर-कानूनी नहीं था; परंतु उस समय दिल्ली के तत्कालीन मुख्यमंत्री मदन लाल खुराना किरण बेदी को दंडित करने का कोई बहाना खोज रहे थे और वह बहाना उन्हें शोभराज के रूप में मिल गया था। उनके स्थानांतरण आदेश में कहा गया कि टाइपराइटर एक विलासिता एवं आनंद की वस्तु थी और वह शोभराज को बेस्टसेलर किताबें लिखने में सहायक हो रहा था, जिसका वह भरपूर लाभ उठा रहा था। इसे कारण बताते हुए 'मैग्सेसे पुरस्कार' विजेता किरण बेदी को तिहाड़ से हटा दिया गया था। जिस व्यक्ति ने देश में सर्वाधिक प्रशंसनीय जेल सुधार किया था, उसे दंडित करने के लिए पुरातात्त्विक जेल नियमों का हवाला दिया गया था।

17 फरवरी, 1997 को अपनी 20 वर्षीय जेल की सजा पूरी करने के बाद शोभराज को फ्रांसीसी अधिकारियों को सौंप दिया गया था। उस समय उसकी उम्र 53 वर्ष थी। यद्यपि उस समय भी उसके खिलाफ कुछ मामले लंबित थे, परंतु सरकार ने उसे रिहा करना उचित समझा; क्योंकि फ्रांस ने कहा था कि वह उसे वापस लेने के लिए तैयार है। शोभराज ने कुछ वर्षों तक पेरिस में आजादी का आनंद लिया; परंतु सन् 2003 में उसे नेपाल में पुनः गिरफ्तार कर लिया गया और तब से वह वहाँ उम्रकैद की सजा काट रहा है।

~*~

तिहाड़ में लगभग चार दशक बिताने के बाद मैं यह बात आश्वस्त होकर कह सकता हूँ कि जेल-तोड़ के मामले में तिहाड़ ने एक प्रतिमान स्थापित किया है। लोगों ने तिहाड़ से भागने में जो कार्य-पद्धति अपनाई थी, उसी की नकल अनेक अन्य जेलों में भी की गई; और इसकी शुरुआत शोभराज की जेल तोड़ने की घटना से हुई थी।

जेल से कैदियों के भागने की ऐसी ही एक ऐतिहासिक घटना मेरे तिहाड़ में आने से पूर्व सन् 1976 में हुई थी। वह घटना आपातकाल के दौरान घटी थी, जब अनेक विपक्षी नेताओं को इंदिरा गांधी द्वारा मीसा (MISA) के अंतर्गत जेल में बंद कर दिया गया। उस समय तिहाड़ जेल में विजयाराजे सिंधिया, नानाजी देशमुख, चौधरी चरण सिंह, जॉर्ज फर्नांडिस, अरुण जेटली, प्रकाश सिंह बादल, लाला हंसराज और प्रेम सागर गुप्ता जैसे लोगों को बंद किया गया था। विजयाराजे सिंधिया एवं नानाजी देशमुख जन संघ से थे, जबकि जॉर्ज फर्नांडिस एक ट्रेड यूनियन नेता तथा समाजवादी पार्टी से थे।

चूँकि तत्कालीन जेल परिसर में भारी भीड़ हो गई थी, इसलिए उच्च स्तरीय राजनीतिक कैदियों की सुविधा के लिए तिहाड़ के खुले क्षेत्रों में अनेक खुली जेलों का निर्माण किया गया था। यदि किसी को अस्पताल की सुविधा की आवश्यकता होती तो उसके लिए जेल के निकट ही अस्पताल का विस्तार किया गया था। जेल कर्मी उस इतिहास के साक्षी बने, जिसका निर्माण तिहाड़ जेल के अंदर हो रहा था; क्योंकि नानाजी देशमुख और अन्य लोगों ने कम्युनिस्टों के साथ बातचीत की पहल की, जिसके परिणामस्वरूप तिहाड़ जेल में जनता पार्टी का गठन हुआ।

पार्टी के गठन में विजयाराजे सिंधिया ने प्रमुख भूमिका निभाई थी। वार्ड नं. 3 में रहते हुए उन्हें नानाजी से मिलने के लिए कोई उपाय खोजना था, जो वार्ड नं 18 में थे। वह जानती थीं कि नानाजी योग के विशेषज्ञ थे, इसलिए उन्होंने एक डॉक्टर से योग करने की सलाह लिखवा ली, जिसने उन्हें रोजाना एक घंटा योग करने का सुझाव दिया। जेल के कर्मचारियों के पास कोई विकल्प नहीं था। उन्होंने देशमुख को रोजाना महिला वार्ड में जाकर राजमाता को योग सिखाने की अनुमति दे दी। मुझे यह तो नहीं मालूम कि वे दोनों कितना योग करते थे, परंतु उनकी चर्चाओं के दौरान ही जनता पार्टी का बीजारोपण अवश्य हुआ था।

ये नेता जब इंदिरा गांधी को उखाड़ फेंकने की योजना नहीं बना रहे होते थे तो वे जेल में अपनी बोरियत दूर करने के लिए अन्य गतिविधियों में भाग लेते थे। अरुण जेटली जेलकर्मियों के साथ बैडमिंटन खेलते। जॉर्ज फर्नांडिस बहुत लिखते रहते थे और अत्यंत धार्मिक प्रवृत्ति के होने के कारण चौधरी चरण सिंह हवन किया करते थे। प्रकाश सिंह बादल जन संघी नेताओं एवं कम्युनिस्टों के बीच की कड़ी थे और वही उन्हें एक-दूसरे के नजदीक लाए थे। वे लोग आपस में कैरम खेलते और राजनीतिक चर्चाएँ करते थे। इन सारी उत्तेजनाओं के मध्य एक अवसर पाकर आजीवन कारावास की सजा काट रहे 13 लोगों ने उनकी बैरकों के बीच से एक सुरंग खोदी और 16 मार्च, 1976 को तिहाड़ से भाग गए। यह घटना शोभराज के जेल से भागने की घटना से ठीक एक दशक पहले हुई थी। उनमें से अधिकतर भगोड़े पकड़ लिये गए थे; परंतु आगे चलकर सजा समीक्षा बोर्ड द्वारा अनेक कैदियों को रिहा कर दिया गया था। यह बोर्ड आज भी मौजूद है और समय-पूर्व रिहाई का आदेश देने के अधिकार से लैस है। अनेक सजायाफ्ता कैदी, जो महसूस करते हैं कि वे सुधर गए हैं और जेल में निरंतर अच्छे आचरण का प्रदर्शन करते हैं, उन्हें यह विकल्प दिया जाता है। जेसिका लाल की हत्या करनेवाला मनु शर्मा

कई वर्षों से जल्द रिहाई का प्रयास कर रहा था, परंतु विफल रहा था; लेकिन 'तंदूर हत्यारा' सुशील शर्मा दो दशक तक जेल में रहने के बाद बोर्ड से समय-पूर्व रिहाई का आदेश पाने में सफल रहा था।

~※~

मेरे कार्यकाल के दौरान पहला बड़ा जेल ब्रेक सन् 1983 की गरमियों में हुआ था, जिसमें जवाहरलाल नेहरू विश्वविद्यालय (जे.एन.यू.) के छात्र शामिल थे। उस छात्र आंदोलन की शुरुआत जे.एन.यू. के तत्कालीन उपकुलपति पी.एन. श्रीवास्तव के विरोध से हुई थी, जिन्होंने एक अनुशासनात्मक काररवाई के अंतर्गत एक छात्र को छात्रावास से स्थानांतरित करने का आदेश दिया था, जिसके कारण समूची छात्र संस्था ने शिक्षकों का घेराव प्रारंभ कर दिया था। छात्रों द्वारा उप-कुलपति और प्राचार्य के कार्यालयों के बिजली एवं पानी का कनेक्शन काट दिए जाने के कारण अप्रैल व मई के दौरान स्थितियाँ और अधिक बिगड़ गईं तथा 10 मई की घटना की ओर बढ़ गईं, जिसमें पुलिस ने परिसर में प्रवेश करके 250 छात्रों को आगजनी और दंगा भड़काने के आरोप में गिरफ्तार कर लिया था। संपूर्ण संख्या में 170 छात्र एवं 80 छात्राएँ गिरफ्तार की गई थीं और उन्हें अलग-अलग जेलों में रखा गया था।

एक दिन बाद, अर्थात् 11 मई तक सबकुछ सामान्य रहा, परंतु शाम को तालाबंदी के समय जब उनकी गिनती की गई तो 55 छात्राएँ और 125 छात्र गायब पाए गए। बड़ी नारकीय स्थिति बन गई थी। तनाव से न निपट पाने के कारण जेलों के डिप्टी सुपरिंटेंडेंट एम.एस. रीतू अपनी पत्नी की बीमारी का बहाना बनाकर छुट्टी पर चले गए। यहाँ तक कि उस दिन उन्होंने जेल को बंद करनेवाले कागजात पर हस्ताक्षर भी नहीं किए (वह ऐसा नियम था, जिसका पालन आपात स्थिति में किया जाना जरूरी होता था और वह घटना उससे कम नहीं थी), क्योंकि वह जिम्मेदार ठहराए जाते। वह काम उनके सहायक शिवराज यादव (यह वही आदमी था, जिसे शोभराज के फरार होने के बाद दंडित किया गया था) के कंधों पर आ पड़ा।

भागने की उस घटना की सूचना शीघ्र ही मीडिया में भी पहुँच गई। फरार छात्र-छात्राओं के विरुद्ध एक नई प्राथमिकी दर्ज की गई। जाँचकर्ता जेल से फरार सभी भगोड़े विद्यार्थियों की जाँच करने के लिए वॉरंट लेकर जे.एन.यू. परिसर पहुँच गए। उन लोगों की परेशानी तब और बढ़ गई, जब वहाँ ठहरे छात्र-छात्राओं के

नाम भगोड़ों की सूची में दर्ज नामों से नहीं मिले। गिरफ्तारी के समय उन लोगों ने अपने काल्पनिक या गलत नाम बताए थे! उसके बाद पुलिस ने प्रणाली में विद्यमान खामियों को महसूस किया—कोई भी अपना झूठा नाम बता सकता था, क्योंकि उस समय कोई सत्यापन की प्रक्रिया मौजूद नहीं थी।

हम अभी तक यह नहीं जान पाए कि इतनी उच्च सुरक्षावाली जेल से 180 छात्र-छात्राएँ गायब कैसे हो गए थे? वास्तव में, वह हमारे लाचार तंत्र और विद्यार्थियों की पहचान की संयुक्त खामी थी। छात्रों के रूप में उन्हें 'बी' श्रेणी संभ्रांत कैदियों के रूप में वर्गीकृत किया गया था, जिसका अर्थ यह था कि उन्हें बिना किसी शारीरिक बाधा के अपने मुलाकातियों से बार-बार मिलने की अनुमति थी और उनके तथा आगंतुकों के बीच किसी प्रकार की शीशे या लोहे के सरियोंवाली दीवार भी नहीं थी।

अनेक विद्यार्थी प्रभावशाली लोगों के बच्चे थे और तिहाड़ लाए जाने के बाद पहले दिन बड़ी संख्या में लोग उनसे मिलने आए थे। उस समय आगंतुकों के लिए यह नियम था कि उनकी कलाइयों पर एक मुहर लगा दी जाती थी और जेल के दरवाजों से बाहर निकलते समय उस मुहर की जाँच करके यह सुनिश्चित किया जाता था कि असली मुलाकाती ही बाहर गया था। यह मन में बैठानेवाली बात है कि वह मई का महीना था और दिल्ली की गरमियाँ अपने उफान पर थीं। चतुर विद्यार्थियों ने इस तथ्य का लाभ उठाया कि गरमी के कारण कलाई पर लगी मुहर दूसरे व्यक्ति की कलाइयों पर आसानी से स्थानांतरण योग्य थी। पसीने और गरमी को धन्यवाद। मुलाकातियों ने अपनी कलाइयों पर लगी मुहर को छात्रों की कलाइयों पर छाप दिया और 180 विद्यार्थियों को जेल से बाहर निकाल ले गए, जिन्हें बाद में दोबारा कभी खोजा नहीं जा सका। यह अलग बात थी कि यदि द्वारपाल सतर्क होता तो इस बात पर ध्यान अवश्य देता कि मुलाकात के लिए अंदर आनेवालों की संख्या से तीन गुना लोग तिहाड़ से बाहर जा रहे थे! मुझे बताया गया कि उन जे.एन.यू. छात्रों में से अनेक छात्र आज स्वयं उच्च श्रेणी के राजनयिक हैं। उनमें से एक छात्र तो कालांतर में तिहाड़ का अधीक्षक भी बन गया था।

प्रत्येक घटना के पश्चात् कठोर सबक सीखे गए। इस घटना के बाद कैदियों और आगंतुकों की आमने-सामने अथवा उनके वार्ड में होनेवाली मुलाकात पूरी तरह बंद कर दी गई। लेकिन फरारी फिर भी नहीं रुकी। तथ्यात्मक रूप से उनमें से कई घटनाएँ तो अत्यंत रोचक थीं।

सन् 1988 में जेल-तोड़ की एक घटना हमारे जेलरों की उस आदत का परिणाम थी, जिसके तहत वे कैदियों से दोपहर में मालिश करवाते थे। डिप्टी सुपरिंटेंडेंट एल.पी. निर्मल को रोज दोपहर मालिश करवाना पसंद था और कई बार वह मालिश करवाते-करवाते बीच में सो भी जाते थे। उनके एक निश्चित मालिश करनेवाले ने महसूस किया कि मालिश के दौरान उसके वहाँ से फरार होने का अच्छा अवसर है, जिसे उसे खोना नहीं चाहिए। अत:, जैसे ही उसने अपनी जादुई उँगलियों के करतब से उन्हें सुला दिया, उसने ध्यान दिया कि मालिश से पहले अधिकारी द्वारा उतारे गए कपड़ों को पहनकर वह आसानी से बाहर जा सकता था। उसने उनकी वरदी पहनकर अपने आपको एल.पी. निर्मल के रूप में सज्जित किया और जेल अधिकारियों से सलामी लेने के बाद तिहाड़ के मुख्य द्वार से बाहर निकल गया। इस घटना से यह ज्ञात होता है कि तिहाड़ का प्रत्येक कर्मचारी या अधिकारी कितना लापरवाह था कि उसने अपने ऑफिसर को भी नहीं पहचाना। उन्होंने किसी को वरदी पहने और उसके कंधों पर दो सितारे लगे देखे और सलामी ठोक दी। वास्तव में, हमने उसे उसके भागने के थोड़ी देर बाद ही पकड़ लिया था, क्योंकि वह अधिक दूर नहीं गया था। वह एल.पी. निर्मल की वरदी पहने हुए अपनी बहन के घर सोता हुआ पाया गया था।

एक अन्य अवसर पर एक स्मैकिए (नशेड़ी) ने भागने की कोशिश की थी। जब किसी ऐसे नशेड़ी में निष्कासन (विड्राल) के लक्षण उभरते हैं तो उसका जुनून बहुत बढ़ जाता है और वह उस स्थिति में कुछ भी कर सकता है। स्पष्टत: वह कैदी भी उसी प्रकार की अवस्था में था और उसने आधी रात को जेल संख्या 3 की दीवार पर चढ़कर छलाँग लगा दी। जेल सं. 1, 2 और 3 अंदर से आपस में जुड़ी हुई हैं, इसलिए यदि आप एक जेल की दीवार से कूदेंगे तो दूसरी जेल के अंदर पहुँच जाएँगे; परंतु उसने अपनी तत्कालीन दशा में सोचा कि वह जेल से बाहर आ गया है। उसने वहाँ खड़े गार्ड से पूछा कि बस स्टॉप कहाँ है, जिससे यह सुनिश्चित हो गया कि उसकी आजादी अत्यंत सीमित थी।

सन् 2015 में दो लड़कों ने जेल संख्या 5 की दीवार से छलाँग लगाई और एक अन्य जेल परिसर में पहुँच गए। यह महसूस करते हुए कि दूसरी जेल की दीवार से कूदना संभव नहीं था, उन्होंने दीवार में एक सुराख करने का निर्णय किया और उनकी वह तरकीब कामयाब भी हो गई। वहाँ ऐसे अनेक मामले हुए थे, जिनमें कैदी लोक निर्माण विभाग (पी.डब्ल्यू.डी.) के अस्थायी श्रमिकों के साथ भागने में

सफल हो गए थे। वे लोग तिहाड़ में दिहाड़ी करने आते थे।

शोभराज के भागने की घटना के अलावा जिस एक घटना ने तिहाड़ को सर्वाधिक अपमानित किया, वह थी दस्यु सुंदरी और सांसद फूलन देवी के हत्यारे शेर सिंह राणा की फरवरी 2004 में हुई फरारी। जब किसी कैदी को किसी अन्य शहर की कोर्ट में पेशी के लिए जाना होता है तो उसे उस राज्य की पुलिस ले जाती है, न कि तिहाड़ जेल के कर्मचारी, जो कैदियों से परिचित हो चुके होते हैं। इसके पीछे यह तर्क था कि चूँकि राज्य की पुलिस स्थानीय मार्गों से अधिक परिचित होती है, इसलिए वह कैदी को सड़क मार्ग से अधिक कुशलतापूर्वक ले जा सकती है। कैदियों के परिवहन का अनुरोध बेतार (वायरलेस) प्रणाली से होता था और इस खामी का लाभ आसानी से उठाया जा सकता था।

5 फरवरी, 2004 को बेतार संदेश प्राप्त होने के फौरन बाद शेर सिंह राणा को हरिद्वार की कोर्ट में ले जाने के लिए एक टीम तिहाड़ पहुँच गई। प्रणाली के अनुसार, हमने सुरक्षाकर्मियों को 'भोजन राशि' दी—यह ऐसा भत्ता था, जो यात्रा के दौरान कैदी के खाने के लिए दिया जाता था और वॉरंट तथा अन्य जरूरी दस्तावेजों के साथ आई टीम को सौंप दिया जाता था। उसके जाने के कुछ देर बाद एक अन्य पुलिस टीम सामने आई। यह तब हुआ, जब चिड़िया उड़ चुकी थी। हमने राणा को किसी पुलिस टीम को नहीं, बल्कि एक सुसमन्वित भगोड़ों की टीम को सौंप दिया था। जो 'पुलिस' टीम राणा को लेने आई थी, हमने उसके दस्तावेजों की भी सावधानीपूर्वक जाँच नहीं की थी। उस टीम के पास हमारे द्वारा भेजी गई आधिकारिक संचार की प्रति भी नहीं थी; परंतु हमने उन्हें जाने दिया, क्योंकि उनका दावा था कि यदि अधिक विलंब हुआ तो अदालत नाराज हो सकती है। हमारे लिए उनका इतना कहना ही पर्याप्त था और हमने तत्काल उन्हें राणा को सौंप दिया। समस्या की असली जड़ वही थी—जेलकर्मी अदालत की ओर से की जानेवाली खिंचाई से इतने भयभीत होते हैं कि वे उस परेशानी से बचने के लिए कुछ भी कर सकते हैं।

लेकिन इस प्रणाली को जल्द ही बदल दिया गया। राज्य पुलिस के बजाय दिल्ली पुलिस ने कैदियों को दूसरे शहरों में पेशी के लिए ले जाना प्रारंभ कर दिया। एक बार तो ऐसा प्रतीत हुआ, मानो शेर सिंह राणा की फरारी के कारण एक वरिष्ठ अधिकारी की नौकरी चली जाएगी। महानिदेशक को दिल्ली के उपराज्यपाल विजय कपूर की ओर से फटकार लगाई गई और उनके खिलाफ विभागीय

कारवाई शुरू करने की धमकी भी दी गई। जबकि उनके कनिष्ठ अधिकारियों को अपनी नौकरियों से हाथ धोना पड़ा। अकसर ऐसा ही होता है, वरिष्ठ अधिकारियों को कभी उत्तरदायी नहीं ठहराया जाता।

यदि आप नेशनल क्राइम रिकॉर्ड ब्यूरो द्वारा सन् 2016 में जारी किए गए विगत जेल आँकड़ों को देखेंगे तो उनसे पता चलेगा कि जेल से फरारी की घटनाओं में कमी आई है और सामान्यत: ऐसी घटनाएँ कैदियों को पेशी के लिए ले जाए जाते समय अधिक होती हैं। उदाहरणार्थ, 2016 में तिहाड़ जेल से भागने की केवल एक घटना हुई थी। पूरे देश में जेल तोड़ने की 89 घटनाएँ हुई थीं; परंतु 272 कैदी तब फरार होने में सफल हुए थे, जब उन्हें न्यायालय या चिकित्सा जाँच के लिए अस्पताल ले जाया गया था और वे पुलिस हिरासत से भाग निकले थे। क्या आप जानते हैं कि उनमें से कितने लोग दोबारा गिरफ्तार किए जा सके थे? केवल 34 प्रतिशत।

□

एक जेलर का एकाकीपन

वर्ष 1986 केवल चार्ल्स शोभराज के जेल से भागने के कारण ही उल्लेखनीय नहीं था। यह वह वर्ष भी था, जब मैं अपने जीवन के तीन दशकों बाद अपनी भावी पत्नी पूनम से मिला था। तिहाड़ ने हमें मिलाया था, परंतु इसमें भी कोई अतिशयोक्ति नहीं है कि उसने हमें लगभग अलग भी कर दिया था।

दरअसल, जब मैं पीछे मुड़कर देखता हूँ तो बड़ा आश्चर्यजनक लगता है कि मुझे मेरा साथी तिहाड़ में काम करते हुए मिला था। वैसे तो मैंने वैसा कभी नहीं किया, लेकिन यदि मैं अपने परिवारवालों की बात सुनता तो इस बात की पूरी संभावना थी कि मुझे अपनी कष्टप्रद जिंदगी वहाँ रहकर खुद को कोसते हुए बितानी पड़ती। परिवारवालों की दृष्टि में, मैं एक सुशिक्षित व सरकारी नौकरीवाला व्यक्ति था और एक सम्मानित परिवार से आता था, जिसके पास राजधानी में कुछ जमीन और एक मूल्यवान् जायदाद थी, अर्थात् मैं पूर्णरूपेण एक उपयुक्त लड़का था। बहरहाल, सच्चाई इससे बिल्कुल भिन्न थी।

मेरी नौकरी मेरी संभावित दुलहनों को मुझसे दूर ले जा रही थी। मैं सोचता था कि मुझसे शादी करने के लिए होड़ करनेवाली लड़कियों की कतार लग जाएगी; परंतु एक ओर जहाँ मैंने कुछ लड़कियों को स्वयं नापसंद कर दिया था, वहीं दूसरी ओर उनमें से अनेक लड़कियों को जब यह पता चला कि मैं कहाँ काम करता हूँ, तो उन्होंने मुझे तत्काल खारिज कर दिया था। अन्य लड़कियाँ मेरे कार्य के घंटों को लेकर चिंतित थीं। जब मैं उन्हें यह बताता कि मैं रात को देर से—लगभग 11 बजे—तभी लौटूँगा, जब उस रात रिहा होनेवाले कैदियों की रिहाई हो जाएगी।

उन दिनों जेलरों की प्रतिष्ठा अत्यंत निंदनीय थी। हमें अधिकतम भ्रष्ट माना जाता था। दरअसल, मैं तो इससे भी आगे जाकर यह कहना चाहूँगा कि जनता की राय में, तिहाड़ का जेल स्टाफ भी वहाँ बंद कैदियों के समान ही अपराधी था। इसका

स्पष्टीकरण इसी तथ्य से मिल जाएगा कि मैं 32 वर्ष की उम्र में भी कुँआरा था।

एक सामान्य मित्र ने पूनम से मेरा परिचय कराया था और तकदीर की मेहरबानी से वह भी मेरी नौकरी को लेकर अधिक प्रतिकर्षित नहीं थी। शायद वह मेरे काम की प्रकृति के बारे में संवेदनशील थी, क्योंकि वह तिहाड़ से केवल एक ब्लॉक दूर रहती थी। वह एक विद्यालय शिक्षिका थी, जिसका काम 2 बजे पूरा हो जाता था और उस अवधि में मेरा काम भी हलका हो जाता था। मेरे कुछ सहकर्मी इस अवधि में हलकी नींद भी ले लेते थे; लेकिन उस समय का उपयोग मैं उसे अच्छी तरह जानने के लिए करता था। मैं उसे उसके स्कूल से लेता और किसी रेस्तराँ में ले जाता या केवल उसके घर जाकर उसके साथ थोड़ा समय व्यतीत करता था। मैं चाहता था कि वह मेरे काम को अच्छीं तरह समझ जाए और यह भी जान ले कि मैं वैसा क्यों करता था। उसके बावजूद, मैं महसूस करता था कि उसे तिहाड़ परिसर के अंदर निवास करने के लिए मनोवैज्ञानिक रूप से तालमेल बैठाना होगा और मैं उसे अपने निर्णय के प्रति आश्वस्त होने के लिए अधिकाधिक संभव समय देना चाहता था। अन्यथा वह मेरे सहकर्मियों के विचित्र तरीकों के बारे में कैसे समझ पाती, हमारे कार्यस्थल के विषय में जो विभ्रम फैलाया जा रहा था कि वहाँ का वातावरण अत्यंत विषाक्त था। हमारे कार्य से जुड़ी हीन भावना इस बात से अधिक बलवती होती थी कि हम लोग अच्छे आदमी नहीं थे। उदाहरण के लिए, मैं केवल इतना ही कहना चाहूँगा कि जिस समय हम खाकी पहनते थे, हमसे पुलिस की तरह काम करने की आशा की जाती थी; परंतु हम पुलिसवाले नहीं थे और निश्चय ही हमें उनके समान वेतन भी नहीं मिलता था। लेकिन हम असैनिक व्यक्ति भी नहीं थे और हमें कठिन कार्य करना पड़ता था, जिसमें हमसे यह अपेक्षा की जाती थी कि हम पुलिसवालों के समान कानून को कार्यान्वित करें। वह स्थिति हमें क्षुब्ध करती थी, क्योंकि अंततोगत्वा हमने वह नौकरी करने का एक कारण तो निर्धारित किया कि हम एक वरदीधारी बल के अंग थे।

सरकार कहती थी कि हमें पुलिस के समान वेतन इसलिए नहीं दिया जा सकता, क्योंकि हम सिविलियन थे और पुलिस जितनी कठोर नौकरी नहीं करते थे। लेकिन सरकार ने हमें अन्य नौकरशाहों की तरह भी वेतन नहीं दिया। जैसा कि हिंदी की एक कहावत है, *'न घर का, न घाट का'*—हमारी स्थिति बिल्कुल उसी तरह थी। पुलिसकर्मी भी हमें हेय दृष्टि से देखते थे और हमें उनकी वह हरकत बहुत बुरी लगती थी। इसके बावजूद पुलिस की कुख्यात छवि हमारे ऊपर भी चस्पाँ कर

दी जाती थी। मेरी नौकरी के कारण मेरे भाई और बहन की शादी होने में भी मेरे परिवार को काफी कठिनाई झेलनी पड़ी। जब कोई योग्य वर मिल भी जाता था तो उसके परिवारवाले इस बात पर आपत्ति करते थे कि 'उनका भाई पुलिस में है। यदि पति-पत्नी के बीच कोई ऊँच-नीच होगी तो वह उन्हें जेल भिजवा देगा!' काश, उन लोगों को मात्र इतनी भी जानकारी होती कि हम जेलकर्मी कितने शक्तिहीन हैं! हम पदानुक्रम में इतने नीचे थे कि कोई कैदी भी हमें धमका सकता था। कहने का आशय यह कि यदि हम वहाँ बने हुए थे तो केवल अपने बॉस के आतंक के कारण सुरक्षित थे। चयन बहुत सरल था। या तो आप धनी और शक्तिशाली कैदियों के आगे अपने घुटने टेक दें और उनके भ्रष्ट गुर्गे बन जाएँ, अन्यथा लगातार पिटाई या धमकियों का जोखिम मोल लें।

ऐसी नौकरी करने के लिए सघन मानसिक व शारीरिक शक्ति की आवश्यकता होती है। यही कारण था कि जब मेरे सहकर्मियों ने मेरी क्षीण काया देखी तो अधिक प्रभावित नहीं हुए थे। वे मुझसे कहते, "सर, आप तो बहुत कमजोर दिखाई देते हैं।" मुझे उनकी बात तब तक समझ में नहीं आई, जब तक मैंने स्वयं यह महसूस नहीं कर लिया कि हमारे जैसी शारीरिक स्थितिवाले लोगों का कैदियों द्वारा पिटाई किया जाना सामान्य बात थी। दरअसल, कुछ जेल अधिकारी कैदियों द्वारा मार भी डाले गए थे। उस दृश्य की कल्पना कीजिए, जिसमें कोई प्रभावशाली कैदी आपसे नियमों के विरुद्ध जाकर कोई माँग करता है और आप एक जेलर के रूप में अपने पाँव लटका देते हैं, अर्थात् उसकी माँग पूरी करने में खुद को अक्षम पाते हैं। उनकी माँगों को ठुकराना कोई सरल काम नहीं है, क्योंकि उसके कई अप्रिय परिणाम सामने आए थे। इसमें कोई आश्चर्य नहीं है कि आप भ्रष्टाचार जैसा सरल विकल्प अपनाकर, अपने रिटायर होने तक सुरक्षित बने रहकर अपनी नौकरी और अपनी भविष्य निधि दोनों सुरक्षित रख सकते हैं। यदि आप इतने भाग्यशाली हैं कि आपको कोई धमकी नहीं मिलती या आपकी पिटाई नहीं होती तो आपका तबादला कर दिया जाएगा। अतः, जब मेरे साथियों ने मेरी 56 किलो की कायावाले चौखटे को देखा तो उन्होंने मुझे समर्पणकारी मान लिया—एक ऐसा व्यक्ति, जो उनके साथ खेल सकता था और किसी कठिनाई का संकेत मिलने पर वहाँ से भाग खड़ा हो सकता था।

यदि इतना भी पर्याप्त न होता तो मेरे लिए सबसे बुरी चीज मेरी जाति थी—मैं भी एक गुप्ता था। और यदि आप मुझसे पूछें कि यह प्रासंगिक क्यों था, तो शायद आप तिहाड़ में मेरे पहले दिन वाली कहानी शायद भूल रहे हैं। मेरे पास नियुक्ति-

पत्र होने के बावजूद बी.एल. विज द्वारा मुझे वहाँ से फौरन भगाने का एक मुख्य कारण यह था कि वह मेरी जाति के लोगों को अपने आसपास नहीं देखना चाहते थे। वह मेरे स्थान पर अपने गृह राज्य हरियाणा के किसी व्यक्ति को काम पर रखना चाहते थे।

आप लोगों में से कुछ लोग सोच सकते हैं कि भारत आगे बढ़ गया है, फिर भी हमारे यहाँ ऐसे भेदभावपूर्ण नियम मौजूद थे; परंतु यदि आप अपने आसपास देखेंगे तो पाएँगे कि हम आज भी अपनी जातियों द्वारा पहचाने जाते हैं। अत: यदि आप कोई गुर्जर, मीणा, ठाकुर या जाट होते तो आपको सख्त एवं शक्तिशाली मान लिया जाता; क्योंकि आप किसी लड़ाकू कौम से ताल्लुक रखते थे। जब कैदी मेरा नाम सुनते तो मुँह बिचकाते हुए कहते थे—'अरे, वह तो बनिया है' अथवा यह कहते कि 'अरे, वह तो गुप्ता है।' 'वह हमारा सामना कैसे कर सकता है? हम उससे निपट लेंगे।' मेरा दुर्भाग्य यह था कि मैं एक ऐसे समुदाय से आता था, जिसकी दीर्घकालिक वैभवशाली ऐतिहासिक परंपरा थी, परंतु बहादुरी के मामले में कुछ कम थी। मैं अन्य कार्यस्थलों के बारे में तो नहीं जानता, परंतु मेरे मामले में जातिवाद जीवित था और फल-फूल रहा था। एक ओर जहाँ नवनियुक्त मीणाओं और जाटों की सुरक्षा के लिए उनकी बिरादरी के अधिकारियों की टोली मौजूद थी, वहीं दूसरी ओर मेरी रक्षा के लिए वहाँ कोई अन्य गुप्ता या बनिया नहीं था। इसलिए मेरा नाम और देहयष्टि दोनों मेरे साथियों तथा कैदियों के लिए मुझे धमकाने और पिटाई करने के लिए पर्याप्त थी। एक बिंदु पर मैंने अपना पूरा नाम लिखना बंद कर दिया था और हस्ताक्षर के स्थान पर अपने नाम के सभी अक्षर 'सुनील कुमार' लिख देता था। परंतु उससे भी मेरा काम नहीं चला, क्योंकि तब तक सारे लोग जान चुके थे कि मैं एक 'बनिया' हूँ। मैं दुगुना श्रम करने के लिए दृढ़प्रतिज्ञ था, क्योंकि मैं यह सिद्ध करना चाहता था कि मैं कोई धमकाने लायक आदमी नहीं था; परंतु मेरी जाति ने मेरा पीछा नहीं छोड़ा। इसलिए मुझे अन्य युक्तियाँ अपनानी थीं।''

~*~

शोभराज के गैंग में जेल को आतंकित करनेवाले सुनील बत्रा, विपिन जग्गी, रवि कपूर एवं प्रेम शंकर शुक्ला जैसे अनेक धनी और प्रभावशाली खलनायक जेल में थे; क्योंकि वे सब सन् 1970 में यूनियन बैंक में हुई बड़ी डकैती के अंग थे। उनमें से दो लोगों को बैंक की गाड़ी से 6 लाख रुपए लूटने तथा वैन के चालक

एवं बैंक के गार्ड की हत्या करने के लिए मौत की सजा दी गई थी। उनकी मौत की सजा को आगे चलकर आजीवन कारावास में बदल दिया गया, जिसके कारण सुनील बत्रा और जग्गी अपने गुट के साथियों के साथ मिलकर तिहाड़ के अन्य कैदियों के लिए विनाशक बन गए थे। वे अपने शिकार की तलाश में पूरे जेल परिसर में घूमते रहते थे और या तो हाथापाई करके या उन्हें धमकी देकर अथवा उनकी पिटाई करके पैसे की उगाही किया करते थे। चूँकि वे लोग धनी थे, इसलिए उन्हें कानून का कोई भय नहीं था, क्योंकि उनके पास अदालतों में मोल-भाव करनेवाले वकीलों की पूरी फौज थी। दरअसल, उन कैदियों के अनेक वकील हर समय अदालतों में ही रहते थे और किसी-न-किसी बहाने जेल के उन अधिकारियों के खिलाफ रोजाना कोई-न-कोई अर्जी लगाते रहते थे, जिन्हें वे पसंद नहीं करते थे। (यह भी धौंस-डपट की एक अन्य तरकीब थी।)

एक ओर जहाँ बत्रा और जग्गी से डरने की जरूरत थी, वहीं प्रेम शंकर शुक्ला एक दूसरी ही किस्म का शख्स था। दरअसल, शुक्ला इतना बेशर्म आदमी था कि एक बार वह डी.आई.जी. की वरदी पहनकर उस थाने में पहुँच गया, जो उसके खिलाफ धोखाधड़ी के मामले की जाँच कर रहा था। उसने उनसे कहा कि वह फाइलें देखना चाहता है। एक वरिष्ठ अधिकारी को अपने सामने देखकर थाने के लोग तत्काल सहमत हो गए और उन्होंने उसे पूरी तरह अंदर आने की अनुमति दे दी। इससे पहले कि थानेवाले कुछ समझ पाते कि वहाँ क्या हो रहा था, शुक्ला अपने मुकदमे की फाइल लेकर वहाँ से गायब हो गया! एक बार हम दोनों का आमना-सामना तब हुआ, जब हम दोनों उच्चतम न्यायालय जा रहे थे। शुक्ला को अपने मामले में न्यायालय के समक्ष पेश होना था, जबकि मैं उसके मामले को अदालत में प्रस्तुत करनेवाला अधिकारी था। न्यायालय के कमरे में मैंने देखा कि एक ओर शुक्ला जहाँ अपने वकीलों के साथ पहली पंक्ति में बैठा हुआ था और जिस गार्ड को उसकी निगरानी करनी थी, उसे कमरे की सबसे पीछेवाली पंक्ति में खड़े होने के लिए भेज दिया गया था। मैं शुक्ला के व्यवहार से स्तब्ध रह गया। मैंने तत्काल गार्ड को बुलाया और उससे पूछा कि तुमने शुक्ला को स्वतंत्र होकर इधर-उधर घूमने की अनुमति कैसे दी? लज्जित गार्ड शुक्ला के पास गया और मेरी ओर संकेत किया। शुक्ला ने मेरी ओर देखा और मैंने उसे यह कहते सुना कि "मैं नहीं जानता कि वह कौन है।"

उसकी बात सुनकर मैं आगबबूला हो गया। उस दुष्ट अपराधी की इतनी

हिम्मत! मैं शुक्ला से उसके व्यवहार के लिए माफी मँगवाना चाहता था। जैसे ही हम तिहाड़ वापस पहुँचे, मैंने मुंशी को बुलाकर शुक्ला की ऐसी पिटाई करने के लिए कहा, जिसे वह जिंदगी भर याद रखे। मेरे आदेश को उसने अच्छी तरह नोट कर लिया और उसे नंबरदार के पास तक पहुँचा दिया। बहरहाल, वह इतना सरल भी नहीं था। शुक्ला निश्चय ही अपने परिचित किसी प्रभावशाली व्यक्ति से न्यायालय में संपर्क करता। इसलिए उसकी पिटाई की योजना इतने सुनियोजित तरीके से बनाई गई, जिससे लगे कि कैदी आपस में लड़ाई कर रहे थे। अपनी उस योजना में मैं सफल हो गया था और जैसे ही मेरी योजना पूरी हुई, मैंने शुक्ला और उन लोगों को बुलाया, जिनके साथ वह तथाकथित तौर पर लड़ रहा था। मैंने देखा कि मेरे संतोष के लिए उसके शरीर पर कुछ खरोंचें लगी हुई थीं। मैंने तत्काल पुलिस बुलाई, क्योंकि वही मानक व्यवहार संहिता थी। शुक्ला भी कोई नौसिखिया नहीं था। वह भी मेरे खेल को जान गया था। जब पुलिस ने उससे पूछा कि क्या हुआ था, तो उसने हममें से किसी के ऊपर कोई आरोप नहीं लगाया और पूरी घटना को हलका करते हुए कहा, "कुछ नहीं हुआ था। हम लोग तो आपस में हँसी-मजाक कर रहे थे।"

जैसी कि मुझे आशंका थी, शुक्ला ने उच्च न्यायालय के लिए एक याचिका तैयार की थी। मैं भी तैयार था। मैंने न्यायालय में उसका वह बयान पेश कर दिया, जो उसने पुलिस के सामने दिया था और जिसमें कहा गया था कि उसकी चोटों के लिए कोई भी जिम्मेदार नहीं था। शुक्ला ने तभी महसूस कर लिया था कि उसे उसका बराबरीवाला जोड़ीदार मिल गया था। बाद में जब उसके घाव भर गए तो उसने मुझसे पूछा, "आपने मेरी पिटाई क्यों करवाई थी?"

"बेटा, मैं जेलर हूँ और तुम्हारा बाप हूँ। इसलिए लोगों के सामने अपनी चतुराई दिखाने के लिए यह कभी मत कहना कि तुम नहीं जानते हो कि मैं कौन हूँ।"

"आप चिंता मत कीजिए, सर, मैं तिहाड़ में अधिक समय तक रहने वाला नहीं हूँ।"

अपनी बात पर खरा उतरते हुए उसने अपना तबादला किसी दूसरी जेल में करवा लिया। मैं इस बात को स्वीकार करना चाहूँगा कि मैंने खुद को तिहाड़ में एक आतंक के रूप में स्थापित कर लिया था; परंतु सच्चाई यह है कि मुझे आजीवन लड़ाइयाँ लड़नी थीं और जिन विरोधियों का मुझे भविष्य में सामना करना था, उनके सामने वह कुछ भी नहीं था।

~*~

मेरा पहला संघर्ष नितांत व्यक्तिगत था। वर्ष 1986 से 1988 तक मैं पूनम को इस जंगल में रहने के लिए मनाने की कोशिश करता रहा। मैं उसे अपनी चुनौतियों की कहानियाँ सुनाता था। वहाँ के विचित्र प्राणी मेरे साथ सारा दिन इतनी अजीब हरकतें करते थे कि उन्हें उसके आने के बाद मेरे जीवन में चमत्कार होने की आशा थी। उसे इस बात की आदत डालनी थी कि हम सभ्य समाज में और हँसमुख लोगों के बीच रहने नहीं जा रहे थे। कुछ जेल अधिकारी संभवतः पुलिसवालों के साथ अपनी बराबरी का सपना देख रहे थे; परंतु तिहाड़ में काम करनेवाले ऐसे अनेक जेलर थे, जो अनपढ़ थे। मैं अतिशयोक्ति नहीं कर रहा हूँ। किसी जेल प्रहरी के लिए शिक्षा की न्यूनतम अपरिहार्यता स्त्री या पुरुष गार्ड के लिए पहली बार सन् 1986 में निर्धारित की गई थी। उससे पहले जो लोग जेल अधीक्षक के निजी सेवकों (चपरासियों) के रूप में काम करते थे, उन्हें आगे चलकर गार्ड के पद पर तैनात कर दिया जाता था। जैसा कि मैंने कहा था, तिहाड़ में जेल-तोड़ की प्रत्येक घटना से काफी कुछ सीखने तथा सुधार करने का अवसर मिला। भरती नियमों में वह बदलाव, जिसे हम 'रिक्रूटमेंट रूल्स' या 'आर.आर.' कहते थे, वह शोभराज के जेल से भागने की घटना का परिणाम था।

बहरहाल, मैं यह अवश्य जोड़ना चाहूँगा कि वह क्रांति बहुत असरदार नहीं थी। मेरे मतानुसार, तिहाड़ में काम करनेवाले लोगों में से केवल 40 प्रतिशत ही पूर्णतया प्रशिक्षित या अपने पद हेतु पर्याप्त उपयुक्त थे। अतीत में झाँकते हुए मैं यहाँ तक कह सकता हूँ कि यद्यपि मेरा भी प्रस्ताव-पत्र 'अवैध' माना जा सकता था। जिस स्तर पर मेरी नियुक्ति हुई थी, उस पद पर नियुक्ति करने का अधिकार केवल महानिदेशक या महानिरीक्षक स्तर के अधिकारी के पास ही था। जेल अधीक्षक वहाँ का बादशाह था और अपनी मरजी के मुताबिक जिसे चाहता, उसे नियुक्त कर लेता और बाकी लोगों को अपना सामान बाँधकर वापस लौटना पड़ता था। शायद यही कारण था कि तिहाड़ में अनेक लोगों ने मुझसे पूछा था कि आप पहली बार सीधे यहाँ कैसे प्रवेश कर गए? अपने पास कानून की डिग्री होने के कारण मैं अपने जीवन में कोई अच्छा काम कर सकता था! वे अकसर मुझसे पूछते कि क्या आपने इतनी सारी पढ़ाई इस जंगल में काम करने के लिए की थी?

जो बात मैंने किसी से (यद्यपि पूनम से भी) साझा नहीं की थी, वह थी हमारे काम करने का रोमांचक विचार। एक ऐसा विचार, जो हमारे पद की आधिकारिक स्थितियों, वरिष्ठता, भ्रष्टाचार और हिंसा से आगे जा चुका था। मैं कुछ बड़ा करने

का सपना देख रहा था और काम का विचार एक प्रकार से साफ-सफाई जैसा था। हमें तिहाड़ को उस रूप में प्रस्तुत करना था, जैसे कोई अपने घर को सजा-सँवार कर रखता है। हमें वहाँ के निवासियों के बिस्तर, भोजन, राशन, कपड़े और कभी-कभी—केवल कभी-कभी—वहाँ रहनेवालों के मन का खयाल भी करना होता था। मेरी इच्छा वहाँ ऐसी स्थिति उत्पन्न करने की थी, जिसमें जेलरों को सम्मान मिलता और उनके बारे में लोगों के विचार सकारात्मक होते। मैं जेलरों को राज कपूर की ऐतिहासिक फिल्म 'खान दोस्त' जैसी भूमिका में देखना चाहता था। उस फिल्म में राज कपूर ने एक जेलर की भूमिका निभाई थी। उसमें राज कपूर को इतना सज्जन और ईमानदार जेलर दिखाया गया था, जिसे यह भी पता नहीं था कि वह अपनी बहन के लिए जरूरी 5,000 रुपए का प्रबंध कैसे और कहाँ से करे? लेकिन मुझे ऐसी सच्चाई का सामना करना पड़ा था, जो फिल्म से बिल्कुल भिन्न थी। हमारे पास लोगों के मन-मस्तिष्क को सुधारने का अवसर था; परंतु हम छाटे-मोटे मुद्दों में उलझकर रह गए थे। इस बात की चिंता किसे थी कि आपके जेल में प्रवेश करने पर आपकी तलाशी का काम तमिलनाडु पुलिस को करना पड़ता था या कि सी.आर.पी.एफ. स्कैनरों और एक्स-रे मशीनों का संचालन करती थी और तमिलनाडु स्पेशल पुलिस (टी.एस.पी.) संयुक्त रूप से उच्च सुरक्षा वार्ड की निगरानी करती थी? हम लोग यह सोचकर ईर्ष्यालु क्यों थे कि वह सारा काम हमसे नहीं कराया जाता था? हमारे पास न्यायिक संरक्षक होने का दायित्व था, जो अत्यंत महत्त्वपूर्ण था।

जब मैंने यह महसूस किया कि पूनम मुझे और मेरे जीवन को समझने का प्रयास करने लगी थी, मेरे माता-पिता ने मेरे ऊपर एक गुगली डाल दी। वे लोग पूनम को मेरे लिए उपयुक्त जोड़ी के रूप में नहीं देखते थे। साफतौर से, क्योंकि वह बहुत छोटी थी! मेरी लंबाई 6 फीट थी और वह मुझसे पूरी 1 फीट छोटी थी, इसलिए वे महसूस करते थे कि हम दोनों एक साथ चलेंगे तो अच्छे नहीं दिखाई पड़ेंगे। उन्होंने इस बात पर कभी ध्यान नहीं दिया कि वस्तुत: विवाह बाजार की 'दरों' में मैं ही छोटा पड़ गया था।

काश, वे हमारे साथियों के उपयुक्त जोड़ी की तलाश में किए जानेवाले संघर्ष से परिचित होते! जो लोग चिकित्सा जैसे चुनौतीपूर्ण क्षेत्र में काम करते थे, वे अपनी बिरादरी की लड़की से ही शादी करने के इच्छुक थे, क्योंकि उन दोनों के लिए एक-दूसरे की परिस्थितियों को समझना आसान था। लेकिन हमारे मामले में, हम

वैसा नहीं कर सकते थे, क्योंकि कोई अन्य व्यक्ति हमें केवल हमारी बेमेल जोड़ी की ही याद दिलाता और वे जान जाते कि हम कितनी निम्न स्तरीय स्थिति में काम करते हैं। किसी पुरुष जेलर की शादी किसी महिला जेलर से बहुत कम होती है। दरअसल, वहाँ स्थितियाँ इतनी बुरी हैं कि कुछ महिला कर्मियों ने अभियुक्तों तक से शादी कर ली थी। मेरे सहयोगियों के देर से शादी करने और समझौता करने के उदाहरण मेरे आसपास ही मौजूद थे। उदाहरणार्थ, मैट्रन (महिला नर्स) राजू मुखर्जी को ही ले लीजिए, जिसने एक सजा प्राप्त बलात्कारी से विवाह किया था।

यह घटना उन दिनों की है, जब '80 के दशक में महिला शाखा जेल के अंदर ही थी। जिसे वर्तमान में जेल संख्या 1, 2 और 3 में विभाजित कर दिया गया है, उस समय वह महिलाओं के अलग विभाग के रूप में था। वर्तमान में महिला व पुरुष कर्मचारियों के संपूर्ण अलगाव का अर्थ है कि वे एक-दूसरे की सीमा में कदापि नहीं जा सकते हैं; परंतु उन दिनों की स्थिति भिन्न थी। मैट्रन राजू मुखर्जी सामान्य क्षेत्र से गुजरती हुई महिलाओं के विभाग में जाती थी, जहाँ उसकी ड्यूटी शाम को महिला कैदियों की तालाबंदी करने की होती थी। मुझे अच्छी तरह याद है कि वह सुंदर ही नहीं, बल्कि बहुत सुंदर थी। जेल के डिप्टी सुपरिंटेंडेंट का एक अर्दली बलात्कार के आरोप में 7 वर्ष की नियमित सजा काट रहा था। वह उससे रोजाना बातें किया करता था। अंततः जब वह अपनी सजा पूरी करके जेल से रिहा हो गया तो दोनों ने शादी कर ली।

आज जब मैं पीछे मुड़कर देखता हूँ तो पाता हूँ कि उन दिनों ऐसी चीजों के बारे में ज्यादा बातें नहीं होती थीं। निस्संदेह, हमारी जेल नियमावली किसी जेलकर्मी और कैदी के बीच 'नजदीकी' को निषिद्ध करती थी—'कोई भी अधीनस्थ अधिकारी किसी रिहा हुए कैदी के साथ कोई पत्र-व्यवहार या शारीरिक संबंध स्थापित नहीं करेगा अथवा उन्हें अपने क्वार्टर में आने या बने रहने की अनुमति नहीं देगा।' शादी की बात तो भूल ही जाइए, नियमावली में तो यह भी कहा गया है कि 'आपको किसी कैदी के साथ अपनेपन का व्यवहार भी नहीं करना चाहिए।'

बहरहाल, कोई भी मैट्रन राजू मुखर्जी के विरुद्ध काररवाई करने का इच्छुक नहीं था। वह एक अनाथ लड़की थी, जो नारी निकेतन में पली-बढ़ी थी और उसका अपना कोई परिवार भी नहीं था। शायद इसीलिए लोग उसके बारे में खुश थे और उसे कोई बड़ा मामला नहीं बनने देना चाहते थे। संभव है कि यदि वह कोई उच्च स्तरीय अधिकारी होती तो स्थितियाँ शायद भिन्न रही होतीं। उसके अच्छे व्यवहार

के कारण अर्दली की सजा की अवधि कम कर दी गई थी और मुझे बताया गया था कि वे दोनों आज भी एक साथ बहुत खुश हैं।

कुछ उच्च पदस्थ अधिकारियों के कैदियों के साथ विवाह करने की अन्य कहानियाँ भी हैं। एक मामले में एक महिला डॉक्टर लिप्त थी। जेल के नियम किसी महिला डॉक्टर को पुरुष मरीजों का उपचार करने की अनुमति तो देते थे, परंतु विलोमत: इसकी अनुमति नहीं थी (वास्तव में, जब तक उन्हें किसी विशेषज्ञ की आवश्यकता न हो, विशेष परिस्थितियों में पुरुष चिकित्सकों को महिला कैदियों का उपचार करने की अनुमति प्रदान कर दी जाती थी। एक विशेष महिला चिकित्सक, जो कि एक होम्योपैथिक डॉक्टर थी, एक कैदी की ओर आकर्षित हो गई और अंतत: दोनों ने विवाह कर लिया था।

इसी तरह के एक मामले में गुरदीप बग्गा शामिल था, जो 'पिंकी' के नाम से मशहूर था। बग्गा एक हत्या के मामले में सन् 1980 से तिहाड़ में उम्रकैद की सजा काट रहा था। वह अत्यंत खूबसूरत था और दिल्ली में हौज खास क्षेत्र में रहनेवाले एक संभ्रांत परिवार से ताल्लुक रखता था। मैं उसके परिवार के बारे में जानता था, क्योंकि उसकी बहनें अकसर जेल में उससे मिलने आती थीं। यदि कोई कैदी किसी गरीब परिवार से होता था तो उसके परिवारवालों के पास उससे मिलने हेतु आने के लिए बहुत कम समय होता था, क्योंकि वे रोजी-रोटी के प्रबंध में अत्यंत व्यस्त रहते थे। परंतु बग्गा के परिवार में, विशेषतया स्त्रियाँ, उससे मिलने के लिए हमेशा आती रहती थीं।

जेल में आप 'बुरे लोगों' में से 'अच्छे लोगों' को बड़ी जल्दी पहचान लेते हैं। मैं आपको बता सकता हूँ कि बग्गा जेल में इसलिए था, क्योंकि वह गलत समय पर ग़लत स्थान पर था। उसे गैस का सिलिंडर लेने की जल्दी थी, लेकिन दुकान के प्रबंधक ने उसे झगड़े में उलझा दिया, जिसका परिणाम यह हुआ कि बग्गा ने कृपाण घोंप दी। वह ऐसा विवाद था, जो नियंत्रण से बाहर चला गया। केवल मुझे ही नहीं, बल्कि दिल्ली उच्च न्यायालय को भी यह बात बुरी महसूस हुई कि एक सीधे-सादे दिखाई पड़नेवाले लड़के ने अपना आपा खो दिया। दिल्ली उच्च न्यायालय का निर्णय निम्नानुसार है—

> उसका कृत्य पूर्णतया अतिशय विवशता का परिचायक है, जबकि उसने मजबूरन अपना आपा खो दिया। याची एक अच्छी पृष्ठभूमिवाला नौजवान है। उसका कोई आपराधिक इतिहास नहीं है। हमारा यह दृढ़ मत है कि यह युवा जीवन जेल की

चारदीवारी के भीतर नहीं बीतना चाहिए। हम सरकार को सुझाव देते हैं कि वह दंड स्थगन की अपनी शक्तियों का प्रयोग करे और सजा को निरस्त या कम करने की काररवाई करे।

जो लड़की बग्गा के प्यार में पड़ी, वह मेरी अपनी प्रशिक्षु थी। वह अपने बीसवें साल के प्रारंभिक महीनों में थी और सामाजिक कार्य में अपनी स्नातकोत्तर उपाधि प्राप्त करने के लिए मेरे पास किसी सामान्य संपर्क के माध्यम से आई थी। एक दिन, जब मैं अदालत से लौटकर आया तो दोनों को अपने कमरे में बैठे देखा। वह कारागार पद्धति विज्ञान पर एक परियोजना (प्रोजेक्ट) तैयार कर रही थी और मैं वहाँ लगभग एक माह से था। मैं समझ सकता था कि दोनों के बीच कुछ चल रहा था। मेरे विचार से, वे दोनों एक शिक्षित पृष्ठभूमि से आते थे और यही उनकी निकटता का आधार था। भाग्य ने उसका दोहरा साथ दिया था। एक ओर जहाँ उसकी सजा कम हो गई थी, वहीं दूसरी ओर उसे जेल में रहने के बावजूद एक शादी के लिए एक पसंदीदा लड़की भी मिल गई थी। जैसा कि मैंने कहा, बग्गा के आपराधिक इरादे के अभाव और जेल में उसके अच्छे बरताव ने उसकी समय-पूर्व रिहाई करवाई थी। इस अवधि में उसके जीवन में उसने ऐसा कोई शर्मिंदा होनेवाला काम या निर्णय नहीं किया था। वे दोनों मिले और उनका प्यार जेल की चारदीवारी के अंदर फला-फूला। अपनी पूरी नौकरी के दौरान मैंने राष्ट्रपति को बग्गा की तरह किसी अन्य के आजीवन कारावास की सजा को कम करके मात्र 10 वर्ष करते नहीं देखा था।

सन् 1987 में बग्गा की रिहाई के फौरन बाद मेरी शिष्या भी अपना काम समाप्त करके चली गई और दोनों ने शादी कर ली। उनकी शादी में मुझे भी आमंत्रित किया गया था; लेकिन मैं उसमें शामिल नहीं हुआ, क्योंकि मैंने अपनी एक नीति बनाई थी कि मैं किसी कैदी का कोई आमंत्रण स्वीकार नहीं करूँगा। वास्तव में, वर्षों बाद मैंने फेसबुक पर उनके मित्रता के अनुरोध को अवश्य स्वीकार कर लिया था। मैंने देखा कि उसने भी अपने जीवन में खूब प्रगति की थी—उसका दुनिया के कई भागों में शराब निर्माण का कारोबार था और वह दुनिया भर में घूमता रहता था। मुझे बताया गया कि उनकी शादी बहुत मजबूत है और मैं उन दोनों को खुशहाल देखकर अत्यंत प्रसन्न हूँ।

तिहाड़ के अंदर पनपे उन सभी रिश्तों के बारे में मैं भी थोड़ा चिंतित था कि क्या वे दीर्घजीवी होंगे भी या नहीं, क्योंकि अनेक कैदियों का स्वभाव निम्न स्तरीय

था। मैं खासतौर से मैट्रन राजू मुखर्जी को लेकर चिंतित था कि कहीं उसका पूर्व अपराधी पति उसे छोड़ तो नहीं देगा! लेकिन इस मामले में मेरी धारणा गलत सिद्ध हुई, जिससे मैं खुश हूँ।

इस दृष्टिकोण के पीछे एक आंशिक कारण था, जिसे संभवत: आप भी स्वीकार करेंगे कि जो उदाहरण मैंने आपके समक्ष रखे हैं, उनकी संख्या बहुत कम नहीं है। इन संबंधों की प्रेरणा के पीछे एक फिल्म है, जो सन् 1983 में आई थी। व्यापक तौर पर सफल फिल्म 'हीरो' में मुख्य भूमिकाएँ जैकी श्रॉफ एवं मीनाक्षी शेषाद्रि ने निभाई थी। फिल्म का नायक एक ऐसा व्यक्ति है, जो जेल में है। मेरे विचार से, उस फिल्म के बाद से किसी सजायाफ्ता व्यक्ति के साथ विवाह करने का यह सामान्य रुझान बन गया और किसी हद तक लोगों ने उसे स्वीकार्य भी समझा। कम-से-कम बग्गा के मामले में तो यह बात सत्य है।

बहरहाल, जेल में काम करनेवाली अधिकतर स्त्रियों ने इस तथ्य के समक्ष घुटने टेक दिए कि जिस प्रकार का काम वे जेल में कर रही थीं, वह पुरुषों को स्वीकार्य नहीं होगा। जिस समय मैंने तिहाड़ में नौकरी शुरू की थी, उस समय चार महिला संतरी थीं और मुझे यह भी याद है कि वे काफी बूढ़ी थीं। वे या तो अविवाहित थीं या तलाकशुदा थीं। उनमें से एक का भी पारिवारिक जीवन अच्छा नहीं था। बहरहाल, आज परिस्थितियाँ भिन्न हैं और हमारे बीच अनेक उत्तम प्रतिभाएँ हैं। शिक्षित महिलाएँ हमारी टीम में रोजाना शामिल हो रही हैं और कभी हमारे यहाँ रहे अशिक्षित कर्मियों के स्थान पर अब हमारा स्तर पी-एच.डी., बी.टेक. एवं एम.टेक. कर्मचारियों तक पहुँच गया है।

~*~

हमारे यहाँ एक चुटकुला चलता है, जिसे जेल सेवा के हम सभी कर्मी एक-दूसरे को सुनाना पसंद करते हैं। वहाँ कभी एक अत्यंत धार्मिक प्रवृत्ति का जेलर था। वह ईश्वर में इतना तल्लीन था कि रोजाना हर समय पूजा ही करता रहता था। उसकी भक्ति से प्रभावित होकर एक दिन ईश्वर ने दर्शन दिए और कहा, 'तुम जो चाहो' माँग सकते हो, परंतु इस बात का ध्यान रखना कि इसमें भी एक शर्त है।' जेलर ने पूछा, 'वह शर्त क्या है, प्रभु?' भगवान् ने उससे कहा कि 'तुम्हें तुम्हारी वांछित कोई भी वस्तु मिल जाएगी, परंतु शर्त यह है कि वही चीज तुम्हारे पड़ोसी को तुमसे दुगुनी मिलेगी।' जेलर बड़े असमंजस में था। क्या मुसीबत है? उसका पड़ोसी

उससे दुगुना कैसे और क्यों पाएगा? इसलिए वह बार-बार सोचता रहा और उसके बाद अंततः वह समझ गया कि उसे भगवान् से क्या माँगना चाहिए। उसने कहा, 'प्रभु, आप मेरी एक आँख फोड़ दीजिए।'

हम जब भी किसी नए आदमी को यह कहानी सुनाते, हर बार जोर से हँस पड़ते थे; परंतु इस दुःखद सच्चाई की कल्पना कीजिए। हमारी छोटी-मोटी असुरक्षाएँ इतने उत्पीड़नात्मक स्तर तक बढ़ गई हैं कि उन्होंने हमें निर्दयी प्राणी बना दिया है। इस चुटकुले की ही तरह हम हमारे साथ होनेवाली अच्छी चीजों से उतनी खुशी प्राप्त नहीं करते, जितनी कि हमें दूसरों की दुर्दशा की जानकारी मिलने से होती है। हम अपने किसी सहकर्मी के साथ कुछ अच्छी होनेवाली चीज को सहन नहीं कर पाते हैं। मैं यह बात निरर्थक तौर पर यों ही नहीं कह रहा हूँ। एक राष्ट्र व्यापी सर्वेक्षण किया गया था, जिसमें पूछा गया था कि क्या जेलकर्मी सुपरवाइजरों के रूप में प्रोन्नत होना पसंद करेंगे, या वे बाहरी सेवाओं से आए लोगों को प्राथमिकता देना चाहेंगे? उत्तर देनेवाले लोगों में बड़ी संख्या उन लोगों की थी, जो प्रोन्नत होने के इच्छुक नहीं थे। वे चाहते थे कि बाहर से आनेवाले लोग उनके अफसर बनें। क्या आप इसकी कल्पना कर सकते हैं? इसका अर्थ यह हुआ कि उन्होंने इस संभावना को पूरी तरह स्वीकार कर लिया है कि वे कभी भी वरिष्ठ पद पर नहीं पहुँच सकते हैं। यही कारण है कि जब आप हमारे अभिलेखों को देखेंगे तो पाएँगे कि वहाँ केवल एक ही व्यक्ति था, जो हमारी सेवाओं में वास्तव में तरक्की कर सका था। शेष लोग अन्य काडरों से आए थे। वे लोग राज्य अभिकरणों से आते हैं, चुपचाप अपना काम करते हैं और अपने घर चले जाते हैं। वे लोग यह बात जानते हैं कि वे यहाँ कुछ वर्षों के लिए आए हैं और किसी परिवर्तन का कोई विशेष प्रयास किए बिना वापस लौट जाते हैं।

वास्तव में, यह सबकुछ 'अपने पड़ोसी से घृणा करने की प्रवृत्ति' के कारण नहीं था। उसका कुछ भाग सुविचारित भी था। मान लीजिए कि हम में से कोई सुपरवाइजर बन जाता है। हमें इस बात की सही जानकारी होगी कि कैसे कोई काम ठीक से नहीं हो पाता है। भ्रष्टाचार कैसे होता है। जेल तोड़ने की घटनाएँ कैसे होती हैं। शायद हम उसे एक या दो बार अनदेखा भी कर दें, परंतु हम उस सड़ाँध को जारी रहने की अनुमति तो नहीं दे सकते, या कर सकते हैं? इसलिए किसी बिंदु पर तो हमें काररवाई करनी ही पड़ेगी। लेकिन यदि आपका सुपरिंटेंडेंट कोई बाहर से आया व्यक्ति है तो उसे हमारी कार्य-पद्धतियों की कोई जानकारी नहीं होगी। यदि

वह लालची हुआ तो अन्य कर्मचारी उसे भी एक टुकड़ा डाल देंगे। अन्यथा उनमें से अधिकांश लोग अपने आप में ही मस्त थे।

~*~

दो वर्ष तक उसे समझाने-बुझाने या जिसे अन्य लोग 'डेटिंग' कहते हैं, अप्रैल 1988 में मेरी और पूनम की शादी हो गई। शुरू-शुरू में हम सैनिक विहार में रहे, परंतु अपने चुनौतीपूर्ण कार्य-समय के कारण मैंने जेल परिसर में रहने का निर्णय लिया। मेरी नौकरी लगभग चौबीसों घंटे की थी। मैं अपने दिन की शुरुआत सुबह 6 बजे कैदियों की गिनती से करता था। मध्याह्न 1 से 3 बजे के बीच मैं घर वापस जाकर आराम करता था और शाम को कैदियों की रिहाई के समय वापस आ जाता था, जिसका अर्थ यह था कि मुझे रात को 10 बजे तक अपने काम में व्यस्त रहना पड़ता था। मेरी दिनचर्या के बारे में मेरी पत्नी से पहले किसी अन्य ने—मेरी भाभी ने—इसकी शिकायत की।

उनकी खिन्नता का कारण यह था कि मेरे वयोवृद्ध एवं अस्वस्थ माता-पिता की देखभाल की सारी जिम्मेदारी मेरे भाई के कंधों पर थी। "सुनील, यह काम उनके बजाय तुम क्यों नहीं करते?" वह मुझसे अकसर यह अत्यंत तार्किक प्रश्न करतीं। मेरे भाई (ईश्वर उनकी रक्षा करे!) मेरी भाभी से साफ-साफ कह देते कि मेरी नौकरी ऐसे पारिवारिक दायित्वों के निर्वहण की अनुमति नहीं देती है। मैं अपनी भाभी के बारे में तो नहीं जानता, किंतु मैं नहीं सोचता कि मेरे माता-पिता भी इस सच्चाई को समझते थे। मेरे विचार से, यह कहना उचित होगा कि मैंने अंत में उन्हें उपेक्षित कर दिया था। वे सारा दिन घर में अकेले रहते थे। उनके छोटे-मोटे घरेलू कामों के लिए एक सहायक था। एक ओर जहाँ मैंने अपने अपराध-बोध को उन्हें एक परिचारक उपलब्ध कराकर शांत किया, वहीं दूसरी ओर मुझे इस बात का भी ज्ञान था कि हमारी निगरानी के बिना नौकर अच्छी तरह से उनकी देखभाल नहीं करेगा।

यदि मेरे भाई का परिवार और मेरे माता-पिता अप्रसन्न थे तो मेरी पत्नी पूनम भी मुझसे उतनी ही नाराज थी। "यदि मुझे तुम्हारे काम करने के समय के बारे में पहले जानकारी होती तो मैं तुमसे कभी शादी नहीं करती।" यह शिकायत वह मुझसे अकसर करती रहती थी। घर में मुझसे दूर रहने का यह उसका सामान्य बहाना बन गया था। वास्तव में, वह अपनी बात पर अमल भी करती थी। हमारी वंश-वृद्धि हुई—हमें पहले एक कन्या और उसके बाद एक पुत्र-रत्न प्राप्त हुआ। परंतु हमारी

लड़ाई कभी बंद नहीं हुई। उसे मुझे धमकाने का एक अन्य कारण मिल गया था, "मैं तो इन बच्चों का पालन-पोषण कर रही हूँ, लेकिन आप क्या कर रहे हैं?" विवाह प्रत्येक दंपती के लिए एक कठिन तालमेल का नाम है; परंतु मैं जानता हूँ कि मेरी नौकरी का भार मुझ पर इतना अधिक था कि उसे चुनौतीपूर्ण कहना भी उसे कम करके आँकना होगा। कई बार तो वह मेरे लिए इतना अधिक दुष्कर हो जाता कि मैंने उसे तलाक का नोटिस भी दे दिया। क्यों? क्योंकि मैं अपनी अंतरात्मा को यथावत् रखते हुए अपने दायित्वों का निष्पादन करना चाहता था। परंतु मेरी पत्नी हमारी तुलना अन्य दंपतियों से करती थी। 'उनके पास यह चीज क्यों है?,' 'उनके पास वह चीज क्यों है?' 'हमारे पास कोई चीज क्यों नहीं है?'

मेरे पास हमेशा एक कार थी, परंतु उससे वह प्रसन्न नहीं थी और हमेशा मेरे साथी की कार की ओर संकेत करती थी, जो मेरी कार से अधिक चमकदार थी। मैं उससे कहता, "तुम उसकी परवाह क्यों करती हो? वह अपनी आय के अनुसार अपनी जिंदगी जी रहा है और हम अपनी आय के अनुसार। तुम उनकी ओर देखती ही क्यों हो? मेरे पास मेरे काम के अनुसार है और तुम्हारे पास तुम्हारी आय के अनुसार; लेकिन उनके पास जो कुछ है, उसकी कीमत उन्हें एक-न-एक दिन चुकानी ही पड़ेगी।" इस तथ्य से कोई भी प्रभावित दिखाई नहीं देता था कि मैं हमेशा उच्च नैतिक मानदंड अपनाता था और किसी कैदी से कभी कोई प्रलोभन स्वीकार नहीं करता था।

मैं पूनम के लिए कोई सुंदर कार तो नहीं ला सका, परंतु मैंने एक परिवर्तन अवश्य किया। वर्ष 1996 में मैंने तिहाड़ के विधि अधिकारी का पद स्वीकार कर लिया। उस समय तक मैं अपने अन्य साथियों के साथ रोजमर्रा की भाग-दौड़ में व्यस्त रहता था, जिसकी शिकायत पूनम मुझसे हमेशा करती और मैं उसके सामने घुटने टेक देता था। जब मैं पदोन्नति पाकर वरिष्ठ उपाधीक्षक बन गया, मैं जानता था कि जेल के कर्मचारी मुझे आसानी से मेरा काम नहीं करने देंगे। मैं उनकी स्मैक सप्लाई चेन के बारे में जानता था। मैं उनके उगाही के गोरखधंधे के बारे में जानता था और मैं यह बात भी भलीभाँति जानता था कि यदि मैंने उनके काम में अड़चनें डालने की कोशिश की तो वे अपनी तोप का मुँह मेरी ओर कर देंगे। यह कहने के बजाय कि 'अपना काम जारी रखो', मैंने शांतिप्रिय जीवन का चुनाव किया। मेरे नए पद का अर्थ यह था कि अब मैं अधिक सम्मानजनक समय, अर्थात् प्रातः 9 बजे काम पर जाऊँगा, विभिन्न अदालतों में होनेवाली अपनी पेशियों की जानकारी लूँगा

और अदालतों द्वारा किए गए तिहाड़ जेल से संबंधित प्रश्नों के उत्तर तैयार करूँगा और अदालत बंद होने के फौरन बाद अपने घर चला जाऊँगा। मैं अभी भी जेल परिसर में ही रहूँगा। यदि कोई कैदी भागने की कोशिश में दीवार फाँदकर छलाँग लगाता तो मेरे घर के अहाते में आकर गिरता। परंतु 15 वर्षों बाद मैं जेल की ताला खोलने और बंद करने की ड्यूटी से मुक्त हो गया था। यद्यपि नए दायित्व में मेरी शक्ति कुछ कम हो गई थी, परंतु यदि साफ कहूँ तो मैं सोचता था कि मैंने उसकी बहुत कम कीमत अदा की थी। मैं प्रतिदिन शाम को 6 बजे अपने घर जाने के लिए स्वतंत्र था और पहली बार मेरे सप्ताहांत सचमुच मेरे अपने बन गए थे।

मैं अपने बच्चों के मानस पर पड़े जेल के प्रभाव को न्यूनतम करना चाहता था। मेरे बँगले और जेल की दीवारें साथ-साथ बनी हुई थीं; परंतु मेरे परिवार के किसी भी व्यक्ति ने आज तक उसके अंदर झाँककर यह नहीं देखा था कि तिहाड़ जेल अंदर से कैसी दिखाई देती है। मैं जानता हूँ कि तेलंगाना राज्य की सरकार ने अपनी जेलों को पर्यटन स्थल के रूप में परिवर्तित कर दिया था और थोड़ी सी फीस के बदले लोगों को उसे देखने के लिए प्रोत्साहित किया था। परंतु मुझे वह विचार कतई पसंद नहीं आया। जेल कोई चिड़ियाघर नहीं है, जिसे देखने के लिए लोग आएँ। मैंने अनेक प्रश्न करने योग्य कृत्य देखे थे, जो दीवारों के पीछे से हमारी जिंदगियों में झाँकते रहते थे। मैं हिमानी और अंगद—मेरी पुत्री एवं पुत्र—को अलग तरह की परवरिश देना चाहता था। लेकिन मैं इस बात से इनकार नहीं कर सकता कि हमारी कॉलोनी के बच्चे भिन्न थे। यदि आप पड़ोस के किसी क्षेत्र में जाएँगे तो वहाँ के बच्चों को 'नमस्ते अंकल' या 'हैलो' कहकर आपका स्वागत करते पाएँगे। परंतु हमारी कॉलोनी में ऐसा कभी नहीं होता था। संभवतः इसका कारण उनके दिलों में व्याप्त यह भय हो कि हम बुराई की जड़ के पास रहते हैं। मेरे बच्चों के मन में यह भय निरंतर बना रहता था कि कैदी जेल से भागने के लिए कभी भी कोई सुरंग खोद सकते थे, जो हमारे घर के अंदर निकल सकती थी। इसका कारण संभवतः यह था क्ि सन् 1976 में जब 13 कैदियों ने तिहाड़ से अपने भागने के लिए सुरंग खोदी थी तो वह हमारी कॉलोनी में ही निकली थी। मेरे बच्चे इस बात से भयभीत थे कि जेल में दंगे हो सकते थे या जब कभी टी.वी. वाले मेरा इंटरव्यू लेने आते तो वे डर जाते थे कि मैं एक चिह्नित व्यक्ति हूँ और प्रतिशोधी एवं उद्दंड कैदियों के गुस्से का शिकार हो सकता हूँ।

हमारे जीवन में ऐसी कठिनाइयों की कोई कमी नहीं थी; परंतु मेरे विचार से,

मेरे बच्चे हमेशा ठीक रहे। हिमानी ने बायो-टेक्नोलॉजी में उपाधि प्राप्त की और अब वह एक बहुराष्ट्रीय कंपनी के लिए काम करती है। उसने हाल ही में एक बड़े अच्छे लड़के के साथ शादी की (और मुझे इस बात की खुशी है कि उनकी शादी में मेरी नौकरी कभी किसी बाधा का कारण नहीं बनी)। अंगद एक आई.टी. इंजीनियर है और अच्छी आयवाली नौकरी कर रहा है। पूनम अभी भी एक प्राइवेट स्कूल में नौकरी करती है और हाँ, वह मुझसे यह कहना कभी नहीं भूलती कि यदि उसे पता होता कि वह कैसी जिंदगी बिताने जा रही है तो मेरे साथ कभी शादी नहीं करती। उसकी बातें सुनकर मैं हँस पड़ता हूँ। लेकिन यह कहना उचित होगा कि लगभग तीन दशकों की हमारी शादी के दौरान एक भी दिन आराम से नहीं गुजरा। हमें रोजाना किसी-न-किसी संघर्ष से होकर गुजरना पड़ा। यदि मुझे कभी उत्कृष्ट सेवा के लिए राष्ट्रपति पदक मिला तो मैं उसे पूनम के साथ साझा करना चाहूँगा, क्योंकि मेरे जीवन के प्रत्येक पग पर उसने मेरा साथ दिया है।

□

वह अपराध, जिसने दिल्ली को हमेशा के लिए बदल दिया

तिहाड़ में मेरे प्रवेश के दो वर्षों से भी कम समय के अंदर मैंने दो लोगों को अपनी आँखों के सामने फाँसी पर लटककर मौत के मुँह में जाते देखा था। मैं जानता था कि यह दिन मेरे लिए अपरिहार्य था और मेरे लिए यह कहना शैतानीपूर्ण होगा; परंतु मैं अपनी पहली फाँसी का साक्षी बनने के लिए व्यथित एवं रोमांचित था। उस दिन से पूर्व मैंने फाँसी की प्रक्रिया को केवल फिल्मों में देखा था और पुस्तकों में ही पढ़ा था। जिस प्रक्रिया का मैं अंग बनने जा रहा था, उसका विचार मात्र अत्यंत तीव्र था। यह बात मेरे मन को व्यथित कर रही थी कि एक जीवित, साँस लेता मनुष्य, जिससे मैं थोड़ी ही देर पहले बातें कर रहा था, उसका अस्तित्व इतनी जल्दी समाप्त हो जाएगा। परंतु वह एक सच्चाई थी, जिसे मुझे फौरन स्वीकार करना था और इस मामले में प्रणाली ने मेरी भूमिका निभाने में सहायता की थी। फाँसी की वास्तविक तिथि से एक सप्ताह पूर्व समूची जेल मशीनरी नियमावलियाँ एवं न्यायालय का आदेश लेकर अंदर आई और मेरे द्वारा उठाए जानेवाले कदमों की जानकारी दी, जिससे किसी की जिंदगी का अंत करने में मैं स्वयं को संयत कर सकूँ। हमने उन्नीसवीं शताब्दी में बनाए गए (तथा कुछ उससे भी पुराने) नियमों का अक्षरश: पालन किया और रंगा व बिल्ला दोनों बलात्कारियों एवं हत्यारों को फाँसी पर लटकाने के कुछ मौखिक अनुदेश भी दिए गए। यही वह मामला था, जिसने दिल्ली को सदा–सर्वदा के लिए बदल दिया।

26 अगस्त, 1978 को संध्या पूर्व दो किशोरों, जिन्होंने एक वाहन से लिफ्ट माँगी थी, की दिल्ली की हृदय–स्थली में अपहरण, बलात्कार और हत्या कर दी गई थी। यही वह जघन्य अपराध था, जिसका रंगा व बिल्ला पर मुकदमा चलाया

गया और उन्हें दोषी सिद्ध किया गया था तथा जिसमें मुझे 'आकस्मिक' जल्लाद की भूमिका निभाने के लिए तैयार रहने हेतु कहा गया था और अंततोगत्वा, मैं वह बना भी। लेकिन मैं अपने आप से आगे बढ़ रहा हूँ। हमने उच्चतम न्यायालय के उस आदेश का अक्षरश: पालन करने के लिए जेल नियमावली का प्रत्येक शब्द पढ़ा, जिसमें कहा गया था कि 'बिल्ला व रंगा पेशेवर हत्यारे हैं और वे किसी प्रकार की हमदर्दी के पात्र नहीं हैं।' और यह भी कि 'उनकी मृत्यु से समाज अधिक सुंदर बनेगा।' संभवत: कुछ भी गलत नहीं किया जा सकता था और न किया ही जाना चाहिए था; लेकिन कोई गलती अवश्य हुई थी, सचमुच कोई बहुत बड़ी गलती।

~*~

उस मनहूस दिन को शाम को 6 बजे के बाद वह अपने सेवा अधिकारियों की धौला कुआँ स्थित कॉलोनी के अपने घर से अपने भाई संजय के साथ बाहर निकली थी। उस दिन उसे (गीता को) आकाशवाणी पर एक कार्यक्रम का संचालन करना था और संजय को भी उस कार्यक्रम में भाग लेना था। सोलह वर्षीया गीता जीसस एंड मैरी कॉलेज की छात्रा थी, जबकि चौदह वर्षीय संजय मॉडर्न स्कूल में पढ़ता था। रेडियो कार्यक्रम 'युवा वाणी' का प्रसारण रात को 8 बजे होना था, जिसके बाद उनके पिता, भारतीय नौसेना के कैप्टन मदन मोहन चोपड़ा, उन्हें रात 9 बजे लेने के लिए आकाशवाणी भवन जाने वाले थे। चोपड़ा परिवार ने जब रात को 8 बजे अपना रेडियो चालू किया तो उन्हें अपनी किशोरी पुत्री की आवाज सुनाई देने के बजाय किसी अन्य का स्वर सुनाई पड़ा। उन्होंने सोचा कि शायद कार्यक्रम का समय बदल गया था या वे रेडियो स्टेशन के किसी अन्य कार्यक्रम में शामिल हो गए थे। इसलिए अपने बच्चों के साथ पूर्व निर्धारित कार्यक्रम के अनुसार कैप्टन चोपड़ा उन्हें लेने के लिए पार्लियामेंट स्ट्रीट स्थित आकाशवाणी भवन चले गए। परंतु उन्हें उन दोनों के वहाँ होने का कोई संकेत नहीं मिला। उन्हें सूचित किया गया कि उस शाम गीता और संजय आकाशवाणी भवन आए ही नहीं थे। जैसे ही कैप्टन चोपड़ा यह देखने के लिए अपने घर की ओर भागे कि कहीं उनके बच्चे वापस घर तो नहीं पहुँच गए या किसी मित्र के घर तो नहीं चले गए, या कि उनके साथ कोई दुर्घटना तो नहीं हुई थी, उन्हें उस समय इस बात का कोई अनुमान नहीं था कि वे उन्हें दोबारा कभी नहीं देख पाएँगे।

न्यायालय के दस्तावेजों में प्रत्यक्षदर्शियों के विवरणों और स्वयं हत्यारों की

स्वीकारोक्ति के आधार पर उस दु:खद कथा का वर्णन किया गया है। प्रत्यक्षदर्शियों में से एक डॉ. एम.एस. नंदा ने कहा कि उस शाम को लगभग 6.15 बजे जब वह धौला कुआँ गोल चक्कर से गुजर रहे थे तो उन्होंने एक लड़के एवं लड़की को कनॉट प्लेस की ओर जाने के लिए लिफ्ट माँगते देखा था। डॉ. नंदा ने याद करके बताया कि उस समय बूँदाबाँदी हो रही थी, इसलिए वह उन्हें लिफ्ट देने के लिए सहमत हो गए थे। लड़का उनके साथ आगेवाली सीट पर बैठा था, जबकि लड़की पीछेवाली सीट पर बैठ गई थी। उन्होंने जब अखबारों में दोनों बच्चों की हत्या की खबरें पढ़ीं और चोपड़ा बच्चों को पहचान लिया तो घटना के कई दिनों बाद उन्होंने स्वयं पुलिस को सूचना देकर उसके साथ यह विवरण साझा किया था। उन्होंने पुलिस को बताया कि उन्होंने बच्चों के साथ चर्चा की थी, जिसमें उन्होंने उन्हें बताया था कि वे उस शाम को आकाशवाणी पर कोई रेडियो कार्यक्रम करने जा रहे थे। इसलिए उन्होंने उन्हें उनकी मंजिल से मात्र 1 किलोमीटर पहले गोल डाकखाना के पास उतार दिया था। उन्होंने अंतिम बार उन्हें आकाशवाणी भवन जाने के लिए एक अन्य लिफ्ट माँगते हुए देखा था।

दूसरे गवाह भगवान दास ने पुलिस को बताया कि लगभग 6.44 बजे अभी वह गुरुद्वारा बँगला साहिब से निकला ही था कि उसे कुछ विचित्र दिखाई पड़ा। उसने गोल डाकखाना के निकट योगाश्रम में पीले रंग की एक फिएट कार में दो बच्चों और दो पुरुषों को बैठे देखा था। कार की नंबर प्लेट पर एच.आर.के. 8930 लिखा था। भगवान् दास ने कार के अंदर से आती 'बचाओ, बचाओ' की आवाज सुनी थी। इसके बाद उसने पुलिस को बताया कि वह अपना स्कूटर वहीं छोड़कर फौरन कार की ओर दौड़ पड़ा, जहाँ उसने देखा कि कार की पिछली सीट पर बैठी लड़की अपने सामने बैठे कार चलानेवाले आदमी के बालों को पकड़कर खींच रही थी। लड़का चालक के साथ बैठे आदमी के साथ बहस कर रहा था। भगवान दास ने बताया था कि उसने एक अन्य व्यक्ति को भी कार के अंदर बैठे बच्चों को दो लोगों से झगड़ते देखा था; परंतु जब तक वह वहाँ पहुँचा, काफी देर हो चुकी थी और कार वहाँ से तेजी से निकल गई थी।

बाबा खड़क सिंह मार्ग से गुजरते हुए एक अन्य गवाह स्कूटर सवार इंदरजीत सिंह ने भी याद करके बताया कि उसने फिएट कार को विलिंग्डन अस्पताल (डॉ. राम मनोहर लोहिया अस्पताल) के पास अपने स्कूटर को ओवरटेक करते देखा था। उस स्थान पर उसने कार में सवार चार लोगों को आपस में हाथापाई करते

और लड़की को हलकी आवाज में रोते देखा था। लड़के ने अपनी ओर मेरा ध्यान आकर्षित करने हेतु अपने कंधे से बहता खून मुझे दिखाया था। इंदरजीत ने कार का पीछा करना शुरू कर दिया; परंतु शंकर रोड की लाल बत्ती पर कार सिग्नल तोड़कर तेजी से आगे बढ़ गई। इंदरजीत जब इस सूचना के साथ पुलिस के पास रिपोर्ट करने पहुँचा तो वह कम-से-कम एक घंटे तक कंट्रोल रूम को सूचित करने में विफल रही। यह ऐसी खामी थी, जिसकी कीमत गीता और संजय चोपड़ा को अपनी जिंदगियों से चुकानी पड़ी।

दो दिनों बाद धनी राम नामक एक खेतिहर मजदूर जब रिज क्षेत्र में अपने पशुओं को चराने ले गया तो उसने वहाँ अत्यंत क्षत-विक्षत अवस्था में दो शव पड़े देखे। कैप्टन चोपड़ा ने तत्काल उन शवों की पुष्टि की और कहा कि वे शव उनके बच्चों गीता और संजय के थे। उनकी हत्या के तीन दिन बाद 29 अगस्त को उनका पोस्टमार्टम किया गया, जिसमें डॉ. भरत सिंह की रिपोर्ट के अनुसार, गीता का अत्यंत आकर्षक चेहरा विकृत हो चुका था और उस पर चोट के नीले निशान पड़ गए थे और आंशिक तौर पर उसे कीड़ों ने भी नष्ट कर दिया था। उसकी आँखों की पुतलियाँ बाहर निकल आई थीं और पलकों के किनारे खून की मोटी तह जमा हो गई थी। उसका मुँह खुला था और जीभ बाहर निकलकर ऐंठ गई थी। एक ओर जहाँ उसके कान सही-सलामत थे, वहीं दूसरी ओर कीड़ों ने उसकी नाक को भी विकृत कर दिया था। पोस्टमार्टम रिपोर्ट में बताया गया कि उसके शरीर पर घाव के पाँच निशान थे, परंतु जबरन शारीरिक संबंध बनाने का कोई लक्षण दिखाई नहीं दे रहा था। उसका अंडरवियर गायब था। उसका पर्स भी मिला था, जिसमें उसका पहचान-पत्र, एक डायरी और 17 रुपए थे।

उसकी तुलना में संजय के पूरे शरीर पर सटीक 21 गहरे घाव थे। उसके सिर, गले, उँगलियों, जाँघों और सीने पर कटने के निशान थे। ऐसा लगता था, उसके हत्यारे पागल हो गए थे और किसी तेज धारवाले हथियार से उसके पूरे शरीर को घायल कर दिया था। अखबारों में गुमशुदा बच्चों के शवों की बरामदगी की खबरों को बड़े आक्रोश के साथ प्रकाशित किया गया था। उन दिनों की दिल्ली आज की तरह बलात्कार या हत्या की राजधानी नहीं थी और उन दिनों दो किशोरों के लिए लिफ्ट लेकर अपने गंतव्य तक आना-जाना सामान्य बात थी। जैसी कि 'इंडिया टुडे' ने अपने 30 सितंबर, 1978 के अंक में खबर प्रकाशित की थी, जिसमें बताया गया था कि हत्या की राष्ट्रीय औसत दर जहाँ प्रत्येक 20 मिनट में एक थी, वहीं

दिल्ली में वह दर अत्यंत कम थी। उस समय दिल्ली में प्रत्येक 30 घंटे में हत्या के प्रयास का एक मामला और प्रत्येक 44 घंटे में हत्या का एक मामला दर्ज होता था। नेशनल क्राइम रिकॉर्ड्स ब्यूरो की वर्ष 2016 की रिपोर्ट दरशाती है कि देश में हत्या के अधिकतर मामलों में दिल्ली 21.8 प्रतिशत के साथ पहले स्थान पर, 10.4 प्रतिशत के साथ बेंगलुरु दूसरे स्थान पर और पटना 8.9 प्रतिशत मामलों के साथ तीसरे स्थान पर था।

अंततोगत्वा, अपनी देशव्यापी भर्त्सना के कारण दिल्ली पुलिस की तंद्रा टूटी और उसने दोनों संदिग्ध हत्यारों—जसबीर सिंह उर्फ बिल्ला उर्फ बंगाली और कुलजीत उर्फ रंगा को खोज निकाला। दोनों अपराधी अभी अपनी उम्र के बीसवें पायदान पर ही थे और उनका घोषित आपराधिक इतिहास था। दरअसल, वे दोनों बंबई में अपनी गिरफ्तारी से बचने के लिए भागकर दिल्ली आए थे। गीता और संजय की हत्या के ठीक दो सप्ताह बाद 8 सितंबर को दिल्ली की ओर आ रही कालका मेल आगरा स्टेशन से कुछ पहले एक रेलवे क्रॉसिंग पर थोड़ी धीमी हुई थी। दो लोगों को गाड़ी में चढ़ने का मौका मिल गया। परंतु जिस डिब्बे में वे दोनों चढ़े थे, वह सेना के लिए आरक्षित था और सामान्य नागरिकों की यात्रा के लिए प्रतिबंधित था। लांस नायक गुरतेज सिंह एवं ए.वी. शेट्टी ने तत्काल आपत्ति की और उनसे अपना पहचान-पत्र दिखाने के लिए कहा। दोनों में से एक व्यक्ति ने दूसरे से स्पष्ट स्वर में कहा, *"उसको भरा हुआ पहचान-पत्र दिखाओ।"* सेना के जवानों को फौरन उनके कागजात पर संदेह हुआ। लांस नायक शेट्टी के हाथ में *'नवयुग'* नामक हिंदी का अखबार था और उसमें हत्यारे बिल्ला की फोटो छपी थी। यह उसी आदमी की फोटो थी, जो कुछ मिनट पहले सेना के डिब्बे में सवार हुआ था। अत: प्रात: 3.30 बजे जैसे ही गाड़ी दिल्ली रेलवे स्टेशन पर खड़ी हुई, भारत के दो अति वांछित लोगों को उनके सामान के साथ पुलिस को सौंप दिया गया। उनके पास से अन्य वस्तुओं के अतिरिक्त एक किरपान, एक .32 बोर का जिंदा कारतूस और दोनों आदमियों के खून से सने हुए कपड़े बरामद हुए थे।

जाँच और मुकदमे के दौरान यह सिद्ध हो गया कि उनके खून के नमूने फिएट कार पर पाए गए खून के नमूनों से मेल खाते थे। जाँच में यह भी पाया गया कि चोपड़ा बच्चों ने अपने हमलावरों का विरोध करते हुए उन्हें पर्याप्त रूप से घायल कर दिया था, जिसके लिए उन्हें चिकित्सा की आवश्यकता थी। दोनों लोगों ने मजिस्ट्रेट के समक्ष अपने अपराधों को स्वीकार कर लिया, यह बात अलग

थी कि वे दोनों अपने बयान से मुकर गए और अदालत से कहा कि उन्होंने वह बयान दबाव में आकर दिया था। बहरहाल, सुनवाई अदालत और उच्च अदालतों ने उनके बयानों पर विश्वास किया, क्योंकि वे बयान दंडाधिकारी (मजिस्ट्रेट) के सम्मुख बिना हथकड़ी लगाए दिए गए थे और स्टेनोग्राफर को छोड़कर शेष सभी लोगों को कमरे से बाहर कर दिया गया था और उन्हें अपने बयानों पर पुनर्विचार करने का समय दिया गया था। यही वह स्वीकारात्मक बयान था, जिसने अपराध की पूरी भयावहता को पूरी सच्चाई के साथ प्रकट कर दिया था और उसी बयान के कारण तत्कालीन प्रधानमंत्री इंदिरा गांधी को संसद् में बयान देने के लिए विवश होना पड़ा था।

रंगा के कथनानुसार, वे दोनों हत्या से दस दिन पूर्व बंबई से भागकर दिल्ली आए थे। पैसे की जरूरत पड़ने पर उन्होंने फिएट कार चुराई और उसमें किसी दंपती का अपहरण करके उनके घर को लूटने की योजना बनाई थी। वे अपनी कार में सैर कराने के बहाने दंपतियों को ललचाने का प्रयास कर रहे थे। उन दोनों ने कार के हैंडल को ढीला कर दिया था, ताकि यदि कार में बैठा उनका शिकार भागने की कोशिश करे तो वह नीचे गिर जाए। जब उन्होंने अपने शिकार की तलाश में मध्य दिल्ली के क्षेत्रों में अपना अभियान शुरू किया तो उन्हें किसी दंपती के बजाय गीता और संजय चोपड़ा मिले, जिन्हें उन दोनों ने अपनी कार में बैठा लिया; क्योंकि रंगा ने उससे कहा था कि दोनों किसी अमीर परिवार के बच्चे नजर आते हैं। कार में बैठने के बाद किशोरों ने उन दोनों से पूछा था कि वे उन्हें कहाँ ले जा रहे हैं? रंगा के मुताबिक, बिल्ला ने बच्चों को गालियाँ देनी शुरू कर दीं और उन्हें खामोश रहने के लिए कहा, जिसके बाद गीता ने उसके बाल खींच लिये और संजय ने रंगा को लात मारी, जिसके प्रतिशोध में रंगा ने एक छोटी किरपान बाहर निकाली और उसे धमकाया। लेकिन संजय ने इस छीना-झपटी में रंगा की छाती पर चोट मारकर घायल कर दिया। चोपड़ा बच्चों ने कार के गियर का हैंडल खींचकर उसे न्यूट्रल कर दिया, जिससे कार खड़ी हो गई थी और शायद उसी दौरान भगवान् दास ने कार को गोल डाकखाने के पास खड़ी देखा था। लेकिन उनकी कार वहाँ अधिक देर तक नहीं रही और उस क्षेत्र की अपेक्षाकृत कम व्यस्त सड़कों पर वाहनों की संख्या कम होने के कारण कार पहाड़ी क्षेत्र के बुद्ध जयंती उपवन (जिसे आम बोलचाल की भाषा में 'बुद्धा गार्डन' कहा जाता है) की ओर दौड़ पड़ी। रंगा का दावा है कि उसने कई बार बच्चों को छोड़ देने का सुझाव दिया, लेकिन बिल्ला ने उसकी

एक न सुनी। बुद्धा गार्डन पहुँचने के बाद जब वे पार्किंगवाले का भुगतान कर रहे थे तो संजय ने उनसे पानी माँगा। रंगा ने कहा कि वह उन्हें पानी के बजाय कैंपा कोला पिलाएगा और तीन बोतलें खरीद लीं। लेकिन संजय ने उसे पीने से इनकार कर दिया। उसके बाद गीता ने सुझाव दिया कि वे संजय के लिए उसकी पसंदीदा आइसक्रीम खरीद लाएँ।

जिस समय रंगा बच्चों के साथ कार में बैठा हुआ था, उसी बीच बिल्ला ने कार की नंबर प्लेट बदल दी। इसके बाद रंगा ने कार से बाहर आकर बिल्ला को बताया कि उनके घर को लूटने की योजना काम नहीं करेगी, क्योंकि उसे पता चला है कि बच्चों का पिता एक नौसैनिक अधिकारी है। यदि हम उसके घर को लूटने की कोशिश करेंगे तो हो सकता है कि उनका पिता हमें गोली मार दे और किसी भी स्थिति में उन्हें उनके घर में अधिक पैसा नहीं मिलेगा।

रंगा ने मजिस्ट्रेट से यह भी कहा था कि उसने बच्चों को छोड़ देने के लिए काफी दबाव डाला था, लेकिन बिल्ला उन्हें छोड़ने के लिए राजी नहीं हुआ। जब गीता ने उनसे पूछा कि वे लोग बुद्धा गार्डन के पार्किंग क्षेत्र में प्रतीक्षा क्यों कर रहे हैं, तो बिल्ला ने फौरन कहा, वे लोग पालम हवाई अड्डे से रात 8.30 बजे आनेवाले किसी ज्वैलर की प्रतीक्षा कर रहे हैं। उसने गीता से कहा कि यदि वह जौहरी की कार को रोकने और उसको लूटने में उसकी सहायता करेगी तो उन दोनों को छोड़ दिया जाएगा। वास्तव में, रंगा और बिल्ला अँधेरा होने की प्रतीक्षा कर रहे थे। लेकिन पार्किंग के कर्मचारी बेचैन हो रहे थे, इसलिए बिल्ला कार को हवाई अड्डे की ओर ले गया। चोपड़ा बच्चों ने एक बार फिर उनसे उन्हें छोड़ देने की प्रार्थना की और रंगा ने कहा कि वह एक बार फिर उनके मामले की बिल्ला से पैरवी करेगा। उनकी किसी बात पर गौर किए बिना बिल्ला ने कार वापस लाकर बुद्धा गार्डन के पास एक गंदी सड़क पर खड़ी कर दी।

जब दोनों कार से बाहर निकले तो बिल्ला ने रंगा से कहा कि वह बड़ीवाली किरपान निकाल लाए, जो उसने आज दिन में चाँदनी चौक से खरीदी थी और उसे यहाँ से थोड़ी दूरी पर छिपा दे। रंगा ने कहा कि उसने किरपान वहाँ से लगभग सौ गज दूर छिपा दी थी और जब वह वापस आ रहा था तो बिल्ला ने उससे कहा कि वह संजय को वहाँ से दूर ले जाए। दोनों संजय को वहाँ से दूर ले गए और उसे जमीन पर लेट जाने के लिए कहा। उस समय संजय अपने घावों से निकलते खून को कपड़े से दबाने की कोशिश कर रहा था और उसने दोनों अपहरणकर्ताओं से

कहा कि उसे लेटने की कोई आवश्यकता नहीं है। बिल्ला बहुत नाराज हुआ और उसने रंगा से कहा कि वह किरपान से संजय को खत्म कर दे। जैसे ही रंगा ने संजय के बाएँ हाथ पर पहला प्रहार किया, वह चीखते हुए बोला, "मत मारो, मत मारो। क्यों मारते हो ?" रंगा की स्पष्ट उदासीनता से क्रोधित होकर बिल्ला ने रंगा से किरपान छीन ली और संजय के पेट में ताबड़तोड़ दस मिनट तक वार करता रहा। जब वह मर गया तो उसने रंगा से पूछा, "अब क्या देख रहा है ? इसकी लाश को ठिकाने लगा दे।" रंगा ने बाद में जजों को बताया कि उसने वही किया, जो उससे करने के लिए कहा गया था; क्योंकि वह इस बात से भयभीत था कि यदि उसने बिल्ला की बात नहीं मानी तो वह उसे भी मार डालेगा।

जब वह कार के पास वापस आया तो उसने देखा कि बिल्ला गीता के साथ बलात्कार कर रहा था और गीता मदद के लिए चिल्ला रही थी। रंगा ने कहा कि वह सड़क की ओर यह देखने गया कि कहीं गीता की आवाज वहाँ तक तो नहीं जा रही थी। उसने इस बात की पुष्टि की कि उसने बिल्ला के कपड़ों को कार के पायदान पर पड़े देखा था, जबकि लड़की के कपड़े कार के डैशबोर्ड पर रखे थे। 10-15 मिनट बाद जब वह लौटकर वापस आया तो बिल्ला अपना काम पूरा कर चुका था और उसने रंगा से कहा कि अब तू भी अपना काम कर ले।

रंगा ने मजिस्ट्रेट को बताया कि उसने तो विरोध किया था। अपने बयान में रंगा ने कहा, "मैंने उससे कहा था कि यदि वह मुझे एक लात मारेगी तो मैं लंबा हो जाऊँगा। बिल्ला ने मेरे ऊपर बलात्कार करने का दुबारा दबाव डाला। मैंने उससे कहा कि मैं लंबा हूँ, इसलिए मेरे लिए कार के अंदर सेक्स कर पाना संभव नहीं है। मैंने उससे कहा कि अगर कार की सीट को बाहर निकाल दिया जाए तो मेरे लिए शायद वैसा कर पाना संभव हो। सीट को बाहर निकालकर उसे डिक्की के सहारे टिका दिया गया। जिस समय लड़की को बाहर निकाला गया, वह बुरी तरह हाँफ रही थी। सीट में हलका ढलान होने के कारण लड़की नीचे गिर पड़ी। जितनी बार उसे सीट पर लिटाने की कोशिश की गई, उतनी बार उसके कपड़े धूल-मिट्टी में सन गए। मैं वापस आ गया। बिल्ला ने मुझसे पूछा कि क्या मैंने अपना काम पूरा कर लिया ? मैंने उसे सकारात्मक उत्तर दिया। बिल्ला ने मुझसे कहा कि उसे एक बार फिर बलात्कार करने दे। बिल्ला जब दुबारा सहवास कर रहा था, उस समय मैं अपने कपड़े पहन रहा था।"

गीता अपने हमलावरों के साथ आखिरी साँस तक लड़ी। रंगा ने अपने

हस्ताक्षरित बयान में कहा था कि एक बिंदु पर तो गीता किरपान छीनने में सफल हो गई और उसने बिल्ला के माथे पर उससे वार कर दिया। किसी ने उस समय इसका सूत्र नहीं जोड़ा था; परंतु मुकदमे के दौरान उस घाव ने बिल्ला व रंगा को विलिंग्डन अस्पताल में जाने पर विवश कर दिया था, जिससे केस को मजबूती देने में मदद मिली। जाँचकर्ताओं को बाद में ज्ञात हुआ कि जब डॉक्टरों ने अस्पताल में पुलिस बुलाई तो दोनों ने यही दावा किया कि बिल्ला की किसी ने पिटाई की थी।

यह देखना दिलचस्प है कि अस्पताल तंत्र तनहाई में कितने निर्दोषपूर्ण ढंग से काम करता है। जब बिल्ला (अपने नकली नाम 'विनोद' के रूप में) रात 10.15 बजे अपने घाव दिखाने आया तो डॉक्टरों ने अस्पताल में बनी पुलिस चौकी के सिपाही को सतर्क कर दिया। सिपाही ने जब विनोद के माथे पर गीता द्वारा लगाए गए साढ़े पाँच इंच के घाव को देखा तो उसने 'विनोद' से पूछताछ की। उसने पुलिस को बताया कि किसी ने उसके ऊपर लोहे का सरिया मारकर उसकी घड़ी छीनने की कोशिश की थी। जब सिपाही को इस बात की जानकारी मिली कि उसके ऊपर मंदिर मार्ग क्षेत्र में हमला किया गया था तो सिपाही ने मंदिर मार्ग थाने में फोन कर दिया। पुलिस के पहुँचने से पहले ही विनोद वहाँ से चला गया था और उसने अस्पताल में अपना पता एवं स्कूटर का जो पंजीयन नंबर लिखाया था, जाँच करने पर वह भी गलत पाया गया, जिसके कारण पुलिस को रंगा द्वारा बताई गई कहानी पर संदेह हो गया।

वास्तव में, उस रात विलिंग्डन में जो दो लोग इलाज कराने आए थे, उस समय तक उनके नाम के साथ अपहरण, बलात्कार और हत्या का मामला नहीं जुड़ा था। उस समय कोई भी उन लोगों को गीता के दुःखद एवं भयावह अंत से नहीं जोड़ सका था। रंगा के बयानों के अनुसार, बलात्कार के बाद गीता नंगी ही सड़क की ओर दौड़ पड़ी थी; लेकिन बिल्ला ने उसे दुबारा पकड़ लिया। बिल्ला ने रंगा से कहा कि वह उसे वहीं खत्म कर दूँ, लेकिन रंगा ने कहा कि उसके पास एक सुझाव है।

"उसे सुझाव दिया कि वह उसे अपने कपड़े पहन लेने दे। मैंने लड़की से कहा कि उसके भाई को हमने किसी के पास बैठा रखा है और हमने उसे आधा घंटे का समय दिया है। मैंने लड़की से पूछा कि अगर उसका भाई उसे इस हालत में देखेगा तो वह क्या कहेगा? उसने अपना *झगूला* (कोट) खुद पहना और पैंट पहनने में मैंने उसकी मदद की। मैंने उसे सुझाव दिया कि मैं उसे उसके भाई के

पास ले जाऊँगा, जहाँ से वह अपने घर जा सकेगी। मैं उसे उस ओर ले जा रहा था, जहाँ उसका भाई मरा पड़ा था। मैं लड़की की दाईं ओर था। बिल्ला ने मुझे इशारा किया, जिससे मैं थोड़ा आगे निकल गया। बिल्ला ने पूरी ताकत से उसकी गरदन पर तलवार का प्रहार किया, जिसके परिणामस्वरूप उसकी जीवन-लीला समाप्त हो गई। हम दोनों ने उसके शव को उठाकर झाड़ियों में फेंक दिया।"

इन स्वीकारोक्तियों की पुष्टि परिस्थितिजन्य साक्ष्यों द्वारा हुई थी और यही कारण है कि दिल्ली उच्च न्यायालय ने (मामले को उच्चतम न्यायालय में जाने से पूर्व) अपने आदेश में दो निर्दोष किशोरों की हत्या को 'सुविचारित, निर्दयतापूर्ण, क्रूर हत्या की संज्ञा दी थी।' बलात्कार एवं हत्याओं पर टिप्पणी करते हुए माननीय न्यायमूर्तियों ने कहा कि 'बिल्ला और रंगा ने जान-बूझकर अपनी काम-वासना को शांत करने की दुःखद योजना के अंतर्गत यह अपराध किया था।' और इसलिए, 'उन्हें मृत्युदंड के अतिरिक्त कोई अन्य सजा देना न्याय की संपूर्ण विफलता होगी।' और इस प्रकार उन्होंने तिहाड़ की फाँसी कोठी में अपनी आखिरी साँस ली।

~❋~

बिल्ला और रंगा से मेरी पहली मुलाकात के दशकों बाद भी मैं उनके विशिष्ट व्यक्तित्वों में अंतर कर सकता हूँ। तिहाड़ में रंगा का नाम 'रंगा खुश'.था, जो उसके व्यक्तित्व को इसी रूप में प्रस्तुत करता था। वह 24 वर्ष का था और लंबा व बेडौल था तथा जेल में हर समय प्रसन्न दिखाई देता था। 'रंगा खुश, रंगा खुश।' मेरे विचार से, उसने यह नाम किसी फिल्म के संवाद से उठाया था और वह इसे बार-बार इसलिए दोहराता रहता था, ताकि खुद को इस बात का विश्वास दिला सकें कि वह बड़े खुशगवार माहौल में था, न कि अपनी मौत के दिन गिन रहा था। मैं यह बात पक्के तौर पर आश्वस्त होकर नहीं कह सकता कि वह सचमुच खुश था या अपने आपको भ्रमित करने के लिए उसने जाहिराना खुशी का लबादा ओढ़ रखा था; परंतु इतना अवश्य था कि उसने अपनी फाँसी के दिन तक अपने आचरण से यही सिद्ध किया था कि उसे कोई दुःख नहीं था। इसके विपरीत, बिल्ला 22 वर्ष का था और उसका कद छोटा लगभग 5.5 फीट था। वह हर समय जेल के चारों ओर छिपता फिरता था। रंगा जेल समुदाय के दैनंदिन कार्यों में भाग लेता था, लेकिन बिल्ला किसी से बात नहीं करता था। उसने हमसे कई बार कहा था कि उसे इस मामले में गलत तरीके से फँसाकर दोषी सिद्ध किया गया था। वह मुलाकात के लिए आनेवाले

अपने परिवारवालों से कहता, "मुझे एक वकील दिला दो। मुझे जमानत दिला दो।" प्रत्येक न्यायालय ने उसके मृत्युदंड की पुष्टि की थी; लेकिन बिल्ला और उसके शिकार के खून की न्यायालयी जाँच से उसका अभियोग सिद्ध होने के बावजूद वह मानने को तैयार नहीं था कि उसने कोई अपराध किया था। इसके विपरीत, जब रंगा का परिवार उससे मिलने आता तो वह उनसे हँसी-खुशी गले मिलता और उनके जाने के बाद भी उसका वह रवैया जारी रहता था। रंगा के इस व्यवहार का कारण संभवत: यह भी हो सकता है कि उसने मान लिया था कि उसका अपराध बिल्ला से कम था और उसने गीता व संजय को छुड़ाने की कोशिश भी की थी, लेकिन बिल्ला ने उसे रोक दिया था। "उन्होंने हमसे लिफ्ट माँगी थी और हमने उन्हें वह दे भी दी थी। मामला वहीं खत्म हो जाना चाहिए था। परंतु बिल्ला गीता की ओर आकर्षित हो गया था और उसकी वही बदनीयती उसे ऐसे जघन्य अपराध की ओर ले गई। मैंने तो केवल उसका साथ दिया था।" वास्तव में, बिल्ला का बयान उससे पूर्णतया भिन्न था। उसका दावा था कि उसने समूचा अपराध शराब के नशे में किया था और एक घर-गृहस्थीवाला इनसान होने के नाते वह ऐसा काम करने में सक्षम नहीं था—रंगा एक ऐयाश आदमी था और नशे की हालत में बहुत आगे निकल गया था।

सभी सजा प्राप्त कैदियों द्वारा ऐसा अस्वीकरण सामान्य नहीं है; परंतु मैंने सभी बलात्कारियों के मामले में इसे सही पाया था। वे अपने आप को विभिन्न कारणों से बेगुनाह कह सकते थे; लेकिन इस बात का दावा सभी करेंगे कि उन्होंने वह कृत्य नहीं किया था। अपने सभी कार्यों और तिहाड़ में मेरे इतने सारे वर्षों के कार्यकाल के दौरान मैंने ऐसा एक भी अपराध-सिद्ध बलात्कारी नहीं देखा था, जिसने अपना अपराध स्वीकार किया हो। अधिकतर अपराधी पीड़ित को ही दोषी मानते हैं। वे तो यहाँ तक कहते हैं कि उन्होंने बलात्कार नहीं, बल्कि सहमतिपूर्ण सेक्स किया था और वे जेल में इसलिए थे कि वह उन्हें किसी कारण से सजा दिलाना चाहती थी। इसके बाद ऐसे भी अनेक बलात्कारी हैं, जो कहते हैं कि औरत राजी थी और उसकी इच्छा से सबकुछ हुआ था; परंतु वे इस प्रश्न का उत्तर कभी नहीं दे पाते हैं कि जब वह राजी थी तो उसने पुलिस में शिकायत क्यों दर्ज कराई थी? ऐसे भी अनेक बलात्कारी हैं, जो कहते हैं कि आर्थिक प्रबंध के अंतर्गत उन्होंने ऐसा किया था और वे परिस्थितियों के शिकार हो गए थे। हाँ, इन मामलों में अनेक भिन्नताएँ हैं; परंतु सभी बलात्कारी स्वयं को निर्दोष अवश्य बताते हैं। वास्तव में, रंगा अपनी इस बात पर अंत तक कायम रहा कि जब उन्होंने फिरौती के लिए अपहरण की योजना

बनाई थी तो उसका अर्थ यह कदापि नहीं था कि उसमें बलात्कार और हत्या भी शामिल थी। ऐसा तब हुआ, जब बिल्ला ने गीता को देखा। रंगा का दावा था कि उसके ऊपर गीता की आसक्ति हावी हो गई थी और अपहरण एवं सामान्य लूट की घटना एक जघन्यतम बलात्कार एवं हत्या के रूप में परिणत हो गई थी, जिसके बारे में दिल्ली में उससे पहले कभी नहीं सुना गया था।

मैं यह सब इसलिए कह रहा हूँ, क्योंकि कैदियों, खासतौर से मृत्युदंड की कतार में खड़े अपराधियों, की मनोवैज्ञानिक दशा पर बहुत ध्यान दिया जाता है। तिहाड़ में हम ऐसे कैदियों पर नजर रखते हैं और उनकी गतिविधियों की सूची बनाते जाते हैं; परंतु अन्य राज्यों में जेलरों को कैदियों की व्यापक मनोवैज्ञानिक अध्ययन रिपोर्ट भरने के लिए कहा जाता है। उस रिपोर्ट में कैदियों की आदतों, स्वभाव, व्यवहार, शारीरिक व मानसिक इतिहास और यह भी कि क्या कैदी किसी टूटे या संदिग्ध परिवार से आता है, ऐसी तमाम जानकारियाँ जेलरों को अपनी रिपोर्ट में उपलब्ध करानी पड़ती हैं। जेल में कोई मनोरोग विशेषज्ञ उनकी जाँच भी करता है और रिपोर्ट तैयार करता है। तमिलनाडु में यह मनोवैज्ञानिक कार्य-सूची सभी के लिए जरूरी है, किंतु महाराष्ट्र में यह नियम केवल मृत्युदंड प्राप्त कैदियों पर लागू होता है। हमारे लिए केवल एक ही वांछनीयता थी कि वे चिकित्सकीय तौर पर पागल नहीं होने चाहिए। इस बिंदु पर हरी झंडी प्राप्त होने के बाद कैदियों को फाँसी के लिए स्वस्थ मान लिया जाता है।

रंगा और बिल्ला के बारे में हमारी सारी निगरानी हमें इस निष्कर्ष की ओर ले गई कि वे एक-दूसरे के साथ नहीं रह सकते थे और उन्हें एक साथ रखना खतरनाक हो सकता था, क्योंकि वे एक-दूसरे को शारीरिक चोट पहुँचा सकते थे। एक युवा जेलर के रूप में मैंने उन्हें यह समझाने की कोशिश की कि एक-दूसरे के प्रति उनका आक्रामक रवैया ठीक नहीं है। परंतु यह सुविचारित तथ्य है कि जब आपके नाम से ब्लैक वॉरंट (फाँसीनामा) जारी हो जाता है तो आप अकसर आक्रामक प्रतिक्रिया करते हैं।

अदालत एक ब्लैक वॉरंट जारी करती है, जो अपराधी को फाँसी देने की तिथि एवं समय की पुष्टि करता है। कोई जेलर यह ब्लैक वॉरंट तभी प्राप्त करता है, जब कैदी की दया याचिका या मृत्युदंड को चुनौती देनेवाली अनेक अन्य याचिकाएँ निरस्त हो जाती हैं। उसके बाद हम उस निचली अदालत में जाते हैं, जिसने अपराधी को सजा सुनाई थी और न्यायाधीश से अनुरोध करते हैं कि कैदी के विरुद्ध विशेष

वॉरंट—जिसे 'ब्लैक वॉरंट' भी कहते हैं—जारी करे। उसे ब्लैक वॉरंट इसलिए कहते हैं, क्योंकि उसके चारों ओर एक मोटी काली लकीर होती है। यह वॉरंट एक बार जारी हो जाने के बाद कैदी को उसकी फाँसी की तारीख और समय के बारे में सूचित कर दिया जाता है। मेरे अनुभव में, ऐसे कैदी उस सूचना के बाद केवल दो प्रकार से प्रतिक्रिया करते हैं—या तो वे लड़ाई करने पर उतारू हो जाते हैं, चीखते हैं, आपको और खुद को आहत करने का प्रयास करते हैं तथा बुनियादी तौर पर हिंसा पर आमादा हो जाते हैं या गहरे मानसिक अवसाद में डूब जाते हैं और जीवन के प्रति उनका मोहभंग हो जाता है। बिल्ला और रंगा के अंदर हमें दोनों प्रकार की प्रतिक्रियाएँ दिखाई पड़ी थीं।

यदि अवसाद एक सीमा से आगे जाकर मानसिक रुग्णता की सीमा तक पहुँच जाता है तो नियम कैदी की फाँसी की अनुमति नहीं देते हैं। इसका कारण यह है कि मानसिक रूप से विक्षिप्त कैदी का मन समीक्षा आवेदन प्रस्तुत करने और न्यायालय के आदेश को चुनौती देने की स्थिति में नहीं होता है। यह न्याय के सिद्धांत के खिलाफ है। मानसिक रूप से बीमार व्यक्ति अपनी रक्षा कर पाने में असमर्थ होता है, तो क्या आप ऐसे व्यक्ति का जीवन समाप्त करके सचमुच समाज की कोई भलाई करने जा रहे हैं? जेल एवं सजा अंकुश का काम करते हैं और किसी असहाय या बीमार व्यक्ति को फाँसी पर लटकाना सभी मानव-मूल्यों के विरुद्ध है। परंतु, वास्तव में सारा बल 'डिग्री' नामक शब्द पर होता है। आखिरकार, जेल में रहनेवाला हर प्राणी एक प्रकार से मानसिक रूप से बीमार ही है। अपने समीपस्थ अंत को देखकर भला कौन पागल नहीं हो जाएगा! यह केवल चिकित्सकीय तौर पर प्रमाणित किए जाने योग्य पागलपन है, जो किसी फाँसी को रोक सकता है। उदाहरण के तौर पर, पागलपन की दलील सुंदर सिंह के मामले में दी गई थी। एक जमीन विवाद के मामले में सुंदर सिंह ने सन् 2014 में अपने पाँच रिश्तेदारों की हत्या कर दी थी। सिंह की मौत की सजा को कम करके आजीवन कारावास की सजा में बदल दिया गया था, यद्यपि तत्कालीन राष्ट्रपति प्रणव मुखर्जी ने उसकी दया याचिका खारिज कर दी थी। बिल्ला और रंगा के विपरीत, जिन्हें मानसिक रूप से स्वस्थ घोषित किया गया था, जेल के जिस डॉक्टर ने फरवरी 2013 में सुंदर सिंह का परीक्षण किया था, उसने उसे 'आत्महत्यात्मक विक्षिप्त' घोषित किया था और उसके लिए तेज मनोविक्षिप्ति-रोधी दवाएँ खाने का परामर्श दिया था। जल्द ही उसे राज्य मानसिक स्वास्थ्य संस्थान, देहरादून एवं मानरि.क अस्पताल, वाराणसी जैसे

कई संस्थानों में अंदर-बाहर होना पड़ा और अंततः उसे वाराणसी के मानसिक अस्पताल से सन् 2012 में स्वस्थ मानकर रिहा कर दिया गया। परंतु एक वर्ष बाद उसे सीजोफ्रेनिया (विक्षिप्ति) का शिकार पाया गया और न्यायालय ने उसे अंततः मृत्युदंड हेतु अनुपयुक्त घोषित कर दिया। अतः आपके पास फाँसी से बचने का केवल एक ही उपाय है कि आप स्वयं को पागलपन की यात्रा पर ले जाएँ।

ऐसा नहीं है कि केवल वही लोग तर्क एवं बुद्धिमत्ता से संघर्ष कर रहे हैं, जिन्हें ब्लैक वॉरंट दिया गया है। इस प्रक्रिया में लिप्त हम में से प्रत्येक उनसे निपटने के लिए अनेक युक्तियाँ विकसित कर लेता है, क्योंकि हम पूर्णतया संघर्षरत हैं। कुछ लोग तो ऐसे दस्तावेज पर हस्ताक्षर करने के परिणामों से भी डरते हैं। लेकिन अंततः हम सभी लोग कानून के उपकरण मात्र हैं।

अब बिल्ला और रंगा के मामले पर वापस आते हैं। जितनी जल्दी उनका वॉरंट निकाला गया था और यद्यपि उससे भी पहले कैदियों को उनकी काल कोठरियों में डाला जाता है, तिहाड़ के जल्लादों—पंजाब में फरीदकोट के फकीरा और मेरठ जेल के कालू—के पास बुलावा भेज दिया गया था। तिहाड़ में मेरे कार्यकाल के दौरान दी गई आठ फाँसियों में से अधिकतर फाँसियाँ इन्हीं दोनों ने दी थीं। मेरी जानकारी के अनुसार, आज देश में कोई भी पेशेवर जल्लाद नहीं बचा है।

यद्यपि मैं उन्हें पेशेवर जल्लाद कहता हूँ, परंतु वास्तव में फाँसी देना फकीरा और कालू के लिए जेलकर्मियों के रूप में उनके दायित्वों का एक अंग था। फाँसी देना एक लाभदायक काम था, क्योंकि प्रत्येक फाँसी के लिए हरेक को 150 रुपए दिए जाते थे और उन्हें तिहाड़ लाने तथा मेरठ एवं फरीदकोट सुरक्षित वापस ले जाने के लिए सुरक्षा दस्ता उपलब्ध कराया जाता था। उन्हें ठहरने की जगह दी जाती थी और उनके भोजन का भी ध्यान रखा जाता था। बहरहाल, उनका काम अत्यंत कौशल-युक्त था और फकीरा तथा कालू उसे अच्छी तरह निष्पादित करने में बहुत गर्व महसूस करते थे।

संभवतः उसकी त्वचा का रंग काला होने के कारण उसका नाम 'कालू' रखा गया होगा; परंतु फकीरा तो कालू से भी अधिक काला था, इसलिए लोग उसे 'भूत' कहते थे। उसके बड़ी-बड़ी मूँछें थीं और वह हमेशा पंजाबी में चुटकुले सुनाता रहता था, जिसे सुनकर हम सब लोग हँस पड़ते थे। कालू अत्यंत विशाल कद-काठीवाला गोल आदमी था और दोनों में सर्वाधिक शांत स्वभाववाला था। वे दोनों अत्यंत निपुण पेशेवर जल्लाद थे। जैसे ही उनकी सुरक्षा में गई कारें उन्हें लेकर जेल

के अंदर आती थीं, वे डिप्टी सुपरिंटेंडेंट के विश्राम कक्ष में अपना डेरा जमा लेते थे। उनका विश्राम कक्ष उनके कार्यालय से जुड़ा हुआ एक अन्य कमरा होता था।

जैसी कि आप कल्पना कर सकते हैं, एक जल्लाद का काम बड़े अनोखे रिवाजोंवाला होता है। हमें प्रत्येक नियम का बड़ी सावधानी से पालन करना होता था, क्योंकि यमराज के द्वारपालों से कौन मिलना-जुलना चाहेगा। ऐसी ही एक प्रथा दोनों जल्लादों में से प्रत्येक को शराब की एक बोतल देने की थी—हम उन्हें 'ओल्ड मोंक' रम देते थे। जेल परिसर के अंदर मद्यपान कठोरतापूर्वक निषिद्ध है; परंतु जैसा कि मैंने पहले उल्लेख किया था, नियमों का उल्लंघन केवल कैदियों द्वारा ही नहीं, अपितु जेलरों द्वारा भी किया जाता था। इस खास परंपरा में फाँसी से पहले शराब का उन्मुक्त सेवन स्वीकार्य था। मुझे बंगाल के एक जल्लाद नाटा मल्लिक का वह साक्षात्कार याद है, जिसमें उसने कहा था कि वह फाँसी देने से पहले जमकर शराब पीता था। वह फाँसी देने से घंटों पहले खाना छोड़ देता था और केवल शराब पीता था, ताकि उसकी कोई भावना शेष न रहे। मुझे नहीं मालूम कि क्या कालू और फकीरा भी वैसा ही करते थे, परंतु जब उन्हें उनकी रम की बोतल मिल जाती थी तो वे अत्यंत प्रसन्न हो जाते थे। नाटा मल्लिक एक अन्य रिवाज का पालन भी करता था। अपना काम पूरा करने के बाद वह फाँसी के तख्ते पर भी थोड़ी शराब उड़ेल देता था। वह कहता था कि वह शराब उस व्यक्ति की आत्मा के लिए होती थी, जिसे उसने फाँसी पर लटकाया था।

फाँसी से पहले एक बड़ा खतरा इस बात का होता था कि कहीं जल्लादों का अपहरण न हो जाए। मैं आश्वस्त होकर यह बात नहीं कह सकता कि कभी जल्लाद गायब हुए थे या नहीं, परंतु जेल अधिकारी इसे लेकर इतने अधिक चिंतित रहते थे कि वे जल्लादों को कभी जेल परिसर छोड़ने की अनुमति नहीं देते थे। यह भय उस समय और भी अधिक बढ़ जाता था, जब किसी आतंकवादी या किसी बहु-प्रशंसित व्यक्ति को फाँसी दी जानी होती थी, क्योंकि उसके समर्थक उतावलेपन में कुछ भी कर सकते थे। 'यदि कोई उन्हें वहाँ से लेकर चला गया तो क्या होगा?' ऐसा विचार ही अपने आप में अत्यंत डरावना था। यदि वैसा हुआ तो कैदी को फाँसी पर कौन लटकाएगा? इन्हीं सब कारणों से जल्लादों की गतिविधियों को इस हद तक परदे के अंदर रखा जाता था कि उनके बारे में जेलकर्मियों को भी कोई जानकारी नहीं होती थी।

कालू और फकीरा एक साथ काम क्यों करते थे, इसका भी एक कारण था।

यदि किसी एक जल्लाद के हाथ-पाँव सुन्न हो जाते तो दूसरा जल्लाद आगे बढ़कर उस काम को पूरा कर देता था। बहरहाल, हमारे जल्लादों के साथ ऐसा कभी नहीं हुआ। वे महसूस करते थे कि वे अत्यंत मूल्यवान् हैं, इसलिए नाटा मल्लिक की भाँति कालू ने उसे पारिवारिक कारोबार का रूप देने का प्रयास किया। उन दोनों ने अपने पुत्रों को अपना दायित्व सौंपने के लिए प्रशिक्षित किया। 14 अगस्त, 2004 को बलात्कारी और हत्यारे धनंजय चटर्जी को फाँसी देने से पूर्व मल्लिक ने अपने अनेक साक्षात्कारों में से एक के दौरान कहा था, "एक बार मैंने अपने साथ एक सहायक रखने का प्रयास किया था।" चटर्जी ने वर्ष 1990 में एक किशोरी का बलात्कार और हत्या की थी। जब उसकी सजा के बारे में समाचार चैनलों में बहुत अधिक बहसें हुई थीं तो इस जल्लाद के ऊपर भी समाचार जगत् ने विचारणीय मात्रा में ध्यान दिया था। तिरासी वर्षीय नाटा मल्लिक ने फाँसी की दुनिया के लोगों के समक्ष पहली बार उससे जुड़े रहस्यमय तरीकों को उजागर किया था। "जैसे ही हम फाँसी के फंदे पर पहुँचे, मेरा सहायक मूर्च्छित हो गया। लेकिन मेरा पुत्र पूरी तरह ठीक था। मैं जानता था कि वह एक अच्छा प्रशिक्षु सिद्ध होगा।"

कालू इतना आश्वस्त था कि उसका पुत्र उसके बाद वह जिम्मेदारी सँभाल लेगा। उसने काम पाने के लिए हमारी तथा अनेक अन्य जेलों में इश्तिहार छपवाकर भेजे थे— 'विशेषज्ञ जल्लाद की सेवाएँ किराए पर उपलब्ध।' वास्तव में, हम उसकी सेवाएँ कभी नहीं ले सके, क्योंकि अपने पिता की भाँति वह कोई सरकारी कर्मचारी नहीं था, जो कि एक पूर्व शर्त थी। हमें यह काम करने के लिए किसी अपने व्यक्ति की आवश्यकता थी, क्योंकि वे मामले को गोपनीय रखने हेतु विश्वसनीय एवं कानून से बँधे हुए थे। निश्चय ही, संगणना के बाद कालू ने मौत के इस कारोबार को अपने पुत्र के लिए अपने पदचिह्नों पर चलने हेतु आकर्षक एवं लाभदायक पाया होगा। भारत विधि आयोग की एक रिपोर्ट के अनुसार, वर्ष 2000 और 2015 के मध्य न्यायालयों ने 1,790 लोगों को मौत की सजा सुनाई थी। उनमें से 63 प्रतिशत अभियुक्तों की सजा को कम कर दिया गया था और 29 प्रतिशत अभियुक्त उच्च न्यायालयों द्वारा रिहा कर दिए गए थे। शेष मामले लंबित पड़े रहे, क्योंकि उनके निर्णयों की प्रतियाँ खोजी नहीं जा सकी थीं। इसलिए विधि आयोग ने निष्कर्ष दिया कि 95 प्रतिशत मामलों में मृत्युदंड गलत तरीके से दिया गया था।

बहरहाल, बिल्ला और रंगा के अपराध के विषय में कोई संदेह (या उसका अभाव) नहीं था। उन्हें ब्लैक वॉरंट में निर्दिष्ट तिथि से एक सप्ताह पूर्व जेल नं. 3

स्थित फाँसी कोठी ले जाया गया। तिहाड़ के इस विशेष भाग में 16 काल कोठरियाँ हैं और उनमें मृत्युदंड प्राप्त कैदियों को फाँसी के अंतिम सप्ताह में रखा जाता है। फाँसी का तख्त इसी इमारत के अंदर बना हुआ है, जिसे अन्य कैदियों की दृष्टि से पूर्णतया अलग रखा जाता है, ताकि वे फाँसी की तैयारियों को न देख सकें। उच्चतम न्यायालय के अनेक ऐसे निर्णय आए हैं, जिनमें कहा गया है कि एकांत कारावास एक प्रकार का उत्पीड़न है, जिसे किसी पर भी लागू नहीं किया जा सकता; परंतु काल कोठरियों को पूर्णतया आवश्यक माना गया है। यही कारण है कि उस क्षेत्र को तमिलनाडु स्पेशल पुलिस (टी.एस.पी.) के विशेष प्रहरियों की सघन निगरानी में रखा जाता है। उन प्रहरियों को वहाँ दो-दो घंटों की पालियों में तैनात किया जाता है और उन्हें इस बात का विशेष निर्देश होता है कि वे पल भर के लिए भी कैदी के ऊपर से अपनी नजरें न हटाएँ। इसे बुनियादी तौर पर 'आत्महत्या निगरानी' कहा जाता है और इसी कारण से कैदियों की सभी निजी वस्तुओं, जिसमें पाजामे का नाड़ा भी शामिल है, को उनसे दूर रखा जाता है, क्योंकि उस नाड़े के जरिए कैदी अपनी जिंदगी खुद ही समाप्त कर सकता है। परिवार के सदस्यों और मित्रों के साथ एक आखिरी मुलाकात को छोड़कर किसी को उससे मिलने की अनुमति नहीं दी जाती है। संयोगवश, यह निर्णय करना कैदी पर निर्भर होता है कि वह आखिरी मुलाकात चाहता है या नहीं। कुछ कैदी किसी से भी मिलने के इच्छुक नहीं होते हैं। उन्हें अपनी अंतिम वसीयत लिखने का अवसर भी प्रदान किया जाता है और उसके साक्ष्य के रूप में जिला मजिस्ट्रेट को बुलाया जाता है। 24 घंटे के एक चक्र में कैदी को आधा घंटे के लिए आसपास घूमने की अनुमति दी जाती है। शेष समय का उपयोग कैदी द्वारा अपनी मृत्यु के लिए मानसिक रूप से तैयार होने के लिए किया जाता है।

बिल्ला और रंगा के लिए ब्लैक वॉरंट जारी होने की सूचना अखबारों तक पहुँच गई थी। मुझे इस बात की कोई जानकारी नहीं है कि इस खबर के लीक होने का स्रोत क्या था, क्योंकि *'हिंदुस्तान टाइम्स'* की पत्रकार प्रभा दत्त ने जेल अधीक्षक के पास रंगा और बिल्ला का साक्षात्कार लेने की याचिका दी थी। जब जेल अधिकारियों ने उन्हें अनुमति देने से इनकार कर दिया तो वह उच्चतम न्यायालय पहुँच गई और उसके पीछे-पीछे समाचार एजेंसियों के भी कुछ पत्रकार न्यायालय पहुँच गए। अपनी याचिका में प्रभा दत्त ने कहा था कि कैदी का पक्ष सुनना महत्त्वपूर्ण है और अपने ऐतिहासिक निर्णय में उच्चतम न्यायालय ने कहा कि

वे मिल सकते हैं, बशर्ते कि दोनों स्वयं उनसे मिलने के इच्छुक हों। 30 जनवरी, 1982 को एक अभूतपूर्व घटना के रूप में पाँच पत्रकारों के एक समूह को बिल्ला और रंगा से अंतिम बार बातचीत करने के लिए तिहाड़ जेल के अंदर ले जाया गया। बहरहाल, रंगा प्रभा दत्त या अन्य पत्रकारों से वार्त्ता के लिए राजी नहीं हुआ। जिस सीमित अवधि के लिए पत्रकारों को बिल्ला से बात करने की इजाजत दी गई थी, उसने अंतिम बार खुद के निर्दोष होने की दलील पेश की थी।

फाँसी पर लटकाए जाने से पूर्व मैं रात में तीन अन्य अधिकारियों के साथ काल कोठरी के बाहर ड्यूटी पर तैनात था। वहाँ हमें यह सुनिश्चित करना था कि निगरानी पर रखे गए प्रहरी अपना काम ठीक से करें। अत: हमने अधीक्षक के कमरे में बैठकर प्रतीक्षा की। उस दिन मेरी मनोदशा का वर्णन करने के लिए मेरे पास उचित शब्दों का अभाव था। मैंने उस रात डिनर (रात का भोजन) नहीं किया, क्योंकि बेचैनी के कारण मैं स्वयं को दोषी जैसा महसूस कर रहा था। लगभग हर घंटे या उससे कुछ कम समय में मैं उनकी कोठरियों में जाकर देखता कि वे क्या कर रहे हैं। मेरे विपरीत, रंगा ने शांतिपूर्वक अपना खाना खाया और अन्य रातों की तरह करवट बदलकर सोने लगा। उसके हाव-भाव से कतई नहीं लगा कि वह उसकी आखिरी रात थी। दूसरी ओर, बिल्ला ने न तो खाना खाया और न सोया ही। वह अपनी कोठरी के अंदर सारी रात चहलकदमी करते हुए खुद को निर्दोष और रंगा को दोषी बताता रहा। परंतु उसके सारे दावे पत्थर की दीवारों से टकराकर चूर-चूर हो गए थे। उनकी दया याचिकाएँ निरस्त हो चुकी थीं और यद्यपि तिहाड़ के इतिहास में कुछ ऐसे उदाहरण थे कि फाँसी के ग्यारहवें घंटे में रोक लगा दी गई थी। परंतु उनके मामले में किसी को अंतिम मिनट में किए जानेवाले हस्तक्षेप की आशा नहीं थी। ऐसे ही एक मामले में फाँसी स्थगित कर दी गई थी। फाँसी पर लटकाई जानेवाली महिला कैदी की जब अंतिम चिकित्सा जाँच की गई तो उसे गर्भवती पाया गया था। लेकिन खूँखार-से-खूँखार अपराधी के साथ भी लोग अपना संबंध बना लेते हैं और आज भी आप जब किसी को मौत के भय से रोते-बिलखते देखते हैं तो आप स्वयं हिल जाते हैं। रंगा ने बिल्ला के आँसुओं को देखकर उसका मजाक उड़ाते हुए कहा था, *"देखो, मर्द हो के रो रहा है।"*

अगली सुबह जनवरी 1982 का अंतिम दिन था। तिहाड़ अपने आखिरी काम के लिए तैयार थी। समूचे जेल रोड को बंद कर दिया गया था। मीडियावाले कुछ-न-कुछ समाचार पाने की आशा में बाहर प्रतीक्षा कर रहे थे। सच्चाई यह थी कि

उन्हें कुछ भी दिखाई देनेवाला नहीं था, यहाँ तक कि उन्हें उनसे मिलने आनेवाले पारिवारिक सदस्यों की भी एक झलक नहीं मिली, क्योंकि फाँसी कोठी अत्यंत वीरान क्षेत्र में थी और आम लोगों की दृष्टि से ओझल थी। इस फाँसीघर के बारे में कोई उल्लेखनीय बात नहीं थी, सिवाय इसके कि फाँसी के तख्ते के नीचे 15 फीट गहरा एक कुआँ था। वह कुआँ लकड़ी के दो तख्तों से ढका हुआ था, जो आपस में एक लोहे के सरिए से जुड़े हुए थे। उस कुएँ के ऊपर लोहे के एक पाइप से फाँसी के फंदे लटके हुए थे। तख्ते के एक ओर एक लीवर (खटका) बना हुआ था। जब उस लीवर को खींचा जाता था तो लकड़ी के दोनों तख्ते अलग होकर खुल जाते थे तथा तख्तों पर खड़े हुए व्यक्ति का शरीर गड्ढे में झूल जाता था और अचानक उसकी मृत्यु हो जाती थी। सैद्धांतिक रूप से लीवर खींचने के फौरन बाद कैदी की मृत्यु हो जानी चाहिए; परंतु जब हमने उसकी जाँच की तो सिद्धांत और व्यवहार में हमें अंतर नजर आया।

बिल्ला और रंगा को सुबह सोकर उठने के बाद प्रत्येक को एक कप चाय दी गई थी, जिसे देखकर लगता था कि जेल में कैदियों को उनके अंतिम समय में सर्वोत्तम उपलब्ध सेवाएँ प्रदान की जाती थीं, क्योंकि यह सुनिश्चित किया जाता था कि उन्हें प्राप्त अधिकारों का दृढ़ता से पालन हो। उन दोनों से अंतिम बार पूछा गया कि क्या वे अपनी-अपनी वसीयत लिखवाने के लिए किसी मजिस्ट्रेट को बुलाना चाहते हैं? बिल्ला और रंगा दोनों ने इनकार कर दिया था। इसके बाद कैदियों को स्नान करने के लिए प्रोत्साहित किया गया और उन्हें काले कपड़े पहना दिए गए। उनके हाथों व पाँवों को हथकड़ियों से जकड़ दिया गया और ब्लैक वॉरंट में निर्धारित समय से मात्र 10 मिनट पूर्व उन्हें फाँसी के तख्ते पर लाया गया। जहाँ तक नियमों की बात है, महाराष्ट्र में यदि कैदी के परिवारवाले उसकी फाँसी देखने के इच्छुक होते हैं तो उन्हें उसकी अनुमति दी जाती है। परंतु दिल्ली राज्य में ऐसा कोई प्रावधान नहीं है, इसलिए फाँसी के समय केवल जेल के अधिकारी ही उपस्थित थे।

31 जनवरी, 1982 को अत्यंत सवेरे हमने देखा कि जैसे ही रंगा और बिल्ला की गरदनों में फंदे डाले गए, उनके चेहरों को काले कपड़ों से ढक दिया गया, ताकि वे यह न देख पाएँ कि उनके आसपास क्या हो रहा है। बिल्ला सुबकते हुए आँसू बहा रहा था, जबकि रंगा किसी विजेता की तरह अंतिम समय तक यही नारा लगाता रहा, *"जो बोले सो निहाल, सत श्री अकाल!"* जैसे ही वे अपनी मौत के कुएँ में लटके, मैंने ध्यान दिया था कि उनके चेहरों का रंग बदल गया था। वह कुछ

वैसा ही था, जैसे भय की स्थिति में चमड़ी अपना रंग बदलकर काली हो जाती है। यह ऐसा भय था, जो उनकी आँखों में साफ दिखाई देता था। और इससे पहले कि हम कुछ जान पाते, कालू ने फकीरा के सहयोग से खटका (लीवर) खींच दिया और गड्ढे में जाकर बिल्ला व रंगा की जीवन-लीला समाप्त हो गई।

हमारी जेल नियमावलियाँ हमें बताती हैं कि ऐसे मामलों में मृत्यु तत्काल हो जाती है। तख्ते के अचानक खुलने और शरीर के हवा में झूलने के कारण गरदन की नस टूट जाती है और व्यक्ति की मौत हो जाती है। यही वह आदर्श स्थिति होती है, जिसे सुनिश्चित करने के लिए जल्लाद काम करते हैं। लेकिन मेरी पहली ही फाँसी के दौरान कुछ बहुत विचित्र हुआ था। स्थापित नियमों के अंतर्गत जब डॉक्टर ने दोनों की नाड़ी की जाँच की तो ऐसा लगा कि बिल्ला की मृत्यु तो तत्काल हो गई थी, परंतु रंगा की नाड़ियाँ अभी भी चल रही थीं। हमें बताया गया कि चूँकि वह पतला और लंबा था, इसलिए उसने अपनी साँस रोक ली थी और फाँसी से बच गया था। इसलिए जेल के एक कर्मचारी को कुएँ में उतरकर उसके शरीर को नीचे की ओर खींचने का काम सौंपा गया, ताकि उसकी बची-खुची साँस भी बाहर निकल जाए। गार्ड ने खुद को सौंपी गई जिम्मेदारी निभाई और इस प्रकार उसकी अंतिम साँस निकल गई। संयोगवश, उस घटना के बत्तीस वर्षों बाद शत्रुघ्न चौहान का निर्णय जारी किया गया, जिसमें कहा गया कि जेल में दी जानेवाली किसी भी फाँसी के लिए पोस्टमार्टम अनिवार्य है। वरना यह सच्चाई बाहर आ जाती कि रंगा की फाँसी में बाहरी सहायता की जरूरत पड़ी थी।

परंतु उस समय न तो किसी को कुछ पता चला और न ही किसी ने उसकी अधिक परवाह की थी। बिल्ला और रंगा के परिवारों की ओर से उनके शवों को लेने भी कोई नहीं आया, इसलिए उन दोनों के शवों को दफनाने की जिम्मेदारी हमारे ऊपर छोड़ दी गई थी। जेल अधीक्षक ने उस दायित्व-पत्र पर हस्ताक्षर किए, जिसमें कहा गया था कि उन्होंने फाँसियों को कार्यान्वित किया था। जैसे ही मैं घर पहुँचा, मैंने अंतिम समय में दोनों के साथ हुए नाटक से अनजान प्रभा दत्त को तिहाड़ के बाहर प्रतीक्षा करते पाया। प्रभा और चार अन्य पत्रकारों की खबरें मुखपृष्ठ पर प्रकाशित हुइ थीं, जिनमें बिल्ला को यह दावा करते हुए दिखाया गया था कि रंगा की धमकियों के कारण उसे इस मामले में फँसाया गया था।

जेल नियमावली के प्रावधानों के अनुसार, जल्लादों को उस तख्ते का लीवर खींचने का निर्देश देना जेल अधीक्षक का दायित्व है, जिस पर फाँसी दिए जानेवाले

कैदी खड़े होते हैं। तत्कालीन अधीक्षक ए.बी. शुक्ला ने लाल रंग का रूमाल हवा में लहराया और जल्लादों को लीवर खींचने का संकेत दिया। उन्होंने उस लाल रूमाल को सँभालकर अपने पास रख लिया था और उसे अपने दोस्तों को दिखाते थे, जिसे देखकर वे लोग हैरान रह जाते थे कि रंगा और बिल्ला को फाँसी देने के लिए उसी रूमाल का प्रयोग किया गया था।

मैं अपने घर गया और अपना पूरा दिन सामान्य तौर पर बिताया। मैंने महसूस किया कि किसी फाँसी का प्रत्यक्षदर्शी होने का मेरे ऊपर कोई विशेष प्रभाव नहीं पड़ा था। क्या मैंने उसके बारे में अपने परिवार के साथ बात की ? सचमुच नहीं। मेरे पास बात करने के लिए शब्द ही नहीं थे।

□

फाँसी से पहले पूरी की जानेवाली प्रक्रिया

फाँसी दिए जाने से एक दिन पहले कैदी को वजन, माप-तौल, गरदन की नस टूटना सुनिश्चित करने के लिए फंदे का आकार, गले का आकार और शरीर की अन्य आवश्यक माप-तौल की भयावह प्रक्रिया से गुजरना पड़ता है। जैसे ही तख्ता हटता है, कैदी का शरीर उसके नीचे बने कुएँ में झूल जाता है। कई बार ऐसा भी होता है कि गरदन की नस टूटे बिना भी कैदी की मृत्यु हो जाती है। उसकी आँखें लगभग उसके सिर से बाहर निकल आती हैं। उसकी जीभ मुँह से बाहर निकलकर ऐंठ जाती है। उसकी गरदन टूट भी सकती है और कई बार फंदे की रस्सी अपने साथ गरदन के एक ओर की त्वचा और मांस भी खींच लेती है। कैदी का पेशाब निकल जाता है। वह मल-त्याग कर देता है, जिसे देखकर वहाँ बैठे साक्षी लगभग सभी फाँसियों को देखकर मूर्च्छित हो जाते हैं या उन्हें किसी की सहायता से साक्षी कक्ष से बाहर निकाला जाता है। डॉक्टर द्वारा एक छोटी सी सीढ़ी पर चढ़कर स्टेथोस्कोप (आला) से उसकी हृदय गति सुनने और उसकी मृत्यु की घोषणा करने से पूर्व कैदी का शव लगभग 8 से 14 मिनट तक रस्सी से लटकता रहता है। जेल का एक गार्ड फाँसी पर लटकाए गए व्यक्ति के पैरों के पास खड़ा होकर उसके शरीर को मजबूती से पकड़े रहता है, क्योंकि फाँसी के कुछ मिनटों के दौरान कैदी साँस लेने के लिए काफी संघर्ष करता है।

—सैन क्वेंशन जेल के वार्डन डफी
भारत के विधि आयोग की 187वीं रिपोर्ट

यही वह भयावह सच्चाई है, जिसके विषय में रंगा और बिल्ला की फाँसी के दौरान अपनी भूमिका के बारे में संभवत: मैंने आपको बताया था। हमने उसके विवरणों पर विस्तार से ध्यान इसलिए नहीं दिया था, क्योंकि वह सबकुछ हमारी आँखों के सामने हुआ था। उस समय एक सिपाही के मौत के कुएँ में कूदकर कैदी के पैरों को खींचने और उसकी साँस बाहर निकलने का कृत्य हमें उतना निंदनीय नहीं लगा, जितना कि शायद आपको लगा होगा। हमें बताया गया था कि ऐसा कई बार होता है। विशेषतया ऐसा उन परिस्थितियों में होता है, जब कैदी अपने साथ होनेवाली वास्तविक घटना से अत्यंत भयभीत होता है और साँस लेना बंद कर देता है। जैसे जीवन की प्रत्येक घटना से भय जुड़ा हुआ होता है, वैसा ही इस मामले में भी हुआ था। उदाहरण के लिए, यदि रस्सी की माप गलत थी और फंदे से शरीर के लटकने की दूरी काफी अधिक थी तो कैदी का सिर उसके शरीर से कटकर अलग हो जाना चाहिए था। इसके अनेक दृष्टांत हैं कि ऐसी दुर्घटना इससे पहले भी हुई थी। सामूहिक दु:स्वप्न के रूप में जो कहानी हमें सुनाई गई थी, वह हमारे मन से हटने का नाम नहीं ले रही थी। संभवत: इन्हीं सब कारणों से फाँसी के समय कैदी के परिजनों की उपस्थिति पर रोक लगा दी गई थी।

संबंधियों के विषय पर महाराष्ट्र कारागार नियमावली कहती है कि कैदी के वयस्क पुरुष संबंधी और अन्य सम्मानित सदस्य, जिनकी संख्या 12 से अधिक न हो, को फाँसी की प्रक्रिया देखने की अनुमति दी जा सकती है (महिला संबंधियों को वहाँ मौजूद रहने के लिए कभी भी इसकी अनुमति नहीं थी)। परंतु क्या आप इस बात की कल्पना कर सकते हैं कि यदि परिवारवाले भी उस फाँसी के साक्षी बनेंगे तो क्या होगा? यदि वे अपने प्रिय की गरदन को एक झटके में एक ओर लटकते हुए देखेंगे तो क्या होगा? जब उसका विवरण सुनकर ही रूह काँप उठती है तो वास्तविक दृश्य कितना भयावह होता होगा!

जेल नियमावलियों में इसके विस्तृत अनुदेश हैं कि फाँसी के समय कौन उपस्थित हो सकता है। कैदी की मृत्यु की घोषणा करनेवाले चिकित्सक के अतिरिक्त 10 सिपाही, 2 हवलदार या समान संख्या में जेल के सशस्त्र प्रहरी वहाँ उपस्थित रह सकते हैं। यह नियमावली उस स्थान पर एक जमादार (सफाईकर्मी) की आवश्यकता का भी उल्लेख करती है; क्योंकि जैसी कि आप कल्पना कर सकते हैं, फाँसी के बाद शव की दशा कितनी दयनीय हो जाती होगी! मेरे विचार से, कैदी को फाँसी के समय काले कपड़े इसलिए पहनाए जाते हैं, ताकि जब उसका

मल-मूत्र विसर्जित हो तो वह दिखाई न पड़े। जब मैं फाँसी को किसी शौचालय की दुर्गंध से जोड़ता हूँ तो उसका एक कारण यह भी है। वर्तमान में सभी फाँसियाँ हमेशा जेल की चारदीवारी के अंदर होती हैं; परंतु अतीत में कैदियों को उदाहरण के रूप में प्रस्तुत करने के लिए खुलेआम फाँसी दी जाती थी, ताकि लोग उसे देख सकें। यह कार्य एक अंकुश के रूप में किया जाता था, ताकि लोग दूसरे व्यक्ति की जान लेने से पहले अपनी जान के बारे में सोचकर भयभीत हों। मान लीजिए कि कोई कैदी पहले किसी छोटे अपराध के लिए जेल में बंद था और इस दौरान उसने जेल में ही किसी अन्य कैदी की हत्या कर दी, जिसके कारण उसे मृत्युदंड मिला था। ऐसे मामले में जेल अधीक्षक निर्णय करेगा कि अन्य कैदी उस फाँसी को देखें और यह संदेश प्राप्त करें कि किसी की जान लेना इतना सरल नहीं है। बहरहाल, वर्तमान में अधिकतर मामलों में कैदियों को फाँसी देखने की अनुमति नहीं दी जाती है, क्योंकि इससे उनके बीच दंगा भड़क सकता है। फिर आप आई.एस.आई.एस. की तर्ज पर सार्वजनिक रूप से गरदन कलम करने और उसकी तसवीरें जारी किए बिना फाँसी का कोई उदाहरण कैसे प्रस्तुत कर सकते हैं? नियमों में कहा गया है कि सभी जेल अधिकारियों को कैदी के संबंधित क्षेत्र के जिला मजिस्ट्रेट को सूचित करना अनिवार्य है। पुराने समय में किसी कैदी को फाँसी पर लटकाए जाने की सूचना गाँव-गाँव, कस्बे-बाजारों में ढोल-नगाड़े पीटकर सार्वजनिक मुनादी के माध्यम से दी जाती थी कि अमुक व्यक्ति को अमुक की हत्या करने के दंडस्वरूप अमुक समय एवं स्थान पर फाँसी दी जाएगी। (सरकारी प्रस्ताव, न्यायिक विभाग, सं. 6049, दिनांक 7 सितंबर, 1898)। सौभाग्यवश, समाचार जगत् में अभिनवन और दिल्ली जैसा बड़ा शहर होने के कारण हमें फाँसी की सूचना सुनिश्चित करने के लिए इस प्रकार की सार्वजनिक अपील कभी नहीं करनी पड़ी।

किसी को फाँसी देना व्यावहारिक तौर पर भी एक जटिल कार्य है। हमने यथासंभव तरीके से कैदी की सरल मृत्यु सुनिश्चित करने के अपने नियंत्रणाधीन सभी संभव प्रयास किए। जल्लादों के साथ-साथ हमने मृत्युदंड प्राप्त कैदी के भार के डेढ़ गुना भार वाली रेत की बोरियों के साथ कई बार फाँसी का काल्पनिक अभ्यास भी किया। एक ओर जहाँ हमें प्रत्येक फाँसी के लिए नई रस्सी खरीदने की जरूरत नहीं पड़ी, वहीं दूसरी ओर हमने पुरानी रस्सी को चिकना करने के लिए मोम या मक्खन का प्रयोग अवश्य किया। कुछ जल्लादों का रस्सी तैयार करने का अपना अद्‌भुत तरीका था, अर्थात् वे रस्सी को चिकना करने के लिए केले को

पीसकर उसमें लगा देते थे। उसके बाद फाँसी की असली तारीख तक जेल का उपाधीक्षक रस्सी को ताले में बंद करके रख देता था। रस्सी की लंबाई फाँसी दिए जानेवाले व्यक्ति के भार के अनुसार 1.8 मीटर से 2.4 मीटर तक हो सकती थी। इस प्रकार कहने का तात्पर्य यह है कि यदि कैदी का वजन 45 किलो से कम है तो उसे लटकाने के लिए अधिकतम 2.4 मीटर लंबी रस्सी की आवश्यकता होगी; परंतु यदि कैदी का वजन 90 किलो से अधिक हुआ तो उसके लिए काफी छोटी रस्सी, यानी 6 फीट या 1.8 मीटर लंबी रस्सी की आवश्यकता होगी।

हमारे द्वारा की जानेवाली यह अकेली गणना नहीं थी। हमें कैदी की फर्श से लेकर उसके बाएँ कान के जबड़े तक की ऊँचाई की माप भी लेनी थी। हमें एक माप उस शहतीर की ऊँचाई की भी लेनी थी, जिस पर फंदा बाँधा जाना था और गले की माप लेनी थी। इन विवरणों को इतनी सावधानीपूर्वक लिखा जाना था, ताकि जल्लादों का काम आसान एवं सुव्यवस्थित हो जाए। रस्सी की लंबाई ही फंदे पर लटकाने और कैदी के जबड़े के कोण से लेकर कुएँ की गहराई तक मानी जाती थी। सैद्धांतिक तौर पर तो सबकुछ ठीक हो जाता था, परंतु व्यावहारिक रूप में जल्लाद अपनी अटकल के आधार पर सारी गणना करते थे और उससे खुद को गौरवान्वित भी महसूस करते थे। उसे तो केवल फाँसी दिए जानेवाले कैदी की लंबाई देखकर यह अनुमान लगाना था कि रस्सियों की जाँच के लिए रेत के कितने बोरों की जरूरत होगी। सबसे अंत में लटकाने के लिए गले की आखिरी माप-तौल की जाँच का काम शेष रहता है। कैदी जितना भारी होगा, उसकी गरदन भी इस प्रक्रिया में उतनी देर तक खिंची रहेगी। इससे इस बात का संकेत मिलेगा कि क्या व्यक्ति की मृत्यु उसकी गरदन की नस खिंचने के कारण बड़े आराम से हुई या नहीं। अंततोगत्वा, कानून और हमारा संविधान इस बात की माँग करता है कि हमारी प्रणाली फाँसी दिए जानेवाले व्यक्ति के प्रति उचित और न्यायपूर्ण होनी चाहिए, चाहे वह समाज का सर्वाधिक निंदनीय व्यक्ति ही क्यों न हो।

यही कारण था कि वर्ष 2014 में माननीय उच्चतम न्यायालय ने शत्रुघ्न चौहान निर्णय में मौत की सजा के बाद भी पोस्टमार्टम कराया जाना अनिवार्य कर दिया था। कई बार जल्लादों एवं जेलकर्मियों की कार्य-प्रणाली के कारण मामले विवादास्पद बने, जिसके अंतर्गत किसी के जीवन को समाप्त करने के लिए फाँसियों को सर्वाधिक त्वरित उपाय माना गया था। कुछ मामलों में निंदनीय व्यक्तियों के जीवन को समाप्त करने के लिए फाँसी को त्वरित उपाय के तौर पर

लिया गया, इसलिए उन्होंने हमारी जेल नियमावलियों में वर्णित पेचीदा मामलों पर अधिक गौर नहीं किया। उसे एक सीमा तक दुर्भाग्यपूर्ण माना गया, क्योंकि वे नियम फाँसी की प्रक्रिया में भी थोड़ी सम्मानजनक स्थिति अपनाने का प्रयास करते हैं। उदाहरण के लिए, जो नियम कहता है कि दया याचिकाओं का त्वरित निस्तारण होना चाहिए, वरना वह कैदी के उत्पीड़न के समान माना जाएगा। उस नियम का जेल अधिकारियों द्वारा बार-बार लगातार उल्लंघन किया गया। इस प्रकार की घटनाओं के अनेक दृष्टांत हैं। खासतौर से हरियाणा के संजीव कुमार और सोनिया के मामले को ही ले लीजिए।

यह कहना कि दोनों ने मिलकर अगस्त 2001 में एक जघन्य अपराध किया था, मामले को हलके में लेना होगा। दोनों ने एक संपत्ति विवाद के तहत लोहे के एक सरिए से सोनिया के पिता और हरियाणा के तत्कालीन विधायक रेलू राम और परिवार के सात अन्य सदस्यों की हत्या कर दी थी। सोनिया और संजीव के पीड़ितों में दो और तीन महीने के दो बच्चे भी शामिल थे। जैसे ही उन दोनों द्वारा अपने ही परिवार के सदस्यों की जघन्यतम हत्या की खबरें मीडिया में उभरीं, उसने समूचे देश को झकझोरकर रख दिया, जिसका परिणाम न्यायाधीश द्वारा उन्हें मौत की सजा देने के रूप में सामने आया। बचाव पक्ष की यह दलील कि सोनिया ने अपराध करने के बाद आत्महत्या करने का प्रयास किया था, उसे नहीं बचा पाई। परंतु वह वास्तव में एक उत्पीड़नात्मक एवं भयानक हत्या थी। राज्य ने न केवल दंपती को मृत्युदंड दिया था, बल्कि उसने उनकी दया याचिकाओं को साढ़े छह वर्ष तक लटकाए भी रखा था। उन दोनों ने यह अवधि काल कोठरी में बिताई, क्योंकि मृत्युदंड दिए जाने के कारण उन्हें शेष कैदियों से अलग रखा गया था। अतः 1980 के दशक में जिस दया याचिका पर त्वरित निर्णय लेते हुए मात्र 15 दिनों में निस्तारित कर दिया जाना चाहिए था, उस पर राष्ट्रपति द्वारा निर्णय लेने में पाँच वर्ष लग गए। इस विलंब के कारण माननीय न्यायाधीशों ने निर्णय दिया कि अनेक वर्षों की 'मानसिक पीड़ा' अपने आप में पर्याप्त सजा थी, इसलिए उन्होंने उनके मृत्युदंड को कम कर दिया।

उससे काफी पहले, वर्ष 1974 में, न्यायमूर्ति कृष्ण अय्यर ने वर्षों से काल कोठरियों में कैदियों का पीछा करनेवाले कुंठाजन्य भय को स्पर्श किया था। देश के उच्चतम न्यायालय को इस पीड़ा के प्रति वर्षों से संवेदनशील बनाने का प्रयास किया जा रहा था और फिर भी दया याचिकाओं पर 15 दिनों के अंदर निर्णय लेने की प्रक्रिया बढ़कर 11 माह और उसके बाद सन् 1988 तक यह अवधि चार वर्ष

तक बढ़ गई थी और वर्ष 2014 में जब शत्रुघ्न चौहान निर्णय आया, कुछ लोगों को मृत्यु की कतार में खड़े हुए 12 वर्ष से भी अधिक समय बीत चुका था।

क्या आप इस बात की कल्पना भी कर सकते हैं कि किसी मानवीय संवाद के बिना 12 वर्ष बिताना कैसा रहा होगा? एक दिन में पैर खोलने के लिए मात्र 30 मिनट की अवधि मिलना और शेष समय तक काल कोठरी की दीवारों को बिना किसी कागज या पेंसिल और यहाँ तक कि पाजामे के नाड़े के बिना घूमते रहना कितनी दयनीय अवस्था है। कैदी को पाजामे के नाड़े के प्रयोग की अनुमति इसलिए नहीं दी जाती कि राज्य को इस बात की आशंका रहती है कि कहीं कैदी उससे आत्महत्या न कर ले! ऐसा इसलिए नहीं है कि हमारे कानून ऐसी निर्दयता की अनुमति देते हैं। इसके विपरीत, ऐसे अनेक निर्णय हैं और यहाँ तक कि सन् 1860 में बनी भारतीय दंड संहिता भी कहती है कि निर्जन कारावास एक प्रकार का उत्पीड़न है। परंतु कैदी की सुरक्षा के आवरण में जेल अधिनियम की धारा 30 में इस बात का उल्लेख किया गया है कि 'आपको ऐसे कैदियों को अन्य कैदियों से अलग रखना चाहिए', जिसे दूसरे शब्दों में 'एकांत कारावास' कहा जा सकता है।

इस पीड़ा, इस अतिशय दु:खद मृत्यु की आसन्न त्रासदी को 'मौत से पहले मौत' कहा जाता है। उच्चतम न्यायालय के एक न्यायाधीश ने सन् 1957 में लिखित एक निबंध 'गलाकाट का प्रतिबिंब' (रिफ्लेक्शंस ऑन—गिलोटिन) को उद्धृत करते हुए अल्बर्ट कैमस को संदर्भित करते हुए निम्न उल्लेख किया—

> ...निंदनीय मृत्यु की सजा प्राप्त व्यक्ति को, दूसरी ओर, फाँसी के दिन तक प्रति पल इस भयावह स्थिति का महीनों सामना करना पड़ता है। आशान्वित उत्पीड़न इस पाशविक निराशा को कई गुना बढ़ा देता है। उसके अधिवक्ता और उसके पाप-मोचक गुरु सामान्य मानवता के कारण और उसके रक्षक उसे हमेशा यही समझाते रहते हैं कि उसका मृत्युदंड स्थगित हो जाएगा। वह अपनी संपूर्ण सदिच्छा के साथ तात्कालिक तौर पर तो उनकी बातों पर विश्वास कर लेता है, फिर भी अंततोगत्वा उन सबकी बातों पर उसे भरोसा नहीं होता। वह दिन में आशान्वित होता है और रात होते ही निराश हो जाता है। और इस प्रकार, सप्ताह-दर-सप्ताह गुजरने के साथ उसकी आशा व निराशा भी आनुपातिक तौर पर बढ़ती जाती है और तब तक जारी रहती है, जब तक कि वह समान रूप से असमर्थनीय नहीं हो जाती। सभी दृष्टिकोणों के अनुसार, त्वचा का रंग बदल जाता है : भय तेजाब की तरह काम करने लगता है, "जब आप मरने ही जा रहे हैं तो आपको कुछ जानने की जरूरत नहीं है।" इसी तरह के एक व्यक्ति ने फ्रेशंस जेल में ये शब्द कहे थे, "परंतु आपके जीवन की

अज्ञात अनिश्चितता ही वास्तविक उत्पीड़न है।" सामान्य नियम के अनुसार, व्यक्ति अपनी फाँसी की वास्तविक तिथि से पूर्व ही उसकी प्रतीक्षा करते हुए नष्ट हो जाता है। उसके ऊपर दोहरी मृत्यु थोपी जाती है और पहली मृत्यु तो दूसरी मृत्यु से भी अधिक बुरी होती है, यद्यपि अपराधी ने किसी की हत्या केवल एक बार की होती है।

कागजों पर हमारे पास ऐसे नियम मौजूद हैं, जो सरकार और जेलकर्मियों को यह सुनिश्चित करने के लिए बाध्य करते हैं कि फाँसी से पूर्व किसी को भी इस प्रकार का उत्पीड़न न सहना पड़े। प्रत्येक जेल नियमावली, प्रत्येक निर्णय जेल अधीक्षक को सूचित करता है कि वह कैदी को अपनी दया याचिका दाखिल करने के लिए न्यूनतम एक सप्ताह का समय अवश्य दे, और यह कार्य इतनी द्रुत गति से होना चाहिए कि राज्यपाल या राष्ट्रपति, जिसे भी उसका निर्णय करना हो, उसे ज्ञात हो कि उस याचिका का निस्तारण तात्कालिक तौर पर किया जाना चाहिए। और जब तक राष्ट्रपति या राज्यपाल इस बात का निर्णय न कर लें कि उसकी दया याचिका विचार करने योग्य है या नहीं, तब तक उसे मौत की कतार या निर्जन कारावास में नहीं डालना चाहिए।

परंतु वास्तव में सच्चाई इससे भिन्न है—'मृत्यु-पथ विभीषिका' जैसी क्रूरता से निपटने के लिए जो नियम 2003 में बनाए गए, उन्हें आज तक लागू नहीं किया गया है। सच्चाई यह है कि हम जेलकर्मी आज भी मामले को जल्द निपटाने के लिए लाल लिफाफे का उपयोग करते हैं और उस पर 'मृत्युदंड' एवं 'तत्काल' जैसे शब्द लिख देते हैं। परंतु कई बार हमारे सामने ऐसी स्थितियाँ भी उत्पन्न हुईं कि हमने कैदी को अपनी मृत्यु के लिए तैयार होने हेतु वांछित एक सप्ताह का समय दिए बिना ही उसे फाँसी पर लटका दिया।

सुरेंद्र कोली की कहानी इस तथ्य पर प्रकाश डालती है कि कई बार हम कितनी चिरस्मरणीय गलतियाँ कर जाते हैं। संभवत: कोली के अधिकारों को इसलिए अनदेखा कर दिया गया, क्योंकि उसने ऐसा जघन्य अपराध किया था, जिसे देश ने पहली बार देखा था। उसे और उसके मालिक मोनिंदर सिंह पंढेर को रिंपा हलदार नाम की एक लड़की की बलात्कार के बाद हत्या किए जाने का दोषी पाया गया था। यद्यपि उसे केवल उसी एक पीड़िता के मामले में सजा हुई थी, उसके घर की जमीन से कम-से-कम 16 अन्य (अधिकांशत: बच्चों के) शवों के अवशेष भी प्राप्त हुए थे। पुलिस ने माना था कि उनकी हत्या वर्ष 2005 एवं 2006 के दौरान की गई थी। एक संभ्रांत कारोबारी मोनिंदर सिंह पंढेर को उच्च न्यायालय द्वारा

छोड़ दिया गया, परंतु गरीब नौकर को बचाने के लिए कोई भी आगे नहीं आया। मीडिया ने उसके नरभक्षी होने की कहानियाँ इस कदर प्रचारित कीं कि वे लोगों के मन में घर कर गईं और संभवत: वैसा ही प्रभाव जेलकर्मियों पर भी हुआ। परंतु उन कहानियों की सत्यता कभी प्रमाणित नहीं की जा सकी थी।

कानूनी दस्तावेजों के अनुसार, राज्य ने कोली को यह सूचित करने का भी कष्ट नहीं उठाया कि तत्कालीन राष्ट्रपति प्रणव मुखर्जी ने उसकी दया याचिका जुलाई 2014 में ही ठुकरा दी थी। उसे इसकी जानकारी तभी मिली, जब वह डासना से मेरठ जेल ले जाया गया, जहाँ उसने वर्ष 2006 के बाद अपनी समूची सजा काटी थी। कोली ने महसूस किया कि उसके साथ कुछ गलत हुआ था। उसे बताया गया कि उसे वहाँ से इसलिए स्थानांतरित किया जा रहा था, क्योंकि डासना जेल में फाँसी देने की सुविधा नहीं थी। उसे सूचित न करने के बावजूद प्रशासन ने उसके विरुद्ध फाँसीनामा (ब्लैक वॉरंट) हासिल कर लिया। कोली ने इसकी सूचना अपने वकीलों तक पहुँचाने में सफलता पाई, जिन्होंने 8 सितंबर को रात 1 बजे अदालत का दरवाजा खटखटा दिया, क्योंकि अगले दिन उसे फाँसी पर लटकाया जाना था।

अदालत ने उसके वकीलों की टीम को एक सप्ताह की मोहलत दे दी और कोली को वापस डासना जेल भेज दिया गया, जहाँ वह अपने भाग्य के विषय में अगले निर्णय की प्रतीक्षा कर सके।

यह उसके लिए छोटी सांत्वना थी; परंतु तब तक वह निर्जन कारावास में 2009 से रहने का आदी हो चुका था, जब उसे निचली अदालत से मौत की सजा दी गई थी। राज्य के जेल प्रशासन ने उसके मृत्युदंड की ऊपरी अदालतों द्वारा पुष्टि कराना भी आवश्यक नहीं समझा और उसे काल कोठरी में डाल दिया गया, क्योंकि उसकी दया याचिका पर पहले ही काफी विलंब हो चुका था। उत्तर प्रदेश सरकार ने उस फाइल को अग्रसारित करने में ढाई वर्ष का समय लगा दिया और हद तो तब हो गई, जब उसकी दया याचिका निरस्त किए जाने की सूचना भी उसे समय रहते नहीं दी गई। जेल अधिकारियों ने उसके साथ केवल इतना किया कि उसे सामान्यतया डासना जेल की काल कोठरी से हटाकर मेरठ जेल में फाँसी कोठी के आगेवाली कोठरी में स्थानांतरित कर दिया। सुरेंद्र कोली अपना मानसिक संतुलन खोने के कगार पर ही था कि उसे आखिरकार एक अच्छी खबर सुनने को मिली। जनवरी 2015 में इलाहाबाद उच्च न्यायालय ने कहा कि उसकी दया याचिका के निस्तारण में तीन वर्ष तीन माह का विलंब असंवैधानिक है और उसके जीवन के अधिकार के

विरुद्ध है, इसलिए उसकी मौत की सजा को घटाकर आजीवन कारावास की सजा में बदला जाता है।

कोली अपने जीवन की रक्षा हेतु न्यायालय एवं भाग्य को धन्यवाद दे सकता है, परंतु अन्य लोग इतने भाग्यशाली नहीं रहे थे, जिनमें से एक चर्चित नाम कश्मीरी अलगाववादी नेता मकबूल बट का है, जिसने दिल्ली के न्यायालय में अपने मुकदमे की काररवाई का सामना किया। जब कश्मीर की मुक्ति के नाम पर एक भारतीय राजनयिक की हत्या की गई, उस समय सामूहिक अंतरात्मा की आवाज सुने जाने की आवश्यकता थी और मैं इस बात का साक्षी था कि कैसे मकबूल बट को रातोरात उस अपराध के लिए फाँसी पर लटका दिया गया, जिससे उसका कोई निकट संबंध नहीं था।

~*~

जिस धज से कोई मकतल में गया वो शान सलामत रहती है,
ये जान तो आनी-जानी है, इस जान की तो कोई बात नहीं।

—मकबूल बट द्वारा उद्धृत फैज अहमद फैज की नज्म

मैं मकबूल बट को केवल इसलिए स्मरण नहीं करूँगा कि वह जम्मू व कश्मीर लिबरेशन फ्रंट (जे.के.एल.एफ.) नामक घाटी के एक अलगाववादी गुट का संस्थापक था, बल्कि मैं उसे एक उच्च शिक्षित, धार्मिक कैदी के रूप में याद करना चाहूँगा, जिसके साथ मैंने अपने अंग्रेजी भाषा-कौशल का अभ्यास किया था। 45 वर्षीय अलगाववादी कुपवाड़ा के एक गाँव का निवासी था, जहाँ उसने पाकिस्तान जाने से पहले अपनी प्रारंभिक शिक्षा प्राप्त की थी। पाकिस्तान जाने के बाद उसने पेशावर विश्वविद्यालय से साहित्य में अपनी स्नातक उपाधि अर्जित की। वह कश्मीर की आजादी के बारे में अत्यंत लालायित था। उसने पाकिस्तान की सीमा में सन् 1950 में उस समय प्रवेश किया था, जब कश्मीर में शेख अब्दुल्ला के समर्थकों पर आक्रमण हो रहे थे। वह पाकिस्तान में बस गया और वहाँ एक पत्रकार के रूप में काम करने लगा था। परंतु वह तो राजनीति और स्वतंत्र कश्मीर के लिए उसकी आजादी का संघर्ष था, जो उसे सन् 1966 में दोबारा भारत ले आया।

जब तिहाड़ में उसके साथ मेरी मुलाकात हुई, उस समय वह पाकिस्तान

जाने की कोशिश में एक गुप्तचर अधिकारी की हत्या करने के आरोप में मौत की सजा काट रहा था। हत्या का अर्थ मृत्युदंड था। परंतु वह श्रीनगर की जेल में अधिक दिनों तक नहीं रह सका। मात्र दो वर्षों बाद उसने और एक अन्य कैदी ने पाक अधिकृत कश्मीर (पी.ओ.के.) के मुजफ्फराबाद जाने के लिए एक 38 फीट लंबी सुरंग खोदी और वहाँ से भाग निकला था। परंतु बट की वह नाटकीय फरारी अधिक दिनों तक उसे नहीं बचा सकी और उसे पी.ओ.के. में ही गिरफ्तार कर लिया गया था। तीन महीने बाद जब वह वहाँ से रिहा हुआ तो उसने ऐसा काम किया, जिसने उसे सारी जिंदगी के लिए राष्ट्र-विरोधी बना दिया। अपनी इस राष्ट्र-विरोधी करतूत के तहत उसने सन् 1971 में इंडियन एयरलाइंस के एक विमान का अपहरण किया और उसे लाहौर में ले जाकर नष्ट कर दिया। सभी यात्री सुरक्षित वापस लौट आए थे, परंतु उसके बावजूद पाकिस्तानी अधिकारियों को उसकी भारी कीमत चुकानी पड़ी और भारत ने उसकी बँगलादेश जानेवाली सभी उड़ानों पर प्रतिबंध लगा दिया। इन काररवाइयों ने भारत व पाकिस्तान के बीच जारी तनाव को और अधिक बढ़ा दिया, जिसकी परिणति सन् 1971 के भारत-पाक युद्ध के रूप में हुई। मकबूल एक बार फिर जेल पहुँच गया; परंतु इस बार वह भारत के बजाय पाकिस्तान में गिरफ्तार किया गया था, जहाँ वह अपने साथी अपहरणकर्ताओं हाशिम और अशरफ कुरेशी के साथ तीन वर्षों की लंबी अवधि तक जेल में रहा। अपनी रिहाई के बाद उसने पाकिस्तानी राजनीति में अपना हाथ आजमाने की कोशिश की, परंतु वहाँ उसकी बात नहीं बनी तो सन् 1980 में एक बार फिर वह भारत लौटा, जहाँ उसे जल्द ही गिरफ्तार कर लिया गया और उसके एक दशक पुराने मृत्युदंड को उच्चतम न्यायालय ने एक बार फिर दोहरा दिया। इस बार उसके बचने का कोई रास्ता नहीं था, क्योंकि उसे तिहाड़ जेल भेज दिया गया था। तिहाड़ के उसी उच्च सुरक्षा वार्ड में उसके साथ मेरी मुलाकात हुई थी।

यह बात पूरी तरह साफ थी कि मकबूल एक राजनीतिक कैदी था और उसके साथ राजनीतिक कैदी जैसा व्यवहार किया भी गया। अन्य राजनीतिक कैदी जहाँ अपना सारा समय गपबाजियों और दूसरों के लिए परेशानी खड़ी करने में गुजारते थे, उनके विपरीत वह केवल पढ़ाई किया करता था। जब वह अपनी पढ़ाई से कुछ समय के लिए छुट्टी लेता तो वह हमें कश्मीर पर अपने विचारों से अवगत कराता और कहता कि वह कश्मीर की आजादी के लिए भारत व पाकिस्तान दोनों के साथ क्यों लड़ रहा था। या वह हमें भारत व पाकिस्तान की अपनी यात्राओं

की कहानियाँ सुनाता था और अपने अनेक अभियानों के किस्से सुनाता था। उसकी कहानियाँ अत्यंत रोचक होती थीं और हम भी उस अंतरराष्ट्रीय हस्ती से किसी हद तक प्रभावित हो जाते थे, इसके बावजूद कि उसे भारत-विरोधी माना जाता था। हम देख सकते थे कि उसे कश्मीर में और विदेशों में कितना व्यापक जन-समर्थन प्राप्त था। मकबूल इसलाम एवं उसके दर्शन का उपदेशक था और मैंने इस बात पर ध्यान दिया था कि कैसे वह भारत के साथ-साथ पी.ओ.के. को भी खारिज कर देता था। वह अपने विश्वासों एवं समुदाय की भलाई की लड़ाई लड़ रहा था। बहरहाल, हमने उसके सिद्धांतों पर अधिक ध्यान नहीं दिया, क्योंकि हम स्वयं उसके पांडित्य को अपने लिए उपयोगी बनाने में व्यस्त थे। हम उसके वार्ड की ओर नोटिसों, अभियोग-पत्रों एवं अन्य किसी प्रकार के दस्तावेजीकरण के काम में उसकी सहायता प्राप्त करने हेतु जाते थे। मैं अभी नौसिखिया जेलर था और उसकी सहायता पाकर अत्यंत प्रसन्न था। बट सचमुच एक सरल और अच्छे चाल-चलनवाला अव्वल दर्जे का शख्स था। अपने उसी व्यवहार और अध्ययनशील प्रवृत्ति के कारण वह मौत के दिन गिन रहे उन दुर्लभ कैदियों में से एक था, जिसे निर्जन काल कोठरी में नहीं डाला गया था। प्रारंभ में जब वह पहली बार श्रीनगर से लाया गया था तो हमने उसे काल कोठरी में डाल दिया था; परंतु उसने उच्च न्यायालय में ऐसे स्वीकार्य एवं सहमत होने योग्य तर्क प्रस्तुत किए, जिन्होंने जेलकर्मियों की धोखेबाजी को उघाड़कर रख दिया। उसने ऐसी कोठरियों के विरुद्ध न्यायाधीशों की ओर नियम पुस्तिका फेंककर मारी और उच्च न्यायालय उसके तर्कों से सहमत हो गया। जैसा कि जेल के हरेक छोटे-मोटे मामले में जेलर की ही चलती है, इसलिए बट जैसे शिक्षित कैदी या वे जो अच्छा वकील कर सकते हैं, उन्हें जेल प्रशासन की खामियाँ निकालने में कोई खास दिक्कत नहीं होती है।

यह कहना कि वह एक ऐसा धार्मिक व्यक्ति था, जो एक दिन में पाँच बार नमाज पढ़ता था, उसके व्यक्तित्व को कम करके आँकना है। पवित्र 'कुरान' उसकी अभिन्न साथी थी और वह 'कुरान' का नियमित अध्ययन करता था। तिहाड़ में उसका आभामंडल तिहाड़ के लोगों के लिए किसी आतंकवादी के बजाय खुदा के बंदे जैसा था। अपने सवालों के सिलसिले में उसके पास आनेवाले लोगों, जिनमें कैदी और गार्ड सभी शामिल होते थे, में ऐसा कोई नहीं था, जिससे वह प्यार नहीं करता था। जिस समय वह अपनी बौद्धिक खोज में व्यस्त नहीं होता

था, वह अन्य कैदियों के साथ वॉलीबॉल खेलता था।

कुछ कैदी अपने पीछे दीर्घकालिक सुधारों की विरासत छोड़ जाते हैं, और यह बात मैं चार्ल्स शोभराज के भागने के पीछे की बुराइयों और खामियों पर परदा डालने के बारे में नहीं कर रहा हूँ। मैं अच्छाइयों के संदर्भ में बात कर रहा हूँ। मैं कैदियों के जीवन में सुधार लाने हेतु उनके अंदर छिपी उर्वरा से अवगत कराने के लिए समाज की आँखें खोलने का प्रयास कर रहा हूँ। उदाहरणार्थ, दुनिया आई.पी.एस. अधिकारी आर.के. शर्मा को ऐसे व्यक्ति के रूप में जानती है, जिसके ऊपर सन् 1998 में पत्रकार शिवानी भटनागर की हत्या का षड्यंत्र रचने का मुकदमा चला था। तिहाड़ के कैदी बहरहाल, उसे ऐसे व्यक्ति के रूप में जानते थे, जिसने तिहाड़ के अंदर से कैदियों के फोन करने के अधिकारों हेतु संघर्ष किया था। उसकी कोशिश के कारण कैदियों को फोन कार्ड उपलब्ध कराए गए और वे अपने परिवार के सदस्यों के सत्यापित फोन नंबरों पर कुछ मिनट तक बात करने में सफल हुए। यह एक सामान्य, परंतु महत्त्वपूर्ण कदम था, जिसके लिए कैदियों ने शर्मा के तिहाड़ से जाने के बाद भी उसका धन्यवाद किया। इसी प्रकार, बट ने भी कैदियों के जीवन में दो प्रकार के परिवर्तन लाने के लिए अपना योगदान दिया था। पहला काम उसने यह किया कि उसने जेल में कैदियों के लिए धार्मिक पुस्तकों का भंडार बनाने हेतु याचिकाएँ दीं। उसका तर्क था कि यदि जेल को कैदियों के सुधार की सुविधा के रूप में देखा जाना था तो सुधार का वह मार्ग अध्यात्म के मार्ग से होकर जाता था। वह कहता था कि जब तक कैदियों के पास 'कुरान', 'गीता' या 'बाइबल' जैसी धार्मिक पुस्तकें नहीं होंगी, तब तक वे आध्यात्मिकता से कैसे प्रभावित हो सकते हैं? हमारे लिए उस पर विवाद खड़ा करना कठिन था, इसलिए हमने उसकी बात मान ली।

बट द्वारा छोड़ा गया दूसरा प्रभाव अधिक नाटकीय था। जिस समय वह तिहाड़ में आया था, उस समय तक हम ब्रिटिश जेल नियमावली से बँधे हुए थे, जिसके अनुसार स्टेशनरी (लिखने-पढ़ने की वस्तुएँ) निषिद्ध वस्तु मानी जाती थी। स्पष्टत: इसके पीछे यह भय था कि कैदी विद्रोहात्मक सामग्री का प्रचार-प्रसार कर सकते थे या उनकी तस्करी कर सकते थे। इसलिए सभी प्रकार की लेखन एवं पठन सामग्री को कैदियों से दूर रखा जाता था। यह बट की दूसरी लड़ाई थी, जो उसने कैदियों के लिए लड़ी और उसमें जीत हासिल की। मुझे ऐसा कोई दृष्टांत स्मरण नहीं है, जिसके तहत उसने हमारे लिए कभी कोई समस्या खड़ी की हो या

कभी कोई नियम तोड़ा हो। यदि वह कभी व्यवस्था के विरुद्ध कोई लड़ाई लड़ता था तो उसे पूरे कायदे-कानून के अनुसार लड़ता था और अधिकारियों के पास विधिवत् याचिकाएँ भेजता था। यहाँ तक कि उसकी कैदी की पोशाक (सफेद कुरता-पाजामा) भी हमेशा बेदाग और चमकती रहती थी। ठीक वैसा ही शानदार और चमकदार उसका जेल रिकॉर्ड भी था।

मेरे विचार से, मकबूल बट परिस्थितियों का शिकार था। मैंने हमेशा यही महसूस किया कि यदि भारतीय राजनयिक रवींद्र म्हात्रे का बर्मिंघम में अपहरण और हत्या न हुई होती तो मौत की सजा काटने के बावजूद बट को काफी समय तक जेल में रहना पड़ता। ऐसी अफवाहें भी उड़ीं कि एकीकरण की प्रक्रिया को गति देने के लिए सदिच्छा प्रदर्शन के तौर पर बट को रिहा किया जा सकता था। परंतु जैसे ही 3 फरवरी, 1984 को यह खबर आई कि बर्मिंघम स्थित भारतीय वाणिज्य दूतावास के सहायक उच्चायुक्त का अपहरण कर लिया गया है और कश्मीर लिबरेशन फ्रंट (के.एल.एफ.) नामक एक अज्ञात संगठन ने उसके अपहरण की जिम्मेदारी ली थी, उसी समय उसकी किस्मत पर मुहर लग गई थी। अपहरणकर्ताओं ने मकबूल बट की भी रिहाई की माँग की थी।

बट के जे.के.एल.एफ. और के.एल.एफ. के मध्य कोई स्पष्ट ज्ञात सूत्र नहीं था, सिवाय इसके कि दोनों ही गुटों के विचार अलगाव-समर्थक थे। लेकिन जैसे ही म्हात्रे के अपहरण के चौबीस घंटे के अंदर उसकी हत्या की खबरें भारत पहुँचीं, उनके विरुद्ध सामूहिक गुस्सा फूट पड़ा, जिसके विरुद्ध इंदिरा गांधी की सरकार को प्रतिक्रिया करनी ही थी। किसी कश्मीरी उग्रवादी गुट द्वारा भारतीय राजनयिक को निशाना बनाने की वह पहली घटना थी। ऐसी भी खबरें सामने आई थीं कि भारत ने प्रतिक्रिया देने में काफी समय लगा दिया था; जबकि आपदा प्रबंधन समूह उसकी सुरक्षित रिहाई के कदम उससे पहले भी उठा सकता था। इसलिए सरकार ने माना कि तीव्र परिशमनात्मक कारवाई करने की आवश्यकता थी, जिससे यह संदेश दिया जा सके कि भारत कोई लाचार देश नहीं था।

6 फरवरी, 1984 को भारतीय सरकार को यह सूचना मिलने के कुछ ही घंटों के अंदर कि म्हात्रे के शरीर में तीन गोलियाँ मारी गई थीं, राजनीतिक मामलों की मंत्रिमंडलीय समिति ने श्रीमती इंदिरा गांधी के नेतृत्व में निर्णय लिया कि बट को तत्काल फाँसी दे दी जाए। मेरे विचार से, सरकार आतंकवादियों और दुनिया को यह संदेश देना चाहती थी कि यदि तुम हमारे किसी आदमी को मारोगे तो हम भी

तुम्हारे एक आदमी को मार देंगे। एक ओर जहाँ इंदिरा गांधी ने घाटी की स्थितियों से निपटने के लिए जम्मू व कश्मीर के तत्कालीन मुख्यमंत्री फारूक अब्दुल्ला से बात की, वहीं दूसरी ओर केंद्रीय सरकार ने बट की लंबित दया याचिका को निरस्त करने की कारवाई शुरू कर दी। जैसे ही इन घटनाओं के बारे में रेडियो पर बताया गया, बट ने अपनी संपूर्ण सहनशीलता का परिचय दिया, जिसे समझ पाना हमारे लिए कठिन था। यद्यपि उसे कोई सीधा संदेश नहीं दिया गया था, फिर भी उसने इस बात का अनुमान लगा लिया था कि उसका प्रत्यक्ष प्रभाव उस पर पड़ने वाला था। घटनाएँ बड़ी तेजी से घट रही थीं। तत्कालीन जेल महानिदेशक आर.एस. सेठी उसके खिलाफ ब्लैक वॉरंट हासिल करने के लिए उड़कर श्रीनगर गए। आमतौर पर ऐसा काम मुझ जैसे लोगों को सौंपा जाता था, परंतु इस बार वे चाहते थे कि वह महत्त्वपूर्ण काम उच्च विधिक अधिकारी करे, जिससे यह सुनिश्चित किया जा सके कि कागजी कारवाई करने में कहीं कोई गलती नहीं हुई थी।

जैसे ही हमने फाँसी की तैयारियाँ शुरू कीं, बट के वकील भी उतनी ही तेजी से अपनी कारवाइयों में लग गए। उन्होंने माननीय उच्चतम न्यायालय जाकर उस 'प्रतिकारात्मक कदम' के औचित्य का प्रश्न उठाया। वकीलों ने उसे 'न्यायिक हत्या' की संज्ञा देते हुए दावा किया कि माननीय उच्च न्यायालय का निर्णय हस्ताक्षरित नहीं था। मुझे वह वकील अच्छी तरह याद है। वह वकील भी एक कश्मीरी था और उसका नाम आर.एम. तुफैल था, जो बट के भाई गुलाम नबी के साथ तिहाड़ आता रहता था। अपने भाई की ही तरह गुलाम नबी भी बहुत अच्छे संस्कारोंवाला शख्स था; परंतु तुफैल काफी आक्रामक था। वह जानता था कि उच्च न्यायालय को फाँसी का सही समय मंजूर करना ही पड़ेगा, इसलिए उसने दावा किया कि उचित प्रक्रिया नहीं अपनाई गई थी, क्योंकि न्यायाधीश ने कोर्ट के कागजात पर अपने हस्ताक्षर नहीं किए थे। यह उच्चतम न्यायालय में विवाद का कारण बन गया; क्योंकि 12 फरवरी, 1984 को बट की फाँसी में मुट्ठी भर दिन ही बचे थे। कपिल सिब्बल और मुजफ्फर बेग, जो वर्तमान में राजनीतिज्ञ हैं और उस समय वरिष्ठ अधिवक्ता थे, दोनों ने मकबूल बट के अधिकारों की लड़ाई लड़ी। परंतु मामले की सुनवाई करनेवाली उच्चतम न्यायालय की पीठ ने कहा कि ब्लैक वॉरंट के मामले में कहीं कुछ गलत नहीं हुआ था और वह पूर्णतया विधि-सम्मत था। और इसके साथ ही बट के सभी विधिक उपादान समाप्त हो गए। वह 1980 का दशक था, जब हमारे पास एस.टी.डी. फोन भी नहीं होते थे,

आज सरीखे संचार के द्रुत साधनों की तो बात ही भूल जाइए। उस समय वहाँ केवल टेलेक्स एवं टेलीफोन थे और चूँकि सरकार की वैसी ही मंशा थी, इसलिए दया याचिकाओं, पुनरीक्षण याचिकाओं जैसी सभी याचिकाओं का निस्तारण तीन या चार दिनों के अंदर कर दिया गया था।

यह कहना उचित है कि बट की फाँसी के बारे में मेरी भावनाएँ मिश्रित थीं। मुझे उसके साथ बातचीत करने में आनंद आता था। वह बहुत जहीन था और हमने उससे अनेक नई चीजें सीखी थीं। मुझे भी मेरी नौकरी में अब तक तीन साल हो चुके थे और अब तक मैंने एक जेल अधिकारी के रूप में काफी दुनियादारी सीख ली थी। मैंने महसूस किया कि आप परिस्थिति की अपरिहार्यता को जानते हुए भी किसी को अपना मित्र बना सकते थे। ठीक उसी समय बट को उसकी भारत-विरोधी विचारधारा के लिए दंडित किया जा रहा था और हम दोनों के बीच इतनी सारी चीजें साझा होने के बावजूद मैं यह जानता था कि उसके साथ जो कुछ हो रहा था, ठीक हो रहा था।

ईमानदारी से कहूँ तो मैं थोड़ा रोमांचित था। वह बिल्ला और रंगा जैसा कोई घृणित अपराधी नहीं था, जिसे फाँसी पर लटकाया जा रहा था। बट एक राजनीतिक कैदी था, इसलिए देश के उच्च स्तरीय पदाधिकारी उसकी फाँसी के बारे में पल-पल की जानकारी बड़ी सावधानीपूर्वक रख रहे थे; क्योंकि सभी की साख दाँव पर लगी हुई थी। इसके साथ-ही-साथ बट की फाँसी की संभावित प्रतिक्रियाओं का भी अतिरिक्त दबाव था। दुनिया भर से आनेवाली खुफिया सूचनाओं ने भी हमारे कान खड़े कर दिए थे, क्योंकि दुनिया भर में फैले बट के समर्थक कुछ भी कर सकते थे—यहाँ तक कि वे उसे जेल से छुड़ाने के लिए जेल पर हमला भी कर सकते थे। क्या आप इस बात की कल्पना भी कर सकते हैं कि मेरे जैसे युवा जेल अधिकारी के लिए वह सब कैसा रहा होगा? क्या कोई हवाई हमला हो सकता था या वे जेल पर छापा मार सकते थे? खुफिया ब्यूरो (आई.बी.) ने कोई भी कोताही नहीं की। उन्होंने तिहाड़ की ओर जानेवाली सभी सड़कों को बंद कर दिया और उन पर निगरानी बढ़ा दी। अपराध प्रक्रिया संहिता की धारा 144 लागू कर दी गई, जिसके अंतर्गत किसी एक स्थान पर चार या उससे अधिक लोगों के एकत्र होने पर पाबंदी लगा दी गई। इतनी कठोर व्यवस्था और पाबंदियों के अंतर्गत कोई भी तिहाड़ के आसपास नहीं आ-जा सकता था।

उसी सुरक्षा चिंता के कारण मकबूल का भाई उसे देखने के लिए भागकर

दिल्ली आया, लेकिन उसे बट से मिलने की अनुमति नहीं दी गई। अखबारों की खबरों के अनुसार, जेल नियमावलियों में लिखे होने के बावजूद कि मृत्युदंड प्राप्त कैदी के परिवारवालों को एक अंतिम मुलाकात की अनुमति है, गुलाम को श्रीनगर हवाई अड्डे पर गिरफ्तार कर लिया गया। तुफैल अपने मुवक्किल के साथ आखिरी मुलाकात के लिए तिहाड़ आया, लेकिन उसे उसके साथ मुलाकात की अनुमति देने से इनकार कर दिया गया।

जब इस अत्यंत असाधारण मामले की सारी अन्य औपचारिकताएँ पूरी कर ली गईं तो हम उसे नियमानुसार उसकी अंतिम वसीयत लिखने का अवसर प्रदान कर सकते थे। मुझे याद है कि फाँसी से एक दिन पहले एक सिख मजिस्ट्रेट को जेल में बुलाया गया, जिसने उससे पूछा कि क्या वह कोई वसीयत लिखने का इच्छुक है? बट ने कहा कि वह कोई वसीयत तो नहीं लिखना चाहता, परंतु वह इतना अवश्य चाहता है कि उसके संदेश को प्रसारित किया जाए। उसने एक सब डिवीजनल मजिस्ट्रेट के समक्ष अंग्रेजी में अपनी वसीयत दर्ज कराई, जिसमें उसने कहा, "यहाँ ऐसे अनेक मकबूल बट होंगे, जो आएँगे और चले जाएँगे, परंतु कश्मीर में स्वतंत्रता का संघर्ष जारी रहना चाहिए।" बट को उस समय उसका अर्थ ज्ञात नहीं था, लेकिन उसके मित्रों, परिवार के सदस्यों तथा कश्मीर के लोगों के सामने उसका वह अंतिम संदेश पढ़ने हेतु कभी नहीं आया। हमने उसके संदेश की संवेदनशीलता एवं उसके प्रतिक्रियात्मक परिणामों को महसूस किया, इसलिए उसे संबद्ध सरकारी कार्यालय में भेज दिया गया और उसके बारे में फिर कभी भी कोई शब्द नहीं सुना गया।

जैसे ही बट ने आखिरी बार अपनी नमाज पढ़ी, चाय पी और शांतिपूर्वक फाँसी के फंदे की ओर बढ़ा, वह पाकीजगी की तसवीर दिखाई दे रहा था। उसके वकीलों की टीम ने उसकी फाँसी रुकवाने के लिए अंतिम मिनट तक प्रयास किया। उन्होंने उसे 'न्यायिक हत्या' की संज्ञा दी और अखबारों में बयान भी दिया; परंतु म्हात्रे की हत्या से उपजा जनाक्रोश इतना तीव्र था कि बट के मामले में नियमों का अनुपालन गौण हो गया। स्पष्टतः जब तुफैल ने बट के साथ अंतिम बार बात की तो उसने उस बातचीत को हमारे साथ बाद में साझा भी किया था, जिसमें उसने कहा था, "मेरे विचार से, आप अनेक गतिविधियों के मामले में एक प्रशिक्षित व्यक्ति हैं। क्या आपने उनसे भागने के बारे में कभी सोचा?" बट ने उससे साफ शब्दों में कहा, "बचकर निकलने के लिए कोई स्थान नहीं है, क्योंकि मैं कश्मीरियों के गौरव को न तो भारत में पाता हूँ और न ही पाकिस्तान में।"

11 फरवरी को तड़के एक सब डिवीजनल मजिस्ट्रेट की उपस्थित में मकबूल बट को फाँसी दी गई। मजिस्ट्रेट के अतिरिक्त वहाँ कोई अन्य बाहर का व्यक्ति उपस्थित नहीं था, इसलिए निर्णय लिया गया कि चूँकि बट की फाँसी से विस्फोटक स्थिति उत्पन्न हो सकती थी, इसलिए उसे तिहाड़ के अंदर ही दफनाने का निर्णय लिया गया। सरकार ने महसूस किया कि यदि उसके शव को उसके परिवारवालों को सौंपा गया तो उसके अलगाववादी समर्थक उसे शहीद दिखाने की कोशिश करेंगे और कश्मीरी मुक्ति संघर्ष नियंत्रण से बाहर हो जाएगा। उस स्थिति ने हमारे समक्ष एक गंभीर चुनौती प्रस्तुत कर दी, क्योंकि तब तक तिहाड़ में किसी को भी दफनाया नहीं गया था।

भारत की अनेक अन्य जेलों की तरह तिहाड़ में मुसलिम कैदियों की जनसंख्या लगभग 25 प्रतिशत थी। अनुमानतः इसमें एक छोटी संख्या कश्मीरी कैदियों की थी और उन्होंने अनुमान के मुताबिक बट की फाँसीवाले दिन विरोध-प्रदर्शन भी किया था। मुझे स्मरण नहीं कि वह कोई उल्लेखनीय विरोध-प्रदर्शन था, परंतु उस दिन कुछ कश्मीरी कैदियों ने अपना खाना नहीं खाया था, एक बार भी नहीं। बहरहाल, क्या हम किसी संभावित विद्रोह से भयभीत हो सकते थे। और ऐसा इसलिए था, क्योंकि जेल प्राधिकारियों के पास एक आंतरिक सूचना प्रणाली थी। प्रत्येक कैदी पर एक मुख्य कैदी नजर रखता था, जिसके ऊपर *'नंबरदार'* की निगाह होती थी। वे सभी अपनी सजा काट रहे होते थे और एक-दूसरे पर चीखते-चिल्लाते रहते थे। उनके जेल के अधिकारियों के विरुद्ध एकजुट विद्रोह की संभावना अत्यंत क्षीण थी। यदि कोई कैदी समस्या उत्पन्न करने की कोशिश करता था तो वे एकजुट होकर उसे सबक सिखाने का खतरा मोल लेते थे और जब तक किसी सामान्य सुविधा से वे वंचित नहीं होते थे, तब तक उनके एकजुट होने की संभावना बहुत कम थी। प्रत्येक कैदी अपनी धार्मिक या जातिगत सोच के आधार पर जेल अधिकारियों से सुविधाएँ ऐंठने की कोशिश में लगा रहता था। यही कारण था कि जब हमने मुसलिम कैदियों से बट की कब्र तैयार करने के लिए कहा तो हमें विरोध का एक भी स्वर सुनने को नहीं मिला। उन्होंने वही किया, जो उनसे करने के लिए कहा गया। उन्होंने उसकी आखिरी आरामगाह तैयार की और उसे तिहाड़ की पहली कब्र में दफनाने से पहले उसके शव को साफ किया और कब्र में डालने के बाद ऊपर से उसके शरीर पर मिट्टी डाल दी। उसके जनाजे की अन्य धार्मिक औपचारिकताएँ पूरी करने के लिए समीपस्थ मसजिद से एक

मौलवी को भी बुला लिया गया था।

फाँसी के एक दिन बाद तुफैल और उसकी कानूनी टीम के अन्य सदस्यों ने तिहाड़ आकर उसके सामान को वापस पाने की कोशिश की, ताकि वे उन वस्तुओं को श्रीनगर स्थित उसके परिवारवालों को सौंप सकें। बहरहाल, उन लोगों को जेल से 2 किलामीटर पहले ही हिरासत में ले लिया गया। बट के परिवारवालों ने उसका सामान वापस लेने के लिए मुझसे भी कई बार मुलाकात की थी, परंतु वहाँ कोई ऐसी चीज थी ही नहीं कि मैं उसे उसके परिवारवालों को देता। चूँकि सरकार ने उसके अंतिम पत्र को छिपाए रखने का निर्णय लिया था, इसलिए वही बात उसकी पुस्तकों और कुरते-पाजामे पर भी लागू होती थी। अतः लंबे समय तक उसकी वे चीजें तिहाड़ में कहीं पड़ी रही थीं। मुझे इस बात की कोई जानकारी नहीं है कि उसकी अन्य वस्तुओं के साथ क्या हुआ, परंतु एक बिंदु पर उसकी पुस्तकें (जिनमें सार्त्र और विल डूरंट की कृतियाँ शामिल थीं) बाद में जेल संख्या 3 के पुस्तकालय का अंग बन गईं। आनेवाले समय में जिन लोगों ने उन पुस्तकों को पुस्तकालय से प्राप्त किया, उन्हें इस बात की कोई जानकारी नहीं थी कि उन पुस्तकों का संबंध वस्तुतः किससे था। जहाँ तक उसके परिवार का संबंध है, मुझे इस बात की कोई जानकारी नहीं कि उसके साथ क्या हुआ; यद्यपि मुझे आगे चलकर पता चला था कि उसका भाई गुलाम नबी कश्मीर में मारा गया था।

जिस बेतुके और दुःखद तरीके से बट को फाँसी पर लटकाया गया था, उसे निम्नलिखित घटना से समझा जा सकता है। न्यायमूर्ति आनंद की अदालत में मकबूल बट के मामले की सुनवाई सूचीबद्ध थी, जहाँ उन्हें औपचारिक तौर पर बताया गया कि 45 वर्षीय याचिकाकर्ता को उसके जन्मदिन से एक सप्ताह पूर्व फाँसी दे दी गई थी। दिल्ली उच्च न्यायालय के न्यायाधीश ने सरकार को नोटिस जारी कर पूछा कि जब उसके मामले की न्यायालय में समीक्षा होनी शेष थी तो उसे फाँसी क्यों दी गई? हमने माननीय न्यायाधीश महोदय को सूचित किया कि उसकी फाँसी के आदेश प्रत्यक्षतः सक्षम प्राधिकरण से आए थे। और इसके साथ ही मकबूल बट की फाँसी से जुड़ी न्यायिक लड़ाई का अंत हो गया।

~*~

फाँसी कोठी कभी भी तिहाड़ जेल का सर्वाधिक खुशगवार क्षेत्र नहीं था। यद्यपि मेरे तिहाड़ में प्रवेश करने के बाद मुझे याद है कि जब तक किसी कैदी को

दंडित न करना हो, लोग उस रास्ते से होकर गुजरने से भी बचते थे। यदि कोई कैदी दुर्व्यवहार करता या नियम भंग करता था तो उसे सजा के तौर पर वहाँ रखा जाता था। उस समूचे क्षेत्र के बारे में कहा जाता था कि वहाँ आत्माएँ भटकती थीं और कुछ लोगों ने तो वहाँ से रात को आवाजें आने का दावा भी किया था। बट की फाँसी के बाद से इन कहानियों को और भी अधिक बढ़ा-चढ़ाकर पेश किया जाने लगा।

मैं इस बात को स्वीकार करता हूँ कि बट की फाँसी के बाद से मैं फाँसी कोठी से थोड़ा डरने लगा था और वहाँ जाने के लिए किसी गार्ड या सहायक से अपने साथ चलने के लिए कहता था। मैं जान-बूझकर उसकी कब्र की ओर देखने से बचता था। मुझे वह घटना याद है, जब उधर से गुजरते हुए एक कैदी चिल्लाया था, "सर, सर! वह देखिए, वहाँ मकबूल बट खड़ा है।" उसने रोते हुए कसम खाकर कहा कि उसने उसे अपने सफेद कुरते-पाजामे में खड़ा देखा था।

फाँसी कोठी के आसपास हम केवल उन्हीं कैदियों को रखते थे, जिन्हें हम अत्यंत खतरनाक श्रेणी का मानते थे। लेकिन जब सर्वाधिक खूँखार कैदियों ने भी वहाँ अकेले रहने से इनकार कर दिया तो हमने तीन कैदियों को एक साथ एक ही कोठरी में रखने का फैसला किया। एक सुबह हमने पाया कि फाँसी कोठी के पास वाली एक कोठरी में एक कैदी की हत्या कर दी गई थी। यदि मात्र इतना ही हमें व्यथित करने हेतु पर्याप्त नहीं था तो जब हमने संभावित हत्यारे से पूछताछ की कि उसने वैसा क्यों किया था, तो उसने दावा किया कि उसके ऊपर मकबूल बट की आत्मा सवार हो गई थी। वास्तव में, उसका बहाना बहुत कमजोर था और अपने उस तर्क से वह किसी को सहमत नहीं कर सका। तिहाड़ में किसी को भी इस बात पर यकीन नहीं था कि मकबूल बट का भूत भी किसी को क्षति पहुँचाने में सक्षम था।

बहरहाल, इतना जरूर कहा जा सकता था कि वैसी कहानियाँ केवल कैदियों तक ही सीमित नहीं थीं। उस क्षेत्र की पहरेदारी करनेवाली तमिलनाडु स्पेशल पुलिस के जवानों ने भी उसी तरह की कहानियाँ सुनाई थीं। उनमें से अनेक ने मकबूल बट को उसकी कब्र के पास खड़े साफतौर पर 'देखा' था। कुछ जवानों ने तो यहाँ तक कहा कि वह आया और उसने उन्हें गरदन से दबोच लिया। जब भी कोई इस प्रकार अलार्म बजाता, अतिरिक्त बलों को वहाँ दौड़ा दिया जाता; लेकिन वहाँ पहुँचने पर उन्हें कोई भी नहीं मिलता था। मकबूल बट से जुड़ी भुतही

कहानियाँ आज भी तिहाड़ में जीवित हैं।

यद्यपि वे सारी–की–सारी कहानियाँ डरावनी नहीं हैं, कुछ कैदियों को आज भी मकबूल बट की हितैषी आत्मा के अस्तित्व पर विश्वास है। उन्होंने मुझे बताया था कि कैसे वह उनके सपनों में आकर उनसे कहता था कि वे जल्द ही रिहा होने वाले हैं और कुछ मामलों में उनकी बातें सही भी सिद्ध हुई थीं।

□

जिन लोगों ने इंदिरा गांधी की हत्या की

बिल्ला और रंगा सन् 1982 में, मकबूल बट 1984 में, करतार और उजागर सिंह 1985 में, सतवंत और केहर सिंह 1989 में और अंततः अफजल गुरु 2013 में। यही मेरे कार्यकाल के दौरान फाँसी दिए गए उन लोगों की संपूर्ण सूची है, जो मेरे पेशे की अत्यंत दुःखद झलकियाँ प्रस्तुत करती है और जो सुनिश्चित करती है कि जब-जब उनकी चर्चा होगी, उनके साथ मेरे नाम को भी अवश्य जोड़ा जाएगा। यदि मैं इन मामलों पर बारी-बारी से प्रकाश डालूँ तो ऐसे रुझान उभरते देखता हूँ, जिन्हें आज हमारे समाज में आसानी से पहचाना जा सकता है। बिल्ला और रंगा जैसे दो खूँखार दुष्टों ने दिल्ली के इस मासूम विश्वास को हमेशा के लिए इस कदर तोड़ दिया कि इसकी गलियों में युवतियाँ और बच्चे भयभीत हुए बिना उन्मुक्त विचरण कर सकते हैं। अलगाववादी और राष्ट्र-विरोधी बट ने राज्य को इतना अधिक आतंकित कर दिया था कि सरकार ने उसका नामो-निशान ही नहीं, बल्कि उसके अंतिम संदेश तक को मिटा दिया। करतार सिंह और उजागर सिंह के मामले ने दिखाया कि किस प्रकार हमारी न्याय-प्रणाली धनी और शक्तिशाली लोगों का समर्थन करती है। ये सभी मामले भारत में अपराध और दंड के 'तकिया कलाम' बनकर रह गए हैं।

न्यायमूर्ति कोचर ने जब करतार सिंह और उजागर सिंह नामक दो भाइयों के खिलाफ ब्लैक वॉरंट जारी किए थे तो प्रत्यक्षतः वह अत्यंत व्यथित दिखाई दिए थे। उन वॉरंटों को उनसे हासिल करने की जिम्मेदारी मेरी थी और उन्हें (न्यायमूर्ति कोचर को) देखकर साफ महसूस हो रहा था कि वह उन दोनों के प्रति अत्यंत शंकालु थे। वे दोनों भाई अत्यंत गरीब थे और इतने गरीब थे कि वे अपने लिए कोई अच्छा वकील भी नहीं खड़ा कर सकते थे। उन दोनों को डॉ. नरेंद्र सिंह जैन नामक विख्यात नेत्र चिकित्सक द्वारा अपनी पत्नी विद्या की हत्या के लिए केवल 500

रुपए पर भाड़े पर लिया गया था। उल्लेखनीय है कि डॉ. जैन तत्कालीन राष्ट्रपति वी.वी. गिरि के निजी नेत्र चिकित्सक भी थे। हत्या का षड्यंत्र डॉ. जैन एवं उनकी सचिव व प्रेमिका चंद्रेश शर्मा द्वारा संयुक्त रूप से रचा गया था। दोनों एक साथ काम करते थे; लेकिन उनके अवैध संबंधों की भनक लगने पर विद्या (डॉ. जैन की पत्नी) ने चंद्रेश को नौकरी से निकाल दिया था। डॉ. जैन ने उसके बाद अपनी रखैल के साथ मिलकर विद्या को अपने रास्ते से हटाने की बड़ी योजना बना डाली।

4 दिसंबर, 1973 को जैसे ही डॉ. जैन और विद्या दक्षिण दिल्ली की संभ्रांत डिफेंस कॉलोनी स्थित अपने घर से बाहर निकले, चंद्रेश वहीं कहीं छिपी हुई उनके निकलने की प्रतीक्षा कर रही थी। उसने दोनों हमलावरों को विद्या पर हमला करने का इशारा किया। करतार सिंह ने जैसे ही विद्या पर काबू किया, उजागर सिंह ने एक चाकू से विद्या पर 14 घाव किए, जिससे तत्काल ही उसकी मृत्यु हो गई। समूचे षड्यंत्र का अभियोजन द्वारा शीघ्र ही अनावरण कर दिया गया, क्योंकि उस मामले में अनेक छिद्र थे। विद्या पर हमले का कोई स्पष्ट उद्देश्य नहीं था। हमलावरों ने जब उनकी पत्नी पर आक्रमण किया तो डॉ. जैन ने शोर क्यों नहीं मचाया? हमलावरों ने उन्हें क्यों छोड़ दिया? उस केस के विवरणों ने हम सभी को चौंका दिया था। लेकिन सर्वाधिक विचित्र बात यह थी कि सुनवाई अदालत ने सभी अभियुक्तों को आजीवन कारावास की सजा दी थी, जिसमें उच्च न्यायालय द्वारा संशोधन करके केवल हमलावरों को मौत की सजा दी गई और चंद्रेश एवं डॉ. जैन को छोड़ दिया गया, जबकि उन दोनों को भी आजीवन कारावास की सजा सुनाई गई थी।

करतार और उजागर जेल में बढ़ईगीरी जैसा मामूली काम करते हुए शांतिपूर्वक अपना समय बिता रहे थे। वे जानते थे कि उनकी हालत वैसी क्यों हुई, जबकि अन्य लोग बच निकले थे। अपनी उम्र के पचासवें वर्ष में उन्होंने मुझे बताया था, "यदि हमारा मुकदमा लड़ने के लिए हमारे पास अच्छे वकील होते तो हमारे साथ यह सबकुछ न हुआ होता।" उच्च न्यायालय ने निर्णय दिया कि जैन और चंद्रेश दोनों षड्यंत्रकारियों का अपराध हमलावरों की अपेक्षा मामूली कोटि में आता है, इसलिए न्यायालय ने उनकी सजा में वृद्धि करते हुए 'उन्हें गले में फंदा डालकर तब तक लटकाए रखने की सजा दी, जब तक कि उनकी मृत्यु न हो जाए।' इस प्रकार करतार और उजागर को 9 अक्तूबर, 1983 को फाँसी पर लटकाकर मार डाला गया; जबकि उस समूचे हत्याकांड की योजना बनानेवाले दोनों षड्यंत्रकारी प्रेमी-

प्रेमिका को छोड़ दिया गया। वास्तव में, फाँसी के दो वर्ष बाद 22 जुलाई, 1985 को दिल्ली उच्च न्यायालय ने डॉ. जैन और उनकी प्रेमिका की वह प्रार्थना स्वीकार कर ली कि 16 वर्षों तक जेल में रहने के बाद उन्हें पर्याप्त दंड मिल चुका है। एक ओर जहाँ डॉ. जैन ने जेल में अपनी ओर से अनुकरणीय आचरण का प्रमाण दिया था, चंद्रेश ने जेल में एक मैट्रन (महिला प्रहरी) पर हमला किया था, इसलिए उसके बारे में वैसा नहीं कहा जा सकता था। फिर भी, उनके वकील उन दोनों को एक साथ रिहा कराने में सफल रहे थे।

सभी षड्यंत्रकारियों के लिए यह काम आसान नहीं है। तिहाड़ में फाँसी पर लटकाए जानेवाले अगले लोगों में एक नृशंस राजनीतिक हत्या के षड्यंत्रकारी थे। दूसरे व्यक्ति को लगभग उसी समय फाँसी पर लटका दिया गया था। उसका अपराध? वह एक सिख पुलिस अधिकारी था, जो बिना छुट्टी लिये काफी समय तक अपनी ड्यूटी से दूर रहा था। उसकी खुशकिस्मती यह थी कि उसके मामले में रुचि लेनेवाले उसके पास राम जेठमलानी और पी.एन. लेखी जैसे नामी-गिरामी वकील थे।

~*~

31 अक्तूबर, 1984 को प्रधानमंत्री इंदिरा गांधी ने राजधानी दिल्ली के सफदरजंग रोड स्थित अपना घर छोड़ा और कुछ दूर पैदल चलकर अकबर रोड स्थित अपने आवासीय कार्यालय जाने के लिए निकलीं। यह बँगला भी अंदर से सफदरजंग रोड वाले बँगले से जुड़ा हुआ था। एक आयरिश टी.वी. क्रू लेखक व पत्रकार पीटर उस्तिनोव के नेतृत्व में साक्षात्कार हेतु उनकी प्रतीक्षा कर रहा था। वह साक्षात्कार बहुत तहलका मचाने वाला हो सकता था, क्योंकि बीती गरमियों में इंदिरा गांधी ने धार्मिक कट्टरपंथी नेता जरनैल सिंह भिंडराँवाले के नेतृत्व में सिख उग्रवादियों का सफाया करने के लिए एक विवादास्पद ऑपरेशन (अभियान) चलाया था। भिंडराँवाले के नेतृत्व में अलग खालिस्तान की माँग करनेवाले सशस्त्र सिख आतंकवादी स्वर्ण मंदिर में जा छिपे थे। उन्हें बाहर निकालने के लिए सेना को 'ऑपरेशन ब्लू स्टार' जैसी कारवाई करनी पड़ी, जिसका सीधा अर्थ यह था कि सेना ने स्वर्ण मंदिर में प्रवेश करके सिखों के पवित्रतम स्थान को अपवित्र कर दिया था। सेना को उस काररवाई का आदेश प्रधानमंत्री इंदिरा गांधी ने ही दिया था। उस काररवाई के दौरान भिंडराँवाले और उसके सशस्त्र समर्थकों को या तो मार डाला

गया या उन्हें गिरफ्तार कर लिया गया; परंतु गोलीबारी और अन्य घातक हथियारों के प्रयोग के कारण हरमंदिर साहिब को व्यापक क्षति पहुँची थी। उस काररवाई का शारीरिक प्रभाव से अधिक मानसिक प्रभाव पड़ा और दुनिया भर के सिख इस बात से भड़क गए थे कि उनके पवित्र धर्म-स्थल को न केवल अपवित्र कर दिया गया था, बल्कि उसे युद्ध के मैदान में परिवर्तित कर दिया गया था, जिसमें सैकड़ों निर्दोष लोग मारे गए थे। यद्यपि कोई भी यह तर्क दे सकता है कि ऑपरेशन एक रणनीतिक आवश्यकता था, फिर भी उसने सिख समुदाय के मन में प्रधानमंत्री के प्रति जबरदस्त आक्रोश भर दिया था। अभियोजन पक्ष के अनुसार, उस काररवाई ने दिल्ली पुलिस के उनके सिख अंगरक्षकों को प्रधानमंत्री इंदिरा गांधी के ऊपर हमले की योजना बनाने और उसे कार्यान्वित करने हेतु विवश कर दिया था।

केस फाइलों के अनुसार, 31 अक्तूबर को सिपाही सतवंत सिंह और सब-इंस्पेक्टर बेअंत सिंह प्रधानमंत्री की सुरक्षा ड्यूटी पर तैनात थे। यद्यपि रोजनामचे में उस दिन सब-इंस्पेक्टर बलबीर सिंह का नाम भी शामिल था, लेकिन वह काफी विलंब से शाम को 3 बजे ड्यूटी पर आया था। वास्तव में, सतवंत और बेअंत सिंह ने अन्य लोगों से अपनी ड्यूटियाँ बदल ली थीं, ताकि वे ठीक उस स्थान पर प्रात: 7 से 10 बजे के दौरान मौजूद रह सकें, जो प्रधानमंत्री के आवास एवं आवासीय कार्यालय को पृथक् करता था, जिसे सामान्यतया 'टी.एम.सी. गेट' कहा जाता था। वास्तव में, सतवंत ने अपने साथियों से कहा था कि उस दिन वह वहाँ अपनी तैनाती इसलिए चाहता था कि उसे दस्त की शिकायत थी और उस गेट पर टॉयलेट की व्यवस्था थी।

सुबह 9 बजे के फौरन बाद श्रीमती गांधी अपने घर से निकलकर टी.एम.सी. गेट की ओर रवाना हुईं। उनके काफिले में उनका छाता पकड़कर चलनेवाला एक सिपाही और उनके निजी सहायक एवं सचिव आर.के. धवन शामिल थे। जैसे ही वह अपने कार्यालय की चारदीवारी में लगे गेट के पास पहुँचीं, उनके सुरक्षा दस्ते में 9 वर्षों से तैनात बेअंत सिंह ने अपनी सरकारी रिवॉल्वर से इंदिरा गांधी पर पाँच राउंड गोलियाँ दाग दीं और सतवंत सिंह, जिसके पास एस.ए.एफ. कार्बाइन थी, ने उनके ऊपर ताबड़तोड़ 25 गोलियाँ दाग दीं, जिससे घायल होकर वह तत्काल नीचे गिर पड़ीं। वहाँ उपस्थित प्रत्यक्षदर्शियों ने बताया था कि उन दोनों ने गोली चलाने के बाद अपने हथियार फेंक दिए थे और ऊँची आवाज में कहा था, "हमें जो करना था, सो हमने कर दिया है; अब तुम्हें जो कुछ करना है, वह तुम कर लो।"

जैसे ही उनके सहायक उन्हें बचाने की कोशिश में उन्हें लेकर अखिल भारतीय आयुर्विज्ञान संस्थान (AIIMS) की ओर भागे, भारत-तिब्बत सीमा पुलिस (आई.टी.बी.पी.) ने दोनों हत्यारों को हिरासत में ले लिया और हिरासत के दौरान ही बेअंत सिंह को तत्काल मार दिया, जबकि सतवंत को बुरी तरह घायल कर दिया—यह ऐसा तथ्य था, जिसका अधिक संज्ञान नहीं लिया गया था। केस की फाइलों से पता चला कि अदालती दस्तावेजों में भी मात्र इतना दर्ज किया गया था कि उन्होंने बेअंत सिंह की हत्या कर दी थी। उनमें इस बात का भी उल्लेख किया गया था कि वह आई.टी.बी.पी. का इंस्पेक्टर तरसेम सिंह था, जिसने दोनों लोगों को संतरी के कमरे में ले जाने का आदेश दिया था। प्रत्यक्षदर्शी गवाहों ने बताया कि जैसे ही उन्होंने गोलियाँ चलने की आवाजें सुनीं, उन्होंने पाया कि सतवंत सिंह घायल पड़ा था और बेअंत सिंह मर चुका था। बाद में सन् 1988 के अपने निर्णय में उच्चतम न्यायालय ने अभिलेखित किया कि आई.टी.बी.पी. कर्मियों के विरुद्ध कारवाई किए जाने की सिफारिश की गई थी; परंतु बेअंत सिंह द्वारा गोली चलाए जाने के बारे में कोई आपराधिक कारवाई करने या एफ.आई.आर. रिपोर्ट दर्ज कराने के लिए मना कर दिया गया था। लेकिन यह काफी देर बाद हुआ। सन् 1984 में उस समय इन विवरणों की जाँच या इस प्रकार की कारवाई की सत्यता का परीक्षण करने का धैर्य किसी के पास भी नहीं था। लोग अत्यंत क्षुब्ध थे और उनके द्वारा एक दिन पूर्व कहे गए उनके शब्दों से अत्यंत द्रवित थे, जिनमें श्रीमती गांधी ने कहा था, "यदि देश की सेवा करते हुए मेरे प्राण भी चले जाएँ तो मुझे उसकी कोई चिंता नहीं है। यदि मैं आज मर जाती हूँ तो मेरे खून की प्रत्येक बूँद राष्ट्र को मजबूत बनाएगी।"

गोलीबारी की सूचना पुलिस के वायरलेस से प्रात: 9.23 बजे प्रसारित कर दी गई थी, परंतु उनकी मृत्यु की पुष्टि दोपहर बाद काफी विलंब से की गई थी। उनकी हत्या के लगभग डेढ़ घंटे बाद प्रात: 10.30 बजे डी.जी.एस. एंड डी. का एक कनिष्ठ कर्मचारी अपने सहकर्मी केहर सिंह से मिला और उससे पूछा कि क्या तुमने इंदिरा गांधी के बारे में कुछ सुना? बेअंत सिंह के 50 वर्षीय चाचा केहर सिंह को यह कहते हुए सुना गया, "जो भी पंथ से टकराने की कोशिश करेगा, उसका यही हाल होगा।" पाँच वर्ष बाद जब वह उच्चतम न्यायालय में अपने पक्ष में दया की दलील दे रहा था, उसके द्वारा कहे गए वही शब्द उसके विरुद्ध चले गए। न्यायाधीशों ने व्यवस्था दी कि इन शब्दों को सुनने के बाद प्रतीत होता है कि उस

व्यक्ति को हत्या के षड्यंत्र के बारे में पहले से जानकारी थी और वह खुद भी इसमें शामिल था।

दरअसल, प्रधानमंत्री की हत्या में सहयोगी या षड्यंत्रकारी की भूमिका निभानेवाले केहर सिंह की किस्मत का फैसला बेअंत सिंह की पत्नी बिमला खालसा की गवाही के बाद ही हो गया था। बिमला ने रहस्योद्घाटन किया कि कैसे हत्या से मात्र 10 दिन पूर्व केहर सिंह और बेअंत सिंह ने स्वर्ण मंदिर की यात्रा की थी। अपने बयान में उसने अभियोजकों को बताया कि कैसे दोनों लोग स्वर्ण मंदिर से *'अमृत चखने'* के समारोह में शामिल होकर आए थे। बिमला ने बताया कि अमृतसर से लौटने के बाद दोनों ने विचित्र व्यवहार करना शुरू कर दिया था और दोनों अपनी-अपनी पत्नियों से दूर रहने लगे थे। बिमला ने पुलिस को यह भी बताया कि इन संस्कारों की शुरुआत 'ऑपरेशन ब्लू स्टार' के फौरन बाद हो गई थी और इन गतिविधियों में एक अन्य गुरुद्वारा मोती बाग भी शामिल था, जहाँ वे उत्तेजक प्रवचन सुनने जाते थे। बिमला को उनकी गतिविधियों के बारे में तभी संदेह होना शुरू हो गया था, जब एक दिन केहर सिंह उनके घर आया था। वे दोनों अकसर स्वर्ण मंदिर को पहुँची क्षति के बारे में चर्चा किया करते थे; परंतु जैसे ही वह (बिमला) उनके कमरे में जाती, दोनों तत्काल बातचीत बंद कर देते थे। बेअंत सिंह ने अपनी पत्नी को साफ-साफ बता दिया था कि वह जल्द ही 'शहीद' बन जाएगा; लेकिन उसका और उसके परिवार का पूरा ध्यान रखा जाएगा।

बिमला खालसा बाद में अपनी गवाही से मुकर गई; परंतु तब तक काफी देर हो चुकी थी। अदालत ने उस तथ्य पर गौर किया कि बेअंत सिंह का *'कड़ा'* केहर सिंह के घर में पाया गया था, जिससे यह सिद्ध हुआ कि वास्तव में बेअंत सिंह और केहर सिंह के मध्य कितनी निकटता थी, जिसके परिणामस्वरूप न्यायालय ने निष्कर्ष दिया कि केहर सिंह वह 'कट्टरपंथी' था, जिसने बेअंत सिंह को इंदिरा गांधी की हत्या के लिए मानसिक रूप से तैयार किया था।

यह तथ्य कि श्रीमती गांधी के हत्यारे सिख थे, उनकी करतूतों की भरपाई सिखों के खूनी नर-संहार से की गई। जैसे ही यह खबर तिहाड़ पहुँची, वहाँ चेतावनी जारी कर दी गई, क्योंकि कुछ सिख कैदियों ने उस समाचार का स्वागत 'खालिस्तान जिंदाबाद' के नारों से किया था। स्थिति को और अधिक विस्फोटक होने से बचाने के लिए हमने झपट्टामार काररवाई करते हुए सिख कैदियों को शेष कैदियों से अलग-थलग कर दिया। इंदिरा गांधी के हत्यारों को जेल लाए जाने से

पूर्व ही सिख कैदी अत्यंत भयभीत हो गए थे, क्योंकि उन्हें क्रुद्ध और कातिल साथी कैदियों का सामना करना पड़ा था। मेरी आँखों के सामने जो कुछ हो रहा था, उसे देखकर मैं भी भयभीत महसूस करने लगा। सिख हमारे देश के सर्वाधिक देशभक्त एवं कठोर परिश्रमी समुदाय से आते थे और आज उन्हें कुछ जंगजुओं की हरकतों के कारण अपमानित किया जा रहा था। मेरा अपना एक दीर्घकालिक सिद्धांत था कि उदार सिख हमेशा शांत बने रहे थे। उग्रवाद काफी समय से देश को व्यथित कर रहा था और यदि उस समय इन उदार सिखों ने '80 के दशक में उग्रवाद के प्रारंभ से ही उसके विरुद्ध कोई कठोर रुख अपनाया होता तो आज हम उस स्थिति में नहीं पहुँचते, जहाँ हम आखिरकार पहुँच गए थे।

तिहाड़ में जो सिख कैदी आतंकवाद संबंधी मामलों में बंद थे, वे खासतौर से डरे हुए थे। इसलिए हमने सबसे पहला काम यह किया कि उन्हें पहचानकर शेष कैदियों से अलग कर दिया। इसका अर्थ यह था कि जो कैदी बड़ी बैरकों में रखे गए थे (वे बैरकें, जिनमें 200 तक कैदियों को रखा जा सकता था), उन्हें अलग अर्थात् एकाकी कोठरियों में रख दिया गया या ऐसी कोठरियों में रख दिया गया, जिनमें 3 या 5 कैदी रखे जा सकते थे। कुछ कैदियों को उच्च सुरक्षावाली तनहाई कोठरियों में भी स्थानांतरित कर दिया गया था।

बाहर सड़कों पर सिख पुरुषों एवं स्त्रियों के गले में पेट्रोल से भीगे हुए टायरों को डालकर जिंदा जलाया जा रहा था। शीघ्र ही सिख कैदियों ने महसूस किया कि पहरेदारों के होने के बावजूद वे इस प्रतिशोध से पूर्णतया सुरक्षित नहीं थे। हमारे पास कैदियों के पास से चिंताजनक संदेश आने लगे, क्योंकि कैदियों को सड़कों पर हो रहे भीषण नर-संहार और पुलिस की आँखों के सामने ही उन्मादी भीड़ द्वारा सिखों के घरों एवं कारोबारी प्रतिष्ठानों को आग के हवाले किया जा रहा था और वह कुछ करने के बजाय मूकदर्शक बनी रही थी। हमने सभी सुरक्षा गार्डों को चौबीसों घंटे सतर्क निगरानी के निर्देश जारी कर दिए और आदेश दिया कि सभी सिख कैदियों से मिलने के लिए आनेवाले लोगों की बारीकी से जाँच की जाए। हमें साथी कैदियों से सिख कैदियों की सुरक्षा के लिए बहुत अधिक श्रम शक्ति की आवश्यकता थी। यही कारण था कि हमने तिहाड़ की आंतरिक चारदीवारी के अंदर पूर्व में तैनात सभी गार्डों को उनके पुराने स्थान से हटा दिया था।

यह सब करने के बावजूद मैं आश्वस्त होकर नहीं कह सकता था कि हम बाहर हो रहे दंगों की घटनाओं से पूर्णतया अप्रभावित थे। इक्का-दुक्का सिख

कैदियों की पिटाई की घटनाओं की सूचनाएँ हमारे पास आती रहती थीं। मैं आश्वस्त होकर नहीं कह सकता कि वे घटनाएँ इंदिरा गांधी के प्रति उमड़ते प्रेम के कारण हो रही थीं। मेरे विचार से, बाहर सिख-विरोधी भावनाओं के उभार का लाभ कुछ लोग अपना व्यक्तिगत हिसाब चुकता करने के लिए भी उठा रहे थे। जैसा कि किसी दंगे के दौरान आमतौर पर होता है, समाज में कुछ ऐसे लोग भी होते हैं, जो भीड़ और शोरगुल का अपने हित में लाभ उठाने का अवसर खोजते हैं और कुछ हिंस्र एवं छोटे-मोटे अपराधी उसका उपयोग हमें बदनाम करने के लिए करते हैं। यद्यपि जेल के भीतर कुछ सिखों पर हमला करने की छिटपुट घटनाएँ हुई थीं, परंतु बाहर यह भ्रामक प्रचार किया गया कि हम, जेल प्रशासक, सिखों पर अपने बाल कटवाने का दबाव डाल रहे थे। कुछ लोगों ने तो यहाँ तक भी शिकायत की कि हम उन लोगों पर सिगरेट पीने का दबाव डाल रहे थे, जो कि सिखों के लिए पूर्णतया निषिद्ध है। पत्रकारों ने हमारे खंडनों पर विश्वास नहीं किया और इस प्रकार की खबरें अखबारों में प्रकाशित कर दी गईं। यद्यपि हमने सुरक्षा के दृष्टिकोण से सिख कैदियों को अलग रखने का जो निर्णय लिया था, उसका भी गलत अर्थ निकाला गया। शिरोमणि गुरुद्वारा प्रबंधक कमेटी (एस.जी.पी.सी.) ने हमसे पत्र लिखकर प्रश्न किया कि हम सिख कैदियों का शोषण क्यों कर रहे थे? हमने उनके सामने स्पष्ट किया कि हमारे खिलाफ शिकायतें करनेवाले लोग कुछ छोटे-मोटे अपराधी थे, जिन्हें सिखों के मकसद का अपने हितों के लिए लाभ उठाना सुविधाजनक लगा होगा।

मैं उपद्रवियों को आसानी से पहचान सकता था। नियमित अंतराल पर तिहाड़ आनेवाले छोटे अपराधियों ने अपने बाल बढ़ाने और '*पटका*' या अपने सिर पर पीले रंग के साफे पहनने शुरू कर दिए थे, ताकि वे खालिस्तान-समर्थकों की तरह दिखाई पड़ें। क्यों? सबसे पहली बात तो यह, क्योंकि जेल में होना रोमांचक एवं उपद्रवी पहचान थी, क्योंकि उस समय ऐसे लोगों को अखबारों में प्रचुर महत्त्व मिलता था; परंतु उससे भी महत्त्वपूर्ण बात धन के मामले में थी। यदि आप उस दौर में यह सिद्ध करने में सफल हो जाते कि आप कोई खालिस्तानी या भिंडराँवाले समर्थक थे तो विदेश में रहनेवाले खालिस्तान-समर्थकों से बड़े पैमाने पर धन प्राप्त कर सकते थे। आप जेल में जितने अधिक कुख्यात होते, उतना ही अधिक धन ब्रिटेन, अमेरिका या कनाडा में रहनेवाले खालिस्तान-समर्थक संगठनों से प्राप्त कर सकते थे। हरजिंदर सिंह उर्फ जिंदा जैसे लोग, जिन्हें हम कभी छोटे-मोटे चोर के रूप में जानते थे, वे देखते-ही-देखते मेरी आँखों के सामने खालिस्तानी

आतंकवादी बन गए। वह हमेशा ही जेल के अंदर-बाहर होता रहता था, परंतु कभी किसी गंभीर मामले में नहीं, बल्कि किसी को घायल करने, छोटी-मोटी चोरी या धोखा देने जैसे अपराधों में जेल में लाया जाता था। सन् 1984 के बाद उसने अपना नया रूप धारण कर लिया। जब हमने सुना कि कांग्रेस नेता ललित माकन की हत्या के पीछे उसका हाथ था तो हम चकित रह गए थे और बाद में सन् 1986 में थलसेना अध्यक्ष जनरल अरुण श्रीधर वैद्य की हत्या भी उसी ने की थी, क्योंकि 'ऑपरेशन ब्लू स्टार' के दौरान जनरल वैद्य ने ही काररवाई का नेतृत्व किया था। हरजिंदर को भले ही अपना खालिस्तानी उद्देश्य तिहाड़ में प्राप्त हुआ था, परंतु जनरल वैद्य की हत्या करने के आरोप में उसे सन् 1992 में पुणे जेल में फाँसी पर लटका दिया गया था।

हमने ऐसी अफवाहें भी सुनी थीं कि पश्चिमी दिल्ली में रहनेवाले कुछ परिवार खालिस्तानी मकसद से हमदर्दी रखनेवाले लोगों को शरण देते थे। वास्तव में, कभी कुछ सिद्ध नहीं किया जा सका। उसका सर्वाधिक महत्त्वपूर्ण प्रभाव वह था, जो हमने तिहाड़ के अंदर देखा था। मेरे विचार से, आपराधिक न्याय के इतिहास में पहली बार ऐसा हुआ था कि कैदी स्वयं अपने आप को जंजीरों व बेड़ियों में रखे जाने की माँग करते थे। शुरू-शुरू में ऐसे अनुरोध उन कैदियों की ओर से प्राप्त हुए थे, जिन्हें न्यायिक सुनवाई या किसी अन्य मामले में पंजाब में पेशी के लिए जाना होता था। कैदियों की ओर से आनेवाले ऐसे अनुरोधों को देखकर हम चौंक गए थे और हमारी जिज्ञासा भी बढ़ गई थी। उसके बाद हमने महसूस किया कि उसका मूल कारण यह था कि सरकार की 'शून्य सहनशीलता की नीति' (जीरो टॉलरेंस पॉलिसी) के कारण बड़ी संख्या में जंगजू टकराने से बचने लगे थे। इसके लिए पाठ्य-पुस्तकीय कार्य-प्रणाली यह थी कि जब किसी उग्रवाद के आरोपी कैदी को सुनवाई के लिए पंजाब की यात्रा करनी होती थी तो उसे पंजाब पुलिस के कर्मचारियों के संरक्षण में जाना पड़ता था। हमारे लिए अकसर यह सुनना कोई असामान्य घटना नहीं थी कि कैदी रास्ते में भाग निकला और उसके बारे में दोबारा कभी फिर नहीं सुनाई पड़ा। हमें शीघ्र ही उसकी वास्तविकता का पता चल गया था। दरअसल, पंजाब पुलिस जिसे मुठभेड़ में समाप्त करना चाहती थी, उसके लिए वह इसी कोड का प्रयोग करती थी कि 'कैदी भाग गया'। परंतु यदि कोई कैदी उचित तरीके से बेड़ियाँ पहनाकर बाहर ले जाने का अनुरोध करता था तो पुलिस यह दावा नहीं कर सकती थी कि कैदी भाग गया। अदालतों के सामने किए जानेवाले ऐसे

अनुरोध अत्यंत सामान्य चीज बन गए थे और इस प्रकार होनेवाली मुठभेड़ हत्याओं की संख्या में भी काफी कमी आ गई थी।

इस बीच दिल्ली पुलिस में कार्यरत सिखों को घेरकर उनके साथ यह जानने के लिए सघन पूछताछ की गई कि कहीं उनके मन में खालिस्तान-समर्थकों के प्रति कोई हमदर्दी तो नहीं थी? तिहाड़ में भी हम लोग कोई कोताही नहीं बरतना चाहते थे। इसे इन दिनों धार्मिक आधार पर भेदभाव के रूप में देखा जा सकता है; परंतु सभी सिख अधिकारियों को इस अनुमान के आधार पर जेल की ड्यूटी से हटा दिया गया था, क्योंकि इंदिरा गांधी के दो हत्यारों को तिहाड़ में लाया जा रहा था। मुझे दो लोगों के नाम साफ तौर पर याद हैं, जिनमें से एक थे तत्कालीन जेल उपाधीक्षक एम.एस. ऋतु और दूसरे अधिकारी थे बी.एस. भाटिया, जिन्हें उनकी जेल ड्यूटी से हटा दिया गया था। दो अन्य सिख कर्मचारियों को भी जेल से हटाकर सामाजिक कार्य विभाग और सामान्य प्रशासन में भेज दिया गया था। मैं इस मामले में पूरी तरह आश्वस्त होकर नहीं कह सकता कि क्या उन्हें इस बात की कोई जानकारी थी कि उन्हें वहाँ से क्यों हटाया गया था या उनकी निष्ठा पर प्रश्नचिह्न लगाकर उन्हें अपमानित किया जा रहा था; परंतु उन्होंने अधिक हो-हल्ला किए बिना अपने स्थानांतरण आदेश को नतमस्तक होकर स्वीकार कर लिया था।

~*~

कुछ लोग कहते हैं कि इंदिरा गांधी की हत्या के मामले की जाँच और सुनवाई कानूनी रूप से दोषपूर्ण थी। दरअसल, सामान्य मान्यता यह थी कि यदि पीड़ित इंदिरा गांधी के अतिरिक्त कोई अन्य व्यक्ति होता तो सभी अभियुक्त रिहा कर दिए जाते। इसका एक बड़ा उदाहरण यह है कि दोनों शूटरों में से एक बेअंत सिंह को तत्काल स्व-निर्धारित सजा मौके पर ही दे दी गई थी। उसकी मौत के साथ ही हत्यारों के अभिप्रेरण और हत्या के षड्यंत्र के प्राथमिक विवरण नष्ट हो गए थे। दूसरी बात यह कि पुलिस ने बेअंत सिंह की पत्नी बिमला को प्रमुख गवाह बनाया, ताकि वह पुलिस के दावों का केहर सिंह के विरुद्ध समर्थन कर सके। उस समय मैं जेल का डिप्टी सुपरिंटेंडेंट (विधिक) था और वह कई बार मामले की सुनवाई के बाद जाँच अधिकारी सहायक पुलिस आयुक्त राजेंद्र प्रसाद कोचर के साथ आकर मेरे कार्यालय में बैठ जाती थी। वह उनसे पंजाबी में पूछती कि क्या उसकी बात ठीक थी? तो कोचर उसे पंजाबी में ही जवाब देता कि "हाँ, तुमने बड़ी अच्छी तरह

बात की।" वह अपने पति को पहले ही खो चुकी थी और मेरे विचार से, पुलिस की ओर से उसकी मन-माफिक गवाही उसे कानून की सही दिशा में रखती थी।

बहरहाल, जब सब-इंस्पेक्टर बलबीर सिंह के विरुद्ध मामला आया तो यह योजना सफल नहीं हो सकी। उसकी समूची मान्यता पुलिस की इस कहानी पर आधारित थी कि गोलीबारी की घटना से दो महीने पहले, सितंबर 1984 के पहले सप्ताह में, बलबीर ने एक दृश्य देखा था, जिसने उसे हत्या को अंजाम देने हेतु प्रेरित किया। स्पष्टतया, बलबीर का निर्धारित कार्यस्थल प्रधानमंत्री आवास का सामनेवाला कार्यालय (फ्रंट ऑफिस) था, जहाँ उसने एक बाज देखा था। बाज सिखों के लिए अत्यंत प्रतीकात्मक था, क्योंकि दसवें गुरु गोविंद सिंह को हमेशा उनके हाथ में सफेद बाज लिये हुए चित्रित किया जाता था। धार्मिक काल्पनिकता का यह दूसरा दृष्टांत था, जिसे इस केस के सिलसिले में उपयोग में लाया गया था। पहले मामले में केहर सिंह द्वारा सतवंत का धार्मिक स्नान (बप्तिस्मा) और बेअंत सिंह को स्वर्ण मंदिर में ले जाकर अमृतपान कराना था। पुलिस ने दावा किया कि जैसे ही बलबीर ने बाज को देखा, उसने तत्काल बेअंत को बुलाया और दोनों ने उसी समय एक साथ कसम खाई कि वे हरमंदिर साहिब की अपवित्रता का बदला अवश्य लेंगे।

उस कथित दिवस को प्रधानमंत्री आवास पर बलबीर सिंह की ड्यूटी शाम को 3 बजे शुरू होनी थी। किंतु वह जैसे ही अपनी ड्यूटी पर पहुँचा, उसे कहा गया कि वह सुरक्षा लाइन में चला जाए। उस देर रात और अगले दिन सुबह तड़के पुलिस ने उसके घर पर छापा मारा और महत्त्वपूर्ण साक्ष्य प्राप्त होने का दावा किया—भिंडराँवाले पर लिखी गई एक पुस्तक और कागज का एक टुकड़ा पुलिस के हाथ लगा था, जिसमें निम्नलिखित नोट्स लिखे हुए थे—

जून 1984

—सैन्य काररवाई

—नर-संहार जैसा महसूस हुआ

—1, सफदरजंग रोड के बाहर दलीप सिंह के बदले ड्यूटी पर तैनात

—दलीप सिंह नं. 1, सफदरजंग रोड

—30 दिनों के लिए छुट्टी पर रवाना

जुलाई 1984

—दलीप और वरिंदर सिंह मेरे घर आए

—दलीप सिंह मुझे लेकर गुरबक्श के घर गया, जहाँ संता सिंह के साथ भी मेरी मुलाकात हुई

—दलीप सिंह और गुरबक्श मावलंकर हॉल स्थित मेरे घर आए

—गाजियाबाद गया

—हेमकुंट हेतु मैं गुरबक्श सिंह के घर गया

—मैंने गुरबक्श सिंह के घर की यात्रा की

—छुट्टी से वापस आया

अगस्त 1984

—अमरजीत सिंह और बेअंत सिंह से मिला

—दलीप सिंह और विरेंदर सिंह वगैरह बँगला साहिब में मिले

—मावलंकर हॉल/गुरुपरब तीसरे हफ्ते में बँगला साहिब

—हरपाल सिंह/विरेंदर

—बेअंत सिंह/बाज मीटिंग एट

—बेअंत सिंह ने पी.जी. नं. 181 में कोई रचनात्मक कार्य शुरू करने का निर्णय लिया

सितंबर 1984

—गुरबक्श सिंह के घर की यात्रा—दलीप सिंह और एक लड़के नरिंदर सिंह/विरेंदर से मुलाकात

—26 से 4-5 दिन की छुट्टी

—1,000 ने गुरबक्श सिंह के यहाँ एकत्र होकर लड़के के बारे में जानकारी प्राप्त की।

अक्तूबर 1984

—नरिंदर सिंह

—4/5 दिनों की 22 से छुट्टी—बेअंत सिंह

—4 दिनों की छुट्टी, 30 को दलीप सिंह और मोहिंदर सिंह सतवंत से मिले

—31

डायरी में दर्ज इन्हीं टिप्पणियों के आधार पर सुनवाई अदालत ने 26 जनवरी, 1986 और उच्च न्यायालय द्वारा उसी वर्ष 3 दिसंबर को बलबीर सिंह के मृत्युदंड की पुष्टि कर दी थी। परंतु उच्चतम न्यायालय ने एक प्रासंगिक विषय उठाते हुए उन निर्णयों पर सवाल खड़ा किया और पूछा कि कानून के जानकार पुलिसवाले

ने कागज के उस टुकड़े को क्यों नहीं छिपाया, जो उसे अपराधी सिद्ध करता हो? माननीय न्यायमूर्तियों ने पुलिस की प्रमुख गवाह और बेअंत सिंह की पत्नी बिमला का उल्लेख करते हुए पूछा कि उसने कभी भी केहर सिंह और बेअंत सिंह के बीच होनेवाली बैठकों के दौरान बलबीर सिंह के नाम का उल्लेख क्यों नहीं किया? हत्यारों के विरुद्ध बनाए गए मामले में यही वे दोष थे, जिन्हें निचली अदालतें देख पाने में विफल रही थीं। ये तथ्य काफी समय बाद तब सामने आए थे, जब उच्चतम न्यायालय ने सन् 1988 में केहर सिंह और बेअंत सिंह के मृत्युदंड की पुष्टि करते हुए बलबीर सिंह को रिहा कर दिया। परंतु देश की सर्वोच्च अदालत केवल एक व्यक्ति को छोड़कर काफी बड़ी हानि होने से बच सकती थी। उस केस के अनेक अन्य पहलू भी थे, जो अत्यंत त्रुटिपूर्ण थे। कुछ तो इतने वास्तविक थे कि वे उन दोष-सिद्धियों के विरुद्ध अपील का विषय भी बने; परंतु उन खामियों की जानकारी केवल मुझ जैसे अंदरूनी लोगों को थी।

दिसंबर 1984 में तिहाड़ खुद को केहर, सतवंत और बलबीर के स्वागत हेतु तैयार कर रही थी, जिन्हें देश के इस अति उच्च स्तरीय मामले में मुकदमे का सामना करना था। पहली बार हमें जेल परिसर में कोई विशेष न्यायालय मिलने वाला था। एक सुरक्षा आकलन में निष्कर्षतः कहा गया कि अभियुक्तों को मुकदमों की सुनवाई हेतु अदालत ले जाने और वापस लाने में सुरक्षा संबंधी खतरे अत्यंत व्यापक थे। जब प्रधानमंत्री के अंगरक्षक ही उन पर गोलियाँ चला सकते थे तो उस स्थिति में सुरक्षा एजेंसियों के पास विश्वास की गुंजाइश बहुत कम रह गई थी। इसके अतिरिक्त, इस अविश्वास का एक अन्य कारण श्रीमती गांधी की हत्या के बाद दिल्ली में हुए दंगों में हजारों लोगों का मारा जाना था। हम अभियुक्तों की सुरक्षा को लेकर भी कोई कसर नहीं छोड़ना चाहते थे। इस प्रकार के न्यायालय की स्थापना को लेकर भी काफी बहस हुई थी। उच्चतम न्यायालय में पी.एन. लेखी, आर.एस. सोढ़ी और राम जेठमलानी जैसे बचाव पक्ष के वकीलों ने तर्क दिया कि तिहाड़ के अंदर चलाया जानेवाला मुकदमा 'उन्मुक्त सुनवाई' के सिद्धांत के विपरीत है। उन्होंने यह मुद्दा उठाया कि न्याय की गरिमा एवं सुनवाई के औचित्य को बनाए रखने के लिए स्वयं सुनवाई ही पूर्णतया खुले स्थान में होनी चाहिए, ताकि वहाँ जनता और मीडिया की पहुँच हो, जो कि जेल की अपनी ढाँचागत व्यवस्था के आधार पर कदापि संभव नहीं है।

बहरहाल, सरकारी अभियोजक यह तर्क सफलतापूर्वक प्रस्तुत करने में

सफल रहे कि निस्संदेह न्यायालय भवन तिहाड़ के अंदर था, परंतु वह मुख्य जेल परिसर में होने के बजाय एक अलग भवन में था। इसके बारे में उन्होंने कहा कि वह स्थान सभी बाहरी व्यक्तियों हेतु सुगम्य था और जेलकर्मियों के क्वार्टरों से लगभग 1 किलोमीटर दूर था। वास्तव में, सच्चाई यह थी कि यह अलग भवन वस्तुतः जेल संख्या 3 थी और उसके सुपरिंटेंडेंट के कार्यालय को न्यायालय कक्ष का रूप दे दिया गया था। अभियुक्तों को एक वाहन में बैठाकर जेल संख्या 1 से जेल संख्या 3 में लाया और वापस ले जाया जाता था। इस प्रकार का न्यायालय परिसर इससे पहले हमने कभी नहीं देखा था। पहली बार कोर्ट के अंदर अतिरिक्त सत्र न्यायाधीश महेश चंद्र, गवाहों और मुकदमे का सामना कर रहे अभियुक्तों के लिए बुलेटप्रूफ कठघरे बनाए गए थे। देश के अन्य न्यायालयों की भाँति इसमें भी सामान्य जनता के 50 लोगों के बैठने हेतु स्थान था। बहरहाल, सुरक्षा चिंताओं का तात्पर्य यह था कि अदालत की काररवाई शुरू होने से पूर्व ही सभी औपचारिकताएँ पूरी कर ली जाएँ। केहर सिंह के परिवार ने जब उच्च न्यायालय में गलत प्रक्रिया अपनाए जाने की शिकायत की, क्योंकि किसी जेल को न्याय-प्रदाता बना दिया गया था। सरकार की ओर से दलील दी गई कि यद्यपि इस अस्थायी स्थान पर भी मीडिया के प्रतिनिधियों को जाने की अनुमति थी, इसलिए उससे जन-उत्तरदायित्व की पूर्ति भी होती थी।

यद्यपि राज्य इस मामले में विजयी हुआ था, परंतु आप इस तथ्य पर कोई विवाद नहीं खड़ा कर सकते थे कि न्याय कक्ष की असामान्य प्रकृति के पीछे हरेक चीज भय के आधार पर सुनिश्चित की गई थी। तीनों अभियुक्त इतने खूँखार थे कि हमें उनकी कोठरियों से न्यायालय तक जंजीरों में जकड़कर लाना पड़ता था। किसी कैदी को जंजीरों में बाँधकर लाने के लिए हर बार न्यायालय की स्वीकृति की आवश्यकता थी और कई बार हम वह अनुमति प्राप्त करने में सफल नहीं होते थे, क्योंकि उसके पीछे उसके परिणाम निहित थे। 22 वर्षीय सतवंत, जो कि प्रारंभ में अत्यंत हिंसक था, वह हमारे गार्डों पर बरस पड़ता था और उन्हें घायल भी कर देता था। प्रधानमंत्री पर हुए दुःसाहसिक हमले के कारण प्रत्येक व्यक्ति भयभीत था, क्योंकि कोई उनके हत्यारों की सुनवाई कर रहे विशेष न्यायालय पर भी आक्रमण कर सकता था। अभियुक्त अत्यंत दुर्दांत थे और कई बार तो वे अपने ही वकीलों का साथ नहीं देते थे। सतवंत सिंह के बचाव में कई बार उसके वकील पी.एन. लेखी उसे निर्दोष बताते हुए हत्याकांड को किसी 'अंतरराष्ट्रीय षड्यंत्र' की संज्ञा देते थे और सतवंत बीच में ही चीखते हुए कह देता था, "मैंने ही इंदिरा गांधी की हत्या

की थी और मैं नहीं जानता कि पी.एन. लेखी ऐसा क्यों कह रहे हैं; लेकिन उसकी हत्या मैंने ही की थी!"

उसके बाद से हमने तिहाड़ न्यायालय परिसर में अनेक मुकदमों की काररवाई चलाई; परंतु चूँकि वह पहला मामला था, इसलिए हम ज्यों-ज्यों आगे बढ़े, त्यों-त्यों हमें अनेक चीजों का पता चला। अपने लिए विशेष तौर पर बनाए गए बुलेटप्रूफ घेरे में होने के बावजूद न्यायाधीश महेश चंद्र अत्यंत व्यथित दिखाई देते थे। वह कोई ईर्ष्या करने योग्य स्थिति नहीं थी; किंतु वह प्रतिवादियों को देखते ही भयभीत हो जाते थे, क्योंकि वह उनके विरोधी के रूप में नहीं दिखाई देना चाहते थे।

सतवंत या केहर सिंह जब अदालत में यह शिकायत करते कि उन्हें अलग रखकर उनके साथ दुर्व्यवहार और यहाँ तक कि उनकी पिटाई भी की जाती थी (और अकसर ऐसा होता भी था)। न्यायमूर्ति महेश चंद्र सुनवाई शुरू होने से पूर्व हमसे कह देते थे कि वे हमसे क्या प्रश्न करेंगे और उसके लिए हमारा उचित उत्तर क्या होना चाहिए—"यदि मैं 'यह' कहूँ तो आप लोगों को 'वह' कहना चाहिए।" न्यायमूर्ति चंद्र पर अनेक पक्षों की ओर से भारी दबाव बनाया जा रहा था। सहायक पुलिस आयुक्त कोचर अकसर यह डींग मारते थे कि इस जज का चुनाव जान-बूझकर किया गया था, ताकि वह अभियोजकों का पक्ष ले और न्याय के प्रति अधिक सत्यनिष्ठ न रहे। एक बार उन्होंने मुझे बताया था, "हमारे पास उसके (महेश चंद्र के) विरुद्ध शिकायतों की एक लंबी सूची है। यदि वह हमारे मन-मुताबिक फैसला नहीं देगा तो हम उसका सारा भेद खोल देंगे।"

न्यायमूर्ति महेश चंद्र हमेशा भारी दबाव में रहते थे, मात्र इसलिए नहीं कि वह एक उच्च स्तरीय मामला था, बल्कि इसलिए भी कि कई बार सतवंत ने उनके विरुद्ध हिंसक रवैया अपनाया था। सतवंत जब जंजीरों में बँधा हुआ नहीं होता था तो कई बार वह सुरक्षाकर्मियों पर हमला कर देता था। इसलिए न्यायमूर्ति चंद्र हमसे कहते थे कि जब वे प्रतिवादियों को संबोधित करें तो जेलकर्मी सतवंत पर अंकुश रखें। मुझे ऐसे अनेक दृष्टांत याद हैं, जब प्रतिवादी जज से एकांत में मिलकर उनसे उनके साथ जेल में किए जानेवाले व्यवहार की शिकायत करना चाहते थे; परंतु वह इतने भयभीत थे कि कभी भी मुलाकात की अनुमति नहीं प्रदान करते थे।

सतवंत द्वारा किए जानेवाले वे सभी आक्रमण उसकी कैद के प्रारंभिक चरण तक ही सीमित थे। जब वह केहर सिंह और बलबीर सिंह के साथ पहली बार तिहाड़ में आया था, वह एक शांत और देखने लायक इनसान था। आई.टी.बी.पी. के सुरक्षा गार्ड

ने जब उसके ऊपर चार-पाँच गोलियाँ दागी थीं, वे उसके शरीर के ऐसे संवेदनशील भाग में लगी थीं, जहाँ से उन्हें निकालना असंभव जैसा था। हमें पट्टियों में बँधा एक रुष्ट एवं खूबसूरत नौजवान सौंपा गया था। 5 फीट 10 इंच लंबा वह नौजवान अन्य लोगों से लंबा दिखाई देता था और उसका रंग सुर्ख लाल था, जिसे हम पंजाबी लोग '*गबरू जवान*' की संज्ञा देते थे। अपने घावों के कारण वह चलने में असमर्थ था और उसे दो अन्य अभियुक्तों से बिल्कुल अलग रखा गया था। उन कोठरियों के ठीक ऊपर एक विशेष निगरानी टावर एवं एक पुलिस चौकी का निर्माण किया गया था। वार्ड नं. 1 को सभी लोगों से अलग करके रखा गया था और जेल के उपाधीक्षक को वहाँ समर्पित ड्यूटी पर रखा गया था। चूँकि सतवंत की अनेक सर्जरियाँ की जाती थीं, इसलिए उसका वार्ड अस्पताल के किसी कमरे की तरह दिखाई देता था और वहाँ नियुक्त डॉक्टर प्रत्येक 8 घंटे की पारियों में बदल जाते थे। उनमें से एक डॉक्टर अश्विनी गुप्ता थे, जिन्होंने हमें बताया कि वास्तव में उसकी स्थिति कितनी गंभीर थी। अन्य डॉक्टर दीनदयाल उपाध्याय अस्पताल एवं राम मनोहर लोहिया अस्पताल से आते थे। वे उसके पास बैठकर उसकी चिकित्सा आवश्यकताओं का ध्यान रखते थे, जबकि जेलकर्मी वहाँ की सभी गतिविधियों को नोट करके उसकी रिपोर्ट गुप्तचर अधिकारियों के पास भेजते थे। यद्यपि उसके घाव भर जाने के बाद भी कोई अन्य कैदी उससे बात नहीं कर सकता था। वार्डर अपने साथ अनेक कैदियों को ले जाकर उस स्थान की सफाई करवा देता था और सतवंत से कोई बात किए बिना वहाँ से वापस लौट आता था। जब उसका सारा क्रोध शांत हो गया और उसने पहरेदारों पर हमले करना बंद कर दिया तो उसे किसी के साथ टहलते हुए या अपनी निजी सुरक्षा टीम के सदस्यों के साथ फुटबॉल खेलते हुए देखा जा सकता था। अनेक वर्षों बाद वह जेल का वी.आई.पी. वार्ड बन गया, जहाँ ठहरने के लिए लोग लाखों रुपए खर्च करने को तैयार थे। उस वार्ड में छह कोठरियाँ और एक विस्तृत खेल कक्ष था, जहाँ सतवंत के दशकों बाद आनेवाले वी.आई.पी. अपने निजी खेलों का आनंद लेते थे। उसके अलग-थलग होने के कारण निर्धन कैदियों को इस बात की कोई जानकारी नहीं होती थी कि अमीर कैदी वहाँ कितनी अच्छी तरह रहते थे।

दो अन्य अभियुक्त उसी जेल के अलग-अलग भागों में रखे गए थे। सतवंत सिंह से लगभग 30 वर्ष बड़ा होने के कारण केहर सिंह किसी सरकारी बाबू की तरह दिखाई देता था। लगभग 5 फीट 4 इंच के नाटे कद का होने के कारण उसे भूल जाना आसान था। उसने हमारे समक्ष कभी कोई संकट उपस्थित नहीं किया

और वह हमेशा किसी धर्मोपदेशक की तरह दिखाई देता था—वह या तो अपनी धार्मिक पुस्तकें पढ़ता रहता था या फिर अधिकतर समय अपने बिस्तर पर लेटा रहता था। यदि वह कभी अपनी कोठरी से बाहर आता भी था तो वह सुरक्षाकर्मियों के साथ शांत होकर बातचीत करता और उसके बाद अपने बिस्तर पर लौट जाता था। तीसरा अभियुक्त बलबीर सिंह काफी लंबा, अर्थात् लगभग 5 फीट 10 या 11 इंच लंबा था; परंतु उसकी विशेषता यह थी कि वह एक बातूनी मूर्ख था। अपनी अविरल मूर्खताओं के साथ जेल नं. 1 के वार्ड नं 8 में उसे केहर सिंह की कोठरी के आगे वाली कोठरी में रखा गया था। वास्तव में, उसके बारे में यह सामान्य मान्यता थी, और जो मेरे विचार से सही भी थी, कि उसके पकड़े जाने और दोषी सिद्ध होने का एकमात्र कारण उसका बड़बोलापन था। वरना पुलिस उसके द्वारा कोई बाज देखे जाने और हत्या की योजना बनाने में उसका उल्लेख प्रमुख कारण के रूप में क्यों करती? वह बेरोक-टोक बोलता रहता था और कई बार चीजों को बहुत बढ़ा-चढ़ाकर भी पेश किया करता था। इसमें इंदिरा गांधी की हत्या से लेकर उनके पुत्र राजीव गांधी को धमकी देना भी शामिल था। कई बार उसकी ऊल-जलूल बातें उसके परिवारवालों को भी व्यथित कर देती थीं।

उन सभी तीनों लोगों को उनकी असाधारण परिस्थितियों के कारण भोजन के मामले में विशेष सुविधाएँ प्रदान की जाती थीं। सतवंत सिंह को एक विशेष रसोइया उपलब्ध कराया गया था, क्योंकि इंटेलिजेंस ब्यूरो (आई.बी.) ने महसूस किया था कि उसके खाने में अन्य कैदियों द्वारा विष मिलाया जा सकता था। उन्होंने लखीराम नामक एक किशोर को सतवंत का खाना बनाने के लिए नियुक्त किया था। अन्य सावधानियाँ बरतते हुए उन्होंने सतवंत के खाने से पहले उसके भोजन का स्वाद चखने के लिए एक डॉक्टर और एक संतरी को भी नियुक्त किया था। उसका पहला काम पूरा होने के बाद भी लखीराम कई वर्षों तक तिहाड़ में रहा था। वहाँ वह माली बन गया था और अंततोगत्वा, जेल महानिदेशक का प्रमुख सहायक बनने में सफल हो गया था। यह ऐसा पद था, जिस पर वह लगातार कई वर्षों तक अपना अधिकार जमाए रहा। वहाँ हरेक व्यक्ति यही महसूस करता था कि जिस व्यक्ति पर भारत का सर्वाधिक वांछित विश्वास कर सकता था, उसके ऊपर किसी अन्य चीज के अतिरिक्त इतना विश्वास तो किया ही जा सकता था। उसके बारे में यही किंवदंती प्रचलित थी कि 16 वर्षीय लखीराम खुफिया ब्यूरो के एक विश्वसनीय चपरासी का पुत्र था; परंतु तिहाड़ में वह बहुत कुछ बन गया था। जिस समय किरण बेदी तिहाड़

की महानिरीक्षक थीं, उन्होंने उसे अपने कार्यालय से संबद्ध कर दिया था और उसे जेल में शिकायत पेटी के रख-रखाव का महत्त्वपूर्ण काम सौंप दिया था, जो कि वस्तुत: जेल के कर्मचारियों के विरुद्ध था। लखीराम आज भी सन् 1984 के मामले की विरासत के एक भाग के रूप में लगातार बना हुआ है।

अब मुख्य कथा की ओर वापस लौटते हैं। सतवंत अकेला ही नहीं था, जिसे विशेष सुविधाएँ मिली थीं। केहर एवं बलबीर को भी विशेष भोजन और 'बी' श्रेणी के कैदियों जैसी दूध एवं अंडों सरीखी सुविधाएँ प्राप्त थीं और वे अपने परिवार के सदस्यों से अपने लिए सूखे मेवे इत्यादि मँगा सकते थे। एक ओर जहाँ अन्य कैदी अपने परिवार के सदस्यों के साथ जाली के दूसरी ओर मिल सकते थे, इन लोगों को अपने परिवार के सदस्यों के साथ विशेष निगरानी में अपने निजी वार्डों में मिलने की अनुमति थी, क्योंकि सुरक्षा चिंताओं के कारण वे जेल की साधारण जनसंख्या से अलग रखे गए थे।

मुझे एक खास मौके की याद है, जब बलबीर की बहन उससे मिलने आई थी। उसने अपने भाई से पूछा था कि वह कैसा है? अपनी आदत के अनुसार वह अपनी परिस्थितियों को कुछ बढ़ा-चढ़ाकर बताता था और कहता था कि वह कितना प्रसन्न है! उसने कहा था कि उसे अच्छा खाना मिलता है और वह सारा दिन अपनी दिनचर्या का आनंद लेता है। उसकी बहन को कुछ संदेह हुआ तो उसने स्पष्ट कहा कि उसे किस प्रकार का 'अच्छा भोजन' जेल में मिलता है? "हमें पनीर और खीर मिलती है। मुझे वे दोनों चीजें अच्छी लगती हैं।" उसके इस कथन पर उसकी बहन ने जो कुछ कहा, वह मैं कभी भी नहीं भूलूँगा। "टट्टी खा तू!" उसकी बहन ने गुस्से में कहा कि वह कैसे खुद को धोखे में रख रहा था। "यदि तू अपने कुटुंब को भूल गया है और जेल में बहुत खुश है तो सचमुच तू टट्टी खाने लायक ही है।"

केहर सिंह के परिवार से जब उसकी पत्नी और उसका सौतेला पुत्र उससे मिलने आते, तब भी गार्ड उसकी मुलाकातों पर निगाह रखते थे। वे पारिवारिक मुलाकातें भी जेल में उसके शेष जीवन की भाँति ही नीरस थीं और वह हमेशा उनसे एक ही बात कहता रहता था कि वह बेकसूर है और उसे अभियोजन द्वारा गलत तरीके से इस मामले में फँसाया गया है। सर्वाधिक चौंकानेवाली बात यह थी कि किसी भी अभियुक्त के परिवार ने उनका परित्याग नहीं किया था और उनके पूरे मुकदमे के दौरान वे मिलने आते रहे थे। उनकी मौत की सजा को कम करने की समूची प्रक्रिया के दौरान वे लगातार उनसे मिलने के लिए आते रहे थे। संभव है कि इसके पीछे उनका

समुदाय रहा हो, जो हत्यारों के प्रति सहानुभूति रखता रहा हो। कारण चाहे जो भी रहा हो, उनके परिवारवालों ने उनके साथ मिलना कभी बंद नहीं किया था।

यद्यपि सतवंत के पिता त्रिलोक सिंह से जुड़ी एक घटना है, जो अपने पुत्र से मिलने के लिए जेल में अकसर आता रहता था और वह उसके साथ उसकी कोठरी में लंच भी किया करता था। उसके आने पर त्रिलोक की भी अन्य मुलाकातियों की तरह ही तलाशी ली जाती थी और कई बार हमें उसके पास अफीम मिलती थी। वह एक ऐसा गंभीर आपराधिक कृत्य (अतिक्रमण) था, जिसके लिए हम प्रथम सूचना रिपोर्ट (एफ.आई.आर.) दर्ज कराने हेतु नियमबद्ध थे। परंतु त्रिलोक सिंह ने हमसे क्षमा-याचना करते हुए कहा कि वह अफीम उसके निजी इस्तेमाल के लिए थी और गलती से उसकी जेब में रह गई थी। हमने उस मामले को अधिक तूल न देने का निर्णय लिया, क्योंकि यदि वह खबर बाहर जाती तो वह हमारे सुरक्षा प्रबंधों की ही कलई खोलती। अतः हमने उस मामले पर वहीं ढक्कन लगा दिया। हम त्रिलोक और उन लोगों के अन्य पारिवारिक सदस्यों पर घर का खाना लाने पर तो कोई प्रतिबंध नहीं लगा सके, परंतु उनके द्वारा लाई गई वस्तुओं की व्यापक जाँच और देखभाल करने लगे थे। कुछ लोग कह सकते हैं कि इंदिरा गांधी के हत्यारों को अपने घरों से सूखे मेवे जैसी स्वास्थ्यप्रद चीजें मँगाने की क्या जरूरत थी; परंतु जेल प्रणाली में सुधार की अंतर्निहित भावना के कारण घर का बना खाना उपलब्ध कराना एक प्रमुख उपाय था। इसके पीछे यह विचार निहित था कि यदि कोई कैदी अपने परिवार वालों से घर से लाई गई कोई वस्तु प्राप्त करता था तो उसे इस बात का अहसास होता था कि उसका परिवार उससे कितना प्यार करता था और उसका यही विश्वास आगे चलकर उसके सुधरने में सहायक होता था और उसके मानसिक स्वास्थ्य पर सकारात्मक प्रभाव डालता था। हम आशा करते थे कि ऐसी घटनाएँ कैदी को एक अच्छा इनसान बनने हेतु प्रेरित करेंगी, जो अपने प्यारे परिवार के सदस्यों के साथ अपना शेष जीवन बिना कोई अन्य अपराध किए अच्छी तरह गुजार सकता है। अनेक जेलों में यद्यपि इस विश्वास में वर्तमान में कुछ कमी आई है, परंतु हम जेल अधिकारियों को जो कुछ सिखाया जाता है, वह यही है।

~❋~

दुनिया भर के सभी सुधारवादी कदम, बहरहाल, सतवंत और केहर सिंह को फाँसी के फंदे से नहीं बचा सके। बलबीर सिंह के मामले में अंततोगत्वा उच्चतम

न्यायालय ने हस्तक्षेप किया, जब उन्होंने उसके बारे में कहा—

> "अभियुक्त कोई देहाती आदमी नहीं है। वह पुलिस का एक उप-निरीक्षक है और उसने कई साल पुलिस की सेवा की है। अवश्य ही उसने अपनी नौकरी के दौरान अनेक अपराधों की विवेचना की होगी। उसने अपने साथ संदिग्ध दस्तावेज रखने के खतरे का अनुमान अवश्य लगाया होगा, जब उसे पहले ही एक खतरनाक षड्यंत्र का दोषी मान लिया गया था। किसी कारण से मैंने खुद को समझौता करने में असमर्थ पाया। मैंने विद्वान् अतिरिक्त महान्यायवादी से सहायता माँगी। वह भी कोई स्पष्टीकरण नहीं दे पाए। वास्तव में, अभियुक्त के साथ चिपकाए गए इस असामान्य व्यवहार के बारे में कोई भी विश्वसनीय स्पष्टीकरण प्रस्तुत नहीं कर सका। मेरे विचार से, यह कहना कि भगोड़ा अभियुक्त उपनिरीक्षक राष्ट्रीय राजधानी के किसी सार्वजनिक स्थान पर किसी फँसानेवाले दस्तावेज के साथ पाया गया था, जो उसे फाँसी के फंदे तक ले जा सकता था, यदि देश के पुलिस बल की बुद्धिमत्ता का नहीं तो मेरी समझदारी का अपमान अवश्य है।"

और ठीक उसी प्रकार, देश के प्रधानमंत्री की हत्या करने की विश्वासघाती धमकी के बावजूद बलबीर सिंह को रिहा कर दिया गया था। मैं आपको बता सकता हूँ कि खुफिया ब्यूरो इस विचार से अत्यंत क्षुब्ध था कि जिस व्यक्ति ने नए प्रधानमंत्री तक को धमकी दी थी, उसे रिहा किया जा रहा था। इसलिए उन्होंने तिहाड़ से अगस्त 1988 में उच्चतम न्यायालय के रिहाई के आदेश के बाद से उसकी गतिविधियों के बारे में सहायक पुलिस आयुक्त कोचर से समन्वय स्थापित करने में सहायता करने को कहा। मैं यह बात इसलिए जानता हूँ कि जब मैंने ए.सी. पी. कोचर से पूछा कि वह इन विवरणों के बारे में जानकारी प्राप्त करने हेतु इतने चिंतित क्यों हैं, तो उन्होंने इस बात की पुष्टि की थी कि प्रधानमंत्री कार्यालय इस बात को लेकर चिंतित था कि यदि बलबीर सिंह को जेल से रिहा कर दिया गया तो वह सीधे वहाँ पहुँच सकता था। नाटकीय तौर पर ऐसा कुछ नहीं हुआ था; परंतु मैं यह बात पूरे विश्वास के साथ कह सकता हूँ कि रिहाई के बाद भी काफी दिनों तक खुफिया ब्यूरो के लोग बलबीर सिंह का पीछा करते रहे थे।

ठीक उसी वर्ष, 25 वर्षीय सतवंत के मानसिक स्वास्थ्य में गिरावट आने से ठीक पहले, पंजाब की किसी सुरिंदर कौर नामक महिला के साथ उसकी शादी हो गई थी। जिस व्यक्ति ने प्रधानमंत्री पर गोलियों की बौछार कर दी थी, उसे किसी ने अपने लिए एक योग्य पति मान लिया था। सुरिंदर कौर ने स्पष्ट रूप से सतवंत की तसवीर के साथ शादी करने के लिए अपने माता-पिता से लड़ाई भी की थी।

इस बात की जानकारी मुझे उसके साथ एक वार्त्तालाप के दौरान प्राप्त हुई थी, जब सतवंत का अस्थिर स्वभाव शांत हो चुका था और उसे हथकड़ियों से मुक्त कर दिया गया था। उसने मुझे बताया था कि उसके पिता ने उसकी शादी का आयोजन एक गुरुद्वारे में किया था और शादी के लिए उसकी तसवीर का मुख्तारी (प्रॉक्सी) के रूप में इस्तेमाल किया गया था।

"तुमने उन्हें ऐसा करने की अनुमति क्यों दी?" मैंने सतवंत से पूछा।

"उन्होंने (मेरे पिता ने) मुझसे कहा था कि वह तुम्हारे अलावा किसी अन्य आदमी से शादी करने के लिए इनकार करती है।" सतवंत ने आगे कहा, "आपको इस बात से सहमत होना पड़ेगा कि वह एक ऐसी निडर लड़की थी, जो मेरे भविष्य के बारे में जानते हुए भी मेरे साथ शादी करने के लिए अडिग थी।"

जब सतवंत को अपनी फाँसी अपरिहार्य दिखाई देने लगी तो उसके फौरन बाद से उसका स्वास्थ्य गिरना शुरू हो गया। केहर सिंह के परिवार ने एक के बाद एक दया याचिकाएँ लगानी शुरू कर दीं; परंतु सतवंत ने कहा कि उसके बारे में निर्णय देने का अधिकार ईश्वर के अतिरिक्त किसी अन्य के पास नहीं है। एक ओर जहाँ केहर सिंह का परिवार गृह मंत्रालय में जाकर उसकी दया याचिका को राष्ट्रपति के पास भेजने की गुहार लगाता रहा, सतवंत बिल्कुल शांत हो गया और उसने भोजन त्याग दिया था। उनकी फाँसी की तारीखें बार-बार बदलती रहीं, क्योंकि उनकी याचिकाएँ प्रारंभिक तौर पर स्वीकार कर ली जाती थीं, जिन्हें बाद में केवल निरस्त ही किया जाना था। हम देख सकते थे कि अब तक सतवंत मानसिक तौर पर स्थिर नहीं था।

फाँसी की निर्धारित तिथि, 6 जनवरी, 1989 को उन्हीं दोनों लोगों ने, जिन्होंने उन्हें मृत्युदंड देने के लिए न्यायमूर्ति महेश चंद्र को गालियाँ दी थीं, उन्हें पहचाना नहीं जा सका था। केहर सिंह ने अपने धार्मिक ग्रंथ का पाठ किया और एक विधि अधिकारी के रूप में मुझसे पूछा कि क्या उसे बचाने के लिए अभी भी कुछ किया जा सकता है? मेरे विचार से, उसने अंतिम मिनट तक यह उम्मीद पाले रखी थी कि उसकी ओर से अभी भी कोई हस्तक्षेप किया जा सकता था। सतवंत सिंह ने यद्यपि ऐसी कोई बात नहीं की, फिर भी दोनों—मेरे विचार से—सर्दी की सुबह ठंड के बजाय भय से अधिक काँप रहे थे। मुझे याद है, जब मैंने उनके चेहरे पर आखिरी बार काले कपड़े देखे थे और उसके बाद दोनों अचानक दुनिया से चले गए थे।

एक बार फिर, सरकार ने निर्णय किया कि उनके शवों को उनके परिवार

वालों को नहीं सौंपा जाना चाहिए। उनका अंतिम संस्कार उनके सिख विश्वासों के अनुसार किया जाना था। नियमों में इसका स्पष्ट उल्लेख है कि अंतिम संस्कार किसी निर्धारित क्षेत्र में ही किया जाना चाहिए। इसलिए हमने एक योजना बनाई (यह बात अत्यंत उल्लेखनीय है कि यदि सरकार चाहे तो वह अपने चिंतन में कितनी अभिनव हो सकती है)। हमने तत्काल दिल्ली नगर निगम से संपर्क किया और जेल नं. 3 के आगे जमीन का एक छोटा टुकड़ा हासिल करके उसे 'संस्कार भूमि' घोषित कर दिया। उसके बाद शवों का पूरे सम्मान के साथ वहाँ दाह-संस्कार कर दिया गया। संस्कार में उपस्थित न होने के रोष को शांत करने के लिए हमने उनके परिवारवालों के लिए हरिद्वार की यात्रा आयोजित की। उनके साथ एक वरिष्ठ पुलिस अधिकारी और जेल उपाधीक्षक हरिद्वार गए—मैं सचमुच यह सोचता हूँ कि हमारे द्वारा किए गए उस उपाय से दोनों मृतकों के परिवारवालों को शांत होने में काफी सहायता मिली होगी।

मेरी पत्नी एक सिख स्कूल में पढ़ाती थीं और इस विशेष मामले ने उनके ऊपर व्यापक प्रभाव डाला था। वह इस बात को लेकर अत्यंत भयभीत रहती थीं कि कहीं मुझे खालिस्तान-समर्थकों की धमकियों का सामना न करना पड़े। उसकी साथी अध्यापिकाएँ सतवंत सिंह और केहर सिंह के साथ जेल में होनेवाली घटनाओं के विवरणों को जानने के लिए उससे पूछती थीं। मैं उसके बारे में बात करना पसंद नहीं करता था और इससे उसकी चिंताएँ शांत नहीं होती थीं। जनरल वैद्य के अतिरिक्त कांग्रेस नेता ललित माकन जैसे अनेक लोग थे, जो सिख उग्रवादियों द्वारा मारे गए थे। मुझे कुछ ऐसी खबरों की जानकारी भी मिली थी कि इंटेलिजेंस ब्यूरो मेरी दैनिक गतिविधियों पर नजर रख रहा था, क्योंकि वे मानते थे कि कुछ जेल कर्मचारियों की खालिस्तान-समर्थकों के साथ हमदर्दी थी। अकाल तख्त ने सतवंत और केहर सिंह को 'शहीद' घोषित किया। तिहाड़ के इतिहास में उनका नाम उन लोगों के रूप में लिया जाएगा, जिन्होंने अपनी अंतिम साँस लेते समय 'जो बोले सो निहाल' का नारा लगाया था।

□

हिरासत में मौत

कैदी विशेषतया दोहरे विकलांग होते हैं। पहली बात तो यह कि अधिकतर कैदी समाज के दुर्बल वर्गों से आते हैं, जिनका गरीबी, शिक्षा और सामाजिक स्तर अत्यंत निम्न होता है। दूसरे, जेल एक चारदीवारीवाली दुनिया होती है, जिसका सामान्य इनसानी दुनिया से संवाद व संपर्क बहुत कम होता है, जिसके परिणामस्वरूप घोषित कैदी अदृश्य होते हैं। उनकी आवाज सुनाई नहीं देती और उनके साथ होनेवाला अन्याय उपेक्षित होता है।

—न्यायमूर्ति कृष्ण अय्यर, 1980

अब तक आपको संभवत: तिहाड़ की दुनिया कुछ अधिक परिचित लगने लगी होगी। यदि उसकी विडंबनाओं और जेल जगत् के भौतिक विरोधाभासों के आविर्भावों की मैं एक-एक कर सूची बनाने बैठूँ तो थक जाऊँगा। उदाहरण के तौर पर, सुनील बत्रा को ले लीजिए, जिसके कारण भारत में जेलों के अंदर होनेवाले उत्पीड़न पर सन् 1978 का ऐतिहासिक निर्णय आया था और यही कारण था कि उच्चतम न्यायालय ने निर्जन कारावास (सॉलिटरी कन्फाइनमेंट) पर प्रतिबंध लगा दिया था। क्या आपको कभी इस बात की कोई जानकारी थी कि वह स्वयं एक उत्पीड़क था? या आप यह जानते हैं कि दशकों पहले हमारी हिरासत में हुई उद्योगपति राजन पिल्लई की मृत्यु की हमें कितनी महँगी कीमत चुकानी पड़ी थी? परंतु उसके बावजूद हम अभी तक तिहाड़ में भविष्य में होनेवाली हिरासती मौतों के विरुद्ध कोई प्रभावशाली कदम उठाने में आज तक विफल रहे हैं। इतना अधिक कि मौजूदा समय के सर्वाधिक बीभत्स अपराधों वर्ष 2012 के निर्भया केस के बलात्कारियों और हत्यारों को अन्य कैदियों के साथ छोड़ दिया गया था, जहाँ उनके मारे जाने की संभावना अत्यधिक प्रबल थी। इन्हीं तमाम कारणों ने निर्भया केस के

प्रमुख अभियुक्त राम सिंह को तिहाड़ के अंदर संदिग्ध परिस्थितियों में मरने को मजबूर कर दिया था।

परंतु यहाँ मैं खुद से आगे जा रहा हूँ। सुनील बत्रा वाली घटना मेरे तिहाड़ में प्रवेश करने से काफी पहले हुई थी। मैंने ऐसे व्यक्ति के रूप में तिहाड़ में प्रवेश किया था, जिसे शिकायतों से प्रत्यक्षत: निपटना था और जो न्याय-प्रक्रिया का एक अंग था और जिसे व्यवस्था बनाए रखने के लिए हिंसा का सहारा भी लेना पड़ा। मैं अंधा नहीं था कि अपने इर्द-गिर्द अकसर मँडरानेवाली उपहासपूर्ण परिस्थितियों को अनदेखा कर देता। जब उत्पीड़न और दुर्व्यवहार की बात चलती है तो मुझे सर्वाधिक स्मरणीय मामला सुनील बत्रा का दिखाई देता है। मैंने चार्ल्स शोभराज के आगे-पीछे घूमनेवाले एक बिगड़ैल बच्चे के रूप में उसका उल्लेख पहले भी किया है; परंतु मैं आपको याद दिलाने के लिए इतना अवश्य बताना चाहूँगा कि सुनील बत्रा एक धनी प्राचीन मूर्ति विक्रेता का लाड़ला पुत्र था और अमीर लोगों की बस्ती दिल्ली के सुंदर नगर क्षेत्र में रहता था। तिहाड़ में उसका आगमन सन् 1973 में एक सशस्त्र डकैती के कारण हुआ था, जो इतनी भयानक सिद्ध हुई थी कि उसमें दो लोगों की मृत्यु हो गई थी। बत्रा, जिसकी उम्र उस समय 27 वर्ष थी, को मौत की सजा दी गई थी और उसे निर्जन कोठरी में बंद कर दिया गया था। लेकिन उसने आगे चलकर जो कार्य किया, उससे न केवल उसके जीवन का लक्ष्य बदल गया, बल्कि मृत्युदंड प्राप्त अन्य सभी कैदियों की दशा भी बदल गई थी।

सन् 1977 में सुनील बत्रा ने अपनी काल कोठरी से उच्चतम न्यायालय को एक पत्र लिखा, जिसे न्यायमूर्ति अय्यर ने याचिका का रूप दे दिया। अनेक कैदी न्यायाधीशों और न्यायालयों को पत्र लिखते थे; परंतु उन पत्रों की बड़ी संख्या केसों के कूड़े में जाकर विलीन हो जाती थी। यह एक सुखद संयोग की बात थी कि न्यायमूर्ति अय्यर ने केरल की पहली सरकार में जेल मंत्री के रूप में काम किया था और जेल-सुधार एक ऐसा क्षेत्र था, जिससे वह पहले से परिचित थे। इसलिए उन्होंने सुनील बत्रा के पत्र को अत्यंत गंभीरता से लिया। वास्तव में, उनके कार्यकाल में अनेक प्रगतिशील निर्णय पारित किए गए थे। उन्होंने इस व्यापक प्रश्न का निर्णय करने हेतु एक विशेष जाँच बैठा दी कि क्या निर्जन कारावास मात्र एक दंड था या वह सुधार के उद्देश्य हेतु घातक था? मामला अत्यंत महत्त्वपूर्ण था, क्योंकि न्यायमूर्ति अय्यर उसमें व्यक्तिगत रूप से रुचि ले रहे थे। उसका अर्थ यह था कि हमारी जेलों के इतिहास में एकमात्र और पहली बार उच्चतम न्यायालय के

विद्वान् न्यायाधीश तिहाड़ जेल में यह जानने हेतु पधारे कि क्या वहाँ की स्थितियाँ वास्तव में उतनी ही बुरी थीं, जितनी कि पत्र में बताई गई थीं।

बहरहाल, जब न्यायमूर्ति एम.एच. बेग, न्यायमूर्ति पी.एस. कैलासम एवं न्यायमूर्ति वी.आर. कृष्ण अय्यर ने 23 जनवरी, 1978 को तिहाड़ जेल का दौरा किया तो उन्होंने पाया कि स्थिति उतनी विकराल नहीं थी, जितनी कि पत्र में उन्हें बताई गई थी। कोठरियों में जहाँ एक ओर कोई खिड़की, बिस्तर या अन्य कोई फर्नीचर नहीं था, उन्होंने नोट किया कि लोहे के सरिए लगे हुए एक रोशनदान के जरिए कोठरियों में सूर्य की पर्याप्त रोशनी आ रही थी। वहाँ कोई सुव्यवस्थित स्नानघर तो नहीं था, परंतु कमरे में पानी एवं सैनिटरी फिटिंग लगी हुई थी। उन्होंने यह भी पाया कि यदि सुनील बत्रा चाहता तो खिड़कियों में लगे लोहे के सरियों के बीच से अन्य कैदियों से बात कर सकता था। इसके बावजूद, जब न्यायमूर्तियों या न्यायाधीश बंधुओं ने पाया कि अधिकतर कैदी निर्जन कारावास की अपेक्षा शारीरिक दंड को अधिक प्राथमिकता देते थे तो उन्होंने निर्णय दिया कि सुनील बत्रा या किसी अन्य कैदी पर अब उसे लागू नहीं किया जाएगा, क्योंकि वह भी किसी उत्पीड़न से कम नहीं था। निर्जन कारावास के विरुद्ध यह एक ऐतिहासिक निर्णय बन गया। एक ओर जहाँ इस बात में कोई संदेह नहीं है कि विभिन्न जेलों में निर्जन कारावास की व्यवस्था आज भी विद्यमान है, वह वैधानिक नहीं है और कैदियों के पास उसके विरुद्ध शिकायत करने का एक प्रावधान मौजूद है।

यह तो सुनील बत्रा के सक्रियतावाद की शुरुआत मात्र थी। देश के शीर्षस्थ न्यायाधीशों से संवाद स्थापित करने और सफलता का स्वाद चखने के एक वर्ष बाद सुनील बत्रा ने सन् 1979 में एक अन्य पत्र लिखा। इस पत्र में उसने एक अन्य कैदी प्रेम चंद पर किए जानेवाले अत्याचार के बारे में लिखा था। 26 अगस्त, 1979 को प्रेम चंद को अत्यधिक रक्तस्राव के कारण लेडी इरविन अस्पताल ले जाया गया था। ड्यूटी पर तैनात डॉक्टर ने पाया कि उसकी गुदा में घाव हो गया था, जिसके बारे में उसके साथ गए जेल कर्मचारियों ने उसे यह कहकर दरकिनार करने की कोशिश की थी कि प्रेम चंद के अधिक नशे की लत के कारण उसे रक्तस्राव हो रहा था। बहरहाल, डॉक्टर ने उनके स्पष्टीकरण को अविश्वसनीय माना और उसके घावों को ठीक करने के लिए शल्य-क्रिया करने का निर्णय लिया। उस घटना की शिकायत जब उच्चतम न्यायालय पहुँची तो वह भी एक याचिका बन गई और उसकी जाँच के लिए न्यायालय ने वाई.एस. चितले एवं मुकुल मुद्गल को कोर्ट

द्वारा नियुक्त जाँचकर्ता बनाया, जो कालांतर में उच्चतम न्यायालय के न्यायाधीश बने। जेल के अधिकारियों ने सच्चाई को दबाने की भरपूर कोशिश की थी। 'पतन' कथा के अतिरिक्त, उन्होंने यह भी सुझाव दिया था कि संभवत: प्रेम चंद बवासीर की बीमारी से ग्रस्त था और उन्होंने अपनी कहानी को मानने के लिए प्रेम चंद पर दबाव भी बनाया था। परंतु अंततोगत्वा सत्य बाहर आ ही गया। उच्चतम न्यायालय के निर्णय के अनुसार, वार्डर मग्गर सिंह ने प्रेम चंद के गुदा मार्ग में लोहे की एक रॉड घुसेड़ दी थी, क्योंकि वह प्रेम चंद से मिलने आनेवाले मुलाकातियों से उसकी मुलाकात करवाने के बदले रिश्वत की माँग कर रहा था, जिसे पूरी कर पाने में गरीब प्रेम चंद असमर्थ था। इस नियमोल्लंघन की दु:खद प्रकृति ने सभी को हिलाकर रख दिया था, जिससे पता चलता था कि जेल के अंदर की स्थितियाँ कितनी क्रूर हो सकती हैं कि वहाँ ऐसा जघन्य कृत्य किया गया। परंतु इसके बावजूद मग्गर सिंह को जेल कर्मियों की ओर से समर्थन मिला और उन्होंने उसके अपराध को छिपाने की भरपूर कोशिश की थी। जाँच काररवाई का संचालन करनेवाले न्यायमूर्तियों ने सुनील बत्रा को धन्यवाद दिया, जो उस समय मौत की सजा काट रहा था (जिसे बाद में कम करके आजीवन कारावास की सजा में बदल दिया गया था), जिसने इस निर्दयता के विरुद्ध आवाज बुलंद की थी और जिसने उच्चतम न्यायालय को सन् 1979 में यह कहने पर विवश कर दिया था कि कैदी भी इनसान हैं, कोई जानवर नहीं और जेल प्रणाली में मानव कैदी के सम्मान के विरुद्ध आचरण करनेवाले उसके पथभ्रष्ट 'अभिभावकों' को दंडित करने का आदेश दिया था।

वह मामला एक महत्त्वपूर्ण बिंदु सिद्ध हुआ, क्योंकि हमें जेल के अंदर होनेवाले उत्पीड़न का सामना करने के लिए विवश होना पड़ा था। न्यायालय ने तमाम क्षेत्रीय भाषाओं में जेल नियमावलियाँ प्रकाशित करने के लिए कहा, ताकि वे कैदियों को उनके अधिकारों के प्रति शिक्षित कर सकें। न्यायिक अधिकारी उत्पीड़न के अन्य प्रकारों की ओर भी सचेत हुए, जो मग्गर सिंह द्वारा किए गए उत्पीड़न के समान मुखर नहीं थे, परंतु अब भी अत्यंत कष्टप्रद एवं अपमानजनक थे, जिनमें दूरस्थ जेलों में कैदियों का स्थानांतरण, जहाँ कोई उनसे मिलने नहीं जा सकता था या शौचालय की सफाई जैसा अमानवीय कार्य कराया जाता था अथवा उन्हें शौचालय के पास सोने के लिए मजबूर किया जाता था। उन्होंने महसूस किया कि कैदियों को कोड़े मारने जैसे नियम पंजाब जैसे राज्य की जेल नियमावलियों के अंग के रूप में अभी भी विद्यमान थे। वहाँ वयस्क कैदियों के नितंबों पर 30 कोड़े तक

और किशोरों को 15 कोड़े मारने का नियम मौजूद था। अनेक जेलरों के लिए यह सर्वाधिक पसंदीदा भौतिक अनुशासन था और सन् 1971 में उन्होंने एक कैदी को इतने कोड़े मारे कि उसकी मृत्यु हो गई।

उच्चतम न्यायालय के आदेश के बावजूद उत्पीड़न और कैदियों को चोट पहुँचाने की घटनाएँ जेलों में आज भी होती रहती हैं। जेल में विडंबना यह है कि अकसर रक्षक ही भक्षक बन जाते हैं। सुनील बत्रा के ऐतिहासिक निर्णय के एक वर्ष बाद, जिसने जेल अधिकारियों को सतर्क कर दिया था, आजीवन कारावास की सजा काट रहे राकेश कौशिक नामक एक अन्य कैदी ने अदालतों को लिखा कि चार्ल्स शोभराज के नेतृत्व में कैदियों का एक गैंग उसके साथ दुर्व्यवहार कर रहा था और उन लोगों को जेल के अधीक्षक एवं अन्य कर्मचारियों का समर्थन प्राप्त था। ऐसा संघर्ष अकसर केवल आजीवन कारावास प्राप्त कैदी ही करते थे, क्योंकि अल्पावधिक कैदियों को सर्वाधिक नुकसान उठाना पड़ता था। उच्चतम न्यायालय ने सुप्रसिद्ध अधिवक्ता सुबोध मार्कंडेय को तिहाड़ की यात्रा करने और राकेश कौशिक की शिकायतों की सूची की तह तक जाने हेतु नियुक्त किया। इन शिकायतों में जेल के कर्मचारियों के साथ दोस्ती करके युवा लड़कों के साथ ड्रग्स के नशे में यौन उत्पीड़न की शिकायत भी शामिल थी। जेल के कर्मचारियों ने अपनी ओर से मार्कंडेय के कार्य को कठिन बनाने का अधिकतम प्रयास किया, जिसके अंतर्गत कभी वे उन्हें जेल में प्रवेश करने से ही रोक देते या कभी उनका ब्रीफकेस चुरा लेते थे। परंतु श्री मार्कंडेय अडिग रहे और अपनी जाँच पूरी की। उनके निष्कर्ष अत्यंत चौंकानेवाले थे। जिस व्यक्ति ने कैदियों के उत्पीड़न के मकसद में महारत हासिल की थी, वह स्वयं दो नाबालिग लड़कों का अपने सहवास दास (सेक्स स्लेव) के रूप में इस्तेमाल कर रहा था। उस समय तिहाड़ में किशोर अभियुक्तों के लिए एक अलग क्षेत्र था। बहरहाल, मार्कंडेय ने अपनी रिपोर्ट में पाया कि 30 वर्षीय सुनील बत्रा ने अपने कमरे में किसी तरह एक चाकू का प्रबंध कर लिया था, जिसका उपयोग वह दो किशोरों सहित अन्य कैदियों को धमकाने और उन पर हमला करने के लिए करता था। 'उनमें से एक लड़के को सुनील बत्रा द्वारा जबरन अपने कमरे में खींच लिया गया था और उसके साथ अप्राकृतिक मैथुन किया गया था।' जब जेल सुपरिंटेंडेंट बी.एल. विज से पूछा गया कि वे दोनों नाबालिग लड़के सुनील बत्रा की कोठरी में क्या कर रहे थे (जिसमें टेलीविजन लगा हुआ था), 'विज ने स्वीकार किया कि सुनील बत्रा का साथ देने के लिए उसे दो लोग दिए गए थे।' जब

उससे यह पूछा गया कि क्या वे दोनों लड़के उसे समलैंगिकता के लिए उपलब्ध कराए गए थे, तो इसका उसने नकारात्मक उत्तर दिया, बावजूद इसके कि राकेश कौशिक ने उच्चतम न्यायालय से की गई अपनी शिकायत में इस बात का स्पष्ट उल्लेख किया था कि तिहाड़ के अंदर नाबालिग लड़कों के साथ गुदा मैथुन जैसा अप्राकृतिक कृत्य किया जा रहा था।

रिपोर्ट में उन गवाहों का भी उल्लेख किया गया था, जो इस आरोप से सहमति जताते थे कि सुनील बत्रा एवं शोभराज गैंग विज और उसके डिप्टी के नाम पर कैदियों से रिश्वत इकट्ठा किया करता था। इसके बदले में उन्हें अपनी कोठरी में एक टेलीविजन, रेडियो, टेप रिकॉर्डर, ट्रांजिस्टर और एक रिकॉर्ड प्लेयर जैसी जेल में सभी प्रतिबंधित वस्तुएँ रखने की अनुमति दी गई थी। यदि श्रीनिवास शर्मा जैसा कोई अन्य कैदी उसकी अनुचित माँगों पर हामी नहीं भरता था तो सुनील बत्रा उसकी पिटाई कर देता था।

सुनील बत्रा जैसा कोई मुखबिर (व्हिसिल ब्लोअर) बलात्कारी एवं उत्पीड़क क्यों बन गया? या वह सदैव ऐसा ही था? मैं उससे मार्कंडेय रिपोर्ट प्रकाशित होने के बाद ही मिला था। तब तक उस रिपोर्ट के आधार पर उसकी शक्तियों में काफी कमी कर दी गई थी और अब उसकी कोठरी में कोई नाबालिग लड़का नहीं जाता था। सुनील बत्रा के इस दोहरे चरित्र का एक उचित कारण यह था कि वह एक अवसरवादी व्यक्ति था। वह वही काम किया करता था, जो उसके लिए सुविधाजनक होते थे। उसने निर्जन कारावास का मुद्दा केवल इसलिए उठाया था, क्योंकि उसे स्वयं वहाँ रखा गया था और वहाँ उसकी दशा अत्यंत दयनीय हो गई थी। परंतु जब उसके लिए वही स्थिति सुविधाजनक लगी तो उसे अन्य कैदियों के उत्पीड़न में कोई दोष नजर नहीं आया। वास्तविकता यह है कि जेलों में अप्राकृतिक मैथुन के विषय में कुछ भी असामान्य नहीं है। मैं नहीं जानता कि बत्रा अपनी कोठरी में नाबालिगों को लाने का प्रबंध कैसे करता था, क्योंकि विशाल तिहाड़ जेल परिसर में (18 से 21 वर्ष की उम्र के कैदियों को अलग जेल में रखा जाता है); परंतु मैं इतना अवश्य जानता हूँ कि यदि उन दोनों लड़कों ने अपने खिलाफ होनेवाले अप्राकृतिक यौनाचार की शिकायत जेल अधिकारियों से की होती तो उन्हें यह कहकर भगा दिया जाता कि *"अरे, भाग यार, भाग।"*

अनेक गैर-सरकारी संगठनों द्वारा संचालित किए गए सर्वेक्षणों से पता चला है कि जेल में स्थित युवा अपराधियों में से 50 प्रतिशत के साथ अप्राकृतिक

यौनाचार किया गया था। जो लोग मजबूत हैं या जेल के आसपास लंबे समय से रहे हैं, वे लोग गुदा मैथुन को प्रताड़ना या अपने शक्ति-प्रदर्शन के औजार के रूप में देखते हैं। मुझे नहीं पता कि सुनील बत्रा समलैंगिक था या नहीं, क्योंकि मैंने अनेक सीधे-सादे कैदियों को देखा था, जो जेल में समलैंगिकता की ओर मुड़ गए थे।

दूरदर्शी न्यायमूर्ति अय्यर के जेल से गैर-हाजिरी या स्वीकृत अवकाश का समर्थक होने का एक अन्य कारण यह भी था। उत्पीड़न के विरुद्ध दिए गए अपने उसी निर्णय में उन्होंने इस बड़ी समस्या को भी पहचाना था और कहा था कि युवा अपराधियों को बड़े अपराधियों के साथ रखा जाना या विचाराधीन कैदियों को सजायाफ्ता या दुर्दांत कैदियों के साथ रखा जाना अप्राकृतिक यौनाचार का कारण बन सकता था। सजा प्राप्त, विशेषकर सुनील बत्रा जैसे अपराधी, जो आजीवन कारावास की सजा काट रहे थे, उनके सुधरने या अच्छा व्यवहार करने का कोई कारण नहीं था; क्योंकि उनके पास खोने के लिए कुछ नहीं था। न्यायमूर्ति अय्यर के अनुसार, उनकी कुंठा अनेक लोगों को चोट के माध्यम से अपनी लैंगिक भूख शांत करने का एक माध्यम थी। सलाखों के पीछे रहनेवाले कैदियों के लिए सेक्स निर्विवाद रूप से एक प्रासंगिक विषय था। और संभवतः इन्हीं कारणों से उन्होंने आकस्मिक अवकाश प्रणाली को अच्छे आचरण की एक सौगात के रूप में देखा था, ताकि कैदी अपने सहवासिक संबंधों को बनाए रख सकें। दरअसल, उन्होंने कैदियों को सप्ताहांत में छुट्टी दिए जाने की वकालत की थी, ताकि वे अपने परिवारों के साथ रह सकें। कालांतर में '90 के दशक के प्रारंभ में जब किरण बेदी तिहाड़ की प्रमुख थीं, वह जेल में कंडोम बिक्री मशीन की विवादास्पद संकल्पना के साथ सामने आईं। मेरे कहने का आशय यह है कि क्या आप लोगों को अन्य लोगों के साथ अप्राकृतिक यौनाचार हेतु आमंत्रित करने का प्रयास कर रही हैं? आपके इस निर्णय से तो मुझे ऐसा ही आभास होता है और यही कारण था कि अनेक अन्य लोगों ने उनके निर्णय को न्यायालय में चुनौती भी दी थी। लेकिन जब तक अदालत किरण बेदी के निर्णय पर कोई विचार करती, उससे पूर्व ही वह तिहाड़ की प्रमुख नहीं रह गई थीं और सौभाग्यवश, उनके विचार को लागू नहीं किया गया था।

सन् 1981 में, उच्चतम न्यायालय के एक विवादास्पद निर्णय के आधार पर सुनील बत्रा की मौत की सजा को संक्षिप्त करते हुए आजीवन कारावास में बदल दिया गया था और कुछ वर्षों बाद उसे रिहा कर दिया गया था। वह कुछ वर्षों तक

वकालत करने के बाद तिहाड़ वापस आया। इस बार उसे नशा संबंधी अपराध में जेल लाया गया था। बहरहाल, उसकी विरासत जीवित रही और आज भी जेलों में प्रासंगिक है। यह आवश्यक नहीं है कि उत्पीड़न भौतिक या लैंगिक आघात के रूप में ही हो। अकसर उसका अर्थ यह होता है कि संरक्षक उत्पीड़न के विरुद्ध अपनी आँखें बंद कर लेते हैं। न्यायमूर्ति अय्यर ने बेशक, आदेश पारित करके मग्गर सिंह के खिलाफ दशकों पूर्व सख्त काररवाई करने का आदेश दिया था, परंतु हिरासत में होनेवाली मौतों की बढ़ती संख्या के रूप में उत्पीड़न का अस्तित्व आज भी बरकरार है। गृह मंत्रालय के अनुसार, राष्ट्रीय मानवाधिकार आयोग ने वर्ष 2017-2018 में देश में हिरासती मौतों के 1,674 मामले दर्ज किए थे। उसे देखते हुए प्रतीत होता है कि स्थिति अत्यंत भयावह हो गई थी। एक ओर जहाँ वर्ष 2001 एवं 2010 के मध्य हिरासत में होनेवाली मौतों की दैनिक संख्या 4 थी, वह बढ़कर प्रतिदिन 5 हो गई थी। तिहाड़ जेल में सर्वाधिक उच्च स्तरीय, नाटकीय एवं विवादास्पद हिरासती मौत सन् 1995 में बिस्कुट निर्माता उद्योगपति राजन पिल्लई की थी। उस पूरे समय के दौरान मैं वहीं था और मुझे याद है कि तिहाड़ ने के.टी.एस. तुलसी और विकास पाहवा जैसे बड़े वकीलों को न्यायमूर्ति लीला सेठ, जो उस घटना की जाँच कर रही थीं, की अदालत में पेश होने के लिए कितना धन खर्च किया था। मेरे विचार से, वह तिहाड़ की ओर से अब तक सीखा गया सबसे महँगा सबक था।

जिस समय ब्रिटानिया कंपनी समूह के अध्यक्ष राजन जनार्दन मोहनदास पिल्लई को दिल्ली पुलिस द्वारा गिरफ्तार किया गया, उस समय हम उनसे काफी परिचित थे। हमें उस कहानी का पता था कि कैसे उनके सिंगापुर स्थित कारोबारी साझीदार के साथ उनका विवाद हुआ था और उसने पिल्लई के विरुद्ध आपराधिक काररवाई शुरू की थी। सिंगापुर की अदालत ने जब राजन पिल्लई को अप्रैल 1995 में दोषी पाया तो वह वहाँ से भागकर दिल्ली आ गया। बहरहाल, सिंगापुर ने चुस्ती दिखाते हुए प्रत्यर्पण का नोटिस भेजा और इंटरपोल ने उसके खिलाफ गिरफ्तारी का वॉरंट जारी किया, जिसका भारत को पालन करना था। सिंगापुर की ओर से बढ़ते दबाव को देखते हुए भारत सरकार ने उसके प्रत्यर्पण के मामले को न्यायमूर्ति एम.सी. मेहता को सौंप दिया, जिन्होंने उसके खिलाफ गैर-जमानती वॉरंट जारी कर दिया। तीन महीने तक उसका पीछा करने के बाद 3 जून, 1995 को शक्तिशाली कारोबारी को राजधानी की हृदय-स्थली होटल ली मेरीडियन के कमरा नं. 1086 से गिरफ्तार कर लिया गया। उसकी गिरफ्तारी के समय पुलिस ने उसके होटल के

कमरे से दवाओं के साथ शराब भी बरामद की थी। यह एक महत्त्वपूर्ण जानकारी थी, परंतु किसी अज्ञात कारण से उसे उसके रिकॉर्डों में उस रूप में नहीं दर्ज किया गया, जैसा कि उसे दर्ज किया जाना चाहिए था।

राजन पिल्लई को मजिस्ट्रेट एम.सी. मेहता के समक्ष प्रस्तुत किया गया, जिन्हें अगली सुबह उसके प्रत्यर्पण का निर्णय करना था। उसी समय पिल्लई के वकीलों की ओर से अपोलो अस्पताल का एक प्रमाण-पत्र प्रस्तुत किया गया, जिसमें कहा गया था कि उसे चिकित्सा पर्यवेक्षण की आवश्यकता है, क्योंकि वह शराब-जन्य लिवर सिरोसिस की बीमारी से पीड़ित है। सर्वाधिक महत्त्वपूर्ण तथ्य यह था कि अस्पताल के नोट में यह भी कहा गया था कि एक दिन पहले उसे शौच के साथ रक्त-स्राव हुआ था और उसने खून की उल्टियाँ भी की थीं, जिसका अर्थ था कि वह अत्यंत गंभीर अवस्था में था। उसकी चिकित्सा टिप्पणी में इस बात की साफ-साफ चेतावनी दी गई थी कि यदि उसे समुचित उपचार उपलब्ध नहीं कराया गया तो उसके परिणाम 'घातक हो सकते थे'। उस टिप्पणी में आगे यह भी परामर्श दिया गया था कि उसके लिए वांछित लेजर सर्जरी हेतु उसे एस्कॉर्ट्स अस्पताल ले जाया जाना चाहिए।

न्यायमूर्ति मेहता ने उसे जेल भेज दिया; परंतु उन्होंने उसके साथ ही जेल के रेजीडेंट मेडिकल ऑफिसर (आर.एम.ओ.) को एक 'तात्कालिक' पत्र लिखा और पूछा कि क्या तिहाड़ पिल्लई की देखभाल कर सकती है और केंद्रीय जाँच ब्यूरो (सी.बी.आई.) से पूछा कि वह इसके चिकित्सा आवेदन के विषय में क्या सोचती है? उन्होंने तिहाड़ को इस बात का भी निर्देश दिया कि वह पिल्लई की चिकित्सकीय समस्याओं का ध्यान रखे और दूसरी ओर अदालत आर.एम.ओ. की अगले दिन आनेवाली विस्तृत रिपोर्ट की प्रतीक्षा करती रही।

तिहाड़ में प्रत्येक व्यक्ति को किसी अमीर कैदी का आना अच्छा लगता है, क्योंकि वह उन्हें जेल के उत्पादों को बेचकर धनार्जन का अवसर देता है। परंतु 48 वर्षीय पिल्लई उन धनी कैदियों से बिल्कुल भिन्न था, जिनसे हमारा पहले परिचय था। उसके अंदर कोई ऐसा कोई घमंड या कुंठा नहीं थी, जो सामान्यतया धनी एवं शक्तिशाली कैदियों से जुड़ी होती थी। वास्तव में, पिल्लई एक शांत एवं विनम्र कैदी था। उसके साथ जेल में बातचीत करनेवाले उसके वकीलों ने कहा कि वास्तव में वह अत्यंत कुम्हलाया हुआ था। उन्हें इस बात की बहुत कम जानकारी थी कि कैसे तेजी से चीजें उसके नियंत्रण से बाहर होती जा रही थीं।

न्यायमूर्ति मेहता ने जो पत्र तिहाड़ के आर.एम.ओ. के पास भेजा था, वह उसके पास कभी पहुँचा ही नहीं; क्योंकि उस पत्र को भेजने का दायित्व जिस व्यक्ति पर था, उसने उसकी तात्कालिकता को उतना महत्त्व ही नहीं दिया था। उसने उस पत्र को स्वयं आर.एम.ओ. के पास जाकर देने के बजाय कूरियर से भेज दिया था। इससे भी बुरी स्थिति यह थी कि जो डॉक्टर जेल में आनेवाले नए कैदियों की चिकित्सा जाँच करता था, वह उस दिन अपनी ड्यूटी पर मौजूद ही नहीं था, जिस दिन पिल्लई को तिहाड़ लाया गया था। इस प्रकार, उसके स्वास्थ्य के बारे में इतनी महत्त्वपूर्ण सूचना को कोई महत्त्व ही नहीं दिया गया था।

अगली सुबह तक भी न्यायमूर्ति मेहता को तिहाड़ के डॉक्टरों की ओर से कोई अपेक्षित जानकारी नहीं दी गई और सी.बी.आई. पिल्लई के खराब स्वास्थ्य के बारे में दिए गए किसी सुझाव को स्वीकार करने को तैयार नहीं थी। उन्होंने ऐसे अनेक चालबाज राजनेताओं और अन्य अति विशिष्ट व्यक्तियों को देखा था, जो जेल जाने से बचने के लिए अपने चिकित्सीय मुद्दों के आधार पर अस्पताल जाने का बहाना बनाते थे। सी.बी.आई. के अधिकारियों ने अदालत को बताया था कि जिस समय उन्होंने पिल्लई को गिरफ्तार किया था, वह शराब पी रहा था। अत: पिल्लई को इलाज के बहाने एस्कॉर्ट्स अस्पताल भेजने का सुझाव स्वीकार्य नहीं था। इसके प्रत्युत्तर में पिल्लई के वकीलों ने उसके चिकित्सा प्रतिवेदनों को प्रस्तुत किया, जिसमें दिखाया गया था कि मात्र तीन वर्ष पहले उसने अपने जीवन के लिए खतरा बने दो झटकों का सामना किया था और उसे दस बार संपीड़नात्मक चिकित्सा करानी पड़ी थी (अर्थात् उसे आँखों पर असर डालनेवाले आंतरिक रक्तस्राव का उपचार कराना पड़ा था)। परंतु न्यायाधीश महोदय स्वतंत्र चिकित्सा परामर्श चाहते थे, जो उन्हें तिहाड़ के आर.एम.ओ. से प्राप्त होने की अपेक्षा थी, इसलिए उन्होंने अपने निर्णय को अगले दिन (6 जुलाई) तक रोक लिया था और पिल्लई को वापस तिहाड़ भेज दिया था। यह पिल्लई का दुर्भाग्य था कि जब तक वह अदालत से तिहाड़ पहुँचा, उस समय शाम के 5 बज चुके थे, जिसका तात्पर्य था कि तिहाड़ का रेजीडेंट डॉक्टर अपनी ड्यूटी समाप्त करके वापस जा चुका था, इसलिए उसकी भौतिक स्थिति की जाँच यह जानने के लिए दोबारा नहीं की जा सकी, जिससे उसके चिकित्सकों के इस दावे की पुष्टि नहीं की जा सकी कि उसके जीवन को आसन्न भय सत्य था।

6 जुलाई तक राजन पिल्लई को हिरासत में गए तीन दिन बीत चुके थे। उन

तीन दिनों में उसने अपनी प्रस्तावित दवाएँ नहीं ली थीं, क्योंकि उसकी जाँच ही नहीं हुई थी। जेल प्राधिकारियों ने जज को सौंपी अपनी रिपोर्ट में स्वीकार किया था कि उनके पास लिवर सिरोसिस जैसी गंभीर बीमारी की चिकित्सा के साधन नहीं थे; परंतु उन्होंने कहा कि उस बीमारी के इलाज की सुविधा एम्स (AIIMS) जैसे सरकारी अस्पतालों में उपलब्ध थी। न्यायमूर्ति मेहता ने किसी निजी अस्पताल में जाँच कराने की पिल्लई की माँग को अस्वीकार कर दिया और 11 जुलाई तक के लिए तिहाड़ भेज दिया; लेकिन उसे अपनी दवाएँ लेने की अनुमति प्रदान कर दी थी। उन्होंने कहा, "व्यावसायिक एवं नैतिक तौर पर प्रतिबद्ध तिहाड़ जेल के डॉक्टर और सुगमत: उपलब्ध न्यायालय अनुमत्य एवं वांछित चिकित्सा उपचार को लेकर हमेशा चिंतित रहेंगे।"

उस शाम जब राजन पिल्लई जेल नं. 4 स्थित अपने लिए नियत वार्ड नं. 9 में गया। वह दृश्यत: तनावग्रस्त था। मैंने सुना था कि वह अदालत में ही काँपने लगा था, इसलिए न्यायाधीश ने अपने आदेश में तिहाड़ के डॉक्टर को उसे उचित चिकित्सा सुविधा उपलब्ध कराने का निर्देश दिया था। आर.एम.ओ. ने अभी तक पिल्लई के स्वास्थ्य के बारे में अपना स्वतंत्र मूल्यांकन प्रस्तुत नहीं किया था, क्योंकि उसका दावा था कि उसे इस प्रकार के कथन की कोई जानकारी ही नहीं थी। पिल्लई के गृह राज्य केरल के एक अन्य कैदी जॉर्ज कुट्टी ने उसे पहनने के लिए लुंगी एवं पानी की एक बोतल दी थी और सोने के लिए सीमेंट का बना एक चबूतरा दिखाया था। कुट्टी ने बाद में याद करके बताया था कि उस समय पिल्लई बहुत बीमार दिखाई दे रहा था। तालाबंदी के बाद हम में से किसी को भी उसके पास जाने की सुविधा नहीं थी; परंतु अगले दिन सुबह ताला खुलने के समय प्रहरियों ने पिल्लई को सीमेंट के चबूतरे पर लेटे देखा था, जिसे कुट्टी ने उसे दिखाया था। अन्य कैदियों ने हमें बताया था कि किस प्रकार पिल्लई उन्हें सारी रात बेचैन दिखाई पड़ा था और उसके शरीर पर सूजन आ गई थी। एक अन्य कैदी ने बताया कि कैसे वह नंगे पाँव बार-बार शौचालय जाता था और दूसरे कैदी ने देखा था कि उसके घुटने के नीचे सफेद दाग पड़ गए थे। इसके बावजूद किसी को उसकी सहायता के लिए नहीं बुलाया गया, क्योंकि वे उसे किसी नए आदमी के जेल में आने पर होनेवाली असुविधा के रूप में देख रहे थे।

जिस समय हमने उसे सीमेंट के चबूतरे पर लेटे हुआ पाया था, पिल्लई बुरी हालत में था और उसे बहुत तेज बुखार था। लेकिन उसे किसी अस्पताल में ले जाने

के बजाय सामान्यतया जेल के चिकित्सक के पास ले जाया गया। जेल के चिकित्सक ने उसे काम्पोज का एक इंजेक्शन दिया, जिसका उपयोग आमतौर पर नए कैदियों में होनेवाली व्यग्रता के उपचार के लिए किया जाता है। पिल्लई के स्वास्थ्य के विषय में न्यायालय द्वारा किए गए विशेष उल्लेख के बावजूद उसके चिकित्सा इतिहास के बारे में जानने की कोई कोशिश नहीं की गई। ऐसा तभी हुआ, जब उसके वकील प्रदीप दीवान 7 जुलाई की शाम को 4 बजे के बाद उससे मिलने आए और उन्होंने माँग की कि पिल्लई को किसी उचित अस्पताल में ले जाना चाहिए।

इस बात पर अनेक मत थे कि राजन पिल्लई कैसे और क्यों मरा; परंतु मेरे विचार से, तिहाड़ की उपेक्षा और असावधानी ने उसकी हत्या की थी। एक दिन पूर्व अदालत को यह बताए जाने के बावजूद कि तिहाड़ से संबद्ध दीन दयाल उपाध्याय अस्पताल नामक सरकारी अस्पताल में लिवर सिरोसिस के उपचार की सुविधा नहीं थी, उसके बावजूद जब उसके वकीलों ने पिल्लई के तेज बुखार को देखते हुए उसके स्वास्थ्य पर ध्यान देने की माँग की तो क्या किसी ने यह सुनिश्चित करने की कोई परवाह की कि पिल्लई की तिहाड़ के डॉक्टर से चिकित्सा जाँच कराई जानी चाहिए? अंततः, जब तक पिल्लई को अस्पताल ले जाया गया, तब तक बहुत कीमती समय नष्ट हो चुका था, क्योंकि उस समय वहाँ कोई एंबुलेंस उपलब्ध नहीं थी। पिल्लई के परेशान वकील दीवान ने उसे अपनी निजी कार में अस्पताल ले जाने का सुझाव दिया; परंतु हमने उसे यह कहकर ठुकरा दिया कि वह नियमों के विरुद्ध था। इससे भी बुरी स्थिति यह थी कि कैदी को अस्पताल ले जाने के लिए कोई सशस्त्र पुलिस उपलब्ध नहीं थी। कुल मिलाकर, राजन पिल्लई को अस्पताल ले जाने में दो घंटे से अधिक का विलंब हो गया और वही दो घंटे उसके लिए घातक सिद्ध हुए। पिल्लई को ले जानेवाला स्ट्रेचर एंबुलेंस के फर्श पर रखा गया था और रास्ते में उसके मुँह से खून की उल्टियाँ होने लगी थीं। अस्पताल पहुँचने पर वहाँ ड्यूटी पर मौजूद डॉक्टरों को किसी ने यह नहीं बताया कि पिल्लई को लिवर सिरोसिस की बीमारी थी, इसलिए डॉक्टरों ने उसे बचाने का असफल प्रयास किया। रात को 8.30 बजे राजन पिल्लई को मृत घोषित कर दिया गया था। उसकी पोस्टमार्टम रिपोर्ट में कहा गया कि उसकी मौत एसोफैगल वेरिस के कारण हुई थी, जिसका मौलिक अर्थ यह है कि उसके गले और पेट की बढ़ी हुई नाड़ियों ने उसकी श्वास नली को अवरुद्ध कर दिया था, जिसके कारण उसकी मृत्यु हो गई थी। ऐसी जटिलता सिरोसिस की अग्रिम अवस्था में उत्पन्न होती है।

पिल्लई की मृत्यु के लिए कोई एक व्यक्ति नहीं, बल्कि प्रत्येक स्तर पर विफलताओं की एक समूची श्रृंखला रही है। मेरे दृष्टिकोण के अनुसार, सबसे बड़ा दोषी वह नियम था, जो कहता था कि प्रत्येक कैदी को दीन दयाल उपाध्याय अस्पताल ले जाया जाना चाहिए, क्योंकि वह तिहाड़ के अत्यंत निकट है। अपने अनुभव के आधार पर मैं यह बात पूरे आत्मविश्वास के साथ कह सकता हूँ कि यदि कोई स्वस्थ व्यक्ति भी कुछ घंटों के लिए दीन दयाल उपाध्याय अस्पताल (डी. डी.यू.एच.) चला जाए तो वह बीमार हो जाएगा। इसमें कोई संदेह नहीं कि दूसरी सर्वाधिक भयावह भूल यह थी कि जेल के अधिकारी पिल्लई के चिकित्सा इतिहास पर उचित ध्यान देने में विफल रहे थे। यह बताने के बावजूद कि उसने खून की उलटी की थी, जेल के डॉक्टर ने एक बार भी उसकी निजी तौर पर शारीरिक जाँच करने का कष्ट नहीं उठाया। यदि वह उसकी जाँच करता तो उसे पता चल जाता कि पिल्लई के सारे शरीर पर छाले पड़े हुए थे और वह उसे काफी पहले अस्पताल भेज देता। शायद जेल का डॉक्टर डी.डी.यू.एच. के डॉक्टरों को वे सारी सूचनाएँ समयबद्ध तरीके से दे सकता था, जो पिल्लई के इलाज के लिए आवश्यक थीं। परंतु सही काम करने के बारे में किसी ने परवाह ही नहीं की। किसी ने न्यायाधीश के समक्ष मूल रिपोर्ट रखने की परवाह नहीं की, जिसमें स्पष्ट कहा गया था कि पिल्लई जैसे चिकित्सकीय पृष्ठभूमिवाले कैदियों का उपचार केवल एम्स (AIIMS) द्वारा ही किया जाना चाहिए। अलबत्ता, मेरे विचार से, पिल्लई के इलाज के बारे में जेल प्रशासन का सुस्त रवैया पूरी तरह अप्रत्याशित नहीं था, क्योंकि जेल भेजे जानेवाला प्रत्येक प्रभावशाली कैदी बीमार होने का बहाना बनाता है और इसके लिए वह जेल चिकित्सालय या किसी बाहरी अस्पताल में भरती होने के लिए मोटी रिश्वत भी देने के लिए तैयार रहता है।

जैसी कि आप स्वयं कल्पना कर सकते हैं, इस खबर को लेकर मीडिया उन्मत्त-सा हो गया था। पिल्लई की मृत्यु से जुड़ी खबर सभी पत्र-पत्रिकाओं में प्रमुखता से प्रकाशित हुई थी। ईश्वर को धन्यवाद कि उन दिनों 24 X 7 टी.वी. चैनल नहीं थे; परंतु पिल्लई की मौत अत्यंत राजनीतिक विषय बन गई थी। उसकी विधवा नीना पिल्लई ने आरोप लगाया था कि उसके पति को मारने के लिए एक अंतरराष्ट्रीय षड्यंत्र किया गया था, इसलिए उसकी मृत्यु के तत्काल बाद उसका पता लगाने के लिए दो प्रकार की जाँच गठित की गई। केंद्रीय जाँच ब्यूरो (सी.बी.आई.) ने पहली जाँच का संचालन किया, जबकि हिमाचल प्रदेश उच्च

न्यायालय की पूर्व मुख्य न्यायाधीश लीला सेठ से एक जाँच करने का अनुरोध किया गया। जिस बात ने उस मामले को अत्यंत पेचीदा बना दिया, वह यह थी कि कुछ कैदियों ने कहा था कि उन्होंने कुछ जेल कर्मियों (जिनमें एक महावीर सिंह था) को 4 जुलाई, जब वह पहली बार तिहाड़ आया था, को पिल्लई की पिटाई करते देखा था। राजिंदर सिंह और दो अन्य कैदियों ने इस बात की गवाही दी थी कि उन्होंने खुद देखा था कि कुछ जेल कर्मी पिल्लई को नीचे गिराए हुए थे और जेल सुपरिंटेंडेंट उसे मुक्के मार रहा था। ईमानदारी से कहूँ तो जेल के अधिकारियों द्वारा अपराधियों की पिटाई करना कोई असामान्य बात नहीं है; परंतु वहाँ कुछ ऐसे लोग भी हैं, जो बहती गंगा में हाथ धोने में पीछे नहीं रहते हैं। राजिंदर भी उन्हीं लोगों में से एक था और उसने पिल्लई की मृत्यु को एक अवसर के रूप में देखा, ताकि वह उसका लाभ उठाते हुए तिहाड़ के लिए सिरदर्द खड़ा कर सके। परंतु न्यायमूर्ति लीला सेठ यह निर्धारित नहीं कर सकीं कि क्या राजिंदर सिंह या किसी अन्य ने वास्तव में उस पिटाई को देखा था!

आखिरकार, हालाँकि नीना पिल्लई ने भी अपने पति की मृत्यु में अंतरराष्ट्रीय षड्यंत्र की जो कहानी गढ़ी थी, वह भी उसका कोई साक्ष्य प्रस्तुत नहीं कर सकी। अपनी गवाही में वह किसी ऐसे व्यक्ति को साक्ष्य के रूप में प्रस्तुत नहीं कर सकी, इसलिए उस समूची जाँच की अनावश्यक रूप से हमें भारी कीमत चुकानी पड़ी। के.टी.एस. तुलसी, विकास पाहवा और अन्य वकीलों को फीस के रूप में भारी रकम चुकानी पड़ी, जिन्हें सरकार ने तिहाड़ की ओर से पेश होने के लिए अनुबंधित किया था और उन बिलों का निपटान मुझे स्वयं करना पड़ा था। दो वर्ष बाद, सन् 1997 में, लीला सेठ जाँच आयोग ने तिहाड़ के डॉक्टरों एवं जेल अधिकारियों को दोषी पाया। बहरहाल, उन्हें कभी किसी गंभीर परिणाम का सामना नहीं करना पड़ा। उन्हें अभियोग पत्र दिए गए थे; परंतु जाँच किसी निष्कर्ष पर नहीं पहुँची, इसलिए उन्हें छोड़ दिया गया। वर्ष 2011 में दिल्ली उच्च न्यायालय ने क्षतिपूर्ति के रूप में पिल्लई के परिवार को 10 लाख रुपए देने का आदेश दिया, जिसे उन्होंने वापस दान में दे दिया।

राजन पिल्लई की मृत्यु ने तिहाड़ में सुविधाओं की दशा को हमेशा के लिए बदल दिया। एक ओर जहाँ न्याय का निष्पादन सुस्त था, फिर भी पिल्लई की उच्च स्तरीय पृष्ठभूमि के कारण वह विषय हमेशा सुर्खियों में बना रहा। तीन वर्ष बाद, सन् 1998 में, पिल्लई के गृह राज्य केरल के सांसदों ने सरकार पर दबाव बनाना

जारी रखा, जिससे तत्कालीन गृह मंत्री लाल कृष्ण आडवाणी को विवश होकर संसद् को आश्वासन देना पड़ा कि पिल्लई की तरह सुविधाओं के अभाव में किसी अन्य कैदी को अपनी जान नहीं गँवानी पड़ेगी। श्री आडवाणी ने निर्देश दिया कि जेल में डॉक्टरों की स्वीकृत संख्या 16 से बढ़ाकर 110 की जाए, चिकित्सा से संबद्ध कर्मचारियों की संख्या 80 से बढ़ाकर 200 की गई और उनकी पारियों में तैनाती की गई, ताकि तिहाड़ के कैदियों को चौबीसों घंटे चिकित्साकर्मी उपलब्ध हो सकें। नए कैदियों की चिकित्सा जाँच अब अनिवार्य बना दी गई है, ताकि यह सुनिश्चित किया जा सके कि किसी नए आनेवाले कैदी की मौजूदा चिकित्सा स्थिति बिना जाँची न रह जाए। सन् 1998 में संसद् में चर्चा के दौरान गृह मंत्री श्री एल.के. आडवाणी ने वचन दिया कि सरकार प्रणालीगत परिवर्तन लाएगी, ताकि इस प्रकार की घटना की भविष्य में पुनरावृत्ति न हो। परंतु वास्तव में पुनरावृत्ति हुई।

~ * ~

क्या वहाँ कुछ ऐसे लोग हैं, जो उत्पीड़न किए जाने योग्य हैं? सचमुच नहीं, किसी भी दशा में नहीं। परंतु उन लोगों के बारे में क्या कहा जाए, जिन्होंने कोई इतना क्रूर एवं बीभत्स कार्य किया है कि यद्यपि न्यायाधीशों को भी कैदियों को सजा देने से पूर्व उनके बारे में 'बाल उखाड़ो, नृशंस, अप्रतिम व्यवहार' जैसी टिप्पणियों का प्रयोग करना पड़ा।

मैं अब समय के चक्र को तेजी से घुमाते हुए आपको 15 वर्ष आगे दिसंबर 2012 में ले चलता हूँ, जब देश में 23 वर्षीया एक मेडिकल छात्रा के साथ राष्ट्रीय राजधानी में नृशंस बलात्कार किया गया था और जिसने समूचे देश को झकझोरकर रख दिया था।

राम सिंह, मुकेश, विनय, अक्षय एवं पवन—पाँच लोगों और एक नाबालिग के जेल में क्रोधपूर्ण स्वागत के पीछे एक उचित कारण यह था कि उन्होंने 16 दिसंबर, 2012 को एक जवान स्त्री के साथ चलती बस में सामूहिक बलात्कार करके उसे और उसके प्रेमी को जान से मारने का प्रयास किया था। यदि हम उस नृशंस घटना के बारे में प्रकाशित अखबारी सुर्खियों और सड़कों-चौराहों व गलियों में होनेवाले विरोध-प्रदर्शन को अनदेखा करके केवल निर्णय के वस्तुगत विवरणों को देखें तो वह भारत में किए गए जघन्यतम अपराधों में से एक था।

दिसंबर की उस सर्द रात युवती और उसके प्रेमी ने साकेत के सेलेक्ट सिटी

मॉल में ऑस्कर विजेता फिल्म *'लाइफ ऑफ पाई'* देखी थी। फिल्म देखने के बाद वे दोनों द्वारका जाने के लिए किसी वाहन की प्रतीक्षा कर रहे थे और भाड़े पर चलनेवाली (चार्टर्ड) एक निजी बस ने उन्हें द्वारका छोड़ने का प्रस्ताव दिया, जिसमें (चालक समेत) पाँच अन्य लोग पहले से सवार थे। 33 वर्षीय विधुर राम सिंह उस चार्टर्ड बस का चालक था और समूह का सबसे वरिष्ठ सदस्य था। जब युवती और उसका प्रेमी बस में सवार हो गए तो उन्होंने दस-दस रुपए किराए का भुगतान किया और बस दिल्ली के यातायात को पार करती हुई आगे बढ़ गई। तभी अचानक बस के अंदर की सारी बत्तियाँ बंद हो गईं। उसके तत्काल बाद बस में सवार उन पाँचों लोगों ने दोनों मुसाफिरों को परेशान करना शुरू कर दिया और उनसे पूछा कि वे रात में इतनी देर तक घर से बाहर क्या कर रहे हैं? जब प्रेमी ने उनका विरोध किया तो उन लोगों ने मिलकर उसे थप्पड़ मारे और उसके बाद उसके कपड़े उतारकर लोहे के सरिए से उसकी पिटाई कर दी। दोनों के फोन और बटुए उनसे छीनने के बाद राम सिंह और अक्षय उस युवती को पीछेवाली सीट पर ले गए और वहाँ बारी-बारी से उसके साथ बलात्कार किया। पवन और विनय ने युवती के प्रेमी को दबोच रखा था, जबकि मुकेश बस को सारे शहर की सड़कों पर घुमाता रहा और किसी को बस के अंदर होनेवाली उस विचित्र घटना की कोई जानकारी नहीं हुई। उसी शाम को इन्हीं लोगों ने मिलकर एक आदमी को लूटा था, जिसने बस और उसके हमलावरों के बारे में पुलिस सहायता नंबर पर पहले ही घटना की सूचना दे दी थी।

तीनों ने युवती के साथ मार-पीट और सामूहिक बलात्कार करना जारी रखा। बीच में मुकेश ने भी बस चलाना छोड़कर उसके साथ दुष्कर्म किया, जबकि उनमें से दो लोगों ने उसके प्रेमी की पिटाई जारी रखी। उन्होंने युवती के स्तनों, बाँहों, जाँघों एवं उसके चेहरे सहित पूरे शरीर को काट खाया था। यह सब करने के बाद उन्होंने अंततः लोहे के सरिए को युवती के जननांग एवं गुदा में बेरहमी से घुसेड़ दिया। जिनके पास सरिए नहीं थे, उन्होंने वह काम अपने हाथों से किया, मानो वे क्रूरता एवं उत्पीड़न की बीभत्सतम कथा लिख रहे हों। इतना ही नहीं, उन जल्लादों ने लड़की की आँतों को भी बाहर खींच लिया था। जब डॉक्टरों ने उसका परीक्षण किया तो पाया कि उसकी आँतें फटकर एक जगह एकत्र हो गई थीं और उनकी क्रूरता के कारण उनमें जगह-जगह घाव हो गया था। अदालतों ने इस कृत्य को अभियुक्तों को मृत्युदंड देने का उचित कारण मानते हुए लिखा कि 'अपराधियों ने

ऐसे तीव्रतम मानसिक उत्पीड़न का प्रदर्शन किया था, जो किसी प्रकार की मानवीय संवेदना के योग्य नहीं' था; क्योंकि ऐसा कौन सा नर पिशाच होगा, जो अपने एक हाथ में युवती की अँतड़ियों को उठाए हुए अपने दूसरे हाथ से उसके बाल पकड़कर बस की पिछली सीट से घसीटता हुआ बस के अगले दरवाजे तक ले जा सकता था, क्योंकि बस का पिछला दरवाजा जाम था। उन शैतानों ने युवती को उसी नग्न एवं जीर्ण-शीर्ण स्थिति में उसके मित्र के साथ सड़क पर फेंक दिया और उन्हें कुचलने का प्रयास किया। लड़के में कुछ शक्ति शेष रहने के कारण वह उसे बस के टायरों के नीचे से खींचने में सफल हो गया था, जिसके कारण लड़की उस समय जीवित बच गई थी। उसके घाव इतने अधिक घातक थे कि घटना के मात्र दो सप्ताह बाद उसकी मृत्यु हो गई थी। बहरहाल, अपनी मृत्यु से पूर्व वह अपना बयान दर्ज कराने में सफल रही थी, जिसने उन पाँचों लोगों को हमारी हिरासत में तिहाड़ में पहुँचा दिया था।

उस समय विमला मेहरा दिल्ली की जेल महानिदेशक थीं। उससे पूर्व इस महिला आई.पी.एस. अधिकारी ने दिल्ली पुलिस की महिला विरुद्ध अपराध शाखा (क्राइम अगेंस्ट वीमन सेल) का कई वर्षों तक संचालन किया था और महिलाओं के विरुद्ध होनेवाले भयावह मामलों की प्रथमहस्त साक्षी बनी थीं; परंतु इस मामले ने उन्हें अंदर तक हिलाकर रख दिया था। कई बार वह भावनाओं के तीव्र आवेग में आकर टूट जाती थीं और रो पड़ती थीं। विमला मेहरा ने उन पाँचों के विरुद्ध (किशोर को बाल सुधार गृह में भेज दिया गया था) सबसे पहला निर्णय यह लिया कि उन्हें सामान्य जेल में भेज दिया। मैंने उनके इस निर्णय के विरुद्ध आपत्ति जताते हुए तर्क दिया था कि उन्हें उच्च सुरक्षावाले वार्ड में भेजा जाना चाहिए, क्योंकि तिहाड़ की सामान्य जनसंख्या से उनकी जान को गंभीर खतरा हो सकता है, क्योंकि उस समय जेल में उन लोगों के खिलाफ भारी गुस्सा था। मैंने उनसे कहा कि उनकी सुरक्षा के दृष्टिगत यही उचित होगा कि उन्हें अन्य कैदियों से अलग रखा जाए। बहरहाल, विमला मेहरा अपने फैसले पर अड़ी रहीं। उन्होंने पवन एवं विनय को युवा वयस्कों की जेल में भेज दिया, क्योंकि उनकी उम्र उस समय 21 वर्ष से कम थी। राम सिंह को जेल नं. 3 में भेजा गया, जबकि मुकेश और अक्षय को नियमित जेल नं. 4 में रखा गया।

मेरे मन में निश्चित तौर पर कोई हमदर्दी नहीं थी, फिर भी मैं उचित प्रक्रिया का पालन करना चाहता था। मैंने उनसे पूछा, "यदि किसी ने उनकी हत्या कर दी

तो क्या होगा?" उन्होंने उत्तर दिया, "मार डालने दो। तुम्हें उससे क्या लेना-देना है?" वह कोई मामूली टिप्पणी नहीं थी। उसके द्वारा किए गए जघन्य कृत्य के अतिरिक्त राम सिंह की शारीरिक दिखावट—उसकी धँसी हुई आँखें और पीछे की ओर कढ़े हुए बाल तथा अस्थिमय चेहरा यह सुनिश्चित करने के लिए पर्याप्त थे कि वह किसी हमदर्दी के लायक नहीं था। ऐसा लगता था, मानो मीडिया उसकी झुग्गी बस्ती रविदास कैंप से रोजाना कोई-न-कोई खबर खोदकर लाने पर आमादा था और लोगों को उससे घृणा करने का नित-नूतन कोई आधार मिल जाता था। वह विशाल झुग्गी बस्ती दक्षिणी दिल्ली के मुनीरका नामक क्षेत्र के एक बड़े पार्क में बनी हुई थी और विडंबनात्मक रूप से उस इलाके का एक अन्य विशिष्ट स्थान उसका प्रमुख थाना था। अनेक सामाजिक टिप्पणीकार राम सिंह की दुर्दांतता और 23 वर्षीया युवती के साथ शराब के नशे में किए गए उसके अभद्र व्यवहार के पीछे उसके सामाजिक परिवेश—रविदास कैंप को दोषी मानते थे। जन-भावनाएँ उन लोगों के पूरी तरह खिलाफ थीं और उन लोगों के विरुद्ध कठोर काररवाई किए जाने हेतु प्राधिकारियों के समक्ष रोजाना प्रदर्शन होते थे। प्रत्येक समीक्षा बैठक में यदि हम उनके लिए आवश्यक विशेष सुरक्षा प्रबंध किए जाने की चर्चा करने का प्रयास करते तो विमला मेहरा उन्हें तुरंत ठुकरा देती थीं। दरअसल, इस विषय में वह कई बार कुछ पक्षपाती हो जाती थीं। उन्होंने यह बात स्पष्ट कर दी थी कि इस विशेष मामले में यदि उन लोगों (बलात्कारियों) को जेल की हिंसक भीड़ के गुस्से का भी शिकार होना पड़े तो उन्हें (विमला मेहरा को) वह भी मंजूर होगा।

उनके इस रवैए के परिणामस्वरूप कुछ निश्चित प्रक्रियाओं को अनदेखा कर दिया गया। पहली प्रक्रिया पहचान परीक्षण परेड (टी.आई.पी.) थी, जो साक्ष्य एकत्रीकरण प्रक्रिया का एक प्रमुख एवं महत्त्वपूर्ण भाग थी। यह कार्य दिन के समय पुलिस के बजाय किसी न्यायाधीश के समक्ष किया जाता है। परंतु इस मामले में वह शिनाख्त परेड शाम को 7.30 बजे के बाद हुई। जिस प्रेमी की टूटी हुई पसलियों का इलाज चल रहा था, उसे राम सिंह और अन्य अभियुक्तों की पहचान के लिए लाया गया। वह समय न केवल विषम था, बल्कि प्रक्रिया के विरुद्ध भी था; क्योंकि वहाँ पुलिस भी मौजूद थी। वह ऐसा कृत्य था, जिसे न केवल भयभीत करनेवाला कहा जा सकता था, बल्कि वह गैर-कानूनी भी था। जिस तरीके से वह प्रक्रिया पूरी की गई, उसमें कोई विलक्षणता नहीं थी। वसंत विहार थाने के एस.एच.ओ. अनिल शर्मा वहाँ मौजूद थे और उन्मुक्त होकर इधर-उधर घूम रहे थे; जबकि औपचारिक

शिनाख्त परेड उस समय की गई, जबकि कैदी को रात के समय जेल में होना चाहिए था। मैंने इससे पहले किसी अन्य मामले में नियमों का इतना घोर उल्लंघन होते कभी नहीं देखा था। इसके बावजूद, मैं दोहराना चाहूँगा कि मुझे इस बात की जानकारी नहीं है कि राम सिंह जैसे और कितने लोग थे, जिनका मैंने सामना किया था। एक विधि अधिकारी होने के नाते मैं शिनाख्त परेड में मौजूद था।

मैंने उस अवसर का लाभ राम सिंह के साथ आमने-सामने बैठकर बात करने में उठाया। वह कोई ऐसी बात थी, जो रह-रहकर मेरे मन में उठ रही थी।

"तुमने वह काम क्यों किया?"

तथ्यात्मक रूप से उसका उत्तर कुछ इस तरह लापरवाहीपूर्ण था, मानो उसने कोई छोटी-मोटी चोरी की हो।

"हम लोगों ने शराब पी रखी थी। जहाँ हम रहते हैं, वहाँ के लोग अच्छे नहीं हैं।"

"क्यों, वह तुम्हारा घर है?" मैंने प्रतिवाद किया।

"नहीं, वहाँ अच्छे लोग नहीं हैं। वे शराब पीते हैं और आपस में गाली-गलौज करते हैं। मैं भी उन्हीं की तरह एक जानवर जैसा बन गया हूँ।"

घटना के विषय में खासतौर से बात करते हुए राम सिंह ने कहा कि वे दोनों बस की पिछली सीट पर बैठकर एक-दूसरे का चुंबन ले रहे थे, जिससे वे पाँचों उत्तेजित हो गए। राम सिंह के भाई मुकेश सहित अन्य चारों ने एकमत होकर कहा कि यदि राम सिंह ने उनके ऊपर हमला न किया होता तो कुछ भी नहीं होता। उसके हमले ने अन्य लोगों को उसका साथ देने और युवती के साथ अभद्र व्यवहार करने के लिए प्रोत्साहित कर दिया था। मुकेश ने कहा कि यदि वह उसका साथ नहीं देता तो राम सिंह शर्तिया उसकी पिटाई कर देता। बहरहाल, हमें इस बात की कोई जानकारी नहीं है कि क्या अदालतें राम सिंह और अन्य चारों की भूमिकाओं के बारे में कोई भेद करेंगी या नहीं।

उसके हिरासत में जाने के तीन महीने से भी कम समय में, ठीक-ठीक कहूँ तो 11 मार्च, 2013 को, तिहाड़ में अलार्म बज उठा। जब मैंने खबर सुनी तो फौरन भागकर जेल गया और वहाँ राम सिंह के शव को लटकते पाया। इस बात का कहीं कोई लिखित साक्ष्य नहीं है और मेरे पास पोस्टमार्टम रिपोर्ट की कोई प्रति भी नहीं है; परंतु मैं यह अवश्य मानता हूँ कि राम सिंह ने आत्महत्या नहीं की थी। पहली बात तो यह कि मैंने उसकी जो विसरा रिपोर्ट देखी थी, उसमें उसके शरीर में शराब

की मात्रा थी। इस आधार पर संदेह उत्पन्न होना चाहिए था और पुलिस को एक प्रथम सूचना रिपोर्ट (एफ.आई.आर.) दर्ज करनी चाहिए थी। उसकी आत्महत्या के संदेहजनक होने का दूसरा कारण यह था कि जिस छत से वह लटकता हुआ पाया गया था, उसकी ऊँचाई 12 फीट थी। इस तथ्य पर विचार करने के बाद कि उसकी कोठरी में उसके अतिरिक्त तीन अन्य कैदी भी थे, मैंने महसूस किया कि राम सिंह के लिए इतनी ऊँची छत से इतने शांतिपूर्ण तरीके से खुद को फाँसी लगा लेना संभव नहीं था। उसने स्पष्ट एवं कथित तौर पर खुद को फाँसी लगाने के लिए अपने पाजामे के नाड़े का इस्तेमाल किया था। उसके पास ही प्लास्टिक की एक बालटी रखी थी। मुझे ऐसा प्रतीत हुआ कि जैसे उसे शराब पिलाने के बाद लटका दिया गया था। वास्तव में, उसके शरीर पर चोट के कुछ निशान भी थे। एक उप-संभागीय मजिस्ट्रेट (एस.डी.एम.) द्वारा उसकी आत्महत्या की जाँच करने का आदेश दिया जा चुका था। परंतु मैं जानता था कि कोई एस.डी.एम. उसे हत्या करार नहीं दे सकता था, चाहे वह स्वयं उसकी आँखों के सामने ही क्यों न की गई होती। क्योंकि एस.डी.एस. का रैंक जेल अधिक्षक के बराबर या कम होता है दोनों एक ही कैडर से होते हैं। वर्तमान जेल प्रणाली के अंतर्गत एस.डी.एम. भी जेल कर्मचारियों के विरुद्ध विपरीत रिपोर्ट देने में लिप्त था। अत: मैं पहले से ही जानता था कि उस जाँच का कोई नतीजा निकलने वाला नहीं है। राम सिंह के वकीलों ने उसे गलत करार दिया और उसके पिता ने मीडिया को बताया कि उसके बेटे के लिए खुद को इतने ऊपर उठाना संभव नहीं था, क्योंकि उसकी एक भुजा (बाजू) खराब थी। लेकिन इन सब बातों को कौन सुनना चाहता था! उस समय कोई भी यह जानने का इच्छुक नहीं था कि राम सिंह की मौत संदेहास्पद क्यों थी? वे उसे मृत देखना चाहते थे और यदि वह कार्य जेल में किया गया, तो भी कोई बात नहीं थी।

जब मैं कभी उस मामले के बारे में विचार करता हूँ तो यह सोचकर हैरान रह जाता हूँ कि अन्य चारों बलात्कारी जीवित कैसे बच गए थे? मैं जानता हूँ कि जब उन्हें पहली बार जेल लाया गया था तो उनकी जबरदस्त पिटाई की गई थी; परंतु वे लोग मारे जाने से कैसे बच गए थे? एस.डी.एम. की रिपोर्ट से हमें कोई हैरानी नहीं हुई—उसका सार था कि वास्तव में राम सिंह की मृत्यु एक आत्महत्या थी। मेरे विचार से, राम सिंह के साथी कैदियों को उसकी हत्या करने की अनुमति दी गई थी।

कुछ समय पश्चात्, जुलाई 2013 में, विमला मेहरा ने बी.बी.सी. की एक टी.वी. टीम को दिसंबर 2012 के सामूहिक बलात्कार और युवती की मृत्यु के बारे

में एक वृत्तचित्र (डॉक्यूमेंट्री) बनाने की अनुमति दी थी। फिल्मी टीम ने न केवल जेल के अंदर शूटिंग की, बल्कि उसने मुकेश का साक्षात्कार लेने में भी सफलता प्राप्त की। '*भारत की बेटी*' नामक उस वृत्तचित्र को राम सिंह की मृत्यु के तत्काल बाद फिल्माया गया था और उसे अंततोगत्वा वर्ष 2015 में रिलीज किया गया था। मुझे वृत्तचित्र के निर्माण और फिल्म निर्माताओं को जेल के अंदर प्रवेश की अनुमति देने को लेकर गंभीर आपत्तियाँ थीं। मैंने महानिदेशक के साथ अपना यह विचार साझा किया कि किसी विदेशी टीम को तिहाड़ में अभूतपूर्व प्रवेश देने के कारण स्थानीय मीडिया एवं प्रेस बहुत क्षुब्ध होगा। मैं यह भी जानता था कि उस वृत्तचित्र में हमारी छवि अच्छी नहीं दिखाई जाने वाली थी। मुकेश के साक्षात्कार के कुछ अंश जब जारी किए गए तो मेरी आशंकाओं की पुष्टि हो गई—

> कोई अच्छी लड़की रात में 9 बजे के बाद कहीं आसपास नहीं घूम सकती है। बलात्कार के लिए लड़के की अपेक्षा लड़की कहीं अधिक जिम्मेदार है। लड़कियों का मुख्य कार्य घरेलू कामों में हाथ बँटाना और उसकी साफ-सफाई करना है, न कि गंदे कपड़े पहनकर रात में डिस्को या बार में जाने जैसा गंदा काम करना है। लगभग 20 प्रतिशत लड़कियाँ अच्छी हैं···जब उसके साथ बलात्कार हो तो उसे पलटकर लड़ाई नहीं करनी चाहिए। उसे केवल शांत रहकर बलात्कार होने देना चाहिए। उसके बाद उन लोगों ने उसके साथ 'काम करने' के बाद उतार दिया होता और केवल लड़के की पिटाई करते। अभियुक्तों को मृत्युदंड देना लड़कियों के लिए हालाँकि स्थितियों को और भी अधिक खतरनाक बना देगा। जब भी कोई व्यक्ति अब बलात्कार करेगा, वह लड़की को हमारी तरह जीवित नहीं छोड़ेगा। वह उसकी हत्या कर देगा। पहले जब वे लड़की के साथ बलात्कार करते थे तो कहते थे, "छोड़ दे उसे, वह किसी से कुछ नहीं कहेगी।" अब वे (अपराधी किस्म के) लोग जब भी कभी किसी लड़की के साथ बलात्कार करेंगे, वे उसे फौरन मार डालेंगे। मौत।

मरने से पहले राम सिंह ने भी मुझसे वही बातें कही थीं, जो मुकेश ने बी.बी. सी. की टीम को बताई थीं—अपने बलात्कार का सारा दोष उस युवती का है। इतने जघन्य अपराध के बाद मामले को हलका बताने के लिए की गई ऐसी टिप्पणियाँ अत्यंत अलोकप्रिय समझी गईं। इसलिए जब वृत्तचित्र रिलीज हुआ तो बहुत हो-हल्ला हुआ। विमला मेहरा ने उन्हें जेल के मंच का प्रयोग करने की अनुमति दी थी, जो बाद में व्यापक विवाद में परिणत हो गई और सरकार को इस बात का पता

लगाने के लिए एक जाँच बैठानी पड़ी कि किसी फिल्मी टीम को जेल के अंदर फिल्म बनाने और कैदी के इंटरव्यू (साक्षात्कार) की अनुमति कैसे और क्यों दी गई? इस समय तक विमला मेहरा तिहाड़ से जा चुकी थीं और वह हमारा, विशेष रूप से मेरा, सिरदर्द बन गया; क्योंकि प्रेस अधिकारी होने के नाते नई सरकार के समक्ष उसका औचित्य सिद्ध करने की जिम्मेदारी मेरी थी। इस मुद्दे पर संसद् के अंदर होनेवाली गरमागरम बहसें बड़े राजनीतिक शक्ति-प्रदर्शन का माध्यम बन गईं। महिला समूहों, राजनेताओं सहित प्रत्येक व्यक्ति दोनों (बलात्कारी के विचारों और सरकार द्वारा फिल्म-निर्माण की अनुमति दिए जाने) बातों को लेकर अत्यंत आंदोलित था। प्रधानमंत्री नरेंद्र मोदी के नेतृत्व में राजग सरकार ने सन् 2015 में वृत्तचित्र पर भारत में प्रतिबंध लगा दिया और केवल यह जानने में रुचि ली कि फिल्मी टीम को अनुमति कैसे प्राप्त हुई?

इस वृत्तचित्र परियोजना के बारे में मेरी सारी आशंकाएँ सही सिद्ध हुईं। मैं अब भी नहीं जानता कि विमला मेहरा बी.बी.सी. को तिहाड़ के अंदर प्रवेश की अनुमति देने के लिए इतनी अधिक इच्छुक क्यों थीं? उसके बाद से मीडिया साक्षात्कार, जो अत्यंत सीमित होते थे, अब पूरी तरह तिहाड़ में प्रतिबंधित हैं। राम सिंह को भी फौरन भुला दिया गया था; परंतु जिस समय किशोर अपनी सजा पूरी करके जेल से रिहा हुआ, उस समय मुकेश, पवन, विनय और अक्षय अपने मृत्युदंड की प्रतीक्षा कर रहे थे। हिरासत में होनेवाली मौतों का सिलसिला आज भी जारी है।

□

अफजल गुरु : अंतिम कृत्य

यदि आपका कार्यस्थल कोई कारागार है तो आप रहस्यों को छिपाना सीख ही जाते हैं। कई बार बाहरी दुनिया से तालमेल बैठाने तथा किसी पूर्व कैदी के सुधार एवं पुनर्वास हेतु रहस्यों को छिपाना जरूरी हो जाता है। उदाहरण के लिए, एक अलिखित नियम यह है कि आप जेल के अंदर किसी के साथ मित्रवत् व्यवहार तो कर सकते हैं; परंतु एक बार जेल से रिहा हो चुके किसी पूर्व कैदी से दोबारा मिलने के बाद आपके अंदर उतनी आत्मीयता शेष नहीं रह जाएगी। किसी व्यक्ति को यह स्मरण कराना अच्छा नहीं माना जाता कि उसने बंदी के दौरान जेल में अपने दिन कैसे काटे थे। यही कारण है कि मैं किसी पूर्व कैदी के विवाह या अन्य समारोहों हेतु आए निमंत्रण को स्वीकार नहीं करता हूँ। यहाँ तक कि यदि मैं किसी ऐसे व्यक्ति को भी देखता हूँ, जिसे मैं अच्छी तरह जानता हूँ, तो भी मैं उससे सार्वजनिक रूप से मिलने से परहेज करता हूँ। कुछ माह पूर्व मैं किसी पुस्तक के विमोचन समारोह में नई दिल्ली स्थित बीकानेर हाउस गया था, जहाँ मैंने उद्योगपति राज सेठिया को देखा, जिसने किसी वित्तीय धोखाधड़ी के अपराध हेतु तिहाड़ जेल में अपना समय बिताया था। वह भी शोभराज के समय ही जेल गया था और दोनों एक-दूसरे को अच्छी तरह जानते थे। हम दोनों ने एक-दूसरे की उपस्थिति महसूस की, परंतु एक-दूसरे के साथ इतने वर्षों तक साथ रहने के बावजूद आपस में बातचीत नहीं की; क्योंकि मेरे विचार से, वह नहीं चाहता था कि मैं उसे यह बात स्मरण कराऊँ कि किसी समय मैं उसका जेलर रहा था।

मेरे द्वारा छिपाया गया एक अन्य रहस्य यह है कि मैं जेल में कुछ लोगों के साथ अत्यंत आत्मीयता से जुड़ा हुआ था। उदाहरणार्थ, क्या आप जानते हैं कि जेल में सामान्य आत्मीयता का अर्थ जेल में एक साथ भोजन करना है? जी हाँ, बिल्कुल ठीक। कुछ लोगों का विश्वास है कि यदि आप बुरे दौर से गुजर रहे हैं

और जीवन में दुर्भाग्य का अनुभव कर रहे हैं तो आपको उसे दूर करने के लिए केवल इतना करना है कि आप जेल की रसोई में बना खाना खा लें। इसके लिए एक संभव दलील यह है कि तिहाड़ का घृणित खाना खाने के बाद आपकी समस्त व्यथाएँ समाप्त हो जाएँगी। लेकिन मैं यह बात गंभीरतापूर्वक कह रहा हूँ कि मेरे पास अनेक दोस्तों, वकीलों और यहाँ तक कि उच्च न्यायालय के अनेक जजों तक के फोन आए थे, जो चाहते थे कि मैं उनके लिए तिहाड़ में बने भोजन का प्रबंध करूँ, ताकि उनका अपना जीवन अधिक सुखमय हो सके। अनेक अन्य ऐसे लोग भी थे, जिन्होंने जेल के खाने की माँग इसलिए की, क्योंकि उनकी कुंडली में साफ लिखा गया था कि उन्हें किसी बिंदु पर अपने जीवन में कुछ समय जेल में गुजारना होगा। अपने इस पूर्व निर्धारित दुर्भाग्य से छुटकारा पाने के लिए वे मुझसे पूछते थे कि क्या वे एक रात जेल में गुजार सकते थे, या जेल का खाना खा सकते थे? यह उपाय संभवत: '*लाल किताब*' में वर्णित है, जो कुछ लोगों के लिए 'बाइबल' जैसी होती है और यहाँ तक कि उत्तर भारत में इसे पंचांग या जंत्री की संज्ञा भी दी जाती है, जिसमें हमारे ग्रह-नक्षत्रों से निर्देशित कष्टों के निवारण का उपाय सुझाया गया होता है।

यह देखकर बड़ा विचित्र लगता है कि सुशिक्षित व्यक्ति भी अपने अंधविश्वास के समक्ष अपने तार्किक मन की बात को ठुकरा देते हैं। अनेक न्यायाधीशों के अलावा एक बैंक की प्रबंधक भी थीं, जो मुझे अच्छी तरह याद है। उन्हें अपने काम में कठिनाइयों का सामना करना पड़ रहा था, क्योंकि उन्होंने किसी को कोई ऋण दिया था, जो अब उसे चुकाने से इनकार कर रहा था। उन्होंने किसी से सलाह ली और मुझसे मिलने आ गईं। मैं उन्हें तत्काल खाली हाथ वापस नहीं लौटा सका, क्योंकि उन्हें मेरे किसी अच्छे मित्र ने भेजा था। वह मुझसे मिलने तीन बार आई थीं और वहाँ उन्होंने न केवल जेल का खाना खाया, बल्कि अलमारियों की सफाई की और कमरे में झाड़ू भी लगाई थी! कोई आदमी यह विश्वास कैसे कर सकता है कि इस प्रकार के 'उपाय' कारगर होंगे? इस तर्क के आधार पर तो सभी पूर्व अभियुक्तों को दुनिया में निर्भय होकर अपना जीवन जीना चाहिए!

कारागार के भोजन के अतिरिक्त जेल की अन्य वस्तुओं को भी 'शांतिदायी शक्तियों' से ओत-प्रोत माना जाता था। फाँसी के तख्ते में प्रयोग की गई लकड़ी की अत्यधिक माँग थी, क्योंकि उसे संकट-मोचक माना जाता था। कुछ लोगों का विश्वास था कि ऐसी लकड़ी के टुकड़े को बच्चे के शयनकक्ष में रखने से उसकी

या उसके मन से भय को दूर करने में सहायता मिलेगी और वह बिस्तर गीला करना बंद कर देगा या देगी। वह किसी बच्चे को परीक्षा के भय से भी मुक्त कर सकती थी। मुझे बताया गया था कि अनेक संत/फकीर भी जेल की मिट्टी से बने ताबीज बेचते थे, क्योंकि ऐसा माना जाता था कि उसमें असाधारण शक्तियाँ होती थीं। जब भी कभी कोई तिहाड़ की मिट्टी या पानी की माँग करता, हम उसकी माँग मान लेते और कोई सिपाही उसके साथ जाकर उन वस्तुओं की व्यवस्था कर देता था।

लेकिन वहाँ एक ऐसा भी अंधविश्वास था, जिसका जेल अधिकारियों के रूप में हमने सक्रिय तौर पर सामना करने का प्रयास किया। वर्ष 2001 में हमने पाया कि तिहाड़ में पैदा होनेवाले बच्चों की संख्या में वृद्धि हो गई थी। चूँकि मैं वार्षिक आँकड़े तैयार कर रहा था, जेल में उस समय कम-से-कम 50 ऐसी स्त्रियाँ थीं, जो गर्भवती थीं। अनेक मामलों में स्त्रियाँ जमानत हेतु आवेदन करतीं और शिशु के जन्म के बाद वहाँ से चली जाती थीं। हमारा प्रारंभिक अनुमान यह था कि बच्चे के जन्म से पहले वे स्त्रियाँ इसलिए गिरफ्तार होना चाहती थीं, क्योंकि वे जेल की उत्तम प्रसव सुविधाओं का लाभ उठाना चाहती थीं। यदि आप गरीब थीं तो आपके लिए जेल में होना एक अच्छा विकल्प था; क्योंकि उसका अर्थ यह था कि आपको नियमित भोजन मिलेगा और आपकी चिकित्सा आवश्यकताओं का भी पूरा ध्यान रखा जाएगा। एक ओर जहाँ हमारी सुविधाएँ बहुत आकर्षक नहीं थीं, वहीं निर्धन कैदियों के लिए तिहाड़ के बाहर मूलभूत चिकित्सा सुविधाएँ भी उनकी पहुँच से कोसों दूर थीं।

बहरहाल, जब मैंने इन स्त्रियों के साथ बात की तो मुझे दूसरी ही बात पता चली कि वे तिहाड़ में इतनी बुरी तरह क्यों बनी रहने की इच्छुक थीं। उनमें से अनेक स्त्रियों को इस बात का विश्वास था कि जेल में प्रसव कराने से पैदा होनेवाला बच्चा लड़की के बजाय लड़का ही पैदा होगा। स्पष्टतया, उनके इस विश्वास की जड़ें भगवान् श्रीकृष्ण के जन्म से पोषित थीं। हिंदू धर्मग्रंथों के अनुसार, देवकी को उनके पति वसुदेव के साथ उनके भाई राजा कंस ने कारागार में डाल दिया था, क्योंकि वह जानता था कि देवकी के किसी पुत्र के हाथों उसकी मृत्यु होने वाली थी। क्रूर कंस ने देवकी के बच्चों की हत्या करने की व्यवस्था तो कर ली थी, परंतु जब भगवान् विष्णु ने कृष्ण के रूप में अपना दूसरा अवतार लिया और उनके आठवें पुत्र के रूप में जन्म लिया तो वसुदेव ने स्वयं को बेड़ियों से मुक्त पाया और वह शिशु को नंद

व यशोदा के घर छोड़ आए तथा वहाँ से अपने साथ एक कन्या को ले आए। इस प्रकार, कृष्ण जीवित बच गए तथा एक ग्वाले के रूप में बड़े हुए और किंवदंती के अनुसार, दुष्ट कंस का वध कर दिया।

स्त्रियों की पुत्र-जन्म सुनिश्चित करने हेतु जान-बूझकर गिरफ्तार होकर जेल पहुँचने की यह प्रवृत्ति हमें किसी भी रूप में स्वीकार्य नहीं थी, क्योंकि वह पुत्रियों के विरुद्ध प्राचीन काल की पक्षपाती प्रथा को बढ़ावा देती थी। जेल में पुत्र-जन्म के संबंध में स्त्रियों का विश्वास इतना मजबूत था कि वे अपनी गर्भावस्था के अंतिम कुछ दिनों में खुद को छोटे-मोटे झगड़ों या चोरी करने के अपराध के बहाने जेल पहुँच जाती थीं। उनकी पुत्र-प्राप्ति की लालसा उन्हें इस अतिरिक्त उपाय को आजमाने हेतु बाध्य करती थी। हमें उन्हें वहाँ से बाहर निकालने की चुनौती का सामना करना पड़ा। हम उन्हें किस भाँति समझाने वाले थे? हमारे पास क्या वास्तव में उन्हें सच्चाई बताकर जागरूक करने के अतिरिक्त कुछ अन्य करने योग्य नहीं था? हमने इन तथ्यों को पत्रकारों के साथ भी साझा किया और उनसे उसे प्रसारित करने का अनुरोध किया। वास्तव में, वह इतना सरल नहीं था, क्योंकि वहाँ प्रसव के बहाने जेल आनेवाली स्त्रियाँ अधिकतर निम्न आय वर्गीय परिवारों से होती थीं और बहुत कम शिक्षित होती थीं। यह ज्ञात होने के बाद कि अखबारों में प्रकाशित होनेवाले समाचारों से अधिक सहायता नहीं मिल रही थी, हमने उसके आँकड़ों को झुग्गी बस्तियों और जेल के निकटस्थ अन्य क्षेत्रों में दीवारों पर चिपका दिया। हमने अपनी ओर से यथासंभव सभी प्रयास किए, परंतु उससे हमें अपेक्षित परिणाम प्राप्त नहीं हुए।

~*~

3 फरवरी, 2013 को राष्ट्रपति प्रणव मुखर्जी ने अफजल गुरु की दया याचिका निरस्त कर दी। अफजल को भारतीय संसद् पर सन् 2001 में हमला करनेवाले हमलावरों को वस्तुगत सहायता उपलब्ध कराने के आरोप में मृत्युदंड दिया गया था। सभी पाँचों आक्रमणकारी और सात नागरिक उस हमले में मारे गए थे, जिनमें सी.आर.पी.एफ. की एक महिला अधिकारी और संसद् का एक माली भी शामिल था। अफजल गुरु को अगस्त 2005 में मौत की सजा दी गई थी और उसके साथ जेल की काल कोठरी में उसकी लंबी प्रतीक्षा प्रारंभ हुई थी और वह अपनी मृत्यु के दिन गिन रहा था। फाँसी की अनेक तिथियाँ आईं और चली गईं—पहली बार

उसे फाँसी देने के लिए 20 अक्तूबर, 2006 की तारीख चुनी गई थी; परंतु उसकी पत्नी तबस्सुम के हस्तक्षेप के कारण टल गई थी, क्योंकि उसने राष्ट्रपति ए.पी.जे. अब्दुल कलाम के समक्ष रहम की गुहार लगाई थी। राष्ट्रपति कलाम ने कोई निर्णय नहीं लिया और उनकी उत्तराधिकारी राष्ट्रपति प्रतिभा पाटिल ने भी अपना समूचा कार्यकाल उस पर कोई निर्णय लिये बिना गुजार दिया; हालाँकि उन्होंने 34 अन्य अभियुक्तों को क्षमादान दे दिया था। उनके उत्तराधिकारी राष्ट्रपति प्रणव मुखर्जी, बहरहाल, फाँसी के अभियुक्तों के बारे में अधिक निर्णायक थे। समाचार-पत्रों की रिपोर्ट के अनुसार, जिन 33 कैदियों ने उनके समक्ष दया याचिकाएँ प्रस्तुत की थीं, उन्होंने उनमें से केवल दो को ही क्षमादान दिया था।

43 वर्षीय अफजल गुरु उन खुशकिस्मत लोगों में नहीं था और यह सुनिश्चित करने के लिए कि अब उसकी पत्नी तबस्सुम या सामाजिक कार्यकर्ताओं की ओर से कोई अन्य व्यवधान न डाला जा सके, सरकार द्वारा इस निर्णय को गुप्त रखा गया। एक बार राष्ट्रपति द्वारा निर्णय ले लिये जाने के बाद उसकी फाँसी पर अमल करने का दायित्व हमारे ऊपर आ गया। अतः यह मेरी जिम्मेदारी थी कि मैं अदालत से अफजल गुरु का फाँसीनामा (ब्लैक वॉरंट) हासिल करूँ। उस समय मुझे यह महसूस नहीं हुआ कि वह मेरा अंतिम फाँसीनामा और तदनुसार आखिरी फाँसी थी। अब तक मैं ऐसे अवसरों के प्रति अभ्यस्त हो चुका था, इसलिए अधिक भयभीत या उत्तेजित नहीं था। 32 वर्षों तक मैंने आतंकवादियों, हत्यारों, बलात्कारियों और हाँ, यद्यपि निर्दोष लोगों को भी दंडित होते देखा था। मेरे ऊपर उनके सुधारों एवं उनकी गलतियों को ठीक करने की जिम्मेदारी थी। परंतु मेरे मन में वह सब करने के प्रति कोई लालसा या भ्रम नहीं था और केवल खुद को सौंपा गया अपना काम कर रहा था।

मैं अफजल गुरु की फाँसी के उपरांत प्रसारित समाचारों के परिणामस्वरूप होनेवाले विरोध-प्रदर्शनों से भलीभाँति परिचित था। सुप्रसिद्ध लेखकों, शिक्षाविदों और सभ्य समाज के अन्य सक्रिय सदस्यों ने उसे मृत्युदंड दिए जाने के विरुद्ध व्यापक विरोध-प्रदर्शन किया था। हम इस विशेष मामले की अतीव संवेदनशीलता से परिचित थे, अतः हमें उसकी वास्तविक फाँसी को गोपनीय बनाए रखने की आवश्यकता थी। गृह मंत्रालय कोई जोखिम नहीं ले रहा था और उसकी फाँसी से संबंधित फाइलों का निष्पादन सीधे दिल्ली के उप-राज्यपाल तेजेंद्र खन्ना द्वारा किया जा रहा था, जो प्रशासनिक तौर पर तिहाड़ के प्रभारी भी थे और महानिदेशक

(कारागार) के अतिरिक्त किसी अन्य को इसमें लिप्त नहीं किया गया था। उस समय दिल्ली में श्रीमती शीला दीक्षित के नेतृत्व में कांग्रेस की सरकार थी, इसलिए केंद्र में किसी विरोधी सरकार का मुद्दा उतना विवादास्पद नहीं था।

राष्ट्रपति प्रणव मुखर्जी ने उसकी दया याचिका को निरस्त करनेवाला अपना निर्णय रविवार को लिया था और उप-राज्यपाल द्वारा फाइल को महानिदेशक विमला मेहरा को अग्रसारित किए जाने के तत्काल बाद मैं अपने काम में लग गया था। मेरा दायित्व यह सुनिश्चित करना था कि न्यायालय बिना किसी अतिरिक्त अड़चन के ब्लैक वॉरंट जारी कर दे। इसलिए मैं सीधे न्यायाधीश आई.एस. मेहता से मिलने गया, जो उस समय पटियाला हाउस कोर्ट के प्रभारी थे। एक ओर जहाँ इस मामले में संपूर्ण घटनाक्रमों की अनुसूची की मुझे अत्यल्प स्मृति है, मेरे विचार से, वह अगला कार्य दिवस था, जब मैंने न्यायमूर्ति मेहता से उनके कक्ष में मिलने का अनुरोध किया था। जैसा कि मैंने पहले भी उल्लेख किया था, न्यायाधीश—चाहे कितने भी कठोर क्यों न रहे हों—फिर भी अपने दायित्व के इस भाग से घृणा करते थे। यही कारण था कि उन्होंने फाँसीनामा (ब्लैक वॉरंट) जारी करने के बाद कलम की निब तोड़ने या पूरी कलम को ही फेंकने की परंपरा जीवित रखी थी। शायद न्यायमूर्ति मेहता भी उतने ही भयभीत थे, जितना कि हम में से कोई भी हो सकता था। क्या कश्मीरी आतंकवादी अफजल गुरु को फाँसी देने के मामले में लिप्त होने के कारण उन्हें अपना निशाना बना सकते थे? क्या उन्हें सरकार से पर्याप्त सुरक्षा मिलेगी? ये सारे अत्यंत वैध प्रश्न थे, जो हम में से कोई भी यदि उनके स्थान पर होता तो पूछ सकता था। मैंने न्यायमूर्ति मेहता के बारे में महसूस किया, जिनका नाम हमेशा के लिए अफजल गुरु की फाँसी के साथ जुड़ने वाला था।

न्यायमूर्ति मेहता ने 8 फरवरी, 2013 की तिथि को अफजल गुरु की फाँसी की तिथि के रूप में निर्धारित किया, जिसने हमें अपनी तैयारी करने के लिए चार दिनों से भी कम समय दिया। पुलिस गुप्तचर विभाग ने फाँसी की तिथि की समीक्षा की और निष्कर्ष दिया कि उसे शुक्रवार के दिन फाँसी पर लटकाना अत्यंत विनाशकारी हो सकता था। अफजल के अपने गृह राज्य जम्मू व कश्मीर में उसका मृत्युदंड एक विस्फोटक विषय था और यदि शुक्रवार को नमाज के लिए जाते लोगों को उसकी फाँसी की खबर मिलती तो घाटी में कानून व व्यवस्था की स्थिति अत्यंत नाजुक हो सकती थी। इसलिए मुझे न्यायमूर्ति मेहता को फाँसी की कोई अन्य तारीख निर्धारित करने के लिए राजी करना पड़ा। उन्होंने मुझे अगले दिन, अर्थात् शनिवार 9 फरवरी

के लिए ब्लैक वॉरंट जारी कर दिया। जब मैं उसके बारे में अब कभी सोचता हूँ तो उन सारी घटनाओं के संयोगों को भूल नहीं पाता हूँ। तिहाड़ में फाँसी पर लटकाया जानेवाला पहला कश्मीरी अलगाववादी मकबूल बट था और उसकी फाँसी की तिथि भी समान कारणों से बदली गई थी। मकबूल और अफजल के बारे में अन्य अनेक समानताएँ भी थीं; लेकिन पहले अफजल के बारे में बात करते हैं।

अफजल गुरु के मामले का प्रत्येक पहलू विवादास्पद था। पहले उच्चतम न्यायालय से शुरुआत करते हैं, जिसने स्वयं स्वीकार किया था कि अफजल गुरु किसी आतंकवादी समूह का अंग नहीं था और न ही वह जैश-ए-मुहम्मद का हिस्सा था, जिसकी संसद् पर हमले में मुख्य भूमिका थी। मानवाधिकार समूहों ने उस मुद्दे को उठाते हुए कहा था कि उसमें अनेक विसंगतियाँ थीं, क्योंकि उन्होंने उसके मृत्यु दंड के विरुद्ध अभियान चलाया था। आंदोलनकारियों ने इस बात को इंगित किया कि किस प्रकार अफजल गुरु के साथ गिरफ्तार किए गए (प्रो. एस.ए.आर. गिलानी, शौकत एवं नवजोत गुरु) सभी लोगों को रिहा कर दिया गया था।

पुलिस फाइलों के अनुसार, अफजल गुरु ने कभी इस बात से इनकार नहीं किया था कि वह संसद् पर हुए हमले के दौरान मारे गए पाँच आतंकवादियों में से एक मुहम्मद के संपर्क में था। अफजल गुरु द्वारा प्रयोग किए गए फोन के कॉल विवरणों ने दिखाया था कि वह 28 नवंबर से संसद् पर हमले की तिथि 13 दिसंबर, 2001 तक मुहम्मद के संपर्क में था। बहरहाल, अफजल गुरु ने जिस बिंदु पर संकेत किया (और जिसे अदालत ने स्वीकार नहीं किया), वह यह था कि वह फोन उसे कश्मीर में विशेष कार्य बल (एस.टी.एफ.) द्वारा उपलब्ध कराया गया था। उसके कथनानुसार, जब वह एक अलगाववादी के रूप में पाकिस्तान में अपने असफल अभियान के बाद कश्मीर लौटा था तो उस समय एस.टी.एफ. ने उसे बहुत प्रताड़ित किया था। एस.टी.एफ. की खूनी कहानियाँ बताते हुए उसने कहा था कि आत्मसमर्पण करने और बी.एस.एफ. द्वारा आत्मसमर्पित आतंकवादी सत्यापित किए जाने के बावजूद किस प्रकार एस.टी.एफ. उसके जैसे लोगों को दोबारा उठा लेती थी। अफजल ने आरोप लगाया कि उसके पास मुहम्मद की सहायता करने के अतिरिक्त अन्य कोई विकल्प नहीं था। अफजल ने जम्मू व कश्मीर के स्पेशल ऑपरेशंस ग्रुप के तत्कालीन डिप्टी एस.पी. देविंदर सिंह नामक व्यक्ति को नामित किया। उसने कहा कि समूचे हमले में उसकी संलिप्तता का आधार केवल यह था

कि देविंदर सिंह ने मुझसे संसद् के आक्रमणकारी मुहम्मद को दिल्ली ले जाकर उसे सभी जरूरी सुविधाएँ उपलब्ध कराने के लिए कहा था। यह दोषारोपण महत्त्वपूर्ण था, क्योंकि अरुंधती राय जैसे लेखकों एवं कार्यकर्ताओं ने इस बात का उल्लेख किया था कि यह वही अधिकारी था, जो अफजल के जे.के.एल.एफ. आतंकवादी के रूप में आत्मसमर्पण करने के बाद उससे निपटा था। वह 2013 में यातायात पुलिस का कर्मचारी था और आज भी जम्मू व कश्मीर पुलिस बल में कार्यरत है। जब देविंदर का संवाददाताओं से सामना हुआ तो उसने स्वीकार किया कि उसने अफजल को गिरफ्तार किया था; परंतु उसके इन आरोपों पर किसी भी प्राधिकरण द्वारा उचित ध्यान नहीं दिया गया था। अफजल के वकील हमेशा अपनी इस बात पर कायम रहे कि देविंदर सिंह जैसे कुछ पुलिस अधिकारी ही थे, जिन्होंने एक एंबेसडर कार खरीदने में उसकी सहायता की थी और जिसे बाद में संसद् पर हुए हमले में लिप्त पाया गया था और यह भी कहा कि किस प्रकार उसके और आतंकवादी मुहम्मद के बीच फोन वार्त्ता हुई थी। कार खरीदे जाने के बाद अफजल ने बताया था कि मुहम्मद ने उसे कश्मीर वापस जाने के लिए कहा, जिसका अर्थ यह था कि उसे परिधीय भूमिका निभानी थी। लेकिन उसे संसद् पर हमले के दो दिन बाद श्रीनगर के एक बस स्टॉप से गिरफ्तार कर लिया गया और अब उसे फाँसी दी जाने वाली थी।

मानवाधिकार कार्यकर्ताओं ने अफजल की फाँसी के खिलाफ खूब लड़ाई लड़ी; क्योंकि उसने जो मद्‌दे उठाए थे, उनपर अधिक ध्यान नहीं दिया गया था। छह महीने तक काररवाई चलने के बावजूद अदालती फैसलों में कभी उसका उल्लेख नहीं किया गया। अफजल के पास उसकी पैरवी करनेवाला कोई वकील नहीं था। उच्चतम न्यायालय ने स्वयं स्वीकार किया था कि 17 मई, 2002 तक अफजल के पास कोई वकील नहीं था। किसी वकील ने उसकी टी.वी. कैमरे के सामने परेड कराए जाने का विरोध नहीं किया। उसके विरुद्ध तत्कालीन निष्ठुर आतंकवाद निरोधी कानून (POTA) लगाए जाने का किसी भी वकील ने विरोध नहीं किया और निश्चय ही उस समय भी कोई वकील मौजूद नहीं था, जब उसने एक पुलिस अधिकारी के समक्ष अपने कबूलनामे पर हस्ताक्षर किए थे और जिसे अदालत द्वारा सही मान लिया गया था। यही वह पोटा (POTA) कानून था, जिसमें कहा गया था कि 'पुलिस अधीक्षक के पद से नीचेवाले किसी पुलिस अधिकारी के समक्ष दिया गया कोई कबूलनामा और ऐसे पुलिस अधिकारी द्वारा दर्ज किए गए उसके लिखित

या यांत्रिक या इलेक्ट्रॉनिक उपकरण के रूप में प्रस्तुत साक्ष्य ऐसे व्यक्ति के मुकदमे में सुनवाई के दौरान स्वीकार्य नहीं होगा।' हमले के छह महीने बाद अधिवक्ता सीमा गुलाटी अफजल की ओर से अदालत में पेश हुईं। परंतु उन्होंने एक महीने के अंदर ही अफजल के मुकदमे की पैरवी न कर पाने के लिए अपनी असमर्थता हेतु माफी माँग ली और कहा कि उन्हें एक अन्य मुवक्किल मिल गया था। उसके बाद न्यायालय ने अधिवक्ता नीरज बंसल को अफजल के केस हेतु नियुक्त किया। बहरहाल, अफजल स्वयं भी बंसल से प्रसन्न नहीं था, इसलिए उसने अपनी ओर से अपने मुकदमे की पैरवी हेतु चार वकीलों के नाम दिए। परंतु उसे बताया गया कि उसके द्वारा संदर्भित किया गया कोई भी वकील उपलब्ध नहीं था। भारत में कैदियों के अधिकार एवं आर.डी. उपाध्याय बनाम आंध्र प्रदेश राज्य आदेश 2006 जैसे अनेक निर्णय कहते हैं कि सभी कैदियों को विधिक प्रतिनिधित्व एवं निष्पक्ष सुनवाई का अधिकार है। बहरहाल, यदि वकील स्वयं न्यायिक औचित्य को नजरअंदाज करते हुए उसके ऊपर अपनी तथाकथित देशभक्ति की भावना को वरीयता दें तो कोई क्या करे?

ऐसा तभी हो सका, जब स्वर्गीय राम जेठमलानी जैसे प्रसिद्ध अधिवक्ता, जिन्होंने कई अन्य लोगों की फाँसी के फंदे से बचने में सहायता की थी, इस मामले में लिप्त हुए और उन्होंने पुलिस द्वारा तैयार की गई रिपोर्ट में अनेक खामियों और अभियोजन के मामले में अनेक समस्याओं की ओर संकेत किया। अफजल गुरु के विरुद्ध जो केस दर्ज किया गया था, वह आतंकवाद या पोटा के अंतर्गत था, जिसमें केंद्र सरकार की स्वीकृति की आवश्यकता थी; परंतु इस मामले में वह मंजूरी दिल्ली सरकार की ओर से दी गई थी। राम जेठमलानी ने यह दलील भी दी कि समूचा मामला अफजल के 'कबूलनामे' पर आधारित था। लेकिन अभियोजन ने पूरे मामले को संसद् पर किए गए हमले के षड्यंत्र की योजना बनाने से जोड़ दिया था। आधारभूत आपत्ति थी—आप अपराध-सिद्धि और मृत्युदंड को मात्र एक कबूलनामे पर कैसे आधारित कर सकते हैं?

लेकिन अब तक काफी देर हो चुकी थी, क्योंकि पुलिस ने अफजल को मीडिया में जो साक्षात्कार देने के लिए विवश किया था, उसकी याद जनता के मन में अभी तक बनी हुई थी। अफजल की बचाव टीम ने इस बात का उल्लेख किया कि किस प्रकार अफजल और हमलावर द्वारा उपयोग किए गए टेलीफोनों को टेप करने की अनुमति को सही रूप में नहीं लिया गया, किस प्रकार पोटा

(POTA) कानून ने न्यायालय के बजाय पुलिस के समक्ष कबूलनामे की अनुमति दी, उसे काफी देर बाद अमल में लाया गया और उसके साथ साक्ष्य अधिनियम से जुड़ी अनेक समस्याओं को उसके इनकार के बावजूद सभी को अफजल के कबूलनामे से संबद्ध कर दिया गया। लेकिन कोई भी सुनने को तैयार नहीं था। सुनवाई अदालत और उच्च न्यायालय दोनों ने पुलिस की इस दलील को स्वीकार किया था कि अफजल गुरु, जिसने सन् 1993 में एक पूर्व आतंकवादी के रूप में समर्पण किया था, को अक्तूबर 2001 में पुनः भरती कर लिया गया, ताकि वह आतंकवादियों को संसद् पर हमले की उनकी योजना को कार्यान्वित करने में उन्हें सहायता दे सके। यही कारण था कि अदालतों ने मान लिया कि अफजल ने ही आतंकियों के लिए दिल्ली में रहने हेतु स्थान का प्रबंध करने के लिए अपने चचेरे भाई शौकत से संपर्क किया था और यह भी कि शौकत ने 10 लाख रुपए की एवज में आतंकवादियों को सहायता उपलब्ध कराई थी। पुलिस के अभियोग-पत्र एवं मामले के दस्तावेजों, अफजल की संलिप्तता के निर्विवाद साक्ष्य कि उसे पैसे और लैपटॉप के साथ पकड़ा गया था, जिससे नकली पहचान-पत्र बनाए गए थे, जिन्होंने आतंकवादियों को संसद् तक पहुँचने में सहायता दी थी। 5 मार्च, 2019 को न्यायमूर्ति ए.के. सीकरी, एम.आर. शाह एवं अब्दुल नजीर की उच्चतम न्यायालय की खंडपीठ ने पहली बार मृत्युदंड की पंक्ति में खड़े 6 लोगों को छोड़ दिया था, क्योंकि उन्हें उचित कानूनी प्रतिनिधित्व प्राप्त नहीं हुआ था; परंतु वर्ष 2005 में उसी उच्चतम न्यायालय ने अफजल गुरु की पुनर्विचार याचिका यह कहते हुए खारिज कर दी कि—

> घटना, जो अनेक मौतों में परिणत हो गई थी, ने समूचे राष्ट्र और समाज की अंतरात्मा को सामूहिक रूप से हिलाकर रख दिया था, उसे तभी संतोष मिलेगा, जब अपराधी को मृत्युदंड दिया जाए।...प्रार्थी, जो एक आत्मसमर्पित आतंकवादी है और जो बार-बार देशद्रोही गतिविधियों में लिप्त रहा था, वह समाज के लिए एक अभिशाप है, इसलिए उसका जीवन समाप्त हो जाना चाहिए।

फाँसी से जुड़े नियम बिल्कुल स्पष्ट हैं। हमें उसके परिवार को सूचना देने की आवश्यकता है और उन्हें कैदी से आखिरी बार मुलाकात करने में सहायता करनी चाहिए। यह नियम पूरे देश की कारागार नियमावलियों में शामिल है और उसे लागू करना प्रत्येक जेल अधीक्षक की जिम्मेदारी है; परंतु जिस समय राष्ट्रपति महोदय ने उसकी दया याचिका निरस्त की, और फाँसी की तिथि के बीच, हमें सामान्यतः दो सप्ताह के बजाय केवल छह दिन का समय मिला था। बहरहाल, छह दिनों का

समय अफजल के परिवार को सूचित करने और अंतिम मुलाकात की अनुमति देने के लिए पर्याप्त था। वह एक उच्च सुरक्षा वार्ड में था और उससे मिलने के लिए उसके परिवार को पूर्व अनुमति प्राप्त करने और उसके बाद कश्मीर से आने की आवश्यकता थी। एक ओर जहाँ सम्मानित कैदियों को उनके परिवारवालों से मिलने हेतु अधिकारी के कक्ष में मिलने की सहायता प्रदान की जाती थी, वहीं दूसरी ओर अफजल गुरु को संसद् पर हमले के पीछे होने के कारण ऐसा कोई मौका नहीं दिया गया था। उसका पुत्र गालिब उस समय मात्र दो वर्ष का था, जब उसके पिता को गिरफ्तार किया गया था और उसे यह भी याद नहीं था कि कभी उसका पिता भी एक स्वतंत्र व्यक्ति था।

यदि उन्हें समय रहते बताया गया होता तो उसका परिवार कश्मीर के सोपोर से उड़कर उसे देखने आ सकता था। लोगों के बड़े समूह के लिए कैदी की फाँसी से पहले उससे मिलने के लिए आना कोई असामान्य बात नहीं है। अनेक कारणों से अब उच्चतम न्यायालय ने दया याचिका के निरस्तीकरण एवं फाँसी की तिथि के मध्य दो सप्ताह का सूचना समय अनिवार्य कर दिया है। उन कारणों में सर्वाधिक महत्त्वपूर्ण यह है कि कैदियों को खुद को मानसिक रूप से तैयार होने का समय मिल जाता है। वे अपना सारा काम निपटा लेते हैं और उन्हें अपनी शांति हेतु जो कुछ करना जरूरी होता है, वह सब वे कर लेते हैं—वे अपनी वसीयत तैयार करते हैं, अपने लंबित मामलों को निपटाते हैं और अपने प्रियजनों से मिल लेते हैं।

6 फरवरी को राष्ट्रपति द्वारा उसके भाग्य का निर्णय किए जाने के तीन दिन बाद और उसको फाँसी दिए जाने से तीन दिन पूर्व जेल नं. 3 के अधीक्षक की ओर से अफजल की पत्नी तबस्सुम को संबोधित एक पत्र स्पीड पोस्ट द्वारा भेजा गया, जिसमें कहा गया था कि 'दोषी मुहम्मद अफजल उर्फ गुरु पुत्र हबीबुल्लाह की दया याचिका को भारत के माननीय राष्ट्रपति द्वारा निरस्त कर दिया गया है। अत: मुहम्मद अफजल उर्फ गुरु पुत्र हबीबुल्लाह की फाँसी की तिथि 09.02.13 को प्रात: 8 बजे जेल नं. 3 में निर्धारित की गई है। यह आपकी सूचना एवं अगली काररवाई हेतु है।' मीडिया द्वारा प्रसारित समाचारों के अनुसार, जिस समय वह पत्र तबस्सुम के पास पहुँचा, उसके परिवार के लिए कोई भी काररवाई कर पाना संभव नहीं था।

अफजल गुरु की कहानी के अनेक सूत्र हैं और एक ओर जहाँ मैं उससे केवल कुछ ही बार मिला था, न्यायमूर्ति मेहता की भाँति मैं भी उसकी कहानी के

साथ जोड़ा गया हूँ। जब सिविल सोसाइटी की ओर से अफजल के परिवार को फोन से सूचना देने के बजाय पत्र भेजने को लेकर हो-हल्ला किया गया तो तत्कालीन गृह सचिव आर.के. सिंह ने सरकार की ओर से की गई किसी गलत काररवाई से इनकार कर दिया और यह भी दावा किया कि कश्मीर के पुलिस महानिदेशक (डी.जी.पी.) अशोक प्रसाद को नियमानुसार सूचित कर दिया गया था। परंतु कश्मीर के डी.जी.पी. के बॉस और तत्कालीन मुख्यमंत्री उमर अब्दुल्ला नहीं समझ सके कि केंद्रीय सरकार ने इतनी निर्ममता क्यों दिखाई और परिवार को अग्रिम सूचना देने के बजाय उसकी फाँसी की खबर उन्हें मीडिया के हवाले से हासिल हुई। 'मैं इस तथ्य से स्वयं को सहमत नहीं कर सकता कि उसे मारने या फाँसी देने से पूर्व उसके परिवार को मिलने की अनुमति क्यों नहीं दी गई! मेरे विचार से, वह इस फाँसी की सबसे बड़ी त्रासदी है।' प्रेस ट्रस्ट ऑफ इंडिया ने उमर अब्दुल्ला को उद्धृत करते हुए कहा।

~ * ~

गृह सचिव आर.के. सिंह, जो बाद में नरेंद्र मोदी सरकार में ऊर्जा मंत्री बने, उन्होंने फाँसी की योजना बनाने में हमारे साथ बड़ी निकटता से काम किया था। उनके साथ हमारा पहला संवाद तब हुआ था, जब जेल अधिकारियों एवं तत्कालीन गृह मंत्री सुशील कुमार शिंदे के साथ हमारी बैठक तय हुई थी। मेरी बॉस विमला मेहरा ने मुझे अपने साथ आने के लिए कहा, क्योंकि मैं विधि अधिकारी था। हमारे समक्ष एक बड़ी चुनौती उपस्थित हो गई—कालू और फकीरा नामक दोनों जल्लादों, जिन्होंने तब तक तिहाड़ में दी गई सभी फाँसियों का लीवर खींचा था, की मृत्यु हो चुकी थी और हमारे पास उनके स्थान को भरने के लिए कोई आदमी नहीं था। चूँकि फाँसियाँ कभी-कभार ही होती थीं, इसलिए उनके पद को भरने की कोई वास्तविक आवश्यकता नहीं थी। खैर, हम इस बात को लेकर आश्वस्त थे कि हमारे ही किसी साथी द्वारा वह कार्य किया जा सकता था। कुल मिलाकर, हमें जेल नियमावली में दिए गए प्रत्येक अनुदेश का अत्यंत विस्तृत अनुपालन करना था।

बहरहाल, विमला मेहरा यह सुनिश्चित करना चाहती थीं कि सरकार का विचार भी वही था, जो हमारा था, इसलिए हमने गृह मंत्री एवं उनकी टीम के सदस्यों से मिलने हेतु नॉर्थ ब्लॉक की यात्रा की। फाँसी की तिथि में केवल दो दिन शेष थे, हम गृह मंत्री के कार्यालय में दोपहर बाद पहुँच गए। बैठक में केवल चार

लोग उपस्थित थे, जिनमें विमला मेहरा, सुशील कुमार शिंदे, आर.के. सिंह और मैं शामिल था। विमला मेहरा ने उनके समक्ष जल्लादों की अनुपलब्धता के बावजूद फाँसी की प्रक्रिया की रूपरेखा प्रस्तुत की और बताया कि हमने किस प्रकार उसे पूरा करने की योजना बनाई थी। उसके बाद श्री शिंदे और श्री सिंह ने हमसे पूछा कि क्या हम लोग निर्बाध रूप से वह काम करने में पूरी तरह सक्षम थे, तो हमने उनके इस प्रश्न का स्वीकारात्मक उत्तर दिया। हमने उन्हें बताया कि पुराने और कालू एवं फकीरा जैसे विश्वसनीय पेशेवर जल्लादों के स्थान पर हम किसी नए व्यक्ति को ऐसे उच्च स्तरीय एवं गोपनीय मामले में शामिल नहीं कर सकते थे। उन दोनों व्यक्तियों ने हमें स्वीकृति देते हुए आगे बढ़ने का संकेत दिया। किसी जल्लाद के बिना तिहाड़ में दी जानेवाली वह पहली और अंतिम फाँसी थी। जनवरी 2014 के तत्काल बाद उच्चतम न्यायालय ने शत्रुघ्न चौहान के मामले में आदेश दिया, जो मूलत: उन 15 लोगों की याचिका थी, जो मृत्युदंड की पंक्ति में खड़े थे। निर्णय में फाँसी के नियमों को कठोर बनाते हुए फाँसी के बाद पोस्टमार्टम कराया जाना अनिवार्य कर दिया गया।

अफजल की फाँसी से एक रात पहले एक और बैठक हुई। शुक्रवार को रात लगभग 10 बजे गृह सचिव आर.के. सिंह ने मुझे और विमला मेहरा को अपने न्यू मोतीबाग स्थित घर पर बुलाया। उस बैठक का कोई विशिष्ट उद्देश्य नहीं था। वह अंतिम बार यह सुनिश्चित करना चाहते थे कि हम प्रक्रियाओं का विधिवत् पालन स्वयं कर सकते थे या नहीं? वह बैठक मात्र 10-15 मिनट में समाप्त हो गई; परंतु मेरे लिए जो चीज सर्वाधिक स्मरणीय थी, वह यह थी कि उन्होंने उस बैठक में अपनी पत्नी को भी शामिल होने के लिए कहा था। संभवत: उन्होंने ऐसा सौजन्य-प्रदर्शन हेतु किया था, क्योंकि उनसे इतनी देर रात एक महिला पुलिस अधिकारी मिलने आई थी। इस बैठक के साथ ही संपूर्ण परिचालन का दायित्व हमें सौंप दिया गया। बैठकों के उस दौर का हम सबके ऊपर निश्चय ही व्यापक प्रभाव पड़ा था।

अगली सुबह तड़के जब जेल अधिकारियों ने फाँसी देने का अभ्यास शुरू किया, उन्हें एक बड़ी समस्या का सामना करना पड़ा। जेल नियमावली के अनुदेशों के एक भाग के रूप में आपको रेत की बोरियों के साथ अभ्यास करना होगा। जैसा कि मैंने पहले कहा था, आपको कैदी के भार के अनुसार बोरियाँ तैयार करनी होंगी और अभ्यास के दौरान आपको उस पर नजर भी रखनी होगी। उन्होंने यह परीक्षण प्रात: 2 बजे शुरू किया था और फाँसी से पूर्व सारी रात उसकी संपूर्ण निगरानी करते

रहे थे। इस परीक्षण के दौरान रस्सी टूट गई। 'मनीला रस्सी' कही जानेवाली उन रस्सियों को बिहार की बक्सर जेल से खासतौर से लाया गया था। वह रस्सी सन् 2005 में उसी समय खरीद ली गई थी, जब अफजल को मृत्युदंड सुनाया गया था। इस बीच कई वर्ष गुजर चुके थे और रस्सी कमजोर पड़ गई थी। उसी समय जेल नं. 3 के डिप्टी सुपरिंटेंडेंट ने अभिलेखों (रिकॉड्‌र्स) में अफजल की लंबाई एवं भार का विवरण (जिन्हें लगातार अद्यतन किया जाता था) लिया और दो दिनों के अंदर एक अन्य रस्सी बनवा ली और 680 रुपए की लागत से बिहार से मँगवा ली। यदि आप रस्सी निर्माताओं से पूछेंगे तो वे बताएँगे कि किस प्रकार बक्सर जेल के पास से होकर बहनेवाली गंगा नदी विशेष उद्‌देश्य हेतु निर्मित की जानेवाली रस्सियों के निर्माण हेतु वांछित मात्रा में नमी उपलब्ध कराती थी। लेकिन अफजल के मामले में अनेक वैधानिक हस्तक्षेपों एवं वर्षों के विलंब के कारण वह सुनिर्मित परंपरागत रस्सी कमजोर हो चुकी थी। रस्सी टूटते ही सभी लोग परेशान हो गए। यदि वे फाँसी से पूर्व कुछ घंटों के अंदर रस्सी की व्यवस्था नहीं कर सके तो क्या होगा? यदि गलत किस्म की रस्सी का प्रयोग करने के कारण शिरोच्छेद जैसी दुर्घटना हो गई तो उसे भयानक कांड माना जाएगा। अत: उन लोगों ने ईश्वर से प्रार्थना करते हुए पुन: प्रयास किया। उन्होंने रेत की बोरियों को धीरे से ऊपर उठाया और फंदे से बाँध दिया तथा दूसरी बार लीवर खींचा। लेकिन रस्सी फिर टूट गई। यह सब उस समय हो रहा था, जब अफजल शांतिपूर्वक सो रहा था। वास्तव में, उसे इस बात का संकेत पहले ही मिल गया होगा, जब फाँसी से एक रात पहले उसे उसके तनहाई वार्ड से हटाकर अन्य कैदियोंवाले वार्ड में ले जाया गया था, ताकि *फाँसी कोठी* को तैयार किया जा सके। शायद अपने मन में वह जान गया था कि उसका समय अब पूरा होने वाला है। अन्य सभी कैदियों के विपरीत, जो अपनी अंतिम इच्छा एवं भोजन जैसे रिवाजों से होकर गुजरते थे, अफजल अभी तक अनभिज्ञ था। इस बीच, तीसरे प्रयास में रेत की बोरियों के साथ किया जानेवाला अभ्यास सफल हो गया था।

प्रात: 6 बजे अफजल को उसकी आसन्न मृत्यु के बारे में बताने का समय हो चुका था। हमने अपने आसपास सभी लोगों को परस्पर देखा, परंतु अब तक हमारे बीच कोई बातचीत नहीं हुई थी। मैंने उसे अन्य कैदियों के साथ टहलते और गीता, कुरान एवं वेद जैसे विभिन्न धर्मग्रंथों का पाठ करते हुए देखा था। जिस समय वह अध्ययन नहीं कर रहा होता था, वह सामान्यतया दिन में अपनी पाँच वक्त की नमाज अदा किया करता था।

जेल अधीक्षक ने उसे सूचित करते हुए कहा, "मुझे बड़े अफसोस के साथ कहना पड़ रहा है कि आज तुम्हारी फाँसी का दिन है।"

"मैं जानता हूँ। मैंने इसका अंदाजा लगा लिया था।"

हम उसके साथ बैठ गए और पूछा कि क्या वह चाय पीना चाहता था? जैसे ही हमने धीरे-धीरे चाय की चुस्की लेनी शुरू की, अफजल अपने केस के मामले में शांत स्वर में बोल पड़ा। उसने हमें बताया कि वह आतंकवादी नहीं था। इतना ही नहीं, उसने हमें यह भी बताया कि वह कभी किसी मामले में वांछित भी नहीं था। उसने कहा कि वह कुल मिलाकर भ्रष्टाचार के विरुद्ध लड़ाई करना चाहता था, परंतु 'भारत में कौन सुनता है!'

"यह मेरी लड़ाई कभी थी ही नहीं। यहाँ तक कि मैं तो कभी कश्मीरी अलगाववादी भी नहीं बनना चाहता था। कुल मिलाकर, मैंने केवल इतना किया कि देश के भ्रष्ट राजनेताओं के खिलाफ लड़ाई की।"

उसके बाद उसने सन् 1960 की फिल्म '*बादल*' का एक गीत गाना शुरू कर दिया, *'अपने लिए जिए तो क्या जिए, तू जी ऐ दिल जमाने के लिए।'*

वह एक प्यारा गीत था, जो अभिनेता संजीव कुमार पर जेल में गाते हुए फिल्माया गया था। फिल्म के एक पात्र की तरह अफजल हमें बता रहा था कि उसने जो कुछ भी किया, वह एक बड़े उद्देश्य के लिए किया था। उसके स्वर में भय का कोई अंश नहीं था। जिस प्रकार अफजल ने वह गीत गाया था, उसके माध्यम से वह संभवतः यह बताना चाहता था कि दूसरों के लिए जिना ही असली जिना है। जब तक उसने गाना गाना बंद नहीं किया, तब तक मैं भी उसके स्वर-में-स्वर मिलाकर गाता रहा था और उससे पूछा कि क्या वह थोड़ी चाय और पीना चाहता है? दुर्भाग्य से, उस समय जेल में चाय देनेवाला व्यक्ति पहले ही जा चुका था, इसलिए उसकी यह अंतिम इच्छा अधूरी ही रह गई।

अधीक्षक ने उससे पूछा कि क्या वह अपने पीछे छोड़कर जानेवाले प्रियजनों या समर्थकों को कोई संदेश देना चाहता है, क्योंकि हमें उसकी फाँसी के बाद दंगे तथा हिंसा होने की आशंका थी और उससे पूछा कि क्या वह अपने लोगों को अपनी फाँसी के बाद शांति बनाए रखने की अपील करने का इच्छुक था?

"मैं आपकी आँखों में करुणा देख रहा हूँ। क्या आप फाँसी के समय वहाँ मौजूद रहेंगे?" उसने मुझसे पूछा।

"चिंता मत करो।" मैंने कहा।

जेल के अधिकारी जैसे ही उसे फाँसी कोठी की ओर लेकर गए, सारी रात फाँसी का अभ्यास करनेवाले मेरे साथी अपने काम को अंजाम देने के लिए तैयार खड़े थे। जब अफजल तैयार हो गया तो लीवर खींचनेवाले हमारी टीम के एक सदस्य ने अधीक्षक की ओर देखा। उन्होंने जेल नियमावली में निर्धारित नियम के अनुसार अपना संकेत दे दिया।

दो घंटे बाद डॉक्टरों द्वारा अफजल की मृत्यु के समय को प्रमाणित करने के बाद उसे मकबूल बट की कब्र के पास, जिसे 30 साल पहले दफनाया गया था, मुसलिम रिवाजों के मुताबिक दफना दिया गया।

अपनी फाँसी से कुछ पल पूर्व अफजल की हस्तलिखित परची मात्र 26 घंटों के अंदर उसके परिवारवालों के पास पहुँच गई। इस बीच अधिकारियों ने सोमवार 11 फरवरी को उसके हस्तलिखित नोट को डाक से भेज दिया, जो उसके ठीक अगले दिन किसी अप्रिय घटना से निपटने हेतु घाटी में कर्फ्यू लागू होने के बावजूद उसके घर पहुँच गया।

> 9/2/2013
>
> मोहतरम कुनबेवालो और मेरे सारे हामियो!
>
> *अस्सलामु अलैकुम।*
>
> मेरे खयाल से खुदा ने इसी मर्तबे के लिए मेरा इंतखाब किया था। अपनी ओर से मैं अपने सभी हामियों को मुबारकबाद पेश करना चाहता हूँ। हम सबको हमेशा सच्चाई और नेकी की राह पर बने रहना चाहिए और हमारा आखिरी सफर भी हमेशा अच्छाई और नेकी की राह पर खत्म होना चाहिए। अपने कुनबे के लोगों से मेरी गुजारिश है कि वे मेरी मौत पर आँसू बहाने के बजाय मुझे हासिल होनेवाले मर्तबे का तहेदिल से एहतराम करें।
>
> रब-अल-आलमीन खुदा आपका सबसे बड़ा हाफिज और मददगार है।
>
> मैं आप सबको अल्लाह की हिफाजत में छोड़कर जा रहा हूँ।

उस दिन जब मैं अपने घर गया तो उस नियम को एक ओर फेंक दिया, जिसका मैंने हमेशा पालन किया था। मैं उस दिन की कारवाइयों को अपने मन में नहीं रख सका और जो कुछ हुआ था, उसके बारे में अपने परिवारवालों को बता दिया। उन्होंने अफजल गुरु का नाम केवल मीडिया में सुना था और वे नहीं जानते थे कि हम उसकी फाँसी की तैयारी कर रहे थे और उसकी फाँसी के समय मैं वहाँ मौजूद रहूँगा। जब मैंने उन्हें अफजल के आखिरी घंटों के बारे में बताया, शायद वह

अकेली फाँसी थी, जिसके बारे में मैंने अपने परिवारवालों को बताया था, हम सभी एक साथ मिलकर रो पड़े। मैंने उन्हें अपनी भूमिका के बारे में बताया, उस गीत के बारे में बताया, जो उसने अंतिम बार गाया था और उस लिखित टिप्पणी के बारे में भी बताया, जो वह अपने पीछे छोड़कर गया था। यह मेरे जीवन में पहला मौका था, जब मैं टूटा और रोया था।

मैं अफजल के बारे में काफी सोचता हूँ और अवश्य ही मैंने उस गीत को यू-ट्यूब पर कई बार सुना था। मैं जानता हूँ कि जो उसकी चर्चा करता है, उसे एक 'राष्ट्र-विरोधी' कहा जाता है; परंतु मेरे विचार से, वह एक अच्छा इनसान था, जो 'पीपुल्स यूनियन फॉर सिविल लिबर्टीज' नामक गैर-सरकारी संगठन (एन. जी.ओ.) के साथ मिलकर काम करना चाहता था। कुल मिलाकर, वह मानवता की सेवा करना चाहता था और चाहता था कि उसके लोग शांतिपूर्वक जिएँ।

~*~

आप देख सकते हैं कि भाग्य जेल में कैसी विचित्र भूमिकाएँ निभाता है। अफजल गुरु ने जेल में रहते हुए देविंदर भुल्लर को अपना दोस्त बनाया था। भुल्लर सन् 1993 में हुए दिल्ली बम धमाकों का अपराधी और खालिस्तान-समर्थक था, जिसे अफजल से 3 साल पहले फाँसी की सजा सुनाई गई थी। चूँकि दोनों उच्च सुरक्षा वाले कैदियों के निर्जन वार्ड में थे, इसलिए दोनों में गहरी दोस्ती हो गई थी और उन्हें जो भी थोड़ा-बहुत समय मिलता, वे एक साथ घूमते हुए बिताते थे। दोनों दोष-सिद्ध अपराधी थे और दोनों को ही आतंकवादी हमलों में लोगों को मारने के लिए मृत्यु दंड दिया गया था और दोनों ही अपनी दया याचिका पर निर्णय होने की कई वर्षों तक प्रतीक्षा करते रहे थे। लेकिन अफजल को एक ओर जहाँ फाँसी दे दी गई थी, वहीं दूसरी ओर देविंदर भुल्लर की सजा को सन् 2014 में कम कर दिया गया था। उसके वकीलों ने सफलतापूर्वक यह दलील दी थी कि अपनी दया याचिका पर निर्णय की प्रतीक्षा करते-करते वह विक्षिप्त-सा हो गया था। उच्चतम न्यायालय इस दलील से सहमत हो गया। दरअसल, सन् 2016 तक भुल्लर को न केवल पंजाब की जेल में स्थानांतरण प्राप्त हो गया था, बल्कि उसे वहाँ जेल से पैरोल भी मिल गया था।

□

जेल में योद्धा : अन्ना हजारे

तिहाड़ में मेरे तीन दशकों के कार्यकाल के दौरान जो अविरल धारा बहती रही है, उसका संबंध जेल में धन एवं बाहुबल से है। यह कहानी बार-बार दोहराई जाती रही है, अंतर केवल इतना था कि हर बार उसके पात्र बदलते रहे हैं। इसका सामना मैंने तिहाड़ में अपने पहले ही दिन किया था, जब चार्ल्स शोभराज ने मुझे मेरी नौकरी सुरक्षित करने में सहायता दी थी और विडंबनात्मक रूप से मैंने वही स्थिति अपने अवकाश-ग्रहण वाले दिन भी देखी थी, जिसमें अनेक वी.आई.पी. जेल में बड़े नखरे से अपना समय काट रहे थे। हम में से कुछ कर्मचारियों ने व्यवस्था बनाए रखने और दोषी को कानून के शिकंजे में लाने के लिए उसे बदलने का प्रयास किया था। परंतु, अंततोगत्वा ऐसे योद्धाओं को न्यूनतम या नगण्य सफलता प्राप्त हुई और मोर्चाबंद प्रणाली हमेशा विजयी होने में सफल रही।

मैंने सितंबर 1986 में इस शक्ति को कानून के ऊपर उस समय देखा था, जब मैं जेल का डिप्टी सुपरिंटेंडेंट था। शीर्ष उद्योगपति ललित मोहन थापर को तिहाड़ लाया गया था, क्योंकि प्रवर्तन निदेशालय (ई.डी.) ने उनकी कंपनियों को विदेशी मुद्रा उल्लंघन के मामले में लिप्त पाया था। उस समय वह क्रॉम्प्टन ग्रीव्ज जैसी उच्च स्तरीय अनेक कंपनियों के स्वामी थे और दिल्ली के अति संभ्रांत क्षेत्र अमृता शेरगिल मार्ग पर निवास करते थे। जेल की गंदी कोठरी और उससे जुड़ी सुविधाएँ निश्चय ही थापर की प्रतिष्ठा के अनुकूल नहीं थीं।

जेल में थापर के प्रवेश के पहले ही दिन मुझे महानिरीक्षक पी.वी. सिन्हारी का सुबह 4 बजे फोन आया। उनका निर्देश स्पष्ट था—मुझे थापर को तत्काल रिहा करना होगा। मैं उनकी बात सुनकर स्तब्ध रह गया था, क्योंकि उनका आग्रह व्यापक रूप से तालाबंदी के बाद आया था और जब तक कोई आपात स्थिति न हो, कैदियों से संपर्क करना नियमों के विरुद्ध था। इससे आगे की बात यह कि नियम

केवल सुबह के समय ही कैदियों की रिहाई की अनुमति देते थे। महानिरीक्षक ने अपनी बात पर अधिक बल नहीं दिया और सामान्य तौर पर केवल इतना कहा कि यदि इस प्रकार के नियम हैं तो मुझे उनका पालन करना चाहिए। लेकिन मैं जानता था कि मेरे द्वारा सुनी जानेवाली वह आखिरी बात नहीं थी। निश्चित तौर पर, इतना ही कहना पर्याप्त है कि सिन्हारी के फोन के थोड़ी ही देर बाद किसी ने दिल्ली के तत्कालीन उप-राज्यपाल के कार्यालय से मुझे फोन किया। मैंने उसके सामने भी अपनी बात दोहराई कि मैं नियमों से बँधा हुआ हूँ और उस समय थापर को रिहा नहीं कर सकता। उन्होंने मुझे सूचित किया कि उच्चतम न्यायालय ने भारत के मुख्य न्यायाधीश की अध्यक्षता में आधी रात को उसकी जमानत याचिका पर सुनवाई की थी और उसे राहत प्रदान करने की मंजूरी दी थी।

"यदि उच्चतम न्यायालय ने उसकी रिहाई का आदेश दे दिया है तो आप उसे जेल में रोककर नहीं रख सकते।" फोनकर्ता ने दूसरी ओर से कहा। वह उप-राज्यपाल के कार्यालय में मात्र एक सहायक था और ऐसा आभास दे रहा था, मानो वह स्वयं बॉस (उप-राज्यपाल) हो।

"उच्चतम न्यायालय ने बेशक अपना काम कर दिया था और आदेश पारित कर दिया था, परंतु जेल के नियम हमारे लिए 'बाइबल' हैं। हम उसे रिहा नहीं कर सकते हैं।"

उन्होंने अपना दबाव बढ़ाते हुए मुझे स्मरण कराया कि मेरी 'बाइबल' किसने लिखी थी।

"तुम जानते हो कि वे नियम किसने लिखे? उप-राज्यपाल ने। यदि वह जेल के नियम लिख सकते हैं तो उन्हें बदल भी सकते हैं।"

"परंतु सर, आप जानते हैं कि नियमों में कोई भी परिवर्तन पूर्व व्यापी प्रभाव के साथ कार्यान्वित नहीं होता है। इसलिए, यदि आप यह कहना चाहते हैं कि कैदियों को अभी, इसी समय से आधी रात के समय रिहा किया जा सकता है, तो भी वह ललित मोहन थापर पर लागू नहीं होगा।"

अनेक धमकियों एवं मान-मनौवल के बाद, जिसमें यह आश्वासन भी शामिल था कि यदि मैं थापर को अभी रिहा कर दूँगा तो उसके लिए मुझे जिम्मेदार नहीं ठहराया जाएगा, इतना कहकर उप-राज्यपाल कार्यालय के सहायक ने अपने हाथ खड़े कर दिए। मैं इस बात पर अडिग था कि मैं थापर को रिहा नहीं करने जा रहा था। मुझे क्या इसलिए नियमों को तोड़ देना चाहिए कि कोई अमीर आदमी तिहाड़

में था? मेरी इस बहादुरी के पीछे एक प्रमुख कारक सामान्यतया यह था कि मैं दिल्ली में था। यदि आप राष्ट्रीय राजधानी में हैं तो उच्च पदों पर बैठे लोगों के लिए आपकी इच्छा के विरुद्ध आपके ऊपर दबाव बनाना कुछ अधिक कठिन होगा। यदि मैं किसी अन्य राज्य में होता तो निस्संदेह मेरा तबादला कर दिया गया होता। इस मामले में, क्योंकि मैं दिल्ली की किसी जेल का एक अंग था और वे मेरे विषय में कुल मिलाकर, केवल इतना ही कर सकते थे कि मेरा स्थानांतरण तिहाड़ के अंदर ही जेल नं. 1 से 2 में कर सकते थे। मैं यह भी जानता था कि यदि मीडिया को उसकी भनक लग गई तो तो वह उप-राज्यपाल के कार्यालय पर तीखा हमला कर सकता था। मीडिया इस प्रकार की कहानियों के प्रति हमेशा स्नेहिल रहता था और उप-राज्यपाल का कार्यालय भी यह तथ्य भलीभाँति जानता था कि यदि मीडिया ने उस मामले को बढ़ा-चढ़ाकर उछाल दिया तो मैं इस अप्रत्याशित हस्तक्षेप की कहानी को जारी कर सकता था।

अगले दिन मैंने ललित मोहन थापर को नियमानुसार प्रातः 10 बजे रिहा कर दिया। मुझे स्मरण है कि जेल में हुई परेशानियों के बावजूद थापर अत्यंत सहिष्णु थे। इसके बावजूद कि उन्हें उच्चतम न्यायालय से जमानत मिल गई थी, उन्होंने जेल में रोके रखे जाने पर किसी क्रोध या झुँझलाहट का प्रदर्शन नहीं किया। उप-राज्यपाल के गुर्गों के विपरीत, जिन्होंने केवल एक व्यक्ति की सहायता करने के लिए नियमों को बदल देने की धमकी दी थी, ऐसे दयालु और विनम्र आदमी को देखना विस्मयकारी था। परंतु यदि आप धनी एवं शक्तिशाली हैं तो लोग आपके लिए कुछ भी कर सकते हैं।

~*~

तिहाड़ में बहादुरी की प्रेरणा देनेवाले अधिकारी अधिक नहीं थे। पी.वी. सिन्हारी के जेल महानिरीक्षक के रूप में वहाँ से जाने के बाद उनके बाद जितने भी लोग आए, उन सभी का रिकॉर्ड बड़ा रंगीन था। मैं पी.वी. सिन्हारी का आदर इसलिए करता था कि उन्होंने विषम समय में ललित मोहन थापर को जेल से रिहा करने का अनावश्यक दबाव नहीं डाला था। उनके जैसे शक्ति-संपन्न अधिक अधिकारी नहीं थे। ऐसा इसलिए नहीं था कि उनके व्यक्तित्व में कोई दोष था, बल्कि इसलिए भी कि प्रणाली की उच्चासीनता एवं ढाँचागत कमी के कारण था। या तो महानिरीक्षक का पद विशेषतया जेलों के लिए नहीं था, बल्कि वह पद

डी.एम. स्तर के अधिकारी को जेलों का अतिरिक्त प्रभार देने योग्य था। इसका अर्थ यह हुआ कि आई.जी. (अब महानिदेशक, कारागार) तिहाड़ की गतिविधियों में आधे-अधूरे मन से दिलचस्पी लेते थे। वे किसी बड़े पद की प्राप्ति हेतु हमेशा आशान्वित होते थे और तिहाड़ में तो केवल तब तक के लिए अपना समय बिताने आते थे, जब तक कि उन्हें उनके मन के मुताबिक कोई अन्य नियुक्ति न मिल जाए। इस खेल में महानिरीक्षक के अंदर खेल-भावना के अभाव ने स्पष्ट कर दिया था कि कैसे उस समय तक जेलों के सुपरिंटेंडेंट खुद को खुदा समझते थे। इन दोनों पदों के मध्य एक पद जेल उप-महानिरीक्षक का भी है। बहरहाल, असली ताकत जेल अधीक्षकों के हाथों में ही थी, क्योंकि वे ही अकेले जेलों के सर्वेसर्वा थे। सभी प्रकार के मोल-भाव, किसी को रखने या हटाने जैसे सभी कार्य वे स्वयं करते थे। जेल अधीक्षक के अधीन एक पद जेल उपाधीक्षक (डी.एस.) का भी है। वहाँ एक पद डी.एस. (प्रथम श्रेणी) और उससे कनिष्ठ को डी.एस. (द्वितीय श्रेणी) कहा जाता है। उसके बाद असिस्टेंट सुपरिंटेंडेंट और मुख्य द्वारपाल के पद आते हैं। इस वर्गीकरण में सबसे निचले पायदान पर जेल के द्वारपाल होते हैं। लेकिन सन् 1986 में चार्ल्स शोभराज के जेल तोड़कर भागने की घटना के बाद सबकुछ बदल गया। उसके बाद प्राधिकारियों ने महसूस किया कि तिहाड़ को किसी पूर्णकालिक एवं समर्पित प्रभारी अधिकारी की आवश्यकता है और इसलिए जेल महानिरीक्षक का एक अलग पद सृजित किया गया। पी.वी. सिन्हारी मई 1986 में इस पदभार को ग्रहण करनेवाले प्रथम व्यक्ति थे।

मुझे श्री सिन्हारी से जुड़ी एक अन्य घटना बड़ी अच्छी तरह याद है। एक बार उन्होंने जेल के दौरे के दौरान एक गार्ड को यह दिखाना चाहा कि किसी कैदी की तलाशी कैसे ली जाती है। उन्होंने इस काम के लिए एक बदमाश करमवीर सिंह का चयन किया, जिसने नमूना तलाशी के दौरान सिन्हारी के हाथ में काट लिया। वास्तव में, उसे कुछ दिनों के लिए निर्जन कारावास में भेजकर दंडित किया गया था; परंतु यह घटना आपको दिखाती है कि यदि आप अपने कर्तव्य-पालन में 'अत्यधिक सक्रिय' बनने का प्रयास करेंगे तो उसके पीछे किस प्रकार के खतरे छिपे होते हैं। बदमाश भी उस घटना को नहीं भूला था और सिन्हारी को धमकियाँ देता रहता था। इसके प्रत्युत्तर में अधिकारी अपनी मेज पर हर समय एक भरा हुआ रिवॉल्वर रखने लगे थे।

जून 1988 में जब सिन्हारी तिहाड़ छोड़कर गए तो उनके उत्तराधिकारी के

रूप में बंगाल कैडर के एक अधिकारी एच.पी. कुमार आए। जेल प्रणाली की उच्च-पदस्थता का नेतृत्व करनेवाले अधिकारी को 'जेल महानिदेशक' कहा जाता है और उनके अधीनस्थ अधिकारी को अतिरिक्त महानिरीक्षक (आई.जी.) कहते हैं। इस आई.जी. के अधीन दो डी.आई.जी. (जेल) होते हैं, जो आई.जी. को रिपोर्ट करते हैं, जिसके अधीन 18 सुपरिंटेंडेंट और और दोनों श्रेणियों के डिप्टी सुपरिंटेंडेंट होते हैं, जिनके नीचे ए.एस.पी. एवं वार्डर होते हैं।

अपने स्वभाव के अनुसार सिन्हारी ने तिहाड़ में जितने भी अच्छे कार्य किए थे, कुमार ने—यह कहना सुरक्षित है—उन सबको निरर्थक बना दिया था। सिन्हारी यदि जेल में बदमाशों को चुनौती देते थे तो कुमार उनके विपरीत अधिक कायर थे। वह जानते थे कि उन्हें तिहाड़ में केवल कुछ ही साल गुजारने हैं, इसलिए वह कोई वास्तविक कार्य करने के प्रति अनिच्छुक रहते थे। हम कुमार को ऐसे व्यक्ति के रूप में याद करते हैं, जो हर समय अनवरत 'राम, राम, राम' जपते रहते थे। दुर्भाग्यवश, ईश्वर ने उनकी कोई सहायता नहीं की और उनकी निगरानी में तिहाड़ बदमाशों के अड्डे के रूप में बदल गई, जो वह सिन्हारी के आने से पहले थी। अच्छे अधिकारियों और बदमाशों के बीच अब कोई मुठभेड़ नहीं होती थी। बदमाशों को खुली छूट मिल गई थी।

यह एक सामान्य धारणा है कि जेल महानिरीक्षक का पद एक दंडात्मक नियुक्ति है। यह पद आमतौर पर उन लोगों के लिए आरक्षित होता है, जो या तो दिल्ली के पुलिस आयुक्त के लिए सिरदर्द होते थे या उस व्यक्ति के लिए था, जो आयुक्त के लिए चुनौती बन जाते थे। यह बात आर.के. शर्मा के बारे में पूरी तरह सही थी और किसी को इस बात से भ्रमित नहीं होना चाहिए कि यह वही उच्चाधिकारी थे, जिन्हें पत्रकार शिवानी भटनागर की हत्या के मामले में आरोपित किया गया था। वह एक यू.टी. कैडर अधिकारी थे और अपने काम के सिलसिले में अपने पूर्ववर्ती कुमार से भी अधिक निष्क्रिय थे और जिनकी जेल-सुधार के प्रति कोई रुचि नहीं थी। वे दोनों ही अपना अधिकतर समय संसद् या अदालतों से आई प्रश्नावलियों के निस्तारण में बिताते थे और कई बार वे उन्हें भी मेरी ओर सरका दिया करते थे। मैं इसका बुरा नहीं मानता था, क्योंकि सभी अधिकारियों के साथ मेरे मधुर संबंध थे और मैं जेल प्रशासन के अंतर्गत उस काम को प्राथमिकता भी देता था। परंतु वह भी सन् 1993 के बाद बदल गए।

आर.के. शर्मा जब अन्य नियुक्ति के लिए तिहाड़ से गए तो चर्चा चली कि

भारत की पहली महिला आई.पी.एस. किरण बेदी हमारी नई बॉस बनकर तिहाड़ आने वाली हैं। तिहाड़ के इतिहास में इससे पहले किसी तबादले ने इतना उत्साह नहीं जगाया था। किरण बेदी एक विद्रोही एवं 'बोल्ड' अधिकारी के रूप में जानी जाती थीं और उन्हें भी तिहाड़ में 'दंडात्मक नियुक्ति' के अंतर्गत भेजा जा रहा था। उनके बारे में सर्वाधिक प्रसिद्ध कहानी यह थी कि उन्होंने किस प्रकार यातायात नियमों के उल्लंघन हेतु प्रधानमंत्री इंदिरा गांधी की कार के विरुद्ध भी काररवाई की थी। वह मीडिया की अत्यंत लाड़ली अधिकारी थीं। अब तक हमारा नेतृत्व ऐसे अधिकारियों ने किया था, जो किसी अच्छी पोस्टिंग की प्रतीक्षा के दौरान विवश होकर तिहाड़ आए थे। दूसरे शब्दों में, वे अधिक प्रेरणादायी नहीं थे। किरण बेदी ऐसी पुलिस अधिकारी थीं, जिनके पास कानून, राजनीति विज्ञान एवं सामाजिक विज्ञान की तीन-तीन उपाधियाँ थीं। वह स्वयं को अपने गैर-सरकारी संगठन (एन. जी.ओ.) 'नवज्योति' के माध्यम से एक कार्यकर्ता के रूप में पहले ही स्थापित कर चुकी थीं। 'नवज्योति' के माध्यम से वे समाज में अपराधों की रोकथाम हेतु जन-जागरण का कार्य करती थीं और गली के बच्चों को नशे से दूर रहने हेतु प्रेरित करने का अभियान चलाती थीं। अत:, उनसे पहले के सभी जेल महानिरीक्षक जहाँ गुमनाम अधिकारी थे, वहीं आपको उनके बारे में तभी पता चलता था, जब एक बार उनके साथ काम करना प्रारंभ करते थे। किरण बेदी की प्रतिष्ठा सारे देश में प्रसिद्ध थी। सन् 1993 में वह 44 वर्ष की उम्र में हमारी बॉस (महानिरीक्षक) बनकर आईं।

आप कह सकते हैं कि हमारे मन में उनके प्रति आदर-युक्त भय था। वह अपने साथ उम्मीदें लेकर आई थीं—एक ऐसी महिला, जिसने अपनी प्रतिष्ठा देश की प्रधानमंत्री से भयभीत न होनेवाली स्त्री के रूप में निर्मित की थी। वास्तव में, हमें तिहाड़ में चीजों को सुव्यवस्थित करने हेतु ऐसी ही अदम्य हस्ती की आवश्यकता थी। 'सुनीलजी, मेरे विचार से आपके अच्छे दिन आ गए हैं।' मेरे अनेक मित्रों ने मुझसे यह बात कही थी। मैं कुछ नहीं समझ सका कि वास्तव में उनके कहने का क्या अर्थ था। शायद उनके कहने का आशय व्यंग्यात्मक भी हो सकता था, क्योंकि वे जानते थे कि मैं नियमों से बँधा रहनेवाला व्यक्ति हूँ। परंतु मैं वास्तविक तौर पर ऐसी महिला अधिकारी को पाकर अत्यंत उत्साहित था, जो सुधारों में विश्वास करती थीं और हमारी पर्यवेक्षक बनकर आ रही थीं।

तिहाड़ में अपने पहले दिन किरण बेदी ने सभी अधीक्षकों एवं उपाधीक्षकों की बैठक बुलाई। यह एक असामान्य कृत्य था, क्योंकि नए आनेवाले अधिकारी

चीजों को समझने में कुछ समय लगाते थे। उन्होंने हम में से प्रत्येक को एक कागज दिया और हमसे अपने सुझाव एवं सुधार के बारे में अपने विचार लिखने का आग्रह किया। "यदि आप लोग चीजों को दुरुस्त करने के बारे में मुखर होकर नहीं कहना चाहते हैं तो आप उन्हें मात्र लिखकर दे दीजिए।" उन्होंने कहा। हम सबने वैसा ही किया जैसा करने के लिए हमसे कहा गया था। वे साप्ताहिक बैठकें उनके काम करने के तरीके का प्रमुख भाग थीं।

तिहाड़ के बाहर वह एक कठोर डंडेबाज पुलिस अधिकारी के रूप में ख्यात थीं और मूलतः दोषपूर्ण प्रणाली को सुधारने के प्रति संकल्पित थीं; परंतु हमने उनका एक भिन्न ही पक्ष देखा। वह यह था कि वह हमें सही पथ का अनुसरण कराने हेतु रोचक तकनीकों का प्रयोग करती थीं। उदाहरण के तौर पर, उन्होंने जिन साप्ताहिक बैठकों की परंपरा शुरू की थी, वे दोपहर के भोजन (लंच) के समय होती थीं, जिनमें हमें अपने घर का बना खाना लाने और उसे दूसरे लोगों के साथ बाँटकर खाने हेतु प्रोत्साहित किया जाता था। वह भी अपने साथ कुछ-न-कुछ अवश्य लाती थीं—कभी वह खीर या हलवे जैसी मीठी चीजें अपने साथ लाती थीं और सभी को अपने हाथों से परोसती थीं। वह अपने कनिष्ठ जेल कर्मियों के प्रति खासतौर से सौम्य एवं उदार थीं।

उनका उद्देश्य सभी लोगों को सुविधाजनक रूप से निश्चिंत बनाना था, ताकि वे अपनी समस्याओं एवं चुनौतियों के बारे में खुलकर बात कर सकें। नियमित कार्य समय के दौरान उन्होंने उन्मुक्त कार्यालय प्रणाली की पहल की, जिसके अंतर्गत उन्होंने कभी भी किसी के लिए अपने दरवाजे बंद नहीं किए। उन्होंने विशेष निर्देश जारी किए कि कार्यालय का कोई कर्मचारी और यहाँ तक कि यदि जनता से भी कोई व्यक्ति उनसे मिलना चाहे तो उसे मिलने की अनुमति दी जाए। वह अपने पास हर समय एक नोट पैड रखती थीं और लोगों के साथ चर्चा के दौरान हुई प्रत्येक महत्त्वपूर्ण बात को दर्ज कर लेती थीं। उनके इस दृष्टिकोण का जेल कर्मचारियों के सामूहिक मनोबल पर उल्लेखनीय प्रभाव पड़ा। वास्तव में, उनका यह कृत्य तिहाड़ से जुड़े मामलों से भी काफी आगे पहुँच गया। उनकी प्रतिष्ठा के कारण उनसे मिलने के लिए नियमित आनेवाले अनेक लोग उनसे कुछ लाभ भी प्राप्त करना चाहते थे—उनमें स्कूल में बच्चे के प्रवेश में सहायता, कोई नौकरी दिलाने या उनका ऋण चुकाने जैसे अनेक कार्य शामिल थे। किरण बेदी की विशेषता यह थी कि वह सबकी बातें सुनती थीं। वह नियमों के पीछे भागने के बजाय केवल

अपने दिल से उनकी बातें सुनती थीं। वह अपनी प्रशंसा सुनकर प्रसन्न भी होती थीं। सार्वजनिक मुलाकातें हमारी दिनचर्या का अंग बन गई थीं, जिनमें कोई भी भाग ले सकता था। कई बार लोग उनके समक्ष कानूनी मुद्दे भी रखते थे, जैसे किसी के पारिवारिक सदस्य को गलत तरीके से जेल में डाल दिया गया था। जब वह उनके मामले को सही मानतीं तो उसके लिए वह लड़ती भी थीं। जो लोग कर्मचारियों की ओर से परेशान किए जाते थे या अपने संबंधियों से मुलाकात करने से रोक दिए जाते थे, उनके कष्ट-निवारण हेतु अब एक कारगर प्रणाली बना दी गई थी।

तिहाड़ में उनके आगमन के मात्र एक पखवाड़े के अंदर घटी एक घटना के बारे में मैं आपको बताता हूँ। जेल नं. 4 का एक कुख्यात कैदी सरदारा एक नशा विक्रेता था और उन अत्यंत दुर्दांत लोगों में से एक था, जिनसे हमें निपटना था। नतीजतन, जेल के कर्मचारियों ने उसकी पिटाई कर दी, क्योंकि उसका व्यवहार अनवरत बहुत क्रूर एवं अनियंत्रित था। किरण बेदी इस बात को लेकर अत्यंत क्षुब्ध थीं कि यह घटना ठीक उनकी नाक के नीचे हुई थी और वह जानना चाहती थीं कि अधिकारों के इस दुरुपयोग के पीछे कौन था? हम अत्यंत चिंतित थे, क्योंकि अन्य जेल महानिरीक्षक मामले की जाँच का आदेश देकर परिणामों की ओर से अपनी आँखें बंद कर लेते थे, जबकि उनके विपरीत, किरण बेदी हमें इतनी आसानी से छोड़ने वाली नहीं थीं। उनके अगले कदम ने हम सबको चौंका दिया—लंच के समय उन्होंने घोषणा की कि वे तब तक लंच नहीं करेंगी, जब तक कि कोई स्वयं आगे आकर इस पिटाई की जिम्मेदारी नहीं ले लेता। उन्हें न केवल पिटाई की जिम्मेदारी लेनी होगी, बल्कि क्षमा माँगते हुए वचन भी देना होगा कि अब वे भविष्य में किसी कैदी की दोबारा पिटाई नहीं करेंगे। उन्होंने भारत की सबसे हिंसक जेलों में से एक में गांधीजी के *'सत्याग्रह'* का मार्ग अपनाया था!

एक दिन बीता और दूसरा भी गुजर गया। उनके अधीनस्थ उप-महानिरीक्षक जयदेव सारंगी ने हमें सूचित किया कि वह अपनी जिद पर अड़ी हुई हैं और तब तक किसी से कोई बात नहीं करेंगी, जब तक कि कोई घटना की जिम्मेदारी अपने ऊपर नहीं ले लेता। जब हम उनसे मिले तो उन्होंने हमसे कहा, "जब मैंने स्पष्ट निर्देश दिए थे कि किसी की भी पिटाई नहीं की जाएगी, तो आप लोगों ने ऐसा क्यों किया?" यह देखते हुए कि वे हार मानने वाली नहीं हैं, मैंने साहस जुटाकर उनसे कहा, "मैडम, वह अत्यंत असभ्य कैदी है।" इस स्पष्टीकरण ने उन्हें लेशमात्र भी विचलित नहीं किया। वह हमसे यह वचन लेना चाहती थीं कि हम भविष्य

में फिर कभी ऐसी घटना नहीं दोहराएँगे। अत: तीन दिन बाद हम सबने मिलकर उनसे क्षमा माँग ली। वह कैदियों की पिटाई के मामले में शून्य सहिष्णुता (Zero Tolerance) की नीति अपनाती थीं। उन्हें इस बात से कोई अंतर नहीं पड़ता था कि मामला कितना 'औचित्यपूर्ण' था। नियम तोड़नेवालों के साथ बात न करने का उनका यह तरीका एकांगी नहीं था, बल्कि वास्तव में वह नियमों को लागू करने का उनका चयनित तरीका था। जब हम उनसे यह शिकायत करते कि हम कठोर जेलरों के विपरीत नरम रवैया अपनाकर अहिंसावादी मार्ग पर चलने की कोशिश करते हैं तो कोमल एवं रुआँसे दिखाई देते हैं तो वह प्रतिवाद करते हुए कहतीं, "इसका अर्थ यह तो नहीं कि आप बदमाशों की पिटाई करें। आप लोग केवल उन्हीं लोगों की पिटाई करते हैं, जो विवश हैं; ऐसे लोग, जिनसे आप पैसा ऐंठ सकते हैं। आपके पास किसी गिरोहबाज, क्रमिक हत्यारे (सीरियल किलर) या किसी आतंकवादी पर प्रहार करने की हिम्मत नहीं है। आप केवल गरीब लोगों को चोट पहुँचा सकते हैं। इसलिए यदि आप यहाँ मेरे पास अनुशासन की दुहाई देने आए हैं तो यह बात पूरी तरह झूठ है।" वह सही थीं।

यद्यपि मामला यहीं खत्म नहीं हुआ था। शीघ्र ही एक आदेश पारित किया गया, जिसके अंतर्गत मुझे मेरे विधि अधिकारी के सुविधाजनक पद से स्थानांतरित करके सरदारा सिंह वाली जेल नं. 4 का डिप्टी-सुपरिंटेंडेंट बना दिया गया था। मैं उनसे अत्यंत नाराज था। मैं इस पद पर विगत 12 वर्षों से कार्यरत था और तब तक किसी भी जेल महानिदेशक (डी.जी.) या महानिरीक्षक (आई.जी.) ने मुझे उस पद से नहीं हटाया था। मेरे काम में परिशुद्धता एवं विधिक ज्ञान की आवश्यकता थी और मुझे इस तथ्य पर गर्व की अनुभूति होती थी कि मैं सभी संवेदनशीलताओं को ध्यान में रखते हुए सबके साथ मिलकर अपना काम कुशलतापूर्वक कर सकता था। तिहाड़ हमेशा युक्तिक विधिक लड़ाइयों में लिप्त रहती थी और मैंने उनमें से अनेक कांडों से बाहर निकालने में सफलता पाई थी। और अब, अचानक मेरे बॉस ने निर्णय लिया था कि मैं परिहार्य हूँ! मैंने अपमानित महसूस किया और उसे अपनी पदावनति के रूप में देखा और इसके कारण मैं उनसे नाराज रहने लगा। मैंने उन्हें कुछ बताने की जहमत नहीं उठाई कि उनके निर्णय ने मुझे कितना व्यथित किया!

यह सन् 1993 की बात थी और मेरे पास चुनौती को स्वीकार करने के अतिरिक्त कोई विकल्प नहीं था, क्योंकि यदि मैं नए पद पर नियुक्त होने से इनकार करता तो वह मेरे अभिलेख में दर्ज हो जाता। वह मेरे लिए कोई चुनौती क्यों थी?

क्योंकि जेल नं. 4 में जसविंदर सिंह उर्फ जस्सा जैसे लोग थे, जो खुद को तिहाड़ का असली बॉस समझते थे। वह इस बात से इतराता था कि उसके विरुद्ध हत्या के अनगिनत मामले थे और उसे अपने बदमाशी के रिकॉर्ड पर अत्यंत गर्व था। वह मूलत: दिल्ली का रहनेवाला था और उसने अनेक हत्याएँ की थीं, इसलिए किसी अन्य हत्या के विरुद्ध मिलनेवाली सजा उसके विरुद्ध अंकुश का काम नहीं कर सकती थी। अत: मेरे समेत सभी लोग उससे भयभीत रहते थे। वास्तव में, 'भयभीत होने' जैसा शब्द मामले को कम करके आँकना था। जस्सा के मामलों को देख रहे न्यायाधीश अपनी सुरक्षा को लेकर इतने डरे हुए थे कि उन्होंने उसके मुकदमे में कोई फैसला सुनाने से इनकार कर दिया था। उन्होंने बड़ी सहजता से अपनी रक्षा कर ली थी। और ऐसा करनेवाले वह एकमात्र न्यायाधीश नहीं थे। जस्सा हम सबको खुली चुनौती देता था—मेरे पास दो स्पष्ट विकल्प थे—या तो मैं उससे डरूँ या फिर उसे नियम पर चलने लिए विवश करूँ।

वास्तविक तौर पर, मुझे कुल मिलाकर केवल यह करना था कि तिहाड़ के पूर्व-निर्धारित नियमों को लागू करूँ—मैं किसी ऐसे नियम का सहारा लूँ, जिससे जस्सा पर सर्वाधिक चोट पड़ती हो। मैंने उसे इस रूप में धमकी देने का निर्णय किया कि कोठरियों के वितरण में उसके द्वारा किए जानेवाले पक्षपात पर अंकुश लगा दिया। तिहाड़ के स्वनामधन्य गैंगस्टर अपने-अपने क्षेत्रों का निर्धारण करके जेल में अपना साम्राज्य खड़ा कर लेते थे। यह ऐसी प्रणाली है, जो आज भी अस्तित्व में है। प्रत्येक मजबूत आदमी अपने लिए किसी खास कोठरी या बैरक की पहचान कर लेता था, जो उसका 'राज्य' या 'इलाका' बन जाता था और उनके साथी-संगी तथा अन्य लोग अपने सामान के साथ उस 'इलाके' में रहने लगते थे। उसके साथी-संगी और अन्य समर्थक अपने नेता का काम करने के लिए सुरक्षा धन का भुगतान करते थे और उसके बदले में वे लोग उससे सुरक्षा तथा भोजन, मोबाइल फोन एवं मुलाकातों जैसी अन्य बुनियादी सुविधाएँ प्राप्त करते थे। तिहाड़ में परोसा जानेवाला भोजन आमतौर पर अच्छी किस्म का नहीं होता था। इसलिए उनका नेता अपने प्रभाव का प्रयोग करते हुए कैंटीन से अतिरिक्त तथा अच्छे भोजन का प्रबंध करा देता था और कुछ मामलों में तो वह किसी सेवादार से भी अपना खाना बनवा लेता था। जेल के विभिन्न भागों में हमारे अपने कर्मचारियों के रूप में एक सुविधाजनक पारिस्थितिक तंत्र विद्यमान रहता था, जो परजीवियों की भाँति शिखर पर बैठे होते थे। जस्सा जैसे लोग या तो उन कर्मचारियों को उनकी हरकतों

से मुँह फेर लेने के लिए साँठ-गाँठ कर लेते थे या फिर उन्हें रिश्वत देकर ऐसा करने के लिए राजी कर लेते थे। जो लोग उसका लाभ उठाने से परहेज करते थे, वे इतने डरे हुए होते थे कि उसके खिलाफ कुछ बोलते नहीं थे या फिर अपनी आँखें बंद कर लेते थे।

इस व्यवस्था से जस्सा के रवैए को लाभ हुआ। उसने अपने लिए दो कोठरियाँ ले लीं। एक कोठरी पूरी तरह उसके लिए समर्पित थी और वह उसमें बड़े आराम से रहता था, जबकि उससे जुड़ी हुई दूसरी कोठरी में वह अपने पालतू कबूतर रखता था। जो जेल पहले ही भीड़ से बोझिल थी, उसमें जस्सा को अपने पालतू कबूतरों के लिए भी पर्याप्त जगह थी! नेशनल क्राइम रिकॉर्ड ब्यूरो की वर्ष 2015 की रिपोर्ट में पाया गया कि तिहाड़ में 226 प्रतिशत अधिक भीड़ थी, जिसमें कुछ कैदियों को विवश होकर बैठे-बैठे ही सोना पड़ता था, क्योंकि सामान्यतया उनके पास पैर फैलाने या लेटकर सोने के लिए जगह ही नहीं थी। किसी विशेष जेल की 30 कोठरियों में से 10 में जस्सा के प्यादे रहते थे। मेरे पूर्ववर्ती का जस्सा के साथ ऐसा 'तालमेल' था कि यदि तिहाड़ में कोई नया, खासतौर से अमीर, कैदी आता था तो उसे जस्सा के हवाले कर दिया जाता था। उसके बाद इस बात का निर्णय वह स्वयं करता था कि उसे किस प्रकार की कैद दी जाए—सुविधाजनक स्थितिवाली या कष्टप्रद? इस बात का निर्णय भी जस्सा ही करता था कि किसे तनहाई में रहना पड़ेगा। उस व्यवस्था को देखकर लगता था, जैसे तिहाड़ के अंदर कोई अन्य जेल थी और जस्सा उसका जेलर था।

जेल नं. 4 का दायित्व सँभालने के बाद मैंने पहला आदेश यह जारी किया कि कैदियों को उनके रहने का स्थान उनके वर्णानुक्रम के आधार पर आवंटित किया जाएगा। ऊपरी तौर पर वह बहुत क्रांतिकारी निर्णय नहीं लगता था, परंतु उसका यह अर्थ अवश्य था कि जस्सा को वहाँ से हटना होगा और उसी प्रकार उसके द्वारा पोषित पिछलग्गुओं के साम्राज्य को भी वहाँ से स्थानांतरित होना होगा। मैं उसके द्वारा बनाई गई व्यवस्था में व्यवधान उत्पन्न कर रहा था और इसका अर्थ था कि वह अपने जिन गुर्गों की बैरक में अपनी शायिका (बर्थ) दिलाने में मदद किया करता था, उनसे उसे 'सुरक्षा धन' प्राप्त होना बंद हो जाएगा। मैं उसके इलाके पर अपना नियंत्रण लागू कर रहा था।

कोई आदेश पारित करना तो बहुत अच्छा था, परंतु समस्या यह थी कि उसे लागू कौन करवाने जा रहा था? मेरी टीम के लोगों ने यह कहते हुए साफ इनकार

कर दिया कि उनके भी बच्चे हैं और उन्हें उनकी सुरक्षा की चिंता थी। तिहाड़ में यह विचित्र चीज थी। अत: इस बात से क्या अंतर पड़ता था कि मैं उनका बॉस था, क्योंकि मैं अपने स्टाफ के सदस्यों पर किसी प्रकार का दबाव नहीं डाल सकता था। इसलिए, मैंने निर्णय लिया कि जस्सा को वहाँ से मैं खुद हटाऊँगा। मुझे वह दृश्य आज भी याद है, जिसने जस्सा के वार्ड में पहुँचने पर मेरा स्वागत किया था। उसके पास यह संदेश पहले ही पहुँच चुका था कि मैं उसे उसकी कोठरी से हटाने हेतु आ रहा था। जब मैं मुट्‌ठी भर सिपाहियों, जिनके पास मेरे साथ रहने के अतिरिक्त अन्य कोई विकल्प नहीं था, के साथ उसकी कोठरी में पहुँचा तो मैंने देखा कि जस्सा और उसका एक घनिष्ठ साथी चंद्रशेखर खड़े होकर धूम्रपान कर रहे थे (उन दिनों जेल में धूम्रपान प्रतिबंधित नहीं था और हम जेल की कैंटीन में तंबाकू व सिगरेट बेचा करते थे)।

वह दृश्य किसी पाश्चात्य फिल्म के दृश्य के समान था, जब हमने एक-दूसरे का मुआयना किया।

"क्या मामला है?" मैंने पूछा।

"आप अलार्म क्यों नहीं बजाते?" जस्सा ने मुझे चुनौती देते हुए कहा। अलार्म किसी आपात स्थिति का संकेत था, जिससे पता चलता था कि जेल में दंगा हो गया है। मेरे सिपाही एक तरफ खड़े होकर मेरी पिटाई का साक्षी होने की प्रतीक्षा करने लगे।

"जस्सा, यदि मुझे अलार्म ही बजाना होता तो मैं तुमसे मिलने क्यों आता?"

मैंने फौरन निर्णय लिया कि उस मौके पर जस्सा के साथ बात बढ़ाने का कोई अर्थ नहीं था। जाहिराना तौर पर तो सिपाही मेरा साथ देने के लिए गए थे, परंतु वास्तव में वे पूरी तरह मेरे पक्ष में नहीं थे। मुझे आभास हुआ कि वे वहाँ होनेवाली नौटंकी देखने आए थे और उसके बाद वे उसकी दु:खद कथा सबको सुनाने वाले थे। यहाँ तक कि यदि जस्सा मुझे अपशब्द भी कह देता तो उस कहानी को कई गुना बढ़ा-चढ़ाकर पेश किया जाता और मेरी पिटाई की खबर फैल जाती कि किस तरह तिहाड़ के एक असभ्य कैदी ने मुझे सबक सिखाया था।

मैं अपने साथ गए सिपाहियों को इस प्रकार का कोई संतोष प्राप्त करने का अवसर प्रदान करने नहीं जा रहा था। इसलिए मैंने अधिक सांत्वनापूर्ण स्वर में जस्सा से पूछा कि क्या हम लोग उसके साथ बात करने के लिए उसकी कोठरी के अंदर आ सकते हैं?

"तुम नए वार्ड के आवंटन हेतु मेरे आदेश का पालन क्यों नहीं कर रहे हो?" मैंने पूछा।

"आप हमें यहाँ से हटाकर मुझे नीचा क्यों दिखाना चाह रहे हैं? यहाँ मेरा आदर-सम्मान है। हर कोई हमें जानता है। यदि आप मुझे मरवाना चाहते हैं तो मैं भी देखूँगा कि कौन मारा जाता है!"

यद्यपि यह एक ढकी हुई धमकी थी, परंतु थी अवश्य। तभी किसी ने चिल्लाकर कहा कि जस्सा के पास चाकू है और वह मुझे चोट पहुँचा सकता है।

"उस चाकू को फौरन मेरे हवाले करो।" मैंने कहा।

"अरे नहीं, वे तो कोरी बकवास कर रहे हैं।"

कुछ देर तक कहा-सुनी और मेरी ओर से मनाने के बाद अंततः जस्सा मान गया और चाकू बाहर ले आया, जो लगभग ढाई फीट लंबी तलवार के समान था।

"उन्होंने मुझसे कहा था कि मामले को निपटाने के लिए मैं आपके ऊपर इसका प्रयोग करूँ।" उसने कहा। और निश्चय ही इस 'उन्होंने' का अर्थ उसके साथियों से था। स्पष्ट है कि उन्हें मेरा रवैया पसंद नहीं आया था, क्योंकि वे लोग उसे मेरा आडंबर एवं श्रेष्ठता समझ रहे थे। इस बिंदु पर मैं काफी तनाव में आ गया था और महसूस किया कि मेरे लिए स्थिति कितनी असुरक्षित थी और अपनी समूची रणनीति पर मैंने पुनर्विचार करने का निर्णय लिया। मैंने उसे समझाते हुए कहा, "चाकू मेरे हवाले कर दो और मैं तुम्हें यहाँ रहने दूँगा; लेकिन तुम्हारे पिछलग्गुओं को यहाँ से जाना ही होगा।"

जस्सा मेरी इस बात पर राजी नहीं होना चाहता था; परंतु मैंने सोचा कि इस विषय में एकाध दिन इंतजार किया जा सकता है। मैं जानता था कि यदि जस्सा जैसे दुर्दांत अपराधियों को उनकी मन-मरजी नहीं करने दी गई तो उसे कोई चीज रोक नहीं सकती थी। यदि आप उनके द्वारा अपने लिए सावधानीपूर्वक निर्मित दिनचर्या को बाधित करेंगे तो वे आपकी हत्या कर देंगे, चाहे आप जेल के अधिकारी ही क्यों न हों। यही कारण था कि जेल के 'बुद्धिमान' लोग उनसे दूर रहते थे और ऐसे लोगों से निपटने के लिए सजायाफ्ता कैदियों या नंबरदारों को आगे कर देते थे और वे लोग अपना पुराना जंगली कानून लागू करते हुए उन्हें सीधा कर देते थे।

मैंने समूची घटना का वृत्तांत जेल महानिदेशक किरण बेदी को सुनाया। उन्होंने एक अन्य बैठक बुलाई और उन जेल कर्मचारियों को बरखास्त कर दिया, जिन्हें जस्सा का मददगार समझा जाता था। अब मैं जेल नं. 4 का पूर्ण प्रभारी

उपाधीक्षक बनने जा रहा था—उन्होंने मुझे अधिक जिम्मेदारी दे दी थी। जस्सा की इस नौटंकी का दीर्घकालिक प्रभाव यह पड़ा कि हमने जघन्य अपराधियों को उन कैदियों से अलग करने हेतु कदम उठाए, जिन्हें वे नुकसान पहुँचा सकते थे या उनका शोषण कर सकते थे। उस समय तो मैंने जस्सा को वहाँ रहने दिया था; लेकिन किरण बेदी ने उच्च सुरक्षा प्रकोष्ठ का निर्माण किया, जहाँ हमने तिहाड़ के वास्तविक आतंक को रखना प्रारंभ किया। उन सबकी एक सूची बनाई गई, उनकी पहचान की गई और उन्हें अन्य कैदियों से पूरी तरह अलग तमिलनाडु विशेष पुलिस बल की अतिरिक्त सुरक्षा में रख दिया गया। परेशान करने के लिए नए और लाचार कैदियों की कोई आमद न होती देखकर ये कैदी सन् 1994 में हमें अदालत में ले गए। वे सारे जेल नं. 1 के कैदी थे (जहाँ उच्च सुरक्षा वार्ड बनाया गया था) और उनमें जस्सा भी शामिल था। परंतु हम यह लड़ाई जीत गए और अपनी सफलता के परिणामस्वरूप एक अन्य पहल की। इस बार हमने पहली बार अपराध करनेवालों या युवाओं को एक विशेष और अलग स्थान पर रखना प्रारंभ कर दिया। विभिन्न अध्ययनों में इस तथ्य का उल्लेख किया गया था कि यदि आप अपराधी नहीं भी हैं तो कुछ समय तक जेल में रहने के बाद एक-न-एक दिन अपराधी बन ही जाएँगे। इसलिए हमने उन लोगों के लिए एक 'सुरक्षित क्षेत्र' का निर्माण किया, जो छह माह से कम अवधि तक वहाँ रहने वाले थे। उनमें से अधिकांश लड़के पहले ही हफ्ते में रिहा हो जाते थे और हमारी नई प्रणाली ने उन्हें शोषित होने से बचा लिया था। एक ओर जहाँ इस प्रणाली से प्रताड़ना की समस्या अच्छी तरह हल नहीं हुई, लेकिन उसने कम-से-कम हमें सुरक्षा कवच की एक परत अवश्य उपलब्ध कराई। मेरी जेल से ऐसे 15-20 कैदियों को उच्च सुरक्षा जेल में स्थानांतरित कर दिए जाने के बाद मेरा काम कुछ समय के लिए आसान हो गया। मैं खुशकिस्मत था कि आखिरकार जस्सा ने भी उच्च सुरक्षा वार्ड में जाने के नाम पर घुटने टेक दिए। मैंने उसकी कोठरी को 'गीता' और वेदों जैसे अनेक धार्मिक ग्रंथों से भर दिया। मुझे बताया गया कि चाहे उसकी समझ में आए या नहीं, फिर भी उसे इन ग्रंथों को पढ़ना अच्छा लगता था। उसके बाद उसने किसी भी स्थानांतरण के विरुद्ध विद्रोह न करने का निर्णय लिया। यह एक बड़ी राहत थी; क्योंकि यदि जस्सा कोई विद्रोह नहीं करता था तो उच्च सुरक्षा वार्ड में किसी अन्य कैदी की हिम्मत नहीं थी।

श्रीमती बेदी का दो वर्ष बाद सन् 1995 में स्थानांतरण कर दिया गया (उनके

तबादले का कारण जानने के लिए अध्याय 2 देखें) था। तिहाड़ में अपने कार्यकाल के दौरान उन्होंने अनेक सुधारों की पहल की, जिनका जेल पर दीर्घकालिक प्रभाव पड़ा। उन्होंने एक ऐसा कार्यक्रम विज्ञापित किया, जिसके माध्यम से विभिन्न क्षेत्रों के विशेषज्ञ स्वयंसेवक जेल में आने और कैदियों के साथ अपनी दक्षता एवं ज्ञान साझा करने लगे। उन्होंने डॉक्टरों, शिक्षाविदों, सामाजिक कार्यकर्ताओं को सामुदायिक सुधार प्रक्रिया का अंशधारक बनने हेतु आमंत्रित किया। यहाँ तक कि वे उन विशेषज्ञों के जेल तक आने-जाने के लिए किराया भत्ता के रूप में प्रत्येक को 50 रुपए का भुगतान भी करती थीं। इस पहल की जबरदस्त अनुक्रिया हुई। अनेक डॉक्टर, शिक्षक एवं विद्यालय अपने-अपने समुदायों की ओर से उसमें भाग लेने लगे और कैदियों के लिए पठन-पाठन सामग्री (स्टेशनरी) का दान देना प्रारंभ कर दिया। यही कारण है कि मैं उस कार्यक्रम की लोकप्रियता के पीछे किरण बेदी के व्यक्तित्व को प्रमुख आधार मानता हूँ। अन्य पहलों में कैदियों के लिए जेल में विपश्यना एवं ध्यान का प्रादुर्भाव शामिल था। सन् 1975 में विपश्यना को जयपुर केंद्रीय जेल में शुरू किया गया था और जहाँ उसे एक ओर भारी समर्थन मिला, वहीं दूसरी ओर किसी अन्य के पास उस कार्यक्रम को देश की अन्य जेलों में ले जाने की दृष्टि नहीं थी। नवंबर 1993 में हमने गुरु एस.एन. गोयनका और 200 अन्य शिक्षकों के साथ अपनी पहली कक्षा का श्रीगणेश किया और उसके बाद कभी पीछे मुड़कर नहीं देखा। यह कार्यक्रम ऐतिहासिक था, क्योंकि उसमें दिल्ली की जेलों के 1,100 कैदियों ने भाग लिया था। 'तंदूर केस' के हत्यारे सुशील शर्मा, जिसने तिहाड़ में 23 वर्ष गुजारे और अब स्वतंत्र है, जैसे कुछ कैदियों के लिए विपश्यना जीवन-रक्षक एवं आशा की किरण सिद्ध हुआ, एक ऐसी सहिष्णुतापूर्ण रणनीति सिद्ध हुआ, जब लोगों के लिए सबकुछ धुँधला हो गया था।

अचानक हमारे बारे में राष्ट्रीय व अंतरराष्ट्रीय समाचार जगत् (मीडिया) में लिखा जाने लगा। वास्तव में, पहली बार मीडिया में तिहाड़ की छवि अच्छी दिखाई जाने लगी। किरण बेदी को सन् 1994 में प्रतिष्ठित 'मैग्सेसे पुरस्कार' प्रदान किया गया। उनके सुधार कार्य ने मदर टेरेसा को इतना प्रभावित किया कि उन्होंने किरण बेदी से मिलने की इच्छा व्यक्त की। एक वर्ष बाद, सन् 1995 में अमेरिकी राष्ट्रपति बिल क्लिंटन ने उन्हें मदर टेरेसा के साथ नाश्ता प्रार्थना बैठक (ब्रेकफास्ट प्रेयर मीटिंग) में आमंत्रित किया। तिहाड़ की गूँज अब सही अर्थों में वैश्विक हो गई थी, क्योंकि इंग्लैंड की ओर से श्रीमती बेदी को उनकी जेल प्रणाली का निरीक्षण

करने हेतु आमंत्रित किया गया था। उनके मात्र दो वर्षों के छोटे से कार्यकाल में तिहाड़ की छवि में काफी सुधार हुआ; परंतु वह अधिक समय तक विद्यमान नहीं रह सका।

~*~

किरण बेदी और मैं हमेशा एक-दूसरे के संपर्क में बने रहे और मैं यदा-कदा उनसे मिलता भी रहता था; परंतु उनकी तिहाड़ में असली घर-वापसी 16 वर्षों बाद हुई थी। अगस्त 2011 में किरण बेदी ने पूर्णकालिक भ्रष्टाचार-विरोधी योद्धा के रूप में तिहाड़ की यात्रा की। अब उनके ऊपर उनकी पुलिसिया वरदी का कोई ताम-झाम नहीं था और अब वह टीम अन्ना की एक सदस्य थीं। वह सिविल सोसाइटी के सदस्यों का ऐसा समूह था, जो भ्रष्टाचार के विरुद्ध लड़ने के लिए एक कठोर कानून बनाने की माँग कर रहा था। उनके नेता 74 वर्षीय पूर्व सैनिक अन्ना हजारे थे, जो अपनी कद-काठी में तो मामूली थे, परंतु उन्होंने समूचे राष्ट्र में अपनी इस माँग से तूफान खड़ा कर दिया था कि ऐसा कानून बनाया जाए, जिसके अंतर्गत प्रधानमंत्री से लेकर वरिष्ठ न्यायाधीशों तक की जाँच की जा सके। उनकी इस माँग ने सत्ता में बैठे लोगों को आतंकित कर दिया था। वह ऐसा आंदोलन था, जिसने सभी कल्पनाओं पर प्रहार कर दिया था और मेरे जैसे सरकारी कर्मचारी भी गोपनीय ढंग से उनका समर्थन करने लगे थे।

अन्ना हजारे महाराष्ट्र के रालेगण सिद्धि नामक अपने गाँव से दिल्ली आए थे और तत्कालीन यू.पी.ए. सरकार को अत्यंत भयभीत कर दिया। वह दिल्ली के फिरोजशाह कोटला स्थित जय प्रकाश नारायण (जे.पी.) पार्क में तत्कालीन घपलों-घोटालों के विरोध में धरने पर बैठने वाले थे। इन घोटालों में दूरसंचार घोटाला भी शामिल था, जिसमें सरकार के कुछ मंत्री भी शामिल थे। सामान्य जनता का मन अत्यंत आंदोलित था और सरकार को भय था कि अन्ना हजारे का धरना सरकार को उखाड़ फेंकने की माँग में परिवर्तित हो सकता था। उन्होंने अन्ना हजारे और उनके सहयोगी, एक अन्य 'मैग्सेसे पुरस्कार' विजेता अरविंद केजरीवाल की निरोधक गिरफ्तारी का निर्णय लिया। उनके साथ गिरफ्तार होनेवाले अन्य प्रमुख लोगों में आर्ट ऑफ लिविंग के श्री श्री रविशंकर और उनकी टीम के एक अन्य सदस्य महेश गिरि भी थे। गिरि और बेदी कालांतर में भारतीय जनता पार्टी के प्रामाणिक सदस्य बन गए और गिरि को जहाँ पूर्वी दिल्ली से सांसद के

रूप में चुना गया था, वहीं किरण बेदी को वर्ष 2015 में हुए दिल्ली विधानसभा के चुनावों में पराजय के बाद पुदुचेरी का उप-राज्यपाल बना दिया गया था। परंतु उससे काफी पहले वे सभी लोग 'इंडिया अगेंस्ट करप्शन' नामक समूह के सदस्य थे। उन्होंने खुद के अराजनीतिक होने का दावा किया और उसमें विविध समूहों के सदस्य भी शामिल हो गए थे, यद्यपि उन सभी का एक समान धरातल यह था कि वे सभी यू.पी.ए. सरकार की नीतियों का विरोध कर रहे थे।

उनकी गिरफ्तारी के साथ सरकार ने सोचा था कि वह उनके समर्थकों को शांत कर देगी और गलियों में विरोध-प्रदर्शन करने से रोक देगी। सरकार का वह आकलन पूरी तरह गलत सिद्ध हुआ। 16 अगस्त को शाम 4 बजे जब अन्ना हजारे को तिहाड़ लाया गया, जेल के बाहर भीड़ इकट्ठा होनी प्रारंभ हो गई। अन्ना हजारे के साथ आए लगभग 1,500 प्रदर्शनकारियों को भी हिरासत में ले लिया गया था। चूँकि हमारे पास उन्हें रखने के लिए कोई स्थान नहीं था, इसलिए दिल्ली के तत्कालीन उप-राज्यपाल तेजेंद्र खन्ना ने छत्रसाल स्टेडियम तथा बवाना स्थित एक अन्य स्टेडियम को विशेष जेल में परिवर्तित करने का आदेश दिया।

परंतु वह एक जन-संपर्क त्रासदी थी और सरकार को यथाशीघ्र अपने फैसले से पीछे हटने के लिए विवश होना पड़ा। जैसे ही यह खबर फैली कि सरकार ने अपनी सत्ता के नशे में एक दुर्बल एवं वृद्ध व्यक्ति को घसीटकर जेल में ठूस दिया है, क्योंकि वह उसके अहिंसक आंदोलन के परिणामों से भयभीत हो गई थी, विरोध की गूँज तेज होने लगी। पश्चिमी दिल्ली स्थित हमारे जेल परिसर के बाहर से लेकर संसद् भवन तक हर जगह विरोध-प्रदर्शन हो रहे थे। मुख्य विपक्षी दल भारतीय जनता पार्टी ने सरकार का उपहास करते हुए पूछा कि वह अन्ना हजारे से इतनी भयभीत क्यों है ? उनके समर्थक 'अन्ना हजारे जिंदाबाद' एवं 'भारत माता की जय' के नारे लगा रहे थे और प्रदर्शनकारियों की संख्या लगातार बढ़ती ही जा रही थी। सरकार ने तत्काल अन्ना की रिहाई का आदेश दिया और उनके विरुद्ध मामला वापस ले लिया।

अन्ना, केजरीवाल और उनके सभी साथियों को जेल नं. 4 में रखा गया था, जो एक रोचक संयोग था। जिन लोगों के विरुद्ध उन्होंने भ्रष्टाचार की निशानी के रूप में विरोध-प्रदर्शन किया था, उनमें 2जी स्पेक्ट्रम घोटाले के अभियुक्त संचार मंत्री ए. राजा और कांग्रेस नेता सुरेश कलमाड़ी भी थे, जिन्हें राष्ट्रमंडल खेल घोटाले का अभियुक्त बनाया गया था। ये दोनों नेता भी उसी जेल के निवासी थे।

वे सब एक ही जेल में इतने आसपास थे कि एक-दूसरे को आमने-सामने से देख सकते थे। परंतु हम ऐसे किसी भी संवाद को रोकना चाहते थे (विशेष रूप से मीडिया की नाराजगी के कारण)। पत्रकार बंधु मुझसे फोन करके पूछते थे कि क्या 2जी घोटाले के अभियुक्तों और अन्ना की टीम के सदस्यों के बीच कोई मुलाकात हुई थी? हमने अन्ना हजारे के लिए पूरी बैरक को खाली करवा लिया था; परंतु उसके तत्काल बाद हमें सूचना दी गई कि हमें उन्हें रिहा करना होगा।

"हम यहाँ से नहीं जाएँगे।" ये पूर्व नौकरशाह अरविंद केजरीवाल के शब्द थे, जिन्होंने सरकार की योजना को भाँप लिया था। अचानक हमारे सामने एक नई समस्या खड़ी हो गई। "हम लोग तब तक जेल से नहीं जाएँगे, जब तक कि सरकार हमारी माँगों को स्वीकार नहीं करती और हमें प्रदर्शन करने की अनुमति नहीं देती।" हमने उन्हें समझाने का भरसक प्रयास किया कि तिहाड़ का आपकी इस लड़ाई से कोई लेना-देना नहीं है और उनकी प्रदर्शन की माँग पर हम निर्णय नहीं कर सकते। जब उन्हें न्यायिक हिरासत में भेजा गया, हमने उन्हें अंदर ले लिया। अब चूँकि मामला खत्म कर दिया गया था, इसलिए हम चाहते थे कि वे वहाँ से चले जाएँ। लेकिन टीम अन्ना हमारी कोई बात सुनने के लिए तैयार नहीं थी। इसी बिंदु से खेल शुरू हुआ था।

जेल के डिप्टी सुपरिंटेंडेंट शिवराज यादव (वही व्यक्ति, जिसे चार्ल्स शोभराज के जेल से भागने के बाद दंडित किया गया था) एक योजना के साथ आए। उन्होंने टीम अन्ना से कहा कि सरकार ने उनकी माँगों पर वार्त्ता के लिए अपने प्रतिनिधियों को भेजा था; परंतु यदि वे वार्त्ता करने के इच्छुक हों तो उन्हें अपनी कोठरियों को छोड़कर जेल मुख्यालय में आना होगा। इसके पीछे यह युक्ति थी कि यदि वे एक बार जेल नं. 4 से बाहर चले जाएँगे तो स्वयं कानूनी तौर पर हिरासत से बाहर हो जाएँगे। जेल सुपरिंटेंडेंट शिवराज यादव के साथ उन्हें जेल मुख्यालय में ले जाया गया, जहाँ मेरा कार्यालय था। उन्हें महानिदेशक के कार्यालय में ले जाया गया और वार्त्ताकारों की टीम के आगमन की प्रतीक्षा करने हेतु कहा गया।

बाहर टीम अन्ना के समर्थक आपे से बाहर हो रहे थे और उन्हे सँभाल पाना कठिन हो रहा था। वे सभी युवा एवं अत्यंत आक्रामक थे और उन्होंने हरेक दिशा से हमारी जेल को घेर लिया था। उनके कारण जेलकर्मियों को अपने घर जाना भी मुश्किल हो रहा था। हम जानते थे कि हमें अन्ना हजारे और अरविंद केजरीवाल को शीघ्र ही तिहाड़ से बाहर निकालना होगा। तकनीकी तौर पर चूँकि हम उन्हें

जेल नं. 4 से बाहर निकालने में सफल हो गए थे, उस समय जेल के तत्कालीन महानिदेशक नीरज कुमार ने मुझसे कहा कि मैं मीडिया को फौरन यह बयान जारी करूँ कि उन्हें जेल से रिहा कर दिया गया था। मेरे विचार से, शायद उन्होंने सोचा होगा कि इससे अन्ना के नाराज समर्थक शांत हो जाएँगे।

मैंने वही किया, जो मुझसे करने के लिए कहा गया और जेल नं. 1 एवं 3 दोनों के प्रवेश द्वार पर चला गया। मैंने द्वार सं. 3 के बाहर प्रतीक्षारत पत्रकारों को सूचित किया कि अन्ना हजारे को रिहा कर दिया गया है। उस समय मुझे इस बात का जरा भी आभास नहीं था कि मेरा वह बयान आनेवाले दिनों में प्रमुख खबर बन जाएगा और उसे टी.वी. पर बार-बार दिखाया जाएगा। बयान देने के बाद जब मैं मुख्यालय वापस आया तो देखा कि वहाँ एस.एच.ओ., ए.सी.पी., डी.सी.पी. इत्यादि सभी स्तर के पुलिस अधिकारी एक टीम के रूप में खड़े थे। हम सबने अनुमान लगाना शुरू किया—क्या सरकार उन कार्यकर्ताओं के साथ झड़प करने और उन्हें घसीटकर जेल से बाहर निकालने की योजना बना रही थी? अभी दो महीने पहले ही एक अन्य भ्रष्टाचार-विरोधी पुरोधा और योग गुरु स्वामी रामदेव के धरने को आधी रात को पुलिस अधिकारियों द्वारा बाधित करके उन्हें उड़ाकर विमान द्वारा दिल्ली से बाहर ले जाया गया था। पुलिस की काररवाई इतनी निष्ठुर थी कि उसमें एक व्यक्ति की मृत्यु भी हो गई थी। वह यू.पी.ए. सरकार के लिए अत्यंत लज्जास्पद बन गई, क्योंकि उसके चार बड़े मंत्रियों ने स्थिति से निपटने की कोशिश की थी और जब उस दौरान एक व्यक्ति की मृत्यु हो गई तो उसका दोष भी उन्हीं के मत्थे मढ़ा गया था। वह यू.पी.ए. सरकार के पतन का कारण बना था और सरकार उस स्थिति की पुनरावृत्ति को सहन नहीं कर सकती थी। क्या हम यह देखने जा रहे थे कि उस बूढ़े आदमी को वहाँ से घसीटकर रालेगण सिद्धि ले जाया जाने वाला था?

अभी मैं इन विचारों में ही खोया था कि अन्ना हजारे ने मुझे आवाज दी, "अरे, आप टी.वी. पर यह कैसे कह सकते हैं कि मुझे जेल से रिहा कर दिया गया है?"

मैं झेंपते हुए मुसकराया, "अन्नाजी, हमने आपको जेल से रिहा कर दिया है। इस समय आप जेल मुख्यालय में हैं, जो जेल से 2 किलोमीटर दूर है।"

"सचमुच? हम लोग जेल से रिहा कर दिए गए हैं? लेकिन आपका डिप्टी सुपरिंटेंडेंट तो हमसे यह वादा करके हमें यहाँ लाया था कि सरकार की ओर से

कोई व्यक्ति हमसे वार्त्ता करेगा। क्या आप हमें धोखा दे रहे थे? यह बहुत बुरी बात है। मैं जानता हूँ कि जब आप जेल से रिहा किए जाते हैं तो आपके अँगूठे का निशान लिया जाता है। अभी तक तो ऐसा नहीं हुआ है, और अब मैं आपको इसकी अनुमति भी नहीं दूँगा। मैं तब तक जेल से रिहा होना नहीं चाहता हूँ, जब तक कि हमारी माँगें पूरी नहीं हो जातीं। हम यहाँ इसी कमरे में बैठेंगे और यहीं पर धरना देंगे। आपको जो कुछ करना है, कर लीजिए, हमारे ऊपर गोलियाँ बरसाइए या कुछ और करना चाहते हैं तो वह भी कर लीजिए, लेकिन हम यहाँ से नहीं हटेंगे।"

मैं बड़ी कठिनाई में था। राष्ट्र के प्रिय एवं भ्रष्टाचार-विरोधी मोर्चे के 'पोस्टर बॉय' अरविंद केजरीवाल ने मुझे टी.वी. पर अपनी दृष्टि में 'झूठा बयान' देते हुए देखा था और वास्तव में, वह किसी हद तक भ्रामक था भी। मैंने अरविंद केजरीवाल से सहायता हेतु संपर्क किया, क्योंकि हमें उन्हें अपने कार्यालय से बाहर निकालने की आवश्यकता थी।

"आप ऐसा क्यों कर रहे हैं? क्या आपका आंदोलन हमारे विरुद्ध है? आप हमारे काम में बाधा क्यों पहुँचा रहे हैं?" मैंने उनसे पूछा। "यहाँ हरेक आदमी यही कहता है कि वह केवल आपकी बात सुनेगा। इसलिए आप कृपया उन्हें यह समझा दीजिए कि आप यहाँ से जाने वाले हैं।" तब तक मीडिया ने भी भाँप लिया था कि वहाँ कुछ तो गड़बड़ है। मैंने उन्हें कैमरे पर बताया था कि अन्ना और उनके साथियों को जाने के लिए स्वतंत्र कर दिया गया है; लेकिन उनके तिहाड़ छोड़ने का कहीं कोई संकेत नजर नहीं आ रहा था।

"कसम से" अरविंद केजरीवाल ने मुझसे कहा, "वे मेरी बात नहीं सुनेंगे। अन्ना वही करते हैं, जो वह सही समझते हैं।"

हम सब लोगों के लिए वह रात काफी लंबी होने जा रही थी। हमने उनसे अनुरोध किया कि वे लोग महानिदेशक के कार्यालय से निकलकर वातानुकूलित सम्मेलन कक्ष में चले जाएँ। हमने उनके इस्तेमाल के लिए धुली हुई चादरें भी उपलब्ध करा दीं। सम्मेलन कक्ष में उनके उपयोग के लिए एक अटैच्ड बाथरूम भी था। अन्ना और उनके समर्थकों ने अपनी रात उसी कमरे में गुजारी, जबकि उनके सैकड़ों समर्थक तिहाड़ को घेरकर सड़कों पर सोए। अब तक जन-समर्थन इतना प्रबल हो चुका था कि तिहाड़ के चारों ओर की सड़कों को बंद कर दिया गया।

अगली सुबह, 17 अगस्त को जो सच्चाई हमारे सामने आई, वह यह थी

कि एक वरिष्ठ नागरिक हमारे विरुद्ध अनशन पर बैठने जा रहा था। अरविंद केजरीवाल मधुमेह के रोगी होने के कारण अनशन नहीं कर रहे थे, क्योंकि उनके डॉक्टरों ने उन्हें अनशन के विरुद्ध सलाह दी थी; परंतु अन्य लोग भी खाना खाने से इनकार कर रहे थे। इस बीच सड़कों पर मौजूद उनके समर्थकों ने दबाव बनाए रखा। वे अत्यंत संगठित थे—कोई भूखा नहीं रहा था, क्योंकि स्वयंसेवकों ने फुटपाथों पर खाने के पैकेट तैयार करके तिहाड़ के बाहर शिविर लगाए बैठे कार्यकर्ताओं तक पहुँचाया। इससे पहले हमने ऐसी स्थिति कभी नहीं देखी थी।

हमने अन्ना को मनाना जारी रखा कि उन्हें जेल छोड़ देनी चाहिए; लेकिन वह बहुत चालाक थे। उन्होंने महसूस कर लिया था कि उन्होंने सरकार को उस स्थान पर पहुँचा दिया था, जहाँ वह उसे पहुँचाना चाहते थे, अर्थात् वह सरकार को अपने अँगूठे के नीचे ले आए थे।

"क्या आप सोचते हैं कि यदि मैं यहाँ से चला जाऊँगा तो सरकार मेरी और मेरी माँगों की परवाह करेगी? नहीं, मैं नहीं जा रहा हूँ।" जैसे ही उन्होंने अपना अनशन जारी किया, उनका स्वास्थ्य बिगड़ने लगा और उन्होंने तिहाड़ की ओर से नामित जी.बी. पंत अस्पताल के डॉक्टर से अपना परीक्षण कराने से इनकार कर दिया। अंततः अन्ना ने कहा कि वह किसी जाँच के लिए तभी राजी होंगे, जब वह जाँच उनके निजी डॉक्टर मशहूर डॉ. नरेश त्रेहन द्वारा की जाए। हमारे पास उनकी बात से सहमत होने के अतिरिक्त कोई विकल्प नहीं था। बहरहाल, यह कार्य करने की अपेक्षा कहने के लिए अधिक आसान था।

डॉ. त्रेहन तत्काल आने और अपने साथ एक एंबुलेंस लाने के लिए राजी हो गए। जैसे ही तिहाड़ के बाहर जमा भीड़ ने एंबुलेंस देखी, उसने उसे घेर लिया। उन्होंने सोचा कि सरकार ने अन्ना हजारे को जेल से हटाने के लिए कोई आक्रामक काररवाई शुरू कर दी है। मेरे ऊपर डॉ. त्रेहन को अन्ना के पास ले जाकर उनसे मिलवाने की जिम्मेदारी थी और मैंने भीड़ को यह समझाने की कोशिश की कि वह हमारा रास्ता छोड़ दे। दिल्ली के अगस्त महीने के उमस भरे मौसम में काफी कहा-सुनी के बाद अंततः हम डॉ. त्रेहन को जेल के पिछले दरवाजे से अंदर ले जाने में सफल हो गए। सौभाग्यवश, अन्ना ने कोई मुसीबत खड़ी नहीं की और डॉ. त्रेहन को उनकी जाँच करने की अनुमति दे दी। यदि मैं सही-सही याद करके कहूँ तो डॉ. त्रेहन ने पहले भी अन्ना के उच्च रक्तचाप और उससे जुड़ी किसी दिल की बीमारी का इलाज किया था और दोनों एक-दूसरे को भलीभाँति जानते थे। उन्होंने

एक-दूसरे के साथ आत्मीयतापूर्ण बातें करने में भी कुछ समय बिताया।

टीम अन्ना का जन-संपर्क तंत्र इतना कुशल था कि उसने अपने समर्थकों एवं मीडिया को सूचनाएँ देने का रास्ता निकाल लिया। जिस समय वह वीडियो नहीं बना रहे थे, केजरीवाल के सहयोगी और दिल्ली के भावी उप-मुख्यमंत्री मनीष सिसोदिया सड़कों पर जमा लोगों को समय-समय पर संबोधित करते रहते थे। अरविंद केजरीवाल भी बीच-बीच में आकर 'भारत माता की जय' के नारे लगा देते थे—उनके कहीं भी आने-जाने पर किसी तरह की कोई पाबंदी नहीं थी। लेकिन दो-तीन दिनों बाद यह सब हम पर बहुत भारी पड़ने लगा। जेल महानिदेशक नीरज कुमार गुस्से से उबल रहे थे। वह न केवल तिहाड़ के भीतर स्थिति को नियंत्रित करने का प्रयास कर रहे थे, उन्होंने अचानक आगंतुकों से निपटने के लिए उनकी ओर ऐसी गुगली फेंक दी कि जो भी अन्ना से मिलने आएगा, उसे उनसे भी मिलना होगा।

अन्ना और उनके समर्थकों को जब पहली बार जेल भेजा गया था तो नीरज कुमार छुट्टी पर थे; लेकिन वह 18 अगस्त को वापस लौट आए और महसूस किया कि यह स्थिति अधिक समय तक जारी नहीं रह सकती। मेरा भी विचार है कि तत्कालीन गृह मंत्री पी. चिदंबरम द्वारा उनकी खिंचाई की गई थी। ऐसा तभी होता है, जब उच्चाधिकारियों पर ऊपरी दबाव पड़ता है और वे रुष्ट होकर किसी को दोषी सिद्ध करना चाहते हैं। उन्होंने स्थिति से निपटने में हमारी दुर्दशा की ओर इंगित करते हुए हमसे साफ कह दिया कि हम टीम अन्ना को जेल से बाहर निकालने और अपना दायित्व निभाने में विफल रहे हैं। हम कह सकते थे कि वह काफी 'ऊपरी' दबाव झेल रहे थे। वह सोचते थे कि दिल्ली पुलिस के लोग उनके कार्यालय में बैठकर गृह मंत्रालय की ओर से आनेवाले आदेशों की प्रतीक्षा क्यों कर रहे थे! वे निर्देश कभी नहीं आए, क्योंकि चिदंबरम ने उनसे साफ कह दिया था कि वे स्थिति को अधिक बिगड़ने न दें और केवल उसे स्थिर करने का प्रयास करें। लेकिन हमारी खिड़कियों से होकर सुनाई देनेवाले सरकार-विरोधी नारे निश्चय ही नीरज कुमार के मन को शांत करने में मददगार सिद्ध नहीं हो रहे थे।

उप-महानिरीक्षक आर.एन. शर्मा और मैंने उन्हें बताया कि समस्या की असली जड़ अरविंद केजरीवाल थे। मैंने उन्हें बताया था कि अन्ना हजारे जेल परिसर में विरोध-प्रदर्शन करने के इच्छुक नहीं थे, परंतु केजरीवाल ने अन्ना को दूसरे बहाने से राजी कर लिया। नाराज एवं दृढ़ निश्चयी नीरज कुमार ने कहा,

"बुलाओ उसे।" जैसे ही अरविंद केजरीवाल अंदर आए, नीरज कुमार उन पर बरस पड़े, "तुम ऐसा क्यों कर रहे हो? तुम अन्ना हजारे जी को यहाँ जेल में आंदोलन करने के लिए क्यों उकसा रहे हो? तुम्हारी सरकार के साथ कोई समस्या है तो तुम सरकार से बात करो! तुम हमारे काम में रुकावट क्यों डाल रहे हो?"

केजरीवाल ने उनसे भी वही बात कही, जो पहली रात मुझसे कही थी, "मैं आपको आश्वासन देता हूँ कि मैंने उनसे (अन्नाजी से) कुछ भी नहीं कहा है। वह वही काम करते हैं, जो उन्हें पसंद है।"

"अन्ना हजारे से बात कीजिए और उन्हें बताइए कि उन्हें इस तरह हमारे काम में बाधा नहीं डालनी चाहिए। कृपया हमारा परिसर खाली कर दें।"

"ठीक है, मैं कोशिश करूँगा।" कहकर केजरीवाल उनके कमरे से बाहर निकल गए।

19 अगस्त को जब अंतत: टीम अन्ना तिहाड़ से बाहर गई तो वह नीरज कुमार और हम सबके प्रभावी मान-मनौवल कौशलों के कारण नहीं गई थी, बल्कि उनके वहाँ से जाने का कारण यह था कि उन्हें जो कुछ चाहिए था, वह अंतत: उन्हें मिल गया था। दिल्ली पुलिस ने उन्हें रामलीला मैदान में अपना आंदोलन जारी रखने की अनुमति दे दी थी।

अगले दिन हमने उनके वहाँ से जाने का अनुमान लगाते हुए हमारे बाहर निकलनेवाले सभी द्वारों को बंद कर दिया गया। हमारे समक्ष सबसे बड़ी चिंता यह थी कि अन्ना हजारे का स्वागत करने के उत्साह में उनके समर्थक कहीं हमारे परिसर को नुकसान न पहुँचा दें। उस दिन सभी कैदियों की अदालतों में होनेवाली पेशियों को रद्द कर दिया गया था और हमने देखा था कि सैकड़ों लोग आशंकित होकर बाहर इकट्ठा हो गए थे। टी.वी. चैनलोंवाले पिछली रात से ही आगे बढ़ते आ रहे थे और हालात बड़े नाजुक दिखाई दे रहे थे। हम लोग जब उनके साथ बाहर आए तो सैकड़ों लोग एक साथ हमारी ओर बढ़ने लगे और वहाँ एक अस्थायी मंच तैयार किया गया। अन्ना हजारे ने एक बार फिर ताकतवर सरकार को झुका दिया था और वह लोगों के साथ अपने गौरवपूर्ण क्षण को साझा करना चाहते थे। वहाँ खड़े होकर उनकी बात सुनते हुए मैं अत्यंत प्रभावित था, क्योंकि जेल के अंदर बढ़-चढ़कर बातें करनेवाले अन्य विशिष्ट लोगों के विपरीत अन्ना ने केवल सत्य बोला और भीड़ ने सुना। जैसे ही वे लोग रामलीला मैदान की ओर बढ़े, लोग उनकी एक झलक पाने के लिए घरों की छतों और ट्रकों पर चढ़ गए।

वे अपने उन भ्रष्टाचार-विरोधी पुरोधाओं और उनके सहयोगियों को देखना चाहते थे, जिन्होंने देश में लोगों की रोजमर्रा की जिंदगी को नरक बनानेवाले भ्रष्टाचार को उखाड़ फेंकने का वादा किया था। उनके इस रूप को तिहाड़ में काम करनेवाले हम लोगों से अधिक भला और कौन पहचान सकता था!

□

तिहाड़ की हताश दुनिया

वर्ष 2002 की वर्षा ऋतु में पुलिस क्षेत्रों में व्यापक परिवर्तन के लक्षण दिखाई दे रहे थे। दिल्ली पुलिस अंततः अपने ही एक शक्तिशाली अधिकारी को पत्रकार शिवानी भटनागर की हत्या का षड्यंत्र रचने के अपराध में गिरफ्तार करने वाली थी। वह अपराध 23 जनवरी, 1999 को किया गया था, जब यमुना पार के पटपड़गंज क्षेत्र स्थित इंद्रप्रस्थ विस्तार के घर में '*इंडियन एक्सप्रेस*' की पत्रकार का शव उसकी बिलखती बच्ची से कुछ फीट की दूरी पर पाया गया था। भटनागर एक खोजी पत्रकार थीं और उन्हें उस समय प्रधानमंत्री कार्यालय (पी.एम.ओ.) में नियुक्त आई.पी.एस. अधिकारी आर.के. शर्मा का बहुत करीबी माना जाता था। पुलिस की कहानी के अनुसार, शिवानी भटनागर एक ऐसी कहानी पर काम कर रही थीं, जो शर्मा को पसंद नहीं थी। इसलिए शर्मा ने उनकी हत्या की योजना बनाई और भाड़े के हत्यारों को उनकी हत्या का काम सौंप दिया। पुलिस ने जब शर्मा के विरुद्ध अभियोग तय किए तो उसमें भटनागर एवं शर्मा के बीच 'शारीरिक संबंध' का उल्लेख किया और दावा किया कि शिवानी भटनागर शर्मा के 'जीवन और कॅरियर को तबाह करने की धमकी देती थी।'

शिवानी भटनागर की कहानी का एक लंबा इतिहास था। साढ़े तीन वर्ष तक उस मामले में कोई सुराग नहीं मिला था कि तभी अचानक 30 जुलाई, 2002 को पहली गिरफ्तारी हुई। अंततः एक शुरुआत हो चुकी थी। जैसे ही यह शुरुआत हुई, शर्मा जान गया कि अब अगली बारी उसकी है। इसलिए वह छुट्टी पर चला गया। उस समय वह हरियाणा में जेल महानिरीक्षक, अर्थात् राज्य की जेलों का सर्वोच्च अधिकारी था। अपने अद्वितीय तारतम्य कौशलों के कारण उसने अतीत में अनेक महत्त्वपूर्ण पदों पर काम किया था। प्रधानमंत्री कार्यालय में काम करने के अतिरिक्त उसने केंद्रीय जाँच ब्यूरो (सी.बी.आई.) में भी काम किया था, जिसने उसे इंटरपोल

में काम करने हेतु लिओन, फ्रांस भेजा था। वहाँ रहते हुए उसने बहुत अच्छा काम किया था और यहाँ तक कि उसने फ्रेंच भाषा बोलना भी सीख लिया था। उस समय वह तार्किक तौर पर देश में अति प्रसिद्ध पुलिस अधिकारियों में से एक था। और फिर, जब 1 अगस्त को उसके विरुद्ध गैर-जमानती वॉरंट जारी किया गया तो पुलिस द्वारा उसे अनुगमनीय (अनुपलब्ध) कहा गया था।

पुलिस द्वारा शुरू की गई वह अत्यंत रहस्यात्मक असफल मानव खोज थी, क्योंकि शर्मा दो महीने तक अपनी गिरफ्तारी से बचने में सफल रहा था। सुरक्षा क्षेत्रों में यह बात किसी से छिपी हुई नहीं है, अर्थात् एक खुला रहस्य है कि यदि पुलिस सचमुच किसी को खोजना चाहे तो वह उसे पाताल से भी खोजकर ला सकती है। परंतु यह मामला मात्र 'किसी व्यक्ति' का नहीं, बल्कि शर्मा उसका अपना आदमी था, इसलिए उसे न खोज पाने के कारण अनेक लोगों के मन में पुलिस के प्रति संदेह उत्पन्न हुआ। पहली गिरफ्तारी के दो महीने बाद 27 सितंबर को आर.के. शर्मा ने अंततः आत्मसमर्पण करने का निर्णय लिया। जाहिराना तौर पर, तब तक शर्मा के संपत्ति संबंधी दस्तावेजों का निपटारा हो चुका था, ताकि यदि जाँचकर्ता उसकी संपत्ति को 'अपराध की कमाई' के नाम पर जब्त करने की काररवाई भी करना चाहें तो वे उसमें सफल न हो सकें। कालांतर में, मुझे अंबाला जेल के कर्मचारियों से जो जानकारी प्राप्त हुई, वह एक अफवाह थी कि शर्मा उस सारी अवधि के दौरान अंबाला जेल में छिपा हुआ था। अतः जब पुलिस को यह संदेह हुआ कि शर्मा दिल्ली से फरार हो गया है, वह वास्तव में उस समय सरकारी आवभगत का आनंद ले रहा था, वह भी उन अधिकारियों की नाक के नीचे, जिन्हें इस बात की जानकारी थी कि उसकी खोज की जा रही है। साफतौर पर, बहरहाल, उनकी अंतरात्मा ने उन्हें अपनी हरकत से बाज आने हेतु विवश नहीं किया।

इस घटना से आपको इस बात का अंदाजा लग जाएगा कि हमारे तंत्र में भ्रष्टाचार की जड़ें कितनी गहरी हैं। मैं आपको बताना चाहूँगा कि वहाँ यह बात प्रचलित थी कि जेल के महानिरीक्षक ने एक कैदी के रूप में तिहाड़ में सजा काटी थी; परंतु यह कथन भ्रामक होगा। शर्मा द्वारा तिहाड़ में गुजारे गए 9 वर्षों के दौरान उसने अपना जबरदस्त शक्ति-प्रदर्शन जारी रखा और इस तथ्य के बावजूद कि उसका पुलिस पदक उससे छीन लिया गया था, उसकी पुलिसिया ऐंठ कभी कम नहीं हुई। वास्तव में, वह हम सबके साथ ऐसे बात करता था, जैसे कि हम उसके अधीनस्थ कर्मचारी हों। जब बात आर.के. शर्मा से जुड़ी होती तो

जेल के नियमों को पूरी तरह अनदेखा कर दिया जाता था या उसके परिवारवालों को उससे मिलने के लिए कभी किसी औपचारिक मुलाकात का आवेदन करने की जरूरत नहीं होती थी और उसकी जेल में संपूर्ण अवधि के दौरान हरियाणा के प्रभावशाली पुलिस अधिकारी शर्मा से मिलने के लिए निरंतर आते रहते थे। उसकी पत्नी अकसर उससे मिलने के लिए महानिदेशक अजय अग्रवाल के कार्यालय में पहुँच जाती थी और उनसे मिलने के बाद वह अपने पति से डिप्टी सुपरिंटेंडेंट के कक्ष में मिलती थी। उसे देखकर ऐसा लगता था, जैसे किसी स्त्री की हत्या करना कोई छोटा-मोटा अपराध हो। अथवा संभवतः अपराधी का स्तर हमेशा उसके अपराध के आगे आ जाता है।

~*~

मैं यह दावा करना चाहूँगा कि जिस समय मैंने तिहाड़ छोड़ी, वह साफ-सुथरी और पहले की अपेक्षा कम भ्रष्ट थी, जब मैंने उसमें प्रवेश किया था। 35 वर्ष के उस जंगल राज से मेरी पहली मुठभेड़ सन् 1981 में हुई थी और अब वह अधिक सभ्य थी, क्योंकि वहाँ जेल नियमों के व्यापक असम्मान को रोकने के लिए तीन उपाय किए गए थे। परंतु यदि मैं यह कहूँगा तो वह झूठ बोलने के समान होगा। सच्चाई यह है कि चीजें आज भी जस-की-तस बनी हुई हैं। कुछ विशिष्ट अपवादों को छोड़कर मेरे अधिकतर साथी भ्रष्टाचार के दुष्प्रेरक थे, जो इस बात की तलाश में रहते थे कि यदि कोई उनके दुर्व्यवहार में साथ देने का अनिच्छुक हो तो वे सब मिलकर उसके काम को नकार देते थे। मैं अत्यंत आश्चर्य एवं पीड़ा—दोनों के साथ उनकी कार्य-पद्धतियों को देखा करता था।

वहाँ एक ऐसा जेलर था, जो यह कार्य करने के लिए अपने गुस्से का उपयोग बखूबी किया करता था। उसने जान-बूझकर जरा-जरा सी बात पर क्रोधित होने की आदत बना ली थी और जो भी उसे मिल जाता था, वह अचानक उसकी पिटाई शुरू कर देता था। वह ऐसे कैदियों को चुनता था, जिनके अंदर भुगतान करने की योग्यता होती थी। ऐसा करने का एक तरीका बड़ी सावधानी से नए कैदियों की पृष्ठभूमि से संबंधित विवरण (प्रोफाइलिंग) दर्ज करते समय मुलायजा में आजमाया जाता था। यदि विवरण दर्ज करनेवाले व्यक्ति को यह पता चलता कि नया आनेवाला कैदी जेल महानिदेशक या अन्य वरिष्ठ अधिकारियों को जाननेवाला होता था तो आप उसके नाम के आगे निशान लगा देते थे और उसे उन लोगों की सूची से अलग कर

देते थे, जिन्हें प्रताड़ित नहीं किया जा सकता था। परंतु सक्षम एवं सुविधाजनक अन्य सभी कैदियों को इस खेल में शामिल कर लिया जाता था। अपने क्रोधी स्वभाव के कारण कुख्यात यह खास अधिकारी उन्हें अकारण ही पीट देता था। कैदी उसे देखते ही आतंकित हो जाते थे और उन्हें उस रुष्ट अधिकारी को संतुष्ट करने हेतु उपहार इत्यादि देने की सलाह दी जाती, वरना उसकी पिटाई जारी रहती। लक्ष्य पूरा। वह रुष्ट अधिकारी अपनी छवि को लेकर इतना चिंतित रहता था कि यदि जेलकर्मी किसी से धन उगाहते और उसे उसका हिस्सा नहीं देते थे तो वह उन्हें भी धमकाने से बाज नहीं आता था। इससे एक सुविधाजनक पारिस्थितिक तंत्र निर्मित हो जाता था, जिसमें सारे मिलकर सामूहिक रूप से रिश्वत इकट्ठा करते और मौज उड़ाते थे।

बहरहाल, कुछ लोगों के लिए केवल पैसा ही उनकी प्रेरक शक्ति नहीं था। जेल में जाति भी महत्त्वपूर्ण भूमिका निभाती थी। मेरे सहयोगियों में से एक ने खुद को एक जाट नेता के रूप में स्थापित कर लिया था। कोई भी जाट कैदी या कर्मचारी उसकी अभिरक्षा में होता था और उसका सिद्धांत था कि कोई जाट कभी किसी के आगे घुटने नहीं टेकता है। यह देखने में अत्यंत नाटकीय ध्वनित होता था, परंतु वास्तव में वह काफी दबंग था। जब कभी भी कोई अत्यंत सिरदर्द पैदा करनेवाला बन जाता था तो हम लोग उससे मामले को सँभालने का अनुरोध करते थे। वह कैदी को ऐसा सबक सिखाता था, जो अत्यंत उपयोगी सिद्ध होता था। जब मैं किसी को सबक सिखाने की बात कहता हूँ तो उसका यही अर्थ था कि वह सजायाफ्ता कैदियों से उसकी पिटाई करवा देता था। इतना कहने के बाद मैं यह भी स्वीकार करूँगा कि वह स्वयं भी भ्रष्ट था। वह जाट कैदियों को देनेवाली सुरक्षा की कीमत वसूलता था। जैसे ही कोई नया जाट कैदी तिहाड़ में पहुँचता था, वह उनके परिवारवालों के पास यह संदेश भेज देता था कि यदि उन्हें किसी चीज की जरूरत हो तो उससे संपर्क करें। मैं आपको बता सकता हूँ कि वह बड़े ऐश-ओ-आराम से रहता था।

अत: आप क्रोधी अधिकारी या जाट अधिकारी से कौन सी सेवाएँ खरीद सकते हैं? यदि आप भीमकाय जमीन-जायदाद कारोबारी यूनिटेक के अजय और संजय चंद्रा जैसे अरबपति हैं तो आप अपने लिए जेल में समूची घरेलू सुख-सुविधाओं की व्यवस्था कर सकते हैं और जेल में अपने निवास को आरामदेह बना सकते हैं। चंद्रा बंधुओं को मार्च 2017 में जेल भेजा गया था, क्योंकि उन्होंने अपने 16,000 घर खरीदारों (Home-buyers) के धन के साथ धोखाधड़ी की थी।

उच्चतम न्यायालय ने उन्हें तब तक जमानत देने से इनकार कर दिया था, जब तक कि वे 750 करोड़ रुपए का भुगतान उन घरों की एवज में नहीं कर देते, जिनके खरीदारों को वे घर की सुपुर्दगी में विफल रहे थे और उनके पैसे का गोलमाल करके उन्हें उनकी संपत्ति से वंचित कर दिया था।

चंद्रा बंधुओं ने न्यायालय में दावा किया कि वर्ष 2008 के आर्थिक संकट के कारण यूनिटेक की वित्तीय स्थिति अत्यंत दयनीय दशा में थी, इसलिए वे अपनी वचनबद्धता के अनुसार क्रेताओं को उनके घरों की सुपुर्दगी करने में असमर्थ थे। उसके और स्पेक्ट्रम घोटाले में उनके लिप्त होने के कारण यह सुनिश्चित हो गया था कि उन्हें अपना समय जेल में बिताना पड़ेगा; परंतु यह स्पष्ट था कि उन अमीर लोगों का जेल में सादा जीवन व्यतीत करने का कोई इरादा नहीं था, जो कि एक साधारण कैदी के लिए आवश्यक था। नियमों के अनुसार, वे अपने परिवारवालों से सप्ताह में दो बार केवल 30 मिनट के लिए मिल सकते थे और इसके साथ ही उन्हें जेल में बना खाना खाना होगा तथा जमीन या सीमेंट के 'बिस्तरों' पर सोना होगा। इसके साथ-ही-साथ उनकी आवाजाही उनकी बैरक के अंदर बने वार्ड तक ही सीमित कर दी गई थी।

परंतु इनमें से कोई भी नियम चंद्रा बंधुओं पर कभी लागू होता नजर नहीं आया। अन्य कैदियों के शिकायत करने के बाद तिहाड़ के अंदर एक जाँच संचालित की गई, जिससे पता चला कि वे जेल में उन्मुक्त होकर घूमते थे, स्मार्ट फोन रख सकते थे, दिन में दो बार घर से खाना मँगवा सकते थे और यहाँ तक कि वे सप्ताहांत में अपने परिवार से मिल भी सकते थे। एक ओर जहाँ सामान्य कैदियों को जमीन में लगे इंडियन शौचालय में मल-मूत्र के बीच शौच करना पड़ता था, वहीं दूसरी ओर उनके लिए पश्चिमी शैली वाली शौचालय सुविधा सुलभ थी। जब उनके परिवारवाले उनसे मिलने के लिए नहीं आते, उनके पास मनोरंजन के लिए 32 इंचवाला एल.ई.डी. टी.वी. और उनके आँतों को ठंडा करने हेतु नारियल पानी के साथ-साथ बोतल-बंद शीतल जल और मोटे-मोटे गद्दे मौजूद थे। अन्य कैदियों की बैरकों में लगे पंखे दिल्ली की भीषण गरमी में बेअसर थे, क्योंकि वे मोटे तारवाली जाली से सुरक्षित थीं। चंद्रा बंधुओं की कोठरी में पंखे तो थे, परंतु वे मोटे तारवाली जाली से मुक्त थे। उनकी कोठरी को अन्य कैदियों की ईर्ष्यालु आँखों से बचाने के लिए कंबलों से चारों ओर से ढक दिया गया था। और ऐसा करते हुए उनके पास जेल में सबसे कीमती चीज—निजता थी। उन्हें काम करने के

लिए जगह दी गई थी, जो कंप्यूटर एवं इंटरनेट कनेक्शन से लैस थी और वह भी जेल सुपरिंटेंडेंट के कार्यालय के ठीक सामने थी। अतिथि न्यायाधीश रमेश कुमार, जिन्होंने वह जाँच संचालित की थी, ने अपनी रिपोर्ट में निष्कर्ष दिया था कि जेल महानिदेशक को आपराधिक मुकदमे का सामना करना होगा, क्योंकि यह भ्रष्टाचार का नितांत स्पष्ट मामला था।

यह रिपोर्ट वर्ष 2016 में प्रकाशित हुई थी। तब तक मैं अवकाश ग्रहण कर चुका था, लेकिन उसने मुझे कतई चकित नहीं किया। उनका कोई भी अपराध वास्तविक नहीं था। तिहाड़ के अंदर एक समूचे कार्यालय का निर्माण जहाँ एक साहसिक कार्य था, नियमों में मोबाइल फोनों के उपयोग की प्राचीनतम युक्ति थी। हम सख्त निरीक्षण किया करते थे। इसके अंतर्गत मोबाइल फोन जैसी प्रतिबंधित वस्तुओं का पता लगाने के लिए कोटरों (कैविटी) की जाँच भी शामिल थी। इसलिए किसी कैदी या उसके मुलाकाती के लिए जेल के अंदर मोबाइल फोन की तस्करी करना असंभव था—जेल के अंदर कोई मोबाइल फोन आपको केवल किसी जेल अधिकारी द्वारा ही दिया जा सकता था।

ड्रग माफिया शराफत शेख के साथ मेरी पहली मुठभेड़ ने मुझे यही सिखाया था। सन् 2010 में किसी समय (मेरी स्मृति के अनुसार, उस दिन रविवार था), तत्कालीन जेल महानिदेशक बी.के. गुप्ता ने मुझे बुलाया और कहा कि अपराध शाखा हमारी उच्च सुरक्षावाली जेल में छापा मारना चाहती है, क्योंकि उन्हें पूरा विश्वास था कि जेल के अंदर कोई व्यक्ति मोबाइल फोन का उपयोग कर रहा है। उच्च सुरक्षा वार्ड के अंदर कोई मोबाइल फोन होने का विचार हास्यास्पद प्रतीत हुआ; क्योंकि आप सोच सकते हैं कि उसे रोकने के लिए वहाँ अतिरिक्त सुरक्षा थी। फिर भी, वह बात पूरी तरह समझ में आने योग्य थी। यदि आप अपने किसी जेल अधिकारी मित्र की सहायता से फोन खरीदने की व्यवस्था करते हैं तो आप उसे आसानी से इस्तेमाल कर सकते हैं, क्योंकि वहाँ आपकी जासूसी करनेवाला कोई अन्य कैदी नहीं होगा। बी.के. गुप्ता का मुझे निर्देश देने का आशय केवल इतना था कि मैं न्यूनतम अफरा-तफरी के बीच पुलिस टीम को उस मोबाइल फोन को खोजने में सहायता करूँ।

इसलिए हम सीधे शराफत शेख के पास गए और उसने बड़ी विनम्रता के साथ अपने नाम को सार्थक किया।

"गुप्ताजी, मैंने आपके बारे में कई अच्छी बातें सुनी हैं। अयूब खाँ साहब

आपकी काफी तारीफ करते हैं।" मेरे विचार से, अपना काम निकालने के लिए वह मेरी चापलूसी कर रहा था।

"हमें तुम्हारी कोठरी की तलाशी लेनी है।"

शराफत शेख ने आपत्ति की। उसने कहा कि मेरी कोठरी में पवित्र 'कुरान' रखी है और मैं उसे अपवित्र नहीं करवाना चाहता।

"आपके लिए यही अच्छा होगा कि आप उसके अंदर न जाएँ।" उसने कहा।

किंतु हम भी पीछे हटनेवाले नहीं थे। जब उसने देखा कि उसकी बात नहीं सुनी जाने वाली है तो उसने हमसे अपने जूते उतारने के लिए कहा। हमने इनकार कर दिया। इसके बजाय हमने उससे कहा कि वह पवित्र ग्रंथ को अपनी कोठरी से बाहर निकाल लाए। अंततः वह सहमत हो गया। तमिलनाडु स्पेशल पुलिस की टीम एवं मैं अंदर गए और वहाँ हमें शौचालय की सीट में छिपाकर रखे गए एक के बजाय दो फोन मिले। पुलिस टीम प्रसन्न थी, क्योंकि उसने दावा किया कि उसे उन फोनों के माध्यम से किसी ड्रग तस्करी के बारे में संवेदनशील जानकारी प्राप्त हुई थी। उन्होंने शराफत के खिलाफ जेल के अंदर मोबाइल फोन रखने का मामला दर्ज कर लिया।

वहाँ से मेरे वापस आने से पूर्व शराफत ने मुझसे कहा, "गुप्ताजी, आपने मुझे 50,000 रुपए की चोट पहुँचाई है। मुद्दा यह नहीं है कि मेरे मोबाइल फोन चले गए, मुझे आज शाम तक दूसरा फोन मिल जाएगा।" इतना कहकर वह असर देखने के लिए खामोश हो गया। "यहाँ ऐसे कई लोग हैं, जो मेरे लिए फोन की व्यवस्था कर देंगे, क्योंकि मैं उसके बिना नहीं रह सकता हूँ। वह मेरे लिए मेरी जिंदगी का सवाल है।"

वह अतिशयोक्ति नहीं कर रहा था। दो सप्ताह बाद हमने उसकी कोठरी में पुनः छापा मारा, जिसमें हमें एक अन्य मोबाइन फोन मिला। अफवाह थी कि एक वरिष्ठ अधिकारी ने उसके पास फोन पहुँचाया था। आखिरकार, भला बॉस की जाँच कौन कर सकता था!

एक अन्य अवसर पर हमें एक अन्य उच्च स्तरीय कैदी, शस्त्र विक्रेता अभिषेक वर्मा के विरुद्ध शिकायत मिली, जो जेल में इसलिए बंद था, क्योंकि उसके विरुद्ध गोपनीय सरकारी रहस्य लीक करने का आरोप था। उसे संभवतः स्वयं जेल के सुपरिंटेंडेंट द्वारा सैटेलाइट फोन रखने की अनुमति प्रदान की गई थी; परंतु हम उसे कभी सिद्ध नहीं कर सके। जब हमने उसकी कोठरी की जाँच की तो

हमें दो पेन ड्राइव मिले, जिसमें औरतों की आपत्तिजनक तसवीरें थीं। कांग्रेस नेता श्रीकांत वर्मा का पुत्र अभिषेक वर्मा एक शानो-शौकत वाला कारोबारी था, जिसे सुखद जीवन व्यतीत करना प्रिय था। वह जेल में केवल पाँच कमीजें और पाँच पतलूनें पहनने के नियम का पालन नहीं करता था। अदालती सुनवाइयों के लिए वह हेमीज (Hermes) जैसे महँगे ब्रांड की कमीजें पहने दिखाई देता था।

जेल के नियम सार्वभौमिक नहीं हैं। एक ओर जहाँ अमीर व शक्तिशाली लोगों के पास सैटेलाइट एवं मोबाइल फोन होते हैं, वहीं दूसरी ओर गरीबों के पास दवाओं और स्वच्छ जल का भी अभाव होता है। संपन्न कैदियों के लिए मुलायम गद्दे और अन्य लोगों के पास सोने की जगह की भी कमी। कुछ कैदियों के पास खाने के नियमित बरतन तक नहीं होते, जबकि कुछ को अपना खाना पकाने तक की सुविधा प्राप्त होती है। उदाहरणार्थ, सन् 1991 या 1992 के दौरान किसी समय मैंने अपने अधीनस्थ सहायक अधीक्षक बी.एस. नेगी को किसी से नकदी स्वीकार करते देखा था। मैंने उससे तत्काल कहा कि तुम्हें अधिकारी होते हुए भी अपने आप को बेचते हुए शर्म आनी चाहिए। उसने जिस प्रकार मुझसे बदला लिया, उससे स्पष्ट होता है कि वह उस समय जेल में रहनेवाले एक राजनेता के कितने करीब था। मदन भैया उत्तर प्रदेश विधानसभा का सदस्य था और वर्ष 1991-92 में अपहरण के एक मामले में जेल की सजा काट रहा था। मुझे धमकाने के प्रयास में नेगी मदन भैया के साथ बहुत सारा समय बिताने लगा था। जब मैंने उससे पूछा कि तुम उसके साथ इतने समय तक क्यों रहते हो, तो उसने लापरवाही से उत्तर दिया, "मैं तो केवल चाय पी रहा था।" वह यथासंभव तरीके से मुझे अपमानित करने या नीचा दिखाने के लिए हमेशा मदन भैया की मदद लेता था। वह एक राजनीतिज्ञ था और जेल में होते हुए भी हम सब पर भारी था। संयोगवश, नेगी एवं उसके पुत्र ने मेरे ऊपर हमला करने की योजना बनाई और जब मैंने उन दोनों के विरुद्ध आपराधिक मामला दर्ज कराया तो दोनों सन् 1995 में गिरफ्तार कर लिये गए।

परेशान करने का दूसरा तरीका तो और भी खतरनाक था। प्रभावशाली कैदी मेरे जैसे अधिकारियों के खिलाफ शिकायतें दर्ज कराकर उसे अखबारों में लीक कर देते थे। वे शिकायतें जेलकर्मियों के सहयोग से दर्ज कराई जाती थीं, परंतु उनका आधार काल्पनिक होता था। उदाहरण के तौर पर, एक कैदी ने कहा कि मैं (सुनील गुप्ता) जेल में स्मैक की तस्करी कर रहा था। मैं उसकी शिकायत पर स्तब्ध रह गया, इसलिए नहीं कि किसी ने मेरे खिलाफ शिकायत दर्ज कराई थी,

बल्कि इसलिए कि उसे दर्ज कराने का रवैया बड़ा बेतुका था। वे लोग अब मुझे 'ड्रग डीलर' (नशा विक्रेता) पुकारने लगे थे! तभी मेरे मन में यह विचार आया कि संभवत: वे लोग उस कुकृत्य को सामने लाने की कोशिश कर रहे थे, जिसमें वे खुद शामिल थे। पथभ्रष्ट हो जाना वहाँ अंततोगत्वा एक सामान्य युक्ति थी। शिकायतकर्ता सुरेंदर ग्रोवर एक ऐसा कैदी था, जो हत्या का मुकदमा झेल रहा था और जो खुद को एक 'मानवाधिकार कार्यकर्ता' दिखाने की कोशिश करता था। वह शिक्षित था और उसकी अंग्रेजी भी अच्छी थी। वह अन्य कैदियों को अपनी समस्याएँ उसके पास लाने के लिए भी प्रोत्साहित करता था।

मेरे ऊपर उसने जो आरोप लगाया था, मुझे उसकी तह तक जाना था। इसलिए अपने कुछ साथियों के साथ मैंने उसकी कोठरी की तलाशी ली। मुझे अच्छी तरह याद है कि उस दिन भारत व पाकिस्तान के बीच क्रिकेट मैच था और सभी कैदी उसे देखने में मशगूल थे। उसकी कोठरी के खाली होने का लाभ उठाते हुए हमने तलाशी ली और उसके तकिए में छिपाकर रखी गई स्मैक बरामद कर ली। उसने केस तो मेरे खिलाफ दर्ज कराया था, परंतु वास्तव में तिहाड़ के अंदर स्मैक का कारोबार वह स्वयं करता था! बहरहाल, मैंने महसूस किया कि उसके खिलाफ शिकायत करना व्यर्थ था; क्योंकि जेल के नियम स्पष्ट कहते थे कि जब तक आप अपने साथ ऐसे साक्षी लेकर नहीं ले जाते, जो आपकी तलाशी लेकर इस तथ्य की पुष्टि करें कि आपके पास कोई ड्रग नहीं है, जिसे आप दोषी के पास रख सकें, मामला औंधे मुँह गिर जाता है। जेल में ड्रग्स की अधिकतर बरामदगियाँ आकस्मिक होती हैं। इसलिए, यदि हम प्रतिबंधित नशे की खोज में ग्रोवर की अनुपस्थिति में उसकी कोठरी में जाते और वहाँ हमें कोई ऐसी चीज मिलती तो वह पलटकर कहता कि वह ड्रग उसकी कोठरी में मैंने रखी थी, ताकि मैं उससे उस शिकायत का हिसाब चुकता कर सकूँ, जो उसने मेरे खिलाफ की थी। दूसरी समस्या यह थी कि जिन गार्डों को मैं अपने साथ लेकर गया था, वे भी मेरी बरामदगी के समर्थन में अदालत में गवाही देनेवाले नहीं थे। इसलिए यह मामला चाहे जिस किसी भी न्यायाधीश के पास जाता, वही हमारी ओर भारी संदेह की दृष्टि से देखता।

बहरहाल, वह हमें ऐसी शिकायतों के खिलाफ लड़ने से नहीं रोक सका। संभवत: नशाखोरी जेल में व्याप्त सर्वाधिक अनियंत्रित समस्या है और उसका प्रभाव लोगों की बड़ी संख्या पर पड़ता है। नशे की लत का उतावलापन कैदियों को नशे का सामान (ड्रग्स) जेल के अंदर लाने हेतु मजबूर करता था। कैदियों

ने अनेक नायाब तरीके खोज रखे थे। मिसाल के तौर पर, एक बार सीधा-सादा दिखाई देनेवाला लाला नामक कैदी मुझसे मिलने आया। उसने अपनी करुण कथा सुनाते हुए कहा कि कैसे वह मधुमेह (डायबिटीज) का रोगी था और उसे जामुन नामक फल खरीदने के लिए मेरी अनुमति की आवश्यकता थी। उस फल के बारे में कहा जाता था कि उसके अंदर मधुमेह से लड़ने की क्षमता होती है, इसलिए मैंने उसे कुछ जामुन खरीदने की इजाजत दे दी। कुछ समय बाद तमिलनाडु पुलिस के गार्ड मुझसे मिलने आए। उन्होंने मुझे उन 'औषधीय' जामुनों के अंदर छिपाकर रखी गई नशे की वस्तु दिखाई, जो लाला ने खरीदे थे। जब एक गार्ड ने उन जामुनों को छूकर देखा तो उसे कुछ ठीक नजर नहीं आया। उसकी ऊपरी परत तो असली जामुन वाली थी, परंतु उसके नीचे प्लास्टिक के जामुन थे, जो अंदर से एक पेंच से जोड़े गए थे और उनकी खाली जगह में नशा छिपाकर रखा गया था। यह कोई इकहरा मामला नहीं था। तिहाड़ में मेरे वर्षों के कार्यकाल के दौरान मुझे पता चला कि फल एक प्रकार से ट्राय निवासियों के घोड़ों के समान थे और उनके अंदर ड्रग्स तथा अन्य निषिद्ध वस्तुओं को छिपाकर लाया जा सकता था। बारीकी से कटे हुए केलों के अंदर करेंसी नोट छिपाए जा सकते थे और आप किसी चीज का पराँठा बना सकते थे। स्मैक की एक पुड़िया, जो आमतौर पर 100 रुपए की मिल जाती है, वही जेल के अंदर कम-से-कम 1,000 रुपए की मिलती थी। इसके अतिरिक्त, इससे बुरा और क्या हो सकता था कि पकड़े जाने पर पुलिस में आपके खिलाफ शिकायत दर्ज कराई जाती थी, जो कोर्ट में औंधे मुँह गिर जाती थी और यदि आप उसे लेकर चंपत हो जाते हैं तो आप अमीर हो जाते हैं।

हमने तिहाड़ में नशाखोरी रोकने का भरसक प्रयास किया। हमने उसे कैदियों के वास्तविक सुधार एवं संशोधन हेतु एक बड़ी चुनौती के रूप में देखा। जेल में कम-से-कम उनके ऊपर कुछ अंकुश तो था, परंतु जब वही कैदी रिहा हो जाते थे तो अपने साथ-साथ अपने परिवारवालों की जिंदगियों को भी तबाह कर देते थे। अत: इस तथ्य के बावजूद हमारे पास नशे से जुड़े मामलों के लिए कोई हथियार नहीं था। हम अभी भी छापे मारकर नशा बेचनेवालों के जीवन को कठिन बनाते थे। हमने एन.डी.पी.एस. एक्ट, 1985 में संशोधन के लिए सरकार और विभिन्न कानूनी संस्थाओं को पत्र लिखे, ताकि उसमें ड्रग पकड़ने की कारवाई के दौरान किसी राजपत्रित अधिकारी की उपस्थिति की अनुचित अनिवार्यता का प्रश्न न उठाया जाए। इन सारे प्रयासों के बावजूद नशे से जुड़ी समस्याएँ बढ़ती गईं और लगातार बनी रही हैं।

बहरहाल, ये समस्याएँ निर्धन एवं सामान्य लोगों की हैं। अमीर लोगों के पास जेल में सुविधा प्राप्त करने के असाधारण उपाय हैं। अब तक, चंद्रा मामले या वी.के. शशिकला शोषण मामले को धन्यवाद कि लोगों को इस बात का पता चल गया कि आप जेल में भी अपने लिए सुविधाजनक व्यवस्था खरीद सकते हैं। शशिकला तमिलनाडु की पूर्व मुख्यमंत्री जे. जयललिता की सहायक थीं, उन्हें बेंगलुरु जेल में, जहाँ वह फरवरी 2017 से बंद थीं, एक अलग रसोई उपलब्ध कराई गई थी। उनके ऊपर आरोप था कि उन्होंने अनुचित तरीके से अकूत संपत्ति अर्जित की थी। परंतु जब मनु शर्मा से उनकी तुलना की जाए तो सारे मामले तुच्छ लगते हैं, जिसका राजनीतिक पिता तिहाड़ से कुछ दूर एक पाँच-सितारा होटल ले आया, ताकि उसे भोजन एवं अन्य सुविधाओं की आपूर्ति की जा सके तथा जेल में अन्य सुविधाएँ प्राप्त करने के लिए नकदी मिलती रहे।

29 वर्षीय मनु शर्मा एक हत्या के मामले में दोषी सिद्ध होने के बाद सन् 2006 में हमारे पास तिहाड़ में आया था। 29 अप्रैल, 1999 को मनु शर्मा और उसके दोस्त राजधानी के गुलाबी टैमरिंड कोर्ट कैफे में पार्टी करने गए थे। प्रातः लगभग 2 बजे जब बार बंद हो चुका था, उसने उस रात अतिथि बार बाला जेसिका लाल नामक मॉडल तथा बार की मालकिन एवं फैशन डिजाइनर मालिनी रमानी से शराब की माँग की। उन्होंने उसे यह कहते हुए इनकार कर दिया कि बार बंद हो चुका है। शर्मा ने उन्हें एक पेग के लिए 1,000 रुपए नकद देने का प्रस्ताव किया, जिसे रमानी ने पुनः ठुकरा दिया। इस पर प्रबंधन (मैनेजमेंट) छात्र मनु शर्मा ने उत्तर दिया, "1,000 रुपए में तो मैं तुम्हारा चुंबन भी ले सकता हूँ।"

इसी बिंदु पर मनु शर्मा ने दिल्ली में अपराध की दुनिया में अपना स्थान सुनिश्चित किया था। शराब के लिए इनकार करने पर हुए अपने अपमान को न सह पाने के कारण उसने अपनी इतालवी ब्रेटा रिवॉल्वर निकाली और दो राउंड गोलियाँ दाग दीं। दूसरी गोली जेसिका के माथे पर लगी और अस्पताल पहुँचने पर उसे मृत घोषित कर दिया गया। हत्या तात्कालिक थी, परंतु मनु ने अपने प्रभाव का इस्तेमाल करते हुए वकीलों की फौज खड़ी कर दी, जिन्होंने उसे वर्ष 2006 तक जेल जाने से बचाए रखा। निचली अदालतों ने उसे छोड़ दिया, परंतु दिल्ली उच्च न्यायालय के न्यायमूर्ति आर.एस. सोढ़ी (जो इंदिरा गांधी हत्याकांड के वकील थे) की अध्यक्षता वाली पीठ ने मामले की दोबारा सुनवाई की और दिसंबर 2006 में मनु शर्मा को आजीवन कारावास की सजा सुनाई। निचली अदालत द्वारा उसकी रिहाई के आदेश

को पलटते हुए जहाँ न्यायमूर्ति सोढ़ी ने कहा कि शराब का मात्र एक पेग देने से इनकार करने के कारण मॉडल जेसिका लाल की हत्या के बाद मनु शर्मा को स्वतंत्र छोड़ना 'जान-बूझकर की गई गलती' माना जाएगा।

निर्णय असाधारण था, क्योंकि मनु शर्मा के परिवार का राजनीतिक प्रभाव बहुत अधिक था। उसके पिता विनोद शर्मा हरियाणा में कांग्रेस के शीर्ष नेता थे और इतने शक्तिशाली थे कि पार्टी में मौजूद दर्जनों गवाहों ने इस बात का दावा किया कि उन्होंने उस रात पार्टी में हुई गोलीबारी के बारे में सामान्यतया कुछ नहीं देखा था। उस रात बार बाला के रूप में कार्यरत एक अन्य मॉडल शायन मुंशी ने तो यहाँ तक दावा किया कि उसने मनु शर्मा को पकड़नेवाले पुलिस को जो बयान दिया था, वह वास्तविक नहीं था, क्योंकि वह अनेक हिंदी फिल्मों में काम करने के बावजूद हिंदी नहीं समझती थी। उस रात होटल में पुलिस के शीर्ष अधिकारियों सहित हॉलीवुड अभिनेता स्टीवन सीगल भी मौजूद थे। परंतु राम जेठमलानी के अत्यंत महँगे बचाव ने सुनिश्चित कर दिया कि किसी ने कुछ नहीं देखा था और मनु शर्मा को छोड़ दिया गया था। लेकिन दिसंबर 2006 में उच्च न्यायालय ने मामले में हस्तक्षेप किया और मनु शर्मा एवं उसके रिश्ते के भाई तथा राजनेता डी.पी. यादव के पुत्र विकास यादव को हत्या करने और साक्ष्य मिटाने का दोषी करार दिया। न्यायालय ने पाया कि विकास यादव ने हत्या करने के बाद मनु शर्मा को घटनास्थल से अपनी कार में बैठाकर भगाने और उसे छिपाने में सहायता की थी। अब उन दोनों के परिवारों के पास उन्हें जेल जाने से बचाने का कोई उपाय नहीं था।

मनु शर्मा अपनी आजादी से सीधा जेल पहुँच गया, जहाँ अब उसे अपनी सारी जिंदगी बितानी थी। मेरे विचार से, शर्मा काफी समय तक यही महसूस करता रहा था कि उच्चतम न्यायालय उसकी सजा को पलट देगा। लेकिन अप्रैल 2010 में उच्चतम न्यायालय ने उच्च न्यायालय के निर्णय को सही ठहराया और सुनिश्चित किया कि मनु शर्मा एवं विकास यादव को बहुत लंबी अवधि के लिए जेल भेज दिया जाए। उनके परिवार ने सबसे पहला काम यह किया कि तिहाड़ से मात्र 4 किलोमीटर दूर स्थित 'हिल्टन होटल' को खरीद लिया। बाद में उन्होंने उसका नाम बदलकर 'होटल पिकैडिली' रख दिया। यह शर्मा परिवार के लिए अत्यंत लाभदायक सिद्ध हुआ—न केवल मनु को एक सुविधाजनक स्थान में रहने की सुविधा प्राप्त हुई, बल्कि इसके बदले में जेल के कर्मचारियों को भी पाँच-सितारा सुविधाएँ मिलने लगीं। सामान्यतया, वह एक ऐसी जेल प्रणाली थी, जो गुप्त रूप

से कैदियों के लिए अपने जेलरों को भुगतान करने के लिए बनाई गई थी, परंतु इस मामले में वे जेल के निकट ही बड़े आराम से खा-पी सकते थे। वर्ष 2006 के प्रारंभ से ही सुपरिंटेंडेंट, डिप्टी सुपरिंटेंडेंट और तिहाड़ के अनेक अन्य लोग 'शर्मा के पेरोल' का अंग बन गए। यहाँ तक कि अब मनु शर्मा ही तय करता था कि जेल नं. 2 का सुपरिंटेंडेंट कौन बनेगा। वर्ष 2010 और होटल के अधिग्रहण के बाद उसका प्रभाव-क्षेत्र इतना अधिक बढ़ गया कि उसने जेलकर्मियों के परिवारवालों के लिए होटल में नौकरियाँ भी आरक्षित कर दीं। एक टी.वी. टीम ने पाया कि तिहाड़ के अतिरिक्त सुपरिंटेंडेंट पी.सी. शर्मा का पुत्र नीरज शर्मा होटल में 2011 से काम कर रहा था—उसने शर्मा की मूल कंपनी में भी काम किया था।

यदि मैं दकियानूसी अनुमान लगाऊँ तो यह कहना उचित होगा कि मनु ने जेल कर्मचारियों के कम-से-कम 50 रिश्तेदारों को होटल में नौकरियाँ दिलवाई थीं। यदि अधिक पढ़े-लिखे होने के कारण मनु का होटल उनकी सेवाओं का उपयोग न कर पाता तो उन्हें उसके भाई कार्तिकेय की मीडिया कंपनी 'न्यूज एक्स' में काम दे दिया जाता था। इससे भी बड़ी बात यह थी कि यदि जेल के किसी सदस्य के परिवार में कोई शादी होती तो मनु के होटल के दरवाजे उसके लिए खुले रहते थे। यदि खाने का ऑर्डर देना होता था तो वह भी मनु के होटल से आ जाता था। मुझे अच्छी तरह याद है कि मनु महानिदेशक आलोक वर्मा एवं महानिरीक्षक मुकेश प्रसाद के कमरे में बैठा रहता था और वहीं से उनके लिए खाने का ऑर्डर देता था। एक प्रकार से जेल का समूचा शीर्षस्थ अधिकारी वर्ग उसके हाथों से खाता था। अंततोगत्वा, इसने राष्ट्रीय मानवाधिकार आयोग (एन.एच.आर.सी.) को एक कटु आलोचनात्मक रिपोर्ट प्रस्तुत करने को विवश किया, जिसने सन् 2015 में होटल की आकस्मिक यात्रा की और पाया कि मनु को जेल में कहीं भी विचरण करने की अप्रत्याशित आजादी थी और उसे उसकी कोठरी में घर जैसा आराम मिल रहा था—इतना अधिक कि उसकी कोठरी किसी जेल की कोठरी के बजाय किसी स्टूडियो अपार्टमेंट की तरह दिखाई देती थी। रिपोर्ट प्रकाशित होने के कुछ समय बाद तक आलोक वर्मा कठिनाई में थे। बहरहाल, हर समस्या का एक निदान होता है और उच्चाधिकारी सबको यह समझाने में सफल रहे कि यह कोई ऐसा मामला नहीं था, जिसे इतना तूल दिया जाए।

मैं इस बात को स्वीकार करता हूँ कि वर्ष 2016 में अपने अवकाश ग्रहण करने के बाद अपने किसी पारिवारिक कार्यक्रम में भाग लेने मैं होटल पिकैडिली

गया था। जैसे ही होटल के कर्मचारियों को पता चला कि मैंने भी तिहाड़ में नौकरी की थी, वे मेरे साथ बहुत अच्छा बरताव करने लगे थे। उन्होंने मुझे चाय व कॉफी पेश की और अपने होटल के आसपास की खूबसूरती भी दिखाई। उनके इस व्यवहार से मैं अत्यंत प्रभावित हुआ। मनु शर्मा की एक विशेषता यह थी कि वह रिश्वत भी बड़ी सावधानी एवं सभ्य तरीके से देता था, न कि वह किसी उजड्ड आदमी की तरह आपके मुँह पर पैसे फेंककर मारता था। सच्चाई यह है कि यदि कभी कोई उसके कमरे में आता था तो वह किसी सभ्य व्यक्ति की तरह उठकर खड़ा हो जाता था। जेल का प्रत्येक व्यक्ति जरूरत पड़ने पर उसके पास सहायता हेतु जाता था और वह किसी तरह उसका काम कर देता था। उदाहरण के लिए, एक विशेष रूप से त्रासद मामला था, जिसके तहत एक व्यक्ति अपनी पत्नी की हत्या के आरोप में जेल में था और घर पर छूट गए उसके छोटे बच्चों की देखभाल करनेवाला कोई नहीं था। न्यायाधीश ने मुझसे उसके बच्चों को रोहतक के किसी विद्यालय या संरक्षण गृह में प्रवेश दिलाने के लिए कहा था, जहाँ के वे निवासी थे। मैंने मनु शर्मा से संपर्क किया, क्योंकि मैं जानता था कि उसके हरियाणा में अच्छे संपर्क थे और उसके पिता को धन्यवाद। उन्होंने तत्काल उसे अपने संज्ञान में लिया और यहाँ तक कि उनकी समूची शिक्षा का व्यय-भार उठाने का वचन दिया। उनका उसके वास्तविक नाम पर एक गैर-सरकारी संगठन (एन.जी.ओ.) सिद्धार्थ वशिष्ठ चैरिटेबल फाउंडेशन था, जो बुनियादी तौर पर कैदियों के बच्चों की देखभाल करता था।

मनु का प्रभाव केवल पैसे तक ही सीमित नहीं था। वह अनेक प्रसिद्ध एवं शक्तिशाली लोगों से जुड़ा था और वे सभी उससे मिलने के लिए जेल में आते रहते थे। उसके पिता विनोद शर्मा के अतिरिक्त अनेक राजनेता उससे मिलने के लिए आते थे। ये मुलाकातें सामान्यतया मुलाकात कक्ष के बजाय ड्योढ़ी या जेल के स्वागत-क्षेत्र में होती थीं, जो शीर्ष अधिकारियों के कार्यालयों के पास ही बना था। भारत का एकमात्र दो बार का ओलंपिक पदक विजेता सुशील कुमार मनु शर्मा का घनिष्ठ मित्र था और वह कई बार उससे मिलने आया था। दरअसल, इसी मित्रता के कारण सुशील कुमार हमारी तिहाड़ खेल प्रतियोगिता का मुख्य अतिथि बनने के लिए सहमत हुआ था।

यदि मैं यह कहूँ कि मनु शर्मा ने अकेले ही हमारे 'TJ's' ब्रांड के अधीन जेल में कैदियों द्वारा निर्मित उत्पादों की बिक्री को आसमान पर पहुँचा दिया था तो

कोई अतिशयोक्ति नहीं होगी। उसने वर्ष 2006 में होनेवाले मात्र 6 करोड़ रुपए के कारोबार को 2016—जिस वर्ष मैंने तिहाड़ छोड़ी—में 31 करोड़ रुपए के कारोबार में बदल दिया था। मनु ने मात्र 10 वर्षों के भीतर TJ's उत्पादों को संपूर्ण सफलता दिलाई। इन उत्पादों में बेकरी निर्मित वस्तुएँ, हैंडलूम व टेक्सटाइल, फर्नीचर, तेल, पुनश्चक्रित कागज (रिसाइकल्ड पेपर) और विविध प्रकार के अन्य उत्पाद शामिल थे। चूँकि जेल में प्रत्येक कैदी को कोई-न-कोई काम करना होता था, मनु ने अपने प्रबंधन प्रशिक्षण कौशल का उपयोग अच्छे काम एवं इस कार्य बल को सज्जित करने में किया। उसी ने हमें जिला न्यायालयों जैसे अनेक महत्त्वपूर्ण स्थानों पर 'TJ's' की दुकानें खोलने का सुझाव दिया था। मैंने महसूस किया कि परियोजना की प्रभावकारिता का वर्णन करने का उसका तरीका बड़ा शानदार था। उसने कहा कि यदि कैदियों द्वारा निर्मित उत्पादों का उपयोग न्यायाधीशों द्वारा किया जाएगा तो इससे तिहाड़ की छवि के बारे में निरपवाद रूप से एक सकारात्मक संदेश जाएगा। उसने आशा व्यक्त करते हुए कहा था कि यदि वे तिहाड़ में बनी किसी चीज को खाएँगे और वह उन्हें पसंद आएगी, तो वे (न्यायाधीश एवं अन्य लोग) कैदियों के प्रति अधिक दयालु बनेंगे। बुनियादी तौर पर, इसके पीछे हमारा उद्देश्य कैदियों का मानवीकरण करना था। कारोबार को आगे बढ़ाने के लिए मनु शर्मा ने विभिन्न कंपनियों को पत्र लिखे कि वे अपनी कारोबारी सामाजिक जिम्मेदारी (कॉरपोरेट सोशल रिस्पॉन्सिबिलिटी—सी.एस.आर.) के तहत हमारे साझीदार बनें। और अंततः, उसने हमें बाहर से आनेवाले लोगों के लिए तिहाड़ के अंदर एक रेस्तराँ खोलने का सुझाव भी दिया। उसके इस सुझाव को भी लागू किया गया और कुछ समय तक वह सचमुच बहुत अच्छा चला। इसके लिए उन लोगों को धन्यवाद, जो जेल का खाना खाने के प्रति अपने मन में अनेक अंधविश्वास पाले हुए थे!

वह ऐसे तथ्यों का मिश्रण था, जिसने मनु शर्मा को तिहाड़ के अंदर—कैदियों एवं कर्मचारियों दोनों के बीच—लोकप्रिय बना दिया था। मैं जानता हूँ कि सुनने में यह कितना अजीब लगता है—इतना भयानक कृत्य करनेवाला कोई व्यक्ति इतना लोकप्रिय कैसे हो सकता था! लेकिन आपको इस बात की प्रशंसा करनी होगी कि जेलरों के पास लोगों को समझने की भिन्न सोच होती है। एक व्यक्ति के रूप में मैं उसके इस कृत्य से घृणा करता था कि भला वह कैसा आदमी था, जिसने मात्र इसलिए किसी लड़की की हत्या कर दी थी कि उसने उसे शराब देने से इनकार करने की हिम्मत की थी! लेकिन इस व्यवसाय में मेरे वर्षों के अनुभव ने मुझे उसे

अलग दृष्टिकोण से देखना सिखाया और मैं उसके अपराध के आगे जाकर देख सका। हम किसी व्यक्ति से नहीं, बल्कि उसके द्वारा किए गए अपराध से घृणा करते हैं और हमारा काम उसके साथ यथासंभव मानवीय व्यवहार करना था, ताकि उसे सुधरने का एक अवसर प्राप्त हो जाए। यही कारण है कि निर्भया वाले मामले में जो कुछ हुआ, मैं उससे सहमत नहीं था। राम सिंह की सुरक्षा और उसका हित मेरे लिए महत्त्वपूर्ण था; लेकिन उसे सुरक्षा देने से इनकार कर दिया गया। मनु शर्मा के मामले में तिहाड़ के अंदर सकारात्मक कार्यों के माध्यम से उसके खुद को सुधारने के प्रयासों से मैं अत्यंत प्रभावित था। किसी ऐसी जगह में, जहाँ हरेक दुर्दांत अपराधी था, दयालु प्रकृति के लोगों के लिए यह कठिन नहीं था कि वे स्वयं अपनी पहचान को उनसे अलग बनाए रखें।

ऐसा ही एक अन्य कैदी कुख्यात बी.एम.डब्ल्यू. कार दुर्घटना में कुछ सोते हुए लोगों को कुचलकर भाग जानेवाले मामले से जुड़ा संजीव नंदा था, जिसने मिसाल पेश की। पूर्व नौसेना प्रमुख का पौत्र और अमीर शस्त्र विक्रेता का पुत्र होने के कारण नंदा सम्मानित, धनी एवं शक्तिशाली था। बहरहाल, जब वह हमारे पास आया तो उसने इनमें से एक का भी प्रदर्शन नहीं किया। जिस समय वह तिहाड़ में आया था, उस समय उसकी उम्र 22 वर्ष थी; परंतु उसने अपनी उम्र से अधिक परिपक्वता दिखाई थी। उसे जेल में कोई असुविधा न हो, इसके लिए उसके परिवारवालों ने संबद्ध अधिकारी की मुट्ठी गरम कर दी थी और उसे जेल के नाजुक क्षेत्र से दूर अलग स्थान पर रखा गया था। लेकिन उसने कमोबेश नियमों का पालन किया। हमारे द्वारा जेल में प्रौढ़ साक्षरता हेतु शुरू किए गए '*पढ़ो-पढ़ाओ*' कार्यक्रम के अंतर्गत वह कैदियों को पढ़ाता था। वह अत्यंत उत्साही शिक्षक था और अपने साथी कैदियों को अंग्रेजी तथा कंप्यूटर की शिक्षा देता था। नंदा ऐसे किसी कृत्य में शामिल नहीं था, जिसे हम उत्तर प्रदेश में '*खुला खेल फर्रुखाबादी*' कहते हैं, जिसका बुनियादी अर्थ था कि आप नियम पुस्तिका में वर्णित किसी भी नियम को खुलेआम तोड़ सकते हैं और उसके लिए आपको कोई बहाना बनाने की भी जरूरत नहीं है।

वहीं इसके बिल्कुल विपरीत, अपराध में मनु शर्मा का भागीदार विकास यादव जेल में होते हुए भी अत्यंत निर्लज्ज एवं निंदनीय व्यवहार करता था। जेसिका लाल की हत्या वाले मामले में अदालती सुनवाई शुरू होने की प्रतीक्षा करते हुए भी विकास ने जेल से बाहर जाकर स्वयं एक हत्या की थी। अपने चचेरे भाई विशाल

के साथ मिलकर उसने 17 फरवरी, 2002 को अपनी बहन के प्रेमी नीतीश कटारा की हत्या की थी, क्योंकि वह उनके संबंधों को स्वीकार नहीं करता था। विकास ऐसा विचित्र प्राणी था कि तिहाड़ के अंदर कोई भी उससे जुड़ना नहीं चाहता था। प्रारंभ में, वह और विशाल मनु शर्मा की जेल नं. 2 में थे; परंतु वे सब भी विकास से दूर रहना चाहते थे, इसलिए उसे वहाँ से हटाकर जेल नं. 4 और विशाल को जेल नं. 1 में डाल दिया गया था।

मनु शर्मा अकसर कहता था कि जेसिका की हत्या में उसका नहीं, बल्कि उस संगति का दोष था, जिसमें वह रहता था। मैं नहीं जानता कि उसकी यह बात किस प्रकार सत्य थी, परंतु जब आपका चचेरा भाई ही आपके साथ रहने को तैयार न हो तो वही सबकुछ कह देता है। मनु एक शांत एवं सौम्य स्वभाववाला था, जबकि विकास एक दबंग और बदमाश प्रकृति का था। वह सभी के साथ बहुत बुरा बरताव करता था और इसलिए लोग उससे अत्यंत भयभीत रहते थे, क्योंकि उसके पास खोने के लिए कुछ नहीं था—वह पहले ही हत्या के दो मामलों से जुड़ा हुआ था। वह जेल में स्वतंत्र होकर घूमता था और वास्तव में कोई भी उससे पंगा नहीं लेना चाहता था।

मुझे ऐसी ही एक घटना याद है, जिसमें विकास यादव किसी इलाज के बहाने अखिल भारतीय आयुर्विज्ञान संस्थान (AIIMS) में दाखिल हुआ था। जब प्रात:काल नर्स उसकी जाँच करने आई तो उसकी सुरक्षा में गए दिल्ली पुलिस के गार्डों ने उससे कहा कि उसे उसकी नींद में बाधा नहीं पहुँचनी चाहिए। जब वह अपनी बात पर बल देने लगी और उनसे लड़कर कमरे के अंदर गई तो उसने पाया कि एम्स में सोना तो दूर, विकास ने वहाँ रात भी नहीं बिताई थी। वह अपने परिवार के साथ दीवाली मनाने उत्तर प्रदेश चला गया था। दिल्ली पुलिस के सिपाहियों तथा एम्स के कुछ कर्मचारियों ने उसके भागने में भूमिका निभाई थी। युवा नर्स ने जब इसकी शिकायत की तो आश्चर्यजनक रूप से उसे धमकाया गया।

एक अन्य अवसर पर न्यायाधीश ब्रजेश गर्ग तिहाड़ में औचक निरीक्षण हेतु आए थे और विकास यादव को आसपास स्वतंत्र घूमता हुआ पाया था। न्यायाधीश गर्ग ने जो कुछ देखा था, उसकी एक रिपोर्ट तैयार की और उसे न्यायालय में प्रस्तुत कर दिया। बहरहाल, चौंकानेवाली बात यह थी कि जब अखबारों ने श्री गर्ग की रिपोर्ट प्रकाशित की तो उन्होंने जेलकर्मियों को सुरेश कलमाड़ी के साथ चाय पीने की खबर प्रकाशित की, परंतु उन्होंने विकास के बारे में एक भी शब्द नहीं लिखा।

(स्मरण रहे कि श्री कलमाड़ी वर्ष 2010 के राष्ट्रमंडल खेल घोटाले से जुड़े मामले में तिहाड़ में थे।)

इसकी तुलना में मनु शर्मा अत्यंत अच्छे स्वभाव का था और सबके साथ अच्छा व्यवहार करता था। जब फर्लो (गैर-हाजिरी की छुट्टी) के लिए उसके नाम की सिफारिश की गई तो मैंने उसका समर्थन किया था। फर्लो प्रणाली उत्तम व्यवहार को पुरस्कृत करती थी और उसकी सिफारिश अनेक न्यायाधीशों तथा विधि आयोगों द्वारा भी की गई थी। यदि आप जेल में लगातार तीन वर्षों तक नियमों का पालन करेंगे तो आपको सात सप्ताह की वार्षिक छुट्टी मिलेगी, जो तीन किस्तों में विभाजित होगी—एक बार आपको तीन सप्ताह की और दो बार दो-दो सप्ताह की छुट्टी प्रदान की जाएगी। परंतु उसकी लोकप्रियता उसे तत्कालीन महानिदेशक नीरज कुमार की ओर से कोई हमदर्दी नहीं दिला सकी, जो हमेशा उसके फर्लो आवेदनों को ठुकरा देते थे। यद्यपि मैंने मनु शर्मा के पक्ष में तर्क देते हुए महानिदेशक से कहा भी था कि वह उसके सद्व्यवहार का संज्ञान लें और इसे उसके द्वारा अर्जित सम्मान के रूप में देखें। कुमार के रहते हुए तो वैसा नहीं हो सका, परंतु जब उनकी उत्तराधिकारी विमला मेहरा ने पद-भार ग्रहण किया तो मनु शर्मा को फर्लो की अनुमति प्रदान कर दी गई।

यहाँ इस बात को इंगित किया जाना चाहिए कि वास्तव में बहुत कम कैदियों को ही फर्लो उपलब्ध कराई जाती थी। ज्यादातर कैदी अकसर अत्यंत गरीब होते थे, इसलिए उनके पास छुट्टी लेने की कोई संकल्पना ही नहीं थी। वे जेल में बने रहने को प्राथमिकता देते थे, क्योंकि वहाँ उन्हें कम-से-कम दिन में तीन बार खाना मिलने की तो गारंटी थी। वास्तविकता यह है कि निर्धन कैदियों को जेल में उपलब्ध कोई अन्य पुरस्कार भी नहीं प्राप्त होता था। अर्ध-उन्मुक्त (सेमी ओपन) जेल में जाने की पात्रता प्राप्त करने हेतु किसी कैदी को 12 वर्षों तक उत्तम आचरण का प्रदर्शन करने की आवश्यकता होती थी। इस सीमाबंदी के कारण जो लोग यह पात्रता अर्जित भी कर लेते थे, उनमें से अधिकतर को आजीवन कारावास की सजा दी गई होती थी, इसलिए उनमें अधिकांश हत्यारे होते थे। खुली जेल का कैदी होने के नाते आप जेल में कहीं भी काम कर सकते थे—एक माली के रूप में या 'TJ's' की दुकान पर। यदि आप इस सीमित स्वतंत्रता की अवधि के दौरान जिम्मेदाराना व्यवहार करते थे तो आप असली जैकपॉट पा सकते थे, जिसके अंतर्गत आपको तिहाड़ से बाहर जाने और रात को 8 बजे तक वापस लौट आने की अनुमति मिलती

थी। महानिदेशक आलोक वर्मा के कार्यकाल के दौरान और मेरे अवकाश-ग्रहण के तत्काल बाद मनु शर्मा को खुली जेल की पात्रता मिल चुकी थी। मुझे बताया गया था कि प्रत्येक सुबह वह अपनी पारिवारिक कंपनी के नई दिल्ली के नेहरू प्लेस स्थित मुख्यालय के लिए निकल जाता था और अपना सारा दिन वहीं बिताता था। समाचार चैनल न्यूज-X चलानेवाला उसका भाई भी ऑफिस में उसके साथ बैठता था और मुझे बताया गया कि मनु शर्मा अब कारोबार में सहायता करता है। मेरे विचार से, यह प्रणाली एक सजायाफ्ता कैदी के रूप में आपको अधिकतम स्वतंत्रता प्रदान करती थी; परंतु कई हजार कैदियों में से मात्र 20 कैदियों को ही यह लाभ प्राप्त हो पाता था।

आज मनु शर्मा दिल्ली सरकार के सजा समीक्षा बोर्ड से अपनी शीघ्र रिहाई की लड़ाई लड़ रहा है। जेल में 14 वर्ष गुजारने के बाद आजीवन कारावास की सजा प्राप्त कैदियों को रिहा करने की परंपरा है। बहरहाल, जब से राजीव गांधी के हत्यारों ने अपनी शीघ्र रिहाई की याचिका दी और राहुल गांधी द्वारा उस पर आपत्ति की गई, मनु शर्मा जैसे लोगों के लिए जेल से शीघ्र रिहा हो पाना आसान नहीं रह गया था।

~ * ~

35 वर्षों के बाद, मेरे विचार से, मैंने सबकुछ देख लिया था; परंतु सर्वोत्तम अपने अंतिम समय के लिए बचा रखा था। यदि वहाँ मेरी नौकरी की शुरुआत चार्ल्स शोभराज के साथ मुलाकात होने के बाद हुई तो उसका अंत अरबपति उद्योगपति सुब्रत रॉय सहारा के साथ हुआ। मार्च 2014 में उच्चतम न्यायालय ने उन्हें अपने निवेशकों के 39,000 करोड़ रुपए वापस लौटाने की असमर्थता के कारण तिहाड़ भेज दिया था। अतः वह 64 वर्षीय ऐश्वर्यपूर्ण कारोबारी, जो आएदिन अमिताभ बच्चन, अनिल अंबानी और ऐश्वर्या राय जैसी फिल्मी हस्तियों के साथ पार्टियाँ किया करता था, तिहाड़ का कैदी बन गया था और बाजार नियंता भारतीय प्रतिभूति एवं विनिमय बोर्ड (SEBI) ने कहा था कि उसे तब तक जमानत न दी जाए, जब तक कि वह अपनी देनदारी के बराबर राशि अर्जित न कर ले। परंतु सुब्रत रॉय के वकीलों ने न्यायालय को इस बात के लिए राजी कर लिया कि उसे वांछित राशि एकत्रित करने तक कारोबार करने की अनुमति दी जाए।

न्यायालय ने नियंत्रित अवधि के लिए तिहाड़ के सम्मेलन कक्ष को सुब्रत रॉय की कोठरी के रूप में उपयोग करने की अनुमति प्रदान कर दी, जिसका अर्थ

यह था कि वह भारतीय जेलों के इतिहास में पहला कैदी था, जिसे वातानुकूलित स्थान उपलब्ध कराया गया था। उसे वीडियो कॉन्फ्रेंसिंग के माध्यम से बैठकें करने हेतु इंटरनेट एवं वाई-फाई की सुविधाओं के साथ मोबाइल फोन और लैपटॉप के उपयोग की अनुमति भी प्रदान की गई थी। उसके आशुलिपिकों (स्टेनोग्राफर्स) एवं सहायकों के स्टाफ को प्रात: 6 बजे से रात 8 बजे तक वहाँ ठहरने की इजाजत दी गई थी। इन सुविधाओं की एवज में उच्चतम न्यायालय ने उसे तिहाड़ को 1.23 करोड़ रुपए के भुगतान का आदेश भी दिया था। यह सुविधा उसे 57 दिनों की निर्धारित अवधि हेतु प्रदान की गई थी, ताकि वह अपनी सुविधा-संपन्न संपत्तियों को बेचने के लिए मोल-भाव कर सके; परंतु सुब्रत को उसकी दो वर्षों की समूची अवधि के निवास के दौरान शाही (रेड कारपेट) सुविधाएँ उपलब्ध कराई गईं।

बोतल बंद पानी और रेस्तराँ के भोजन को तो भूल ही जाइए, जेल में बनाए गए विशेष न्यायालय परिसर में अब उन्मुक्त मद्य-प्रवाह हो रहा था। अतीत में कैदी एक या दो पेग का जुगाड़ कर लेते थे, परंतु यहाँ 'कारोबार' बैठकों की आड़ में व्हिस्की भी अनुमत्य थी। उच्चतम न्यायालय द्वारा निर्धारित किए गए सचिवालयी कर्मचारियों को देय भत्ते के कारण महिलाएँ भी अति विशिष्ट लोगों (वी.आई.पी.) से सम्मेलन कक्ष में मिलने में सक्षम थीं (सहारा के दो कार्यकारियों को भी सुब्रत रॉय के साथ जेल में बंद किया गया था)।

इस सबके बारे में कुछ चीजें मुझे सचमुच बहुत व्यथित करती थीं। शायद इसका कारण यह सोच थी कि अब कोई भी मेरी बात सुनने को तैयार नहीं था। यह वर्ष 2015 की बात थी और मैं अपने अवकाश-ग्रहण के निकट था। अत: जब भी मैं अपने अधिकारियों के कक्ष में जाता और उन्हें मनु शर्मा या सहारा प्रमुख के साथ खाते देखता था तो वे लोग मेरे लिए दरवाजा बंद कर देते थे। मैं उसके बारे में कुछ करना चाहता था।

मैंने दिल्ली के नए मुख्यमंत्री अरविंद केजरीवाल से मिलने का निर्णय किया। प्रशासनिक तौर पर हम सब दिल्ली सरकार को अपना प्रतिवेदन (रिपोर्ट) देते थे और भ्रष्टाचार-विरोध मुख्यमंत्री का मुख्य एवं प्रिय विषय था। यदि किसी के पास सुब्रत रॉय का विरोध करने का साहस था तो वह आम आदमी पार्टी के मुखिया थे। दिल्ली उच्च न्यायालय में दिल्ली सरकार के नियुक्त अधिवक्ता राहुल मेहरा के साथ बैठक आयोजित की गई। न्यायालय में मेरी पेशियों के

कारण हम एक–दूसरे को अच्छी तरह जानते थे और मैंने उन्हें संक्षेप में समझा दिया था कि हमें इस मुलाकात की आवश्यकता क्यों थी। अप्रैल 2015 में मुझे और राहुल मेहरा को मुख्यमंत्री से मिलने में अधिक समय नहीं लगा और हम दोनों उनके सामने बैठे थे।

यह तिहाड़ में मेरी अंतिम लड़ाई होने जा रही थी। मैंने उन्हें वह सबकुछ बता दिया, जो मैंने देखा था—किस तरह बड़े पैमाने पर रिश्वतखोरी और भ्रष्टाचार के कारण समूची जेल–प्रणाली धूल चाट रही थी। अरविंद केजरीवाल ने एक घंटे तक बड़े धैर्य से मेरी बात सुनी और उसके बाद उन्होंने मुझे दो दिन बाद उनके घर आकर मिलने के लिए कहा। मुलाकात का समय प्राप्त करने के लिए मैंने एक बार फिर राहुल मेहरा की सहायता ली और उनके सहायक वैभव के साथ समन्वय स्थापित किया, जो अंतत: जून में मुझे मुख्यमंत्री के आवास पर ले गए। इस बार बैठक में जेल प्रभारी सत्येंद्र जैन सहित अन्य लोग भी मौजूद थे, जिन्होंने इस बात की पुष्टि की कि उन्हें भी कुछ कैदियों का पक्ष लेने के कारण आलोक वर्मा के विरुद्ध शिकायतें प्राप्त हुई थीं। उनके लाभ के लिए मैंने सहारा युग में जो कुछ देखा था, उसे दोबारा दोहरा दिया। जैसे ही चाय परोसी गई, मैंने उनसे तिहाड़ में छापा डलवाने का अनुरोध किया, ताकि मैंने जो आरोप लगाया था, उसकी सत्यता प्रमाणित हो सके।

"सुनील, मैं सबकुछ जानता हूँ।" अरविंद केजरीवाल ने कहा, "मुझे साक्ष्य की आवश्यकता है। मुझे कोई फोटो या वीडियो लाकर दो, जिसे दिखाया जा सके। वरना यह भी एक अन्य कहानी बनकर रह जाएगी।"

"मैं कोई फोटो या वीडियो नहीं ला सकता।" मैंने उनसे कहा, "परंतु मैं सिद्ध कर सकता हूँ कि सुब्रत रॉय को लाभ पहुँचाया जा रहा है।"

तत्पश्चात् केजरीवाल सत्येंद्र जैन की ओर मुखातिब हुए और उनसे पूछा कि क्या कोई छापा मारना संभव था? उन्होंने अपनी सहमति दे दी। मैंने उनसे कहा कि यदि आप शाम के समय छापा मारें तो आपको वहाँ शराब की बोतलें भी मिल सकती हैं।

"लेकिन इसका आरोप अपने ऊपर कौन लेगा?" केजरीवाल ने प्रश्न किया, "क्या वह सुपरिंटेंडेंट नहीं होगा?" वह सही थे। सारा दोष केवल उसी एक व्यक्ति के मत्थे मढ़ दिया जाएगा और अन्य लोग अपना कार्य पूर्ववत् ऐसे जारी रखेंगे, मानो कुछ हुआ ही न हो। मेरे कहने का आशय यह है कि तुम

यह कैसे साबित करोगे कि वरिष्ठ अधिकारी सुब्रत राय के चरण-स्पर्श करते थे, जिसे मैंने अपनी आँखों से देखा था। वे वस्तुतः उसके सामने दास बन जाते थे। मैंने मुख्यमंत्री से कहा कि इस बारे में आपको निर्णय करना है। संभव है कि मैंने छापा मारने का जो सुझाव दिया है, उसके परिणामस्वरूप कोई जाँच बैठा दी जाए, जिसकी आँच महानिदेशक के शीर्ष स्तर तक पहुँच जाए। उन्होंने कहा कि वे इस विषय में विचार करके सूचित करेंगे। मैंने उन्हें बताया कि मेरे उन तक पहुँचने का एकमात्र कारण यह था कि मैं उनके ऊपर भरोसा करता था और उनकी निष्ठा का सम्मान करता था। उन्होंने मुझे धन्यवाद दिया और मैं वहाँ से वापस चला आया।

कुछ समय तक मैंने मुख्यमंत्री या उनके सहयोगियों की ओर से कुछ नहीं सुना। मैं अनेक स्थानों पर उनसे मिलता और वह हर बार अपना इरादा दोहराते तथा किसी बड़ी मछली पर हाथ डालने के लिए कहते थे। वह मुझे हर बार यही संदेश देते थे कि "हमें आलोक वर्मा को रँगे हाथ पकड़ने की आवश्यकता है।" और मैं हर बार उनसे यही कहता कि "इसका दायित्व आप लोगों पर है। मेरा कर्तव्य तो आपको सूचित करना था।"

एक महीने बाद जुलाई में आलोक वर्मा ने मुझे अपने ऑफिस में बुलाया।

"तुम सत्येंद्र जैन को कैसे जानते हो?" उन्होंने पूछा और कहा कि श्री जैन तुम्हारी बहुत प्रशंसा करते हैं।

मैंने उन्हें बताया कि वह मेरे स्थानीय विधायक थे और चूँकि वह जेल मंत्री थे, इसलिए मैं सरकारी कारणों से उनसे मिलता रहता था। अब तक मैं थोड़ा असहज था। अगले दिन मुझे आलोक वर्मा के कार्यालय में पुनः बुलाया गया। इस बार उन्होंने मुझे थोड़ी देर प्रतीक्षा करने के लिए कहा। जब मैं उनके कमरे के अंदर गया तो उनके व्यवहार में विशिष्ट परिवर्तन देखा।

"राजनीतिक नेताओं के पास जाकर उनसे मिलने की क्या आवश्यकता है? क्या तुम्हें यह नहीं मालूम कि यह आचरण नियमों के विरुद्ध है?"

जब उन्होंने आगे जोड़ा कि "उस गरीब के नुकसान का असली कारण तुम्हीं हो।" मुझे थोड़ी ही देर में यह बात समझ में आ गई कि 'गरीब' से उनका आशय सुब्रत रॉय से था और उसकी विशेष सुविधाओं के प्रति उर्वर खतरा था। उनके द्वारा मुझे कहे गए शब्द इस बात का प्रत्यक्ष संकेत थे कि मेरी शिकायत बहरे कानों में जाकर विलीन हो गई थी। मैं उनकी बात को नजरअंदाज कर सकता

था; परंतु मुझे कुछ दिनों बाद पता चला कि वे लोग मेरे खिलाफ मनगढ़ंत आरोप लगाकर बदला लेने की योजना बना रहे थे। इसलिए मैंने सत्येंद्र जैन से दोबारा मिलने का समय माँगा, जिन्होंने मुझे आश्वासन दिया कि मैं व्यर्थ ही परेशान हो रहा था। मुझे कुछ नहीं होगा।

परंतु वह हुआ। मेरे अवकाश-ग्रहण (रिटायरमेंट) के मात्र एक सप्ताह पूर्व मुझे एक आरोप-पत्र (चार्जशीट) थमा दिया गया, जिसमें कहा गया कि मैंने करीब आठ वर्ष पूर्व स्टाफ को ट्रेनिंग देते वक्त कुछ वित्तीय अनिमियमितताएँ की थीं जैसे कि मैंने ट्रेनिंग के लिए एक प्रोजेक्टर, स्क्रीन एवं लैपटॉप के साथ फैक्स मशीन की खरीद के 2 लाख रुपए के विभागीय बिल का भुगतान नियमों के अनुसार नहीं किया था। यह बात जुलाई 2016 में कही जा रही थी, जबकि वर्णित बिलों का संबंध वर्ष 2007 से 2014 के बीच की तिथियों से था। मैं अत्यंत क्रोधित था, क्योंकि उन चीजों की खरीद का आदेश दो महानिदेशकों द्वारा दिया गया था—बी.के. गुप्ता ने प्रोजेक्टर एवं स्क्रीन की खरीद का आदेश दिया था और नीरज कुमार ने लैपटॉप एवं फैक्स मशीन खरीदने का आदेश दिया था। चूँकि मैंने सुब्रत रॉय को उपलब्ध कराई गई विशेष सुविधाओं का विरोध करने की हिम्मत दिखाई थी, इसलिए वे मुझे फँसाने की कोशिश कर रहे थे। और किसके लिए? मैंने जो ट्रेनिंग कोर्स करवाए थे, उसके एक-एक पैसे का भुगतान तत्कालीन महानिदेशों के आदेश के बाद किया तो इसमें मेरी क्या गलती थी? इसके अलावा यदि इन बिलों को संबंधित विभाग में नहीं भेजा गया तो क्या आप पूरी प्रक्रिया के लिए मुझे दोषी ठहरा सकते थे? जबकि यह जिम्मेदारी महानिदेशक (कारागार) की थी।

इसके माध्यम से आलोक वर्मा पूरी शिकायत मेरे विरुद्ध मोड़ने में सफल रहे। यहाँ तक कि उन्होंने मामले का विवरण या फाइलें भी उपलब्ध नहीं करवाईं, क्योंकि उन्होंने स्वयं ऐसा किया था। सरकार इसे स्पष्ट समझती है कि उन बिलों पर महानिदेशक को हस्ताक्षर करने थे, मुझे नहीं। वर्तमान महानिदेशक आलोक वर्मा ने उन बिलों पर इसलिए हस्ताक्षर करने से इनकार कर दिया, क्योंकि वह खरीदारी उनके समय से पूर्व की गई थी—मुझे परेशान करने का यह पुराना लालफीताशाही वाला षड्यंत्र था। यद्यपि उन आरोपों में कोई दम नहीं था, फिर भी उन्होंने उसमें कोई खामी खोज ली थी, जिसके आधार पर वे मेरे पीछे पड़ गए थे।

एक वर्ष बाद उन बिलों को गृह मंत्रालय में भेजा गया, जहाँ उनका निस्तारण

कर दिया गया; परंतु तब तक काफी देर हो चुकी थी। वे अपना प्रतिशोध लेने में सफल हो चुके थे। 35 वर्षों की सेवा के उपरांत उसके अंतिम कालखंड में मुझे उस सम्मान से वंचित कर दिया गया, जिसका मैं अधिकारी था। यहाँ तक कि मेरे स्टाफ के लोगों ने भी आलोक वर्मा के इशारे पर मेरी बात पर ध्यान देना बंद कर दिया था। मैं कार्यालय में बैठा रहता था और गार्ड कहीं अन्यत्र होते थे। यहाँ तक कि मेरे चपरासी ने भी किसी-न-किसी बहाने मेरा काम करना बंद कर दिया था। अंततोगत्वा, ऐसे निष्पक्ष जेलर की बात कौन सुनता है, जो रिटायर होने वाला हो! जिस निकृष्टता से मैं अपनी पूरी नौकरी के दौरान बचता रहा, वही मुझे अंत में विदाई के उपहार के रूप में आच्छादित करती नजर आई। अंतत:, मैं तिहाड़ से मुक्त हो गया।

□

उपसंहार

मैंने अपनी नौकरी के 35 वर्ष एक जेल में बिताए थे, जिसके बारे में यदि आप विचार करें तो वह ढाई आजीवन कारावासों के समान ठहरते हैं! मेरा ज्योतिषी यह मानता है कि प्रत्येक हाथ में एक रेखा है, जो इंगित करती है कि क्या कोई व्यक्ति जेल जाएगा—मैं भी जेल गया, परंतु किसी कैदी के रूप में नहीं।

मुझे एक विधि अधिकारी के रूप में वहाँ से रिटायर हुए अब लगभग 5 वर्ष बीत चुके हैं और क्या आप जानते हैं कि मुझे अवकाश-ग्रहण के विषय में सर्वाधिक प्रिय क्या है? वह यह सुख है कि अब मैं जेल में नित्य-क्रिया के अंतर्गत कैद नहीं था। अपने पूरे कार्यकाल के दौरान मुझे समय पर तिहाड़ में पहुँचने हेतु सुबह 6 बजे जागना पड़ता था और यह सुनिश्चित करना होता था कि वहाँ कोई अप्रिय घटना नहीं हुई थी, अर्थात् न तो कोई वहाँ से भागा था और न ही किसी की हत्या हुई या कोई घायल हुआ था।

आज भी, मैं अकसर अधिकांश सुबहों को जल्दी, अर्थात् प्रात: 7 बजे तक जाग जाता हूँ; परंतु अब मैं केवल एक ही स्थान पर पार्क में सुबह 9 बजे कदम-ताल (जॉगिंग) करने जाता हूँ। मैं वहाँ लगभग दो घंटे ठहरता हूँ और मध्याह्न के समय अपने नए काम पर जाता हूँ। यह बात सही है कि अब मैं दिल्ली उच्च न्यायालय का अभ्यासी अधिवक्ता हूँ। किसी-न-किसी तरह से आज भी मेरा काम जेलों से संबंधित है, क्योंकि मैं भारतीय राष्ट्रीय विधि सेवा प्राधिकरण (NALSA) का सलाहकार हूँ और राष्ट्रीय मानवाधिकार आयोग (एन.एच.आर.सी.) जैसे संगठन जेल सुधारों के विषय में चर्चा करने हेतु मुझे आमंत्रित करते रहते हैं। लेकिन अब मैं तिहाड़ के अंदर होनेवाली किसी घटना के प्रति लेशमात्र भी उत्तरदायी नहीं हूँ। इससे पूर्व पत्रकार बंधु मुझे किसी भी समय फोन करके उत्तर की माँग करते रहते थे। अब मैं शाम को 6 बजे न्यायालय छोड़ देता हूँ

और मेरा काम पूरा हो जाता है। अब मेरी जिंदगी बड़ी ही सुगमतापूर्वक चल रही है और मुझसे जुड़े सभी लोगों में सर्वाधिक प्रसन्न मेरी पत्नी पूनम हैं, क्योंकि अब मैं अपनी जेल की ड्यूटी से मुक्त हो गया हूँ।

मेरी जेल की नौकरी ने मुझे कठोर बना दिया है। वह मुझे भ्रष्ट लोगों से लड़ने की शक्ति देती थी। कई बार तो मैं किसी निर्दोष व्यक्ति को हानि पहुँचानेवाले किसी बदमाश से भी अकेले ही भिड़ जाता और पूर्व चेतावनी के बावजूद मैं ऐसा करने में नहीं शरमाता था। स्वाभाविक रूप से, पूनम हमेशा चिंतित रहती थीं। मेरी अडिग कर्तव्य-परायणता और कुछ नहीं तो मेरे पेशे के बारे में मेरे परिवार की असुरक्षा का पोषण अवश्य करती थी और ऐसा भी नहीं था कि मैं उससे परिचित नहीं था।

स्थितियाँ अब काफी बेहतर हैं। अब मैं अपना सारा खाली समय अपने परिवार के साथ गुजारता हूँ, इसलिए हम एक-दूसरे से अधिक संवाद करते हैं, एक-दूसरे को अधिक अच्छी तरह समझते हैं।

पत्रकार अभी मुझे पर्याप्त फोन करते हैं; परंतु अब मैं अधिकतर टी.वी. पर दिखाई देनेवाला चेहरा हूँ, एक ऐसा व्यक्ति, जो मेरे पुराने कार्यस्थल से उभरनेवाली अनोखी सुर्खियों पर कुछ रोशनी डाल सकता है। 'तिहाड़ में तस्करी करके लाए गए मोबाइल फोन संकट के समय बज रहे हैं', 'कैदी चार मोबाइल फोन निगल गया' जैसे शीर्षक तो मात्र उन खबरों की सुर्खियाँ हैं, जो पिछले कुछ सप्ताहों के दौरान प्रकाशित हुई थीं। लगभग सभी टी.वी. स्टूडियो यह जानने के लिए मुझे फोन करते हैं कि आखिर यह सब होता कैसे है?

यही कारण है कि मैंने यह पुस्तक लिखने का निर्णय लिया। आज तक तिहाड़ या भारत की कोई अन्य जेल अपनी काररवाइयों को गुप्त बनाए रखने में सफल रही है। वस्तुत: यह एक ऐसी इमारत है, जिसमें कोई खिड़की नहीं है। उसके बाहर कुछ नहीं आता है और बाहर की दुनिया को इस बात की कोई जानकारी नहीं होती है कि वह या देश की कोई अन्य जेल कैसे काम करती है। मैं उस दुनिया का अंग था, जहाँ गरीबी और बेरोजगारी लोगों को अधिकतर अपराध करने पर विवश करती है; जहाँ पैसा हमेशा नैतिकता पर भारी पड़ता है, इससे कोई अंतर नहीं पड़ता कि अपराधी की श्रेणी क्या है! परंतु यह इतनी बंद है कि मेरे लिए भी इसके आंतरिक विवरणों को खोदकर निकाल पाना असंभव है कि कौन सा अधीक्षक किस उच्च स्तरीय कैदी को लाभ पहुँचा रहा है। अत:

मैंने विचार किया कि अब इस रहस्य से परदा उठाने का समय आ गया है, ताकि दुनिया को हमारी कारागार प्रणाली की सच्चाई का पता चले, जिससे कोई तो इसे दुरुस्त करे।

मैं सुधार लाने के अन्य उपायों की कोशिश भी कर रहा हूँ। एक विचित्र संयोगवश, जिस दिन मैं रिटायर हुआ, दिल्ली उच्च न्यायालय ने मुझे दो अन्य न्यायिक अधिकारियों के साथ जेल निरीक्षक के रूप में नियुक्त कर दिया। इसका अर्थ यह था कि अब मैं न्यायालय की ओर से चयनित व्यक्ति हूँ, जो स्वतंत्र रूप से इस तथ्य की पुष्टि कर सकता है कि क्या जेल नियमों के अनुसार चल रही है? क्या समस्त मौलिक अधिकारों का पालन हो रहा है? अब मुझे अन्य दो नियुक्ति प्राप्त लोगों के साथ महीने में एक बार जेल का दौरा करना होता है और मेरा संबंध तिहाड़ या किसी अन्य जेल के साथ बना रहता है। बहरहाल, यह अधिक समय तक कारगर नहीं रहा, क्योंकि मेरे साथ नियुक्त दो अधिकारियों में से एक को दिल्ली उच्च न्यायालय के न्यायाधीश के रूप में प्रोन्नति मिल गई थी। नियुक्ति प्राप्त दूसरे व्यक्ति को वास्तव में इस बारे में कोई चिंता नहीं थी। अंततोगत्वा, मैं उसे आगे नहीं बढ़ा सका, क्योंकि मैं अपनी बात घुमा-फिराकर नहीं कह सकता था, जिसका अर्थ था कि मेरे मार्ग में अधिक रुकावटें आने वाली थीं।

मैं भी उन महिला कैदियों से जुड़े मानसिक स्वास्थ्य संबंधी मामलों और उसके परिणामस्वरूप अपने परिवारों द्वारा ठुकराई गई स्त्रियों के मामले में दिल्ली उच्च न्यायालय का एमीकस क्यूरी (न्यायालय मित्र) हूँ। हम दिल्ली में छह स्थानों पर चिकित्सा सुविधाओं सहित समाज कल्याण विभाग की ओर से पागलखाने खुलवाने में सफल रहे हैं। हम इस मामले में अंतिम आदेशों की प्रतीक्षा कर रहे हैं, जो मेरी आशा के अनुकूल महिला कैदियों और उनके कल्याण हेतु महत्त्वपूर्ण दिशा-निर्देश का मार्ग प्रशस्त करेगा।

तिहाड़ में बिताए गए अपने वर्षों के अनुभव के आधार पर मेरे अंदर इन सभी केसों को लड़ने की योग्यता है। इसलिए यदि आप मुझसे यह प्रश्न करें कि क्या मुझे कोई अफसोस है, तो मैं सचमुच यही कहूँगा कि कतई नहीं। इसी नौकरी ने मुझे अपने दो बच्चों को बड़ा करने में मेरी सहायता की है। मेरी बेटी आज विवाहिता है और मेरे बेटे को अच्छी नौकरी मिल गई है। अत: मैं इस अर्थ में अत्यंत प्रसन्न हूँ कि अब पूनम भी तिहाड़ में मेरे काम के प्रति अधिक रुष्ट नहीं हैं। अब वह अधिक संतुष्ट हैं। मेरे कार्य ने मुझे बहुत प्रसिद्ध भी कर दिया

है। तिहाड़ से जुड़ी किसी भी खबर या लेख में मेरा नाम अवश्य शामिल होता है।

और अब मेरे पास आपको बताने के लिए कुछ अच्छी कहानियाँ हैं, जैसे किरण बेदी ने जिस समय कारागार विभाग में प्रवेश किया। यह वही सम्मोहक अधिकारी थीं, जिन्हें हम यदा-कदा टी.वी. पर देखते थे या उनके बारे में अखबारों में पढ़ते थे। और तभी एक दिन वह हमारी जेल में आईं और कैदियों ने उनका करतल-ध्वनि से स्वागत किया, क्योंकि उन्होंने किरण बेदी को अपने अधिकारों के प्रति लड़नेवाली धर्मयोद्धा के रूप में देखा। या मैं आपको चार्ल्स शोभराज से जुड़े अपने संस्मरण सुनाना चाहूँगा कि किस प्रकार वह कानूनी मामलों में कैदियों की तथा मेरी मदद करता था—वह याचिकाओं एवं अपीलों को इतनी चतुराई से तैयार करता था कि कोई भी उसके सम्मोहन से बच नहीं सकता था।

पीछे मुड़कर देखता हूँ तो मुझे केवल एक ही अफसोस होता है कि मेरे कार्यकाल के अंतिम वर्षों में मेरे साथ अच्छा व्यवहार नहीं किया गया। जिस प्रकार सुब्रत रॉय इन सारी सुविधाओं का दोहन कर रहा था, वह मुझे स्वीकार्य नहीं था, इसलिए मैंने उसके बारे में आवाज उठाई; परंतु किसी ने उसे सुनने की परवाह नहीं की। जब आप अपने अवकाश-ग्रहण (रिटायरमेंट) के नजदीक होते हैं तो ऐसा ही होता है। वे सभी लोग, जो कल तक आपसे भयभीत रहते थे, वही अब आपकी कोई परवाह नहीं कर रहे थे। और मामले को दिल्ली के मुख्यमंत्री तक ले जाने के लिए उन्होंने मेरे विरुद्ध जाँच काररवाइयाँ शुरू करवाने का प्रयास किया। इसी वर्ष अप्रैल में अवकाश-प्राप्त आई.ए.एस. अधिकारी एन. बालाचंद्रन ने मेरे विरुद्ध आलोक वर्मा द्वारा शुरू कराई गई जाँच काररवाई के बारे में अपना निष्कर्ष इन शब्दों में दिया। उन्होंने लिखा कि 'इस जाँच में जो कुछ सामने आया है, उससे पता चलता है कि संबद्ध अधिकारी (गुप्ता) के विरुद्ध साफतौर पर पक्षपात किया गया है। वह किसी को प्रक्रियात्मक अनियमितताओं के लिए इतने कठोर प्रावधान में आरोप-पत्र (चार्जशीट) नहीं की जा सकती।' आलोक वर्मा को भी अपने रिटायरमेंट के इस वर्ष में कुछ कठिनाइयों का सामना करना पड़ा। उनके रिटायर होने की तिथि से मात्र एक माह पूर्व उन्हें सी.बी.आई. निदेशक के प्रतिष्ठित पद से हटाकर जनवरी 2019 में अग्नि शमन विभाग में भेज दिया गया।

जैसा कि माननीय उच्चतम न्यायालय ने भी कहा है कि हिंदुस्तान में एक व्यक्ति को न्याय के लिए दर-दर की ठोकरें खानी पड़ती है, तब भी न्याय नहीं मिलता वैसा ही शायद मेरे साथ हो रहा है। क्योंकि अब तक मुझे सरकारी निर्णय

से अवगत नहीं कराया गया है। जबकि मामला छह वर्ष से अधिक लंबित है।

अतः अंततोगत्वा, यदि मुझसे यह प्रश्न किया जाए कि यदि मेरा बेटा या बेटी जेल अधिकारी बनना चाहे तो क्या उससे मुझे खुशी होगी? मैं ईमानदारी से कहना चाहूँगा कि कदापि नहीं। हाँ, यह बात अवश्य है कि मैं उससे सही-सलामत बाहर निकल आया। और हाँ, मैं आर्थिक रूप से स्थिर हूँ और मेरे पास अद्‌भुत कला है, जो मुझे आज भी चर्चित बनाए हुए है; परंतु मैं नहीं सोचता कि मेरे बच्चे इसे सँभाल सकते हैं। मैं अपनी निष्ठा को अक्षत बनाए रखते हुए वहाँ बने रहने में सफल रहा; परंतु मैं नहीं चाहता कि मेरे बच्चों को वह सब झेलना पड़े। मेरे विचार से, मेरे संपूर्ण परिवार ने मेरा पर्याप्त सहयोग किया था।